A JANGADA DE PEDRA

Obras do autor publicadas pela Companhia das Letras

Alabardas, alabardas, espingardas, espingardas
O ano da morte de Ricardo Reis
O ano de 1993
A bagagem do viajante
O caderno
Cadernos de Lanzarote
Cadernos de Lanzarote II
Caim
A caverna
Claraboia
O conto da ilha desconhecida
Don Giovanni ou O dissoluto absolvido
Ensaio sobre a cegueira
Ensaio sobre a lucidez
O Evangelho segundo Jesus Cristo
História do cerco de Lisboa
O homem duplicado
In Nomine Dei
As intermitências da morte
A jangada de pedra
Levantado do chão
A maior flor do mundo
Manual de pintura e caligrafia
Memorial do convento
Objecto quase
As palavras de Saramago (org. Fernando Gómez Aguilera)
As pequenas memórias
Que farei com este livro?
O silêncio da água
Todos os nomes
Viagem a Portugal
A viagem do elefante

JOSÉ SARAMAGO

A JANGADA DE PEDRA

3ª edição
3ª reimpressão

PRÊMIO NOBEL
COMPANHIA DAS LETRAS

Copyright © 1986 by José Saramago
e Editorial Caminho S.A., Lisboa

Capa
Adaptada de *Silviadesigners*,
autorizada por *Porto Editora S.A.*
e *Fundação José Saramago*

Caligrafia da capa
Ana Maria Machado

Digitação
Mikonos Comunicación Gráfica

Revisão
Alexandra Costa da Fonseca
Clara Diament

Por desejo do autor, foi mantida a ortografia
vigente em Portugal, observando as regras do
Acordo Ortográfico da Língua Portuguesa de 1990.

Dados Internacionais de Catalogação na Publicação (CIP)
(Câmara Brasileira do Livro, SP, Brasil)

Saramago, José, 1922–2010.
    A jangada de pedra / José Saramago. – 3ª ed. –
São Paulo: Companhia das Letras, 2017.

ISBN 978-85-359-3040-5

1. Romance português I. Título.

88-0506   CDD: 869.37

Índices para catálogo sistemático:
1. Romances: Século 20 : Literatura portuguesa 869.37
2. Século 20: Romances : Literatura portuguesa 869.37

Todos os direitos desta edição reservados à
EDITORA SCHWARCZ S.A.
Rua Bandeira Paulista, 702, cj. 32
04532-002 — São Paulo — SP
Telefone: (11) 3707-3500
www.companhiadasletras.com.br
www.blogdacompanhia.com.br
facebook.com/companhiadasletras
instagram.com/companhiadasletras
twitter.com/cialetras

Todo futuro es fabuloso.
Alejo Carpentier

Quando Joana Carda riscou o chão com a vara de negrilho, todos os cães de Cerbère começaram a ladrar, lançando em pânico e terror os habitantes, pois desde os tempos mais antigos se acreditava que, ladrando ali animais caninos que sempre tinham sido mudos, estaria o mundo universal próximo de extinguir-se. Como se teria formado a arreigada superstição, ou convicção firme, que é, em muitos casos, a expressão alternativa paralela, ninguém hoje o recorda, embora, por obra e fortuna daquele conhecido jogo de ouvir o conto e repeti-lo com vírgula nova, usassem distrair as avós francesas a seus netinhos com a fábula de que, naquele mesmo lugar, comuna de Cerbère, departamento dos Pirenéus Orientais, ladrara, nas gregas e mitológicas eras, um cão de três cabeças que ao dito nome de Cerbère respondia, se o chamava o barqueiro Caronte, seu tratador. Outra coisa que igualmente não se sabe é por que mutações orgânicas teria passado o famoso e altissonante canídeo até chegar à mudez histórica e comprovada dos seus descendentes de uma cabeça só, degenerados. Porém, e este ponto de doutrina só raros o desconhecem, sobretudo se pertencem à geração veterana, o cão Cérbero, que assim em nossa portuguesa língua se escreve e deve dizer, guardava terrivelmente a entrada do inferno, para que dele não ousassem sair as almas, e então, quiçá por misericórdia final de deuses já moribundos, calaram-se os cães futuros para a toda restante eternidade, a ver se com o silêncio se apagava da memória a ínfera região. Mas, não podendo o sempre durar sempre, como explicitamente nos tem ensinado a idade moderna, bastou que nestes dias, a centenas de quilómetros de Cerbère, em um lugar de Portugal de cujo nome nos lembraremos mais tarde, bastou que a mulher chamada Joana Carda riscasse o chão com a vara de negrilho, para que todos os cães de além saíssem à rua vociferantes, eles que, repete-se, nunca tinham ladrado. Se a Joana Carda alguém vier a perguntar que ideia fora aquela sua de riscar o chão com um pau, gesto antes de adolescente lunática do que de mulher cabal, se não pensara nas consequências de um acto que parecia não ter sentido, e esses, recordai-vos, são os que maior perigo comportam, talvez ela responda, Não sei o que me aconteceu, o pau estava no chão, agarrei-o e fiz o risco, Nem lhe passou pela ideia que poderia ser uma varinha de condão, Para varinha de condão pareceu-me grande, e as varinhas de condão sempre eu ouvi dizer que são feitas de ouro e cristal, com um banho de luz e uma estrela na ponta, Sabia que a vara era de negrilho, Eu de árvores conheço pouco, disseram-me depois que negrilho é o mesmo que ulmeiro, sendo ulmeiro o mesmo que olmo, nenhum deles com poderes sobrenaturais, mesmo variando os nomes, mas, para o caso, estou que um pau de fósforo teria causado o mesmo efeito, Por que diz isso, O que tem de ser, tem de ser, e tem muita força, não se pode resistir-lhe, mil vezes o ouvi à gente mais velha, Acredita na fatalidade, Acredito no que tem de ser.

Em Paris riram-se muito das súplicas do maire, que parecia estar a telefonar de um canil à hora de ir servir-se o almoço dos cães, e só a instantes rogos de um deputado da maioria, na comuna nascido e criado, portanto conhecedor das lendas e narrativas locais, é que acabaram por ser despachados para o sul dois veterinários qualificados do Deuxième Bureau, com a especial missão de estudarem o fenómeno insólito e apresentarem relatório e propostas de acção. Entretanto, desesperados, no limiar da surdez, os habitantes tinham espalhado pelas ruas e praças da aprazível estância balnear, agora estação infernal, dúzias de bolos de carne envenenados, método de simplicidade suprema, cuja eficácia tem sido confirmada pela experiência em todos os tempos e latitudes. Por junto, não morreu mais que um cão, mas a lição foi logo aprendida pelos sobreviventes, que, em um instante, latindo ladrando e uivando, se sumiram nos campos arredor, onde, sem motivo que se percebesse, em poucos minutos se calaram. Quando os veterinários enfim chegaram foi-lhes apresentado o triste Médor, frio, inchado, tão diferente do feliz animal que acompanhava a dona às compras, e que, por ser já velho, gostava de dormir ao sol, sem cuidados. Porém, como a justiça ainda não abandonou por completo este mundo, decidiu Deus, poeticamente, que Médor morresse do bolo preparado pela dona bem-amada, a qual, bom é que se saiba, tinha no pensamento uma certa cadela da vizinhança que não lhe saía do jardim. O mais velho dos veterinários, diante do fúnebre despojo, disse, Vamos autopsiar, e realmente não valia a pena, porquanto qualquer habitante de Cerbère poderia, se o quisesse, testemunhar a causa mortis, mas o fito oculto da Faculdade, como na gíria do serviço secreto lhe chamavam, era proceder, disfarçadamente, ao exame das cordas vocais de um bicho que, entre a mudez por morte agora definitiva e o silêncio que parecera ser para toda a vida, tivera afinal umas horas de fala e pudera ser igual ao comum dos cães. Foram esforços baldados, Médor nem cordas tinha. Ficaram os cirurgiões assombrados, mas o maire deu a sua opinião, administrativa e sensata, Não admira, tantos séculos os cães de Cerbère estiveram sem ladrar, que se lhes atrofiou o órgão, Então como é que de repente, Isso não sei, não sou veterinário, mas as nossas preocupações acabaram-se, os chiens desapareceram, lá onde estão nem se ouvem. Médor, escortaçado e mal cosido, foi entregue à chorosa dona, como um remorso vivo, que é o que são os remorsos mesmo depois de mortos. A caminho do aeroporto, onde iam tomar o avião para Paris, os veterinários combinaram que passariam por alto, no relatório, o intrigante sucesso das cordas vocais desaparecidas. E parece que definitivamente, porque nessa mesma noite andou a rondar Cerbère um enorme cão de três cabeças, alto como uma árvore, mas calado.

Por estes mesmos dias, talvez antes, talvez depois de ter Joana Carda riscado o chão com a vara de negrilho, andava um homem a passear na praia, era isto ao entardecer, quando o rumor das ondas mal se ouve, breve e contido como um suspiro sem causa, e esse homem, que mais tarde dirá chamar-se Joaquim Sassa, ia caminhando acima da linha da maré que distingue as areias secas da areia molhada, e de vez em quando baixava-se para apanhar uma concha, uma pinça de caranguejo, um fio de alga verde, não é raro gastar-nos assim o tempo, este passeante solitário se estava gastando assim. Como não levava bolsos nem saca para guardar os achados, devolvia à água os restos mortos quando tinha as mãos cheias deles, ao mar o que ao mar pertence, a terra que fique com a terra. Mas toda a regra leva as suas excepções, e uma pedra que adiante se via, fora do alcance das marés, levantou-a Joaquim Sassa, e era pesada, larga como um disco, irregular, fosse ela das outras, maneirinhas, de contorno liso, daquelas que cabem folgadas entre o polegar e o indicador, e Joaquim Sassa tê-la-ia atirado a rasar a água plana, para a ver saltar, puerilmente feliz com a própria destreza, e enfim mergulhar, já perdido o impulso, pedra que parecera ter o destino traçado, ressequida de sol, molhada só da chuva, e afinal mergulhando na escura profundidade para esperar um milhão de anos, até que este mar se evapore, ou recuando a faça regressar à terra por outro milhão de anos, dando ao tempo tempo de descer à praia outro Joaquim Sassa, que sem saber repetirá o gesto e o movimento, nenhum homem diga, Não farei, segura e firme não está nenhuma pedra.

Nos areais do sul, a esta hora tépida, há quem tome o

último banho, nadar, brincar com uma bola, mergulhar sob as ondas, ou repouse vogando sobre um colchão de ar, ou, sentindo na pele a primeira aragem do entardecer, acomode o corpo para receber o afago derradeiro do sol que vai pousar-se no mar por um segundo, de todos o mais longo, porque o olhamos e ele se deixa olhar. Mas aqui, nesta praia do norte onde Joaquim Sassa segura uma pedra, tão pesada que já as mãos lhe cansam, o vento sopra frio e o sol mergulhou metade, nem gaivotas voam sobre as águas. Joaquim Sassa atirou a pedra, contava que ela caísse distante poucos passos, pouco mais que a seus pés, cada um de nós tem obrigação de conhecer as próprias forças, nem havia ali testemunhas que se rissem do frustrado discóbolo, ele é que estava preparado para rir-se de si mesmo, mas não veio a ser como cuidava, escura e pesada a pedra subiu ao ar, desceu e bateu na água de chapa, com o choque tornou a subir, em grande voo ou salto, e outra vez baixou, e subiu, enfim afundou-se ao largo, se a brancura que acabámos de ver, distante, não é só a franja de espuma de ter-se quebrado a vaga. Como foi isto, pensou perplexo Joaquim Sassa, como foi que eu, de tão poucas forças naturais, lancei tão longe pedra tão pesada, ao mar que já escurece, e não está aqui ninguém para dizer-me, Muito bem, Joaquim Sassa, sou tua testemunha para o livro Guiness dos recordes, um tal feito não pode ficar ignorado, pouca sorte, se eu for contar o que aconteceu chamam-me mentiroso. Uma onda muito alta veio do largo, espumejando e rebentando, afinal a pedra sempre caiu ao mar, este é o efeito conhecido desde os rios da infância de quem na infância teve rios, a ondulação concêntrica que as pedras atiradas causam. Joaquim Sassa correu praia acima, e a onda desfez-se na areia arrastando conchas, pinças de caranguejos, algas verdes, mas também as outras, as bodelhas, as sanguíneas, as laminárias. E uma pedra pequena, maneirinha, dessas que cabem entre o polegar e o indicador, há quantos anos não veria ela a luz do sol.

Dificílimo acto é o de escrever, responsabilidade das maiores, basta pensar no extenuante trabalho que será dispor por ordem temporal os acontecimentos, primeiro este, depois aquele, ou, se tal mais convém às necessidades do efeito, o sucesso de hoje posto antes do episódio de ontem, e outras não menos arriscadas acrobacias, o passado como se tivesse sido agora, o presente como um contínuo sem princípio nem fim, mas, por muito que se esforcem os autores, uma habilidade não podem cometer, pôr por escrito, no mesmo tempo, dois casos no mesmo tempo acontecidos. Há quem julgue que a dificuldade fica resolvida dividindo a página em duas colunas, lado a lado, mas o ardil é ingénuo, porque primeiro se escreveu uma e só depois a outra, sem esquecer que o leitor terá de ler primeiro esta e depois aquela, ou vice-versa, quem está bem são os cantores de ópera, cada um com a sua parte nos concertantes, três quatro cinco seis entre tenores baixos sopranos e barítonos, todos a cantar palavras diferentes, por exemplo, o cínico escarnecendo, a ingénua suplicando, o galã tardo em acudir, ao espectador o que lhe interessa é a música, já o leitor não é assim, quer tudo explicado, sílaba por sílaba e uma após outra, como aqui se mostram. Por isto é que, tendo-se falado primeiro de Joaquim Sassa, só agora se irá falar de Pedro Orce, quando lançar Joaquim uma pedra ao mar e levantar-se Pedro da cadeira foi tudo obra de um instante único, ainda que pelos relógios houvesse uma hora de diferença, é o resultado de estar este em Espanha e aquele em Portugal.

    Sabido é que todo o efeito tem sua causa, e esta é uma universal verdade, porém, não é possível evitar alguns erros de juízo, ou de simples identificação, pois acontece considerarmos que este efeito provém daquela causa, quando afinal ela foi outra, muito fora do alcance do entendimento que temos e da ciência que julgávamos ter. Por exemplo, pareceu ficar demonstrado que se os cães de Cerbère ladraram foi porque Joana Carda riscou o chão com uma vara de negrilho, e contudo só uma criança muito crédula, se alguma sobrou dos dourados tempos da credulidade, ou inocente, se o santo nome de inocência assim pode ser jurado em vão, uma criança capaz de acreditar que, fechando a mão, guardou a luz do sol dentro dela, só essa criança acreditaria que fossem capazes de ladrar cães que antes nunca ladraram por razões que tanto são de ordem histórica como fisiológica. Nestas dezenas e dezenas de milhares de lugarejos, aldeias, vilas e cidades, o que não falta são pessoas que jurariam ser causa e causas, tanto do ladrar dos cães como do mais que virá, porque bateram com uma porta, ou cortaram uma unha, ou arrancaram um fruto, ou afastaram uma cortina, ou acenderam um cigarro, ou morreram, ou, não as mesmas, nasceram, hipóteses estas, de morte e nascimento, que mais difíceis seriam de admitir, tendo em conta que teríamos de ser nós a propô-las, pois quem nasce não vem a falar da barriga da mãe e quem morre não fala depois de ter entrado na barriga da terra. E nem adianta acrescentar que a qualquer um sobejam razões para se julgar causa dos efeitos todos, estes de que viemos falando e mais os que são nossa parte exclusiva para o funcionamento do mundo, o que eu muito gostaria de saber é como ele será quando não houver homens e os efeitos que só eles causam, o melhor é nem pensar em tal imensidão, que faz tonturas, ora, bastará que sobrevivam uns animaizitos, uns insectos, e mundos haverá, o da formiga, o da cigarra, não afastarão cortinas, não se olharão num espelho, e isso que tem, afinal a única grande verdade é que o mundo não pode ser morto.

Diria Pedro Orce, se tanto ousasse, que a causa de tremer a terra foi ter batido com os pés no chão quando se levantou da cadeira, forte presunção a sua, se não nossa, que levianamente estamos duvidando, se cada pessoa deixa no mundo ao menos um sinal, este poderia ser o de Pedro Orce, por isso declara, Pus os pés no chão e a terra tremeu. Extraordinário abalo foi ele, que ninguém deu mostras de o ter sentido, e mesmo agora, passados dois minutos, quando na praia a vaga já refluiu e Joaquim Sassa diz consigo mesmo, Se eu for contar chamam-me mentiroso, a terra vibra como continua a vibrar a corda que já deixou de ouvir-se, sente-a Pedro Orce nas solas dos pés, continua a senti-la quando sai da farmácia para a rua, e ninguém ali dá por nada, é como estar a mirar uma estrela, dizer, Que linda luz, que formoso astro, e não poder saber que ela se apagou no meio da frase, hão-de os filhos e os netos repetir as palavras, pobres deles, falam do que está morto e chamam-lhe vivo, não é só na ciência astronómica que acontece esse engano. Aqui é ao contrário, juraria toda a gente que a terra está firme e só Pedro Orce afirmaria que ela treme, ainda bem que se calou, e não correu espavorido, aliás as paredes não oscilam, os candeeiros suspensos estão como fio-de-prumo, e os passarinhos da gaiola, que costumam ser os primeiros a dar o alarme, dormem tranquilos no poleiro, com a cabeça debaixo da asa, a agulha do sismógrafo traçou e continua a traçar uma linha recta horizontal no papel milimétrico.

Na manhã do dia seguinte, um homem atravessava uma planície inculta, de mato e ervaçais alagadiços, ia por carreiros e caminhos entre árvores, altas como o nome que lhes foi dado, choupos e freixos chamadas, e moitas de tamargas, com o seu cheiro africano, este homem não poderia ter escolhido maior solidão e mais subido céu, e por cima dele, voando com inaudito estrépito, acompanhava-o um bando de estorninhos, tantos que faziam uma nuvem escura e enorme, como de tempestade. Quando ele parava, os estorninhos ficavam a voar em círculo ou desciam fragorosamente sobre uma árvore, desapareciam entre os ramos, e a folhagem toda estremecia, a copa ressoava de sons ásperos, violentos, parecia que dentro dela se travava ferocíssima batalha. Recomeçava a andar José Anaiço, era este o seu nome, e os estorninhos levantavam-se de rompão, todos ao mesmo tempo, vruuuuuuuuuu. Se, não sabendo quem este homem é, nos puséssemos a querer adivinhar, diríamos que talvez seja passarinheiro de ofício ou, como a serpente, tem poder de encanto e habilidades atractivas, quando o certo é estar José Anaiço tão duvidoso como nós sobre as causas do alado festival, Que quererão de mim estas criaturas, não estranhemos a palavra desusada, há dias em que as comuns não apetecem.

Vinha o caminhante de nascente para poente, calhara assim o caminho e o passeio, mas, por ter de ladear uma grande alverca, virou para o sul em curva, ao longo da margem. Para o fim da manhã começará a aquecer, por enquanto há uma brisa frescal e límpida, lástima não poder guardá-la no bolso para quando viesse a ser precisa na hora do calor. Ia José Anaiço discorrendo estes pensamentos, vagos e involuntários como se não lhe pertencessem, quando deu por que os estorninhos tinham ficado para trás, esvoaçavam além, onde o carreiro faz a curva para acompanhar a lagoa, procedimento sem dúvida extraordinário, mas enfim, como se costuma dizer, quem vai vai, quem está está, adeus passarinhos. José Anaiço acabou de contornar a alverca, quase meia hora de passagem difícil, entre espadanas e silvados, e retomou o caminho primeiro, na direcção em que antes viera, de oriente para ocidente como o sol, quando de súbito, vruuuu, apareceram outra vez os estorninhos, onde teriam estado eles metidos. Ora, para este caso não há explicação. Se um bando de estorninhos acompanha um homem em seu passeio matinal, como um cão fiel ao dono, se espera por ele o tempo de dar a volta a uma lagoa e depois o segue como antes vinha fazendo, não se lhe peça que diga ou averigue os motivos, pássaros não têm razões mas instintos, tantas vezes vagos e involuntários como se não nos pertencessem, falávamos dos instintos, mas também das razões e dos motivos. E também não perguntemos já a José Anaiço quem é e o que faz na vida, donde veio e para onde vai, o que dele houver de saber-se só por ele se saberá, e esta discrição, esta parcimónia informativa, deverão igualmente contemplar Joana Carda e a sua vara de negrilho, Joaquim

Sassa e a pedra que atirou ao mar, Pedro Orce e a cadeira donde se levantou, as vidas não começam quando as pessoas nascem, se assim fosse, cada dia era um dia ganho, as vidas principiam mais tarde, quantas vezes tarde de mais, para não falar daquelas que mal tendo começado já se acabaram, por isso é que o outro gritou, Ah, quem escreverá a história do que poderia ter sido.

E agora esta mulher, Maria Guavaira lhe chamam, estranho nome embora não gerúndio, que subiu ao sótão da casa e encontrou um pé-de-meia velho, dos antigos e verdadeiros que serviam para guardar dinheiro tão bem como uma casa-forte, simbólicos pecúlios, graciosas poupanças, e achando-o vazio pôs-se a desfazer-lhe as malhas, por desfastio de quem não tem outra coisa em que ocupar as mãos. Passou uma hora e outra e outra, e o longo fio de lã azul não pára de cair, porém o pé-de-meia parece não diminuir de tamanho, não bastavam os quatro enigmas já falados, este nos demonstra que, ao menos uma vez, o conteúdo pôde ser maior que o continente. A esta casa silenciosa não chega o rumor das ondas do mar, de passarem aves a sombra não escurece a janela, cães haverá mas não ladram, a terra, se tremeu, não treme. Aos pés da desenredadeira o fio é a montanha que vai crescendo. Maria Guavaira não se chama Ariadne, com este fio não sairemos do labirinto, acaso com ele conseguiremos enfim perder-nos. A ponta, onde está.

A primeira fenda apareceu numa grande laje natural, lisa como a mesa dos ventos, algures nestes Montes Alberes que, no extremo oriental da cordilheira, compassadamente vão baixando para o mar e por onde agora vagueiam os malaventurados cães de Cerbère, alusão que não é descabida no tempo e no lugar, pois todas estas coisas, mesmo quando o não parecerem, estão ligadas entre si. Expulso, como foi dito, da pitança doméstica, e portanto forçado pela necessidade a recordar na memória inconsciente manhas dos seus antepassados caçadores para conseguir filar qualquer desgarrado láparo, um desses cães, de seu nome Ardent, graças ao finíssimo ouvido de que está dotada a espécie, terá percebido o estalar da pedra e, só não rosnando porque não pode, veio para ela, dilatando os narizes, de pêlo eriçado, com tanto de curiosidade quanto de medo. A fenda, subtil, lembraria a observador humano um risco feito com a ponta aguçada de um lápis, muito diferente daquele outro traço com um pau, em terra dura, ou na poeira solta e macia, ou na lama, se com tais devaneios perdêssemos nós tempo. Porém, enquanto o cão se aproximava, a fenda alargou-se mais, tornou-se funda e avançou, rasgando a pedra, até aos extremos da laje, e depois para lá e para cá, cabia dentro a mão inteira, o braço em grossura e comprimento, se estivesse aqui homem de coragem para medir-se com o fenómeno. O cão Ardent rondava, inquieto, mas não podia fugir, atraído por aquela serpente de que já não se via nem a cabeça nem a cauda, e subitamente perdido, sem saber de que lado ficar, se em França, onde estava, se em Espanha, já distante três palmos. Mas este cão, graças a Deus, não é dos que se acomodam às situações, a prova é que, de um salto, galgou o abismo, com perdão do evidente exagero vocabular, e achou-se do lado de aquém, preferiu as regiões infernais, nunca saberemos que nostalgias movem a alma de um cão, que sonhos, que tentações.

A segunda fenda, mas para o mundo primeira, aconteceu a muitos quilómetros de distância, para os lados do golfo da Biscaia, não longe de um lugar dolorosamente célebre na história de Carlos Magno e dos seus Doze Pares, Roncesvales chamado, onde morreu Roldão a soprar no Olifante, sem Angélica ou Durandal que lhe acudissem. Ali, descendo ao longo da falda da serra de Abodi, pela banda do noroeste, corre um rio, o Irati, que, nascido em França, vai desaguar no Erro, espanhol, por sua vez afluente do Aragón, o qual é tributário do Ebro, cujo finalmente levará e lançará no Mediterrâneo as águas de todos. Ao fundo do vale, na margem do Irati, está uma cidade, Orbaiceta de seu nome, e a montante existe uma barragem, um embalse, como por lá lhe chamam.

É tempo de explicar que quanto aqui se diz ou venha a dizer é verdade pura e pode ser comprovado em qualquer mapa, desde que ele seja bastante minucioso para conter informações aparentemente tão insignificantes, pois a virtude dos mapas é essa, exibem a redutível disponibilidade do espaço, previnem que tudo pode acontecer nele. E acontece. Já falámos da vara do destino, já provámos que uma pedra, ainda que esteja afastada da linha de maré mais alta, pode vir a cair no mar ou regressar dele, agora é a vez de Orbaiceta, onde, depois da agitação salutar causada pela construção da barragem, há longos anos, a tranquilidade voltara a instalar-se, cidade de província navarra, adormecida entre montanhas, agora novamente agitada. Durante alguns dias Orbaiceta foi o centro nevrálgico da Europa, senão do mundo, ali se juntaram membros de governos, políticos, autoridades civis e militares, geólogos e geógrafos, jornalistas e mineralogistas, fotógrafos, operadores de televisão e cinema, engenheiros de todas as disciplinas, vedores e curiosos. Porém, a celebridade de Orbaiceta não durará muito, uns breves dias, apenas um pouco mais que as rosas de Malherbe, e como poderiam estas durar sendo de má erva, mas de Orbaiceta falamos, que de al não, foi só até ter-se declarado, em outra parte, uma celebridade maior, é sempre assim com as celebridades.

Na história dos rios nunca acontecera um tal caso, estar passando a água em seu eterno passar e de repente não passa mais, como torneira que bruscamente tivesse sido fechada, por exemplo, alguém está a lavar as mãos numa bacia, retira a válvula do fundo, fechou a torneira, a água escoa-se, desce, desaparece, o que ainda ficou na concha esmaltada em pouco tempo se evaporará. Explicando por palavras mais próprias, a água do Irati retirou-se como onda que da praia reflui e se afasta, o leito do rio ficou à vista, pedras, lodo, limos, peixes que saltando boquejam e morrem, o súbito silêncio.

Os engenheiros não estavam no local quando se deu o incrível facto, mas aperceberam-se de que alguma coisa anormal acontecera, os mostradores, na bancada de observação, indicaram que o rio deixara de alimentar a grande bacia aquática. Num jipe foram três técnicos averiguar o intrigante sucesso, e, durante o caminho, pela margem do embalse, examinaram as diversas hipóteses possíveis, não lhes faltou tempo para isso em quase cinco quilómetros, e uma dessas hipóteses era que um desabamento ou escorregamento de terras na montanha tivesse desviado o curso do rio, outra que fosse obra dos franceses, perfídia gaulesa, apesar do acordo bilateral sobre águas fluviais e seus aproveitamentos hidroeléctricos, outra, ainda, e a mais radical de todas, que se tivesse exaurido o manancial, a fonte, o olho-d'água, a eternidade que parecia ser e afinal não era. Neste ponto dividiam-se as opiniões. Um dos engenheiros, homem sossegado, da espécie contemplativa, e que apreciava a vida em Orbaiceta, temia que o mandassem para longe, os outros esfregavam de contentamento as mãos, podia ser que viessem a transferi-los para uma das barragens do Tajo, o mais perto de Madrid e da Gran Vía. Debatendo estas ansiedades pessoais chegaram à ponta extrema do embalse, onde era o desaguadouro, e o rio não estava lá, apenas um fio escasso de água que ainda ressumbrava das terras moles, um gorgolejo lodoso que nem para mover uma azenha de brincar teria força, Onde é que raio se meteu o rio, isto disse o motorista do jipe, e não se poderia ser mais expressivo e rigoroso. Perplexos, atónitos, desconcertados, inquietos também, os engenheiros voltaram a discutir entre si as já explicadas hipóteses, posto o que, verificada a inutilidade prática do prosseguimento do debate, regressaram aos escritórios da barragem, depois seguiram para Orbaiceta, onde os esperava a hierarquia, já informada do mágico desaparecimento do rio. Houve discussões ácidas, incredulidades, chamadas telefónicas para Pamplona e Madrid, e o resultado do fatigante trabalho e trato veio a exprimir-se numa ordem muito simples, disposta em três partes sucessivas e complementares, Subam o curso do rio, descubram o que aconteceu e não digam nada aos franceses.

A expedição partiu no dia seguinte, ainda antes do nascer do sol, caminho da fronteira. sempre ao lado ou à vista do rio seco, e quando os fatigados inspectores lá chegaram compreenderam que nunca mais tornaria a haver Irati. Por uma fenda que não teria mais de uns três metros de largura, as águas precipitavam-se para o interior da terra, rugindo como um pequeno Niágara. Do outro lado já havia um ajuntamento de franceses, fora sublime ingenuidade pensar que os vizinhos, astutos e cartesianos, não dariam pelo fenómeno, mas ao menos mostravam-se tão estupefactos e desorientados como os espanhóis deste lado, e todos irmãos na ignorância. Chegaram as duas partes à fala, mas a conversa não foi extensa nem profícua, pouco mais que as interjeições de um justificado espanto, um hesitante aventar de hipóteses novas pelo lado dos espanhóis, enfim, uma irritação geral que não encontrava contra quem se voltar, os franceses daí a pouco já sorriam, afinal continuavam a ser donos do rio até à fronteira, não precisariam de reformar os mapas.

Nessa tarde, helicópteros dos dois países sobrevoaram o local, fizeram fotografias, por meio de guinchos desceram observadores que, suspensos sobre a catarata, olhavam e nada viam, apenas o negro boqueirão e o dorso curvo e luzidio da água. Para se ir adiantando algum proveito, as autoridades municipais de Orbaiceta, do lado espanhol, e de Larrau, do lado francês, reuniram-se junto do rio, debaixo de um toldo armado para a ocasião e dominado pelas três bandeiras, a bicolor e tricolor nacionais, mais a de Navarra, com o propósito de estudarem as virtualidades turísticas de um fenómeno natural com certeza único no mundo e as condições da sua exploração, no interesse mútuo. Considerando a insuficiência e o carácter indubitavelmente provisório dos elementos de análise disponíveis, não produziu a reunião qualquer documento definidor das obrigações e direitos das partes, porém foi nomeada uma comissão mista que, em brevíssimo prazo, elaboraria a agenda do próximo encontro, formal. No entanto, à última hora, um factor de perturbação veio subverter o relativo consenso a que se havia chegado, e foi a intervenção, quase simultânea em Madrid e Paris, dos representantes dos dois Estados na comissão permanente de limites fronteiriços. Levantavam esses senhores uma dúvida grave, Vamos lá a saber, para onde é que o buraco abre, para o lado espanhol, ou para o lado francês. Parecia pormenor de somenos, mas, depois de explicado o fundamento, a delicadeza do caso metia-se pelos olhos dentro. Era indiscutível, claro está, que o Irati, a partir de agora, pertencia inteiramente à França, departamento dos Baixos

Pirenéus, mas se a fenda se abrira toda para o lado da Espanha, província de Navarra, as negociações ainda teriam muito que ver, uma vez que cada um dos países, de certa maneira, contribuíra com parte igual. Se, pelo contrário, também a fenda fosse francesa, então o negócio a eles inteiramente pertenceria como lhes pertenceriam as respectivas matérias-primas, o rio e o vazio. Perante a nova situação, as duas autoridades, disfarçando reservas mentais, acordaram em manter-se em contacto enquanto não se deslindasse a momentosa questão. Por sua vez, numa declaração conjunta laboriosamente elaborada, os ministérios dos Negócios Estrangeiros de ambos os países anunciaram a intenção de prosseguir conversações urgentes no âmbito da referida comissão permanente de limites, assessorada, como não poderia deixar de ser, pelas respectivas equipas de técnicos geodésicos.

Foi nesta altura que, em profusão e diversidade internacional, apareceram os geólogos. Entre Orbaiceta e Larrau já havia de tudo um pouco, se não muito, como antes se enumerou, agora chegavam em força os sábios da terra e das terras, os averiguadores de movimentos e acidentes, estratos e blocos erráticos, de martelinho na mão, batendo em tudo quanto fosse pedra ou pedra parecesse. Um jornalista francês, Michel e cínico, dizia a um seu colega espanhol, sério e Miguel, cujo já anunciara para Madrid ser a fenda ab-so-lu-ta-men-te espanhola, ou, para falar com precisão geográfica e nacionalista, navarresa, Fiquem vocês com ela, foi o que disse o francês insolente, se lhes dá assim tanto gosto e tão precisados estão, só no Cirque de Gavarnie temos nós uma cascata de quatrocentos e vinte metros de altura, não precisamos de furos artesianos virados ao contrário. Não se lembrou Miguel de responder-lhe que do lado espanhol dos Pirenéus também não faltam quedas-d'água, e das mui belas e altas, mas que a questão ali era outra, uma cascata a céu aberto não é mistério nenhum, sempre igual, à vista de toda a gente, ao passo que a fenda do Irati, vê-se-lhe o princípio, não se lhe conhece o fim, é como a vida. Porém, foi um outro jornalista, aliás galego e de passagem, como a galegos acontece tantas vezes, quem lançou a pergunta que ainda faltava fazer, Para onde vai esta água. Era então o tempo em que discutiam, com ciência brusca e seca, os geólogos de ambas as partes, e a pergunta, como de criança tímida, apenas foi ouvida por quem agora a regista. Sendo a voz galega, portanto discreta e medida, abafaram-na o rapto gaulês e o rompante castelhano, mas depois outros vieram repetir o dito arrogando-se vaidades de primeiro descobridor, aos povos pequenos ninguém dá ouvidos, não é mania da perseguição, mas histórica evidência. A discussão dos sábios tornara-se quase impenetrável para entendimentos leigos, mas, ainda assim, podia-se ver que havia duas teses centrais em discussão, a dos monoglacialistas e a dos poliglacialistas, ambas irredutíveis, e não tarda inimigas, como duas religiões antitéticas, monoteísta uma, politeísta outra. Algumas declarações chegavam a parecer interessantes, como aquela de as deformações, certas deformações, poderem ser devidas, quer a uma elevação tectónica quer a uma compensação isostática da erosão. Tanto mais, acrescentava-se, que o exame das formas actuais da cordilheira permite afirmar que ela não é antiga, geologicamente falando, claro. Tudo isto, provavelmente, teria que ver com a fenda. Afinal, uma montanha sujeita a tais jogos de tracção e braço-de-ferro, não admira que lá venha o dia em que se veja obrigada a ceder, a partir-se, a desmoronar-se, ou, como no caso vertente, a abrir racha. Não foi esse o caso da laje grande, inerte sobre os Montes Alberes, mas a essa nunca a viram geólogos, estava longe, num desolado ermo, ninguém se aproximou dela, o cão Ardent foi atrás do coelho e não voltou.

Passados dois dias, estavam os membros da comissão de limites fronteiriços em trabalho de campo, com os teodolitos medindo, com as tábuas conferindo, com as calculadoras calculando, e a tudo isto confrontando com as fotografias aéreas, os franceses pouco satisfeitos porque já eram mínimas as dúvidas de que a fenda fosse espanhola, como o jornalista Miguel pioneiramente defendera, quando houve súbita notícia duma nova fractura. Da tranquila Orbaiceta não voltou a falar-se, nem do cortado rio Irati, sic transit gloria mundi e de Navarra. Em revoada, os homens da informação, alguns dos quais eram mulheres, foram enxamear os Pirenéus Orientais, que era a região crítica, felizmente dotada de melhores meios de acesso, tantos e tão excelentes que em poucas horas ali se reuniu o poder do mundo, com gente que até de Toulouse e Barcelona viera. As auto-estradas ficaram entupidas, quando as polícias de um lado e do outro quiseram desviar os fluxos de trânsito era tarde de mais, quilómetros e quilómetros de automóveis, o caos mecânico, depois foi preciso aplicar providências drásticas, fazer voltar toda a gente para trás pela outra faixa de rodagem e para isso destruindo as vedações, enchendo os fossos, um inferno, razão tiveram-na os gregos quando nesta região o colocaram. Valeram na emergência os helicópteros, esses artefactos voadores ou passarolas capazes de pousar em quase todos os lugares, e, quando de todo impossível, procedem à imitação do colibri, aproximam-se quase a tocar a flor, os passageiros nem precisam de escada, um saltinho e basta, entram logo na corola, entre estames e pistilos, aspirando os aromas, quantas vezes de napalm e carne queimada. Largam a correr, baixando a cabeça, e vão ver o que aconteceu, alguns destes chegam directamente do Irati, já com experiência tectónica, mas não esta.

 A fenda corta a estrada, toda a grande área de estacionamento, e prolonga-se, adelgaçando-se para os dois lados, na direcção do vale, onde se perde, serpenteando pela encosta do monte acima, até desaparecer nos matos. Estamos no exacto e preciso lugar da fronteira, a autêntica, a linha de separação, neste limbo sem pátria entre os postos das duas polícias, la duana e la douane, la bandera e le drapeau. A uma distância prudente, porque se admite a probabilidade de desmoronamentos dos bordos da terrestre ferida, autoridades e técnicos trocam frases de nulo sentido e eficácia nula, não se pode chamar diálogo a tal rumor de vozes, e usam altifalantes para melhor se ouvirem, enquanto outras personagens mais qualificadas, dentro dos pavilhões, falam pelo telefone, ora entre si, ora com Madrid e Paris. Mal desembarcaram, os jornalistas vão indagar como foi que isto se deu, e recolhem todos a mesma história, com algumas elaboradas variantes, que a sua própria imaginação ainda mais irá enriquecer, mas, pondo as coisas no simples, quem deu fé do acontecimento foi um automobilista que, passando quando já a noite se fechava, sentiu dar o carro um salto brusco, como se as rodas tivessem entrado e saído de um rego transversal, e foi ver o que era, capaz de haver obras de beneficiação do piso que imprudentemente se tivessem esquecido de assinalar. A racha tinha então meio palmo de largura, uns quatro metros de comprimento, se tanto. O homem, que era português, de nome Sousa, e viajava com a mulher e os sogros, voltou para o carro e disse, Até parece que já entrámos em Portugal, imagina, uma vala enorme, podia amolgar-me as jantes, partir um semieixo. Não era vala, nem era enorme, mas as palavras, assim nós as fizemos, têm muito de bom, ajudam, só porque as dizemos exageradas logo aliviam os sustos e as emoções, porquê, porque os dramatizam. A mulher, sem dar muita atenção à informação, respondeu, Vê lá tu, e ele achou que era de seguir o conselho, embora não tivesse sido essa a intenção, a frase da senhora, mais interjeição do que recomendação abreviada, era daquelas que de resposta só fazem as vezes, tornou ele a sair e foi verificar as jantes, estragos visíveis não havia, felizmente. Daí a dias, já na sua terra portuguesa, será herói, dará entrevistas à televisão, à rádio e à imprensa, Foi o primeiro a ver, senhor Sousa, relate-nos as suas impressões do terrível momento. Repetirá vezes sem conto, e sempre há-de rematar a ornamentada história com uma pergunta ansiosa e retórica, de causar arrepios e que a si próprio arrepia deliciosamente, como um êxtase, Se o buraco fosse maior, já pensou, como dizem que é agora, tínhamos caído lá dentro, sabe Deus até que fundura, e mais ou menos assim também pensara o galego quando perguntou, se estão lembrados, Para onde vai essa água.

Até onde, eis pois a crucial questão. A primeira providência objectiva seria sondar a ferida, averiguar-lhe a profundidade, e depois estudar, definir e pôr em prática os processos adequados para colmatar a brecha, nunca expressão alguma pôde ser tão rigorosa, por isso francesa, chegase a pensar que alguém a pensou um dia, ou inventou, para vir a ser usada, com plena propriedade, quando a terra se rachasse. A sondagem, logo feita, registou pouco mais de vinte metros, uma insignificância para os meios da moderna engenharia de obras públicas. De Espanha e de França, do perto e do longe, avançaram as betoneiras, as misturadoras, essas interessantes máquinas que, com os seus movimentos simultâneos, fazem lembrar a terra no espaço, rotação, translação, e chegando ao ponto despejavam o betão, torrencial, doseado para o efeito com grandes quantidades de pedra grossa e cimento de presa rápida. Estava-se em plena operação de enchimento quando um perito imaginoso propôs que se colocassem, como dantes se praticava nas feridas das pessoas, uns gatos, grandes, de aço, que segurassem os bordos, ajudando, por assim dizer, e acelerando, a cicatrização. A ideia foi aprovada pela comissão bilateral de emergência, as siderurgias espanholas e francesas começaram imediatamente os estudos necessários, liga, espessura e perfil do material, relação entre o tamanho da unha que ficaria cravada no chão e o vão abrangido, enfim, pormenores técnicos só para entendidos, aqui enunciados muito pela rama. A fenda engolia a torrente de pedra e lama cinzenta como se fosse o rio Irati caindo para o interior da terra, ouviam-se os ecos profundos, chegou-se a admitir a probabilidade de haver lá em baixo um oco gigantesco, uma caverna, uma espécie de goela insaciável, É que, se assim for, não vale a pena continuar, constrói-se uma passagem por cima do buraco, se calhar é mesmo a solução mais fácil e económica, chamam-se aí os italianos, que têm grande experiência de viadutos. Mas, ao cabo de não se sabe quantas toneladas e metros cúbicos, a sonda assinalou fundo a dezassete metros, depois a quinze, a doze, o nível do betão ia subindo, subindo, a batalha estava ganha. Abraçavam-se os técnicos, os engenheiros, os operários, os polícias, agitavam-se bandeiras, os locutores da televisão, nervosos, liam o último comunicado e davam as suas próprias opiniões, enaltecendo a luta titânica, a gesta colectiva, a solidariedade internacional em acção, até de Portugal, esse pequeno país, saiu um comboio de dez betoneiras, estrada fora, têm à sua frente uma longa viagem, mais de mil e quinhentos quilómetros, esforço extraordinário, não vai ser preciso o betão que trazem, mas a história registará o simbólico gesto.

Quando o enchimento atingiu o nível da estrada, a alegria explodiu em delírio colectivo, como numa passagem de ano, fogo-de-artifício e corrida de S. Silvestre. Abalaram os ares os claxons dos automobilistas que não tinham arredado pé mesmo depois de desempanchadas as rodovias, os camiões libertavam os mugidos roucos dos avertisseurs e das bocinas, e os helicópteros adejavam gloriosamente por cima das cabeças, como serafins possessos de potências acaso nada celestiais. Crepitaram incessantes as máquinas fotográficas, os operadores da televisão aproximaram-se, dominando os nervos, e ali, rente aos bordos da fenda que deixara de o ser, registaram grandes planos da superfície irregular do betão, a prova da vitória do homem sobre um capricho da natureza. E foi assim que os espectadores, longe dali, no conforto e segurança das suas casas, recebendo em directo as imagens tomadas na fronteira franco-espanhola de Collado de Pertuis, puderam ver, quando já riam e batiam palmas, e festejavam o acontecimento como proeza sua, foi assim que puderam ver, sem quererem agora acreditar nos seus próprios olhos, viram mover-se a superfície ainda mole do betão e começar a descer, como se a massa enorme estivesse a ser sugada de baixo, devagar mas irresistivelmente, até outra vez ficar à vista a brecha escancarada. A fenda não se tinha alargado, e isso só podia significar uma coisa, que a junção das paredes já não se fazia a vinte metros de fundo, como antes, mas a muitos mais, só Deus saberá quantos. Os operadores recuaram, assustados, mas o dever profissional, tornado instinto adquirido, manteve as câmaras a funcionar, trémulas sim, e o mundo pôde ver os rostos alterados, o pânico insofreável, ouviam-se as exclamações, os gritos, a fuga foi geral, em menos de um minuto apareceu deserta a área de estacionamento, ficaram as betoneiras abandonadas, aqui e além algumas ainda a funcionar, com as misturadoras girando, cheias de um betão que três minutos antes deixara de ser preciso e agora se tornara inútil.

Pela primeira vez um arrepio de medo perpassou na península e na próxima Europa. Em Cerbère, bem perto dali, as pessoas, correndo para a rua premonitoriamente como o tinham feito os seus cães, diziam umas para as outras, Estava escrito, quando eles ladrassem acabava-se o mundo, e não era precisamente assim, escrito nunca estivera, mas nos grandes momentos precisamos sempre de grandes frases, e esta, Estava escrito, não sabemos que prestígio tem que ocupa o primeiro lugar nos prontuários do estilo fatal. Temendo, com mais razões do que ninguém, o que estava para acontecer, os habitantes de Cerbère começaram a abandonar a cidade, em maciça migração para terras mais sólidas, talvez que o fim do mundo não chegasse tão longe. Em Banyuls-sur-Mer, Port-Vendrès e Collioure, para só falar destas povoações da corda ribeirinha, não ficou uma alma viva. As mortas, porque tinham morrido, deixaram-se ficar, com aquela inabalável indiferença que as distingue da restante humanidade, se alguma vez alguém disse o contrário, que Fernando visitou Ricardo, estando um morto e outro vivo, foi imaginação insensata e nada mais. Mas um destes mortos, em Collioure, mexeu-se um pouco, como se estivesse a hesitar, irei, não irei, para o interior da França é que nunca, só ele saberia para onde, talvez nós o venhamos a saber também.

Entre as mil notícias, opiniões, comentários e mesas-redondas que ocuparam, no dia seguinte, jornais, televisão e rádio, passou quase despercebido o breve comentário de um sismólogo ortodoxo, Gostaria bem de saber por que é que tudo isto se passa sem que a terra trema, ao que outro sismólogo, da escola moderna, pragmático e flexível, respondeu, A seu tempo explicaremos. Ora, numa povoação do sul da Espanha, um homem, ouvindo estas diferenças, partiu da sua casa para ir à cidade de Granada, dizer aos senhores da televisão que há mais de oito dias sentia a terra tremer, que se até agora não falara foi por pensar que ninguém o acreditaria, e que ali estava, em pessoa, para que se visse como um simples homem pode ser mais sensível do que todos os sismógrafos do mundo juntos. Quis o seu destino que um jornalista lhe desse ouvidos, ou por simpatia benevolente, ou seduzido pelo insólito do caso, em quatro linhas foi resumida a novidade, e a notícia, embora sem imagem, foi dada no telejornal da noite, sob risonha reserva. No dia seguinte, a televisão portuguesa, por falta de matéria local própria, aproveitou e desenvolveu o tópico, ouvindo em estúdio um especialista de fenómenos paranormais que nada adiantou à inteligência do caso, segundo se pode concluir da sua mais importante declaração, Como no resto dos casos, depende tudo da sensibilidade.

De efeitos e causas muito aqui se tem falado, sempre com extremos de ponderação, observando a lógica, respeitando o bom senso, reservando o juízo, pois a todos é patente que de uma betesga ninguém seria capaz de retirar um rossio. Aceitar-se-á, portanto, como natural e legítima, a dúvida de ter sido aquele risco no chão, feito por Joana Carda com a vara de negrilho, causa directa de se estarem rachando os Pirenéus, que é o que tem vindo a ser insinuado desde o princípio. Mas não se rejeite este outro facto, e inteira verdade, que foi partir Joaquim Sassa à procura de Pedro Orce por dele ter ouvido falar nas notícias da noite, e o que disse.

Mãe amorosa, a Europa afligiu-se com a sorte das suas terras extremas, a ocidente. Por toda a cordilheira pirenaica estalavam os granitos, multiplicavam-se as fendas, outras estradas apareceram cortadas, outros rios, regatos e torrentes mergulharam a fundo, para o invisível. Sobre os cumes cobertos de neve, vistos do ar, abria-se uma linha negra e rápida, como um rastilho de pólvora, para onde a neve escorregava, e desaparecia, com um rumor branco de pequena avalancha. Os helicópteros iam e vinham sem descanso, observavam os picos e os vales, abarrotados de peritos e especialistas de tudo quanto parecesse ser de alguma utilidade, geólogos, esses por direito próprio, apesar de agora lhes estar vedado o trabalho de campo, sismólogos, perplexos, porque a terra teimava em manter-se firme, sem um estremecimento, ao menos uma vibração, e também vulcanólogos, secretamente esperançados, não obstante estar o céu limpo, despejado de fumos e fogos, perfeito e liso azul de Agosto, o rastilho de pólvora não passou de comparação, é um perigo tomá-las à letra, esta e outras, se antes não aprendemos a estar prevenidos. Não podia a força humana nada a favor duma cordilheira que se abria como uma romã, sem dor aparente, e apenas, quem somos nós para o saber, porque amadurecera e chegara o seu tempo. Somente quarenta e oito horas depois de Pedro Orce ter ido dizer à televisão o que sabemos, não era mais possível, do Atlântico ao

Mediterrâneo, atravessar a fronteira a pé ou em veículos terrestres. E nas terras baixas do litoral, os mares, cada um de seu lado, começavam a entrar pelos novos canais, misteriosas gargantas, ignotas, cada vez mais altas, com aquelas paredes a pique, rigorosamente na vertical do pêndulo, o corte liso mostrando a disposição dos estratos arcaicos e modernos, as sinclinais, as intercalações argilosas, os conglomerados, as extensas lentilhas de calcários e de arenitos macios, os leitos xistosos, as rochas silicosas e negras, os granitos, e o mais que não seria possível acrescentar, por insuficiência do relator e falta de tempo. Agora já vamos sabendo que resposta se deveria ter dado ao galego que perguntou, Para onde vai esta água, Vai cair no mar, lhe diríamos, em chuva finíssima, em poalha, em cascata, depende da altura donde se precipite e do caudal, não, não estamos a falar do Irati, esse é longe, mas pode-se apostar que tudo virá a ser pela conformidade sabida, jogos de água, arco-íris também, quando o sol puder entrar nas sombrias profundidades.

Numa faixa de uns cem quilómetros de cada lado da fronteira, as populações abandonaram as suas casas, recolheram-se à relativa segurança das terras interiores, complicado só foi o caso de Andorra, de que imperdoavelmente nos íamos esquecendo, é ao que estão sujeitos todos os pequenos países, bem podiam ter-se tornado maiores. Ao princípio não faltaram hesitações sobre a consequência final das fendas, havia-as em ambos os lados, nas duas fronteiras, e também porque sendo os habitantes, uns, espanhóis, outros, franceses, outros, andorranos de nação, cada um deles inclinava-se à querença natural, salvo seja, ou determinava-se por razões ou interesses do momento, com perigo de dividirem-se as famílias e outras associações. Finalmente, a linha contínua de fractura estabeleceu-se de vez na fronteira com a França, os poucos milhares de franceses foram evacuados por via aérea, numa brilhante operação de salvamento que recebeu o nome de código Mitre d'Évêque, designação que muito desagradou ao bispo de Urgel, seu involuntário inspirador, mas que não lhe embaciou o contentamento de ser, para o futuro, o único suserano do principado, se este, apenas abraçado pelo lado de Espanha, não vier a cair ao mar. No deserto assim criado pela evacuação geral circulavam somente, e com o credo na boca, alguns destacamentos militares continuamente sobrevoados por helicópteros, prontos a recolher o pessoal ao mínimo indício de instabilidade geológica, e também aqueles inevitáveis saqueadores, em geral isolados, que as catástrofes sempre fazem sair dos covis ou ovos serpentinos, e que, neste caso, iguaizinhos aos militares que os fuzilavam sem piedade nem dó, andavam também com os seus credos na boca, consoante a fé professada, todo o ser vivo tem direito ao amor e protecção do seu deus, pondo por cima que em abono ou desculpa dos roubadores se poderia alegar que quem abandonou a sua própria casa não é merecedor de viver e aproveitar dela, além disso, muito justo é o ditado, Todo o pássaro come trigo, só o pardal é que paga, decida cada um de vós se encontra adequação entre a lição geral e o caso particular.

Aqui teria cabimento a lamentação primeira de não ser libreto de ópera este verídico relato, que se o fosse faríamos avançar à boca de cena um concertante como nunca se ouviu, vinte cantores, entre líricos e dramáticos de todas as coloraturas, garganteando as partes, uma por uma ou em coro, sucessivas ou simultâneas, a saber, a reunião dos governos espanhol e português, o rebentamento das linhas de transporte de electricidade, a declaração da Comunidade Económica Europeia, a tomada de posição da Organização do Tratado do Atlântico Norte, a pânica debandada dos turistas, o assalto aos aviões, o congestionamento do trânsito nas estradas, o encontro de Joaquim Sassa e José Anaiço, o encontro deles com Pedro Orce, a inquietação dos touros em Espanha, o nervosismo das éguas em Portugal, o alarme nas costas do Mediterrâneo, as perturbações das marés, a fuga dos ricos e dos poderosos capitais, não tarda que comecem a faltar-nos cantores. Espíritos curiosos, para não dizer cépticos, querem saber a causa de tantos, e tão diversos, e tão graves efeitos, que parece não deveria bastar-lhes o simples rachar-se uma cordilheira, mesmo tornando-se os rios cascatas e avançando os mares alguns quilómetros terra dentro, depois de há tantos milhões de anos se terem retirado dela. É que, e neste ponto fatal a mão hesita, como irá ela escrever, de plausível maneira, as próximas palavras, essas que tudo sem remédio irão comprometer, tanto mais que muito difícil se vai tornando já destrinçar, se tal se pode em algum momento da vida, entre verdade e fantasias. É que, concluamos o que suspenso ficou, por um grande esforço de transformar pela palavra o que talvez só pela palavra possa vir a ser transformado, chegou o momento de dizer, agora chegou, que a Península Ibérica se afastou de repente, toda por inteiro e por igual, dez súbitos metros, quem me acreditará, abriram-se os Pirenéus de cima a baixo como se um machado invisível tivesse descido das alturas, introduzindo-se nas fendas profundas, rachando pedra e terra até ao mar, agora sim, poderemos ver o Irati caindo, mil metros, como o infinito, em queda livre, abre-se ao vento e ao sol, leque de cristal ou cauda de ave-do-paraíso, é o primeiro arco-íris suspenso sobre o abismo, a primeira vertigem do gavião que com as asas molhadas paira, tingidas de sete cores. E veríamos também o Visaurin, o Monte Perdido, o Pico Perdiguere, o de Estats, dois mil metros, três mil metros de escarpas insuportáveis de olhar, nem se lhes alcança o fundo, brumoso de água e de distância, e depois virão as nuvens novas em se alargando este espaço, tão certo como haver realmente destino.

Passam os tempos, confundem-se as memórias, em quase nada acabam por distinguir-se a verdade e as verdades, antes tão claras e delimitadas, e então, querendo apurar o que ambiciosamente denominamos rigor dos factos, vamos consultar os testemunhos da época, documentos vários, jornais, filmes, gravações de vídeo, crónicas, diários íntimos, pergaminhos, sobretudo os palimpsestos, interrogamos os sobreviventes, com boa vontade de um lado e do outro conseguimos mesmo acreditar no que diz o ancião sobre o que viu e ouviu na infância, e de tudo haveremos de concluir alguma coisa, à falta de convictas certezas faz-se de conta, mas o que parece positivamente averiguado é que até rebentarem os cabos de energia eléctrica não tinha havido na península autêntico medo, ainda que o contrário já fosse dito, algum pânico sim, mas não medo, que é sentimento doutro calibre. Claro que muita gente conserva memória viva da dramática cena de Collado de Pertuis, quando o betão desapareceu das vistas dos que gritavam, Vencemos, vencemos, mas o episódio só foi de facto impressionante para quem lá esteve, os outros assistiram de longe, em casa, no teatro doméstico que é a televisão, no pequeno rectângulo de vidro, esse pátio dos milagres onde uma imagem varre a anterior sem deixar vestígios, tudo em escala reduzida, mesmo as emoções. E aqueles espectadores sensíveis, que ainda os há, aqueles que por um nada se põem a lacrimejar e a disfarçar o nó da garganta, esses fizeram o de costume quando não se pode aguentar mais, diante da fome em África e outras calamidades, desviaram os olhos. Além disto, não nos esqueçamos de que em grandes partes da península, nos seus interiores fundos e profundos, onde os jornais não chegam e a televisão custa a entender, havia milhões, sim, milhões de pessoas que não percebiam o que se passava, ou tinham uma ideia vaga, formada apenas de palavras cujo sentido se compreendera por metade, ou nem isso, tão inseguramente que não se acharia grande diferença entre o que um julgava saber e o que o outro ignorava.

Mas quando todas as luzes da península se apagaram ao mesmo tempo, apagón lhe chamaram depois em Espanha, negrum numa aldeia portuguesa ainda inventadora de palavras, quando quinhentos e oitenta e um mil quilómetros quadrados de terras se tornaram invisíveis na face do mundo, então não houve mais dúvidas, o fim de tudo chegara. Valeu a extinção total das luzes não ter durado mais do que quinze minutos, até que se completaram as conexões de emergência que punham em acção os recursos energéticos próprios, nesta altura do ano escassos, pleno verão, Agosto pleno, seca, míngua das albufeiras, escassez das centrais térmicas, as nucleares malditas, mas foi verdadeiramente o pandemónio peninsular, os diabos à solta, o medo frio, o aquelarre, um terramoto não teria sido pior em efeitos morais. Era noite, o princípio dela, quando a maioria das pessoas já recolheram a casa, estão uns sentados a olhar a televisão, nas cozinhas as mulheres preparam o jantar, um pai mais paciente ensina, incerto, o problema de aritmética, parece que a felicidade não é muita, mas logo se viu quanto afinal valia, este pavor, esta escuridão de breu, este borrão de tinta caído sobre a Ibéria, Não nos retires a luz, Senhor, faz que ela volte, e eu te prometo que até ao fim da minha vida não te farei outro pedido, isto diziam os pecadores arrependidos, que sempre exageram. Quem vivia num baixo, podia imaginar-se dentro de um poço tapado, quem num alto vivesse, subia ao alto e, por muitas léguas em redor, não distinguia um só luzeiro, era como se a terra tivesse mudado de órbita e viajasse agora num espaço sem sol. Com trémulas mãos acenderam-se as velas nas casas, as lanternas de pilhas, os candeeiros de petróleo guardados para uma falta, mas não esta, os castiçais de prata fina, os de bronze que só serviam de adorno, as palmatórias de latão, as esquecidas candeias de azeite, luzes frouxas que povoaram de sombras a sombra e entremostraram relances de rostos assustados, decompostos como reflexos na água. Muitas mulheres gritaram, muitos homens tremeram, das crianças se dirá que choraram todas. Passados quinze minutos, que, segundo a frase, pareceram quinze séculos, embora ninguém ainda tivesse vivido estes para comparar com aqueles, a corrente eléctrica voltou, aos poucos, pestanejando, cada lâmpada como um olho sonolento lançando turvas miradas em redor, prestes a cair no sono outra vez, enfim suportou a luz que era, e sustentou-a.

Meia hora depois a televisão e a rádio recomeçaram a transmitir, deram notícias do acontecimento, e assim soubemos que todos os cabos de alta tensão entre França e Espanha tinham rebentado, algumas torres caíram, por imperdoável esquecimento nenhum engenheiro se lembrara de desligar as linhas, já que seria impossível fazê-las descer. Felizmente o fogo-de-artifício dos curto-circuitos não causou vítimas, maneira de dizer assaz egoísta, porque se é verdade que não morreram pessoas, um lobo, pelo menos, não escapou à fulminação, tornado carvão fumegante. Mas, rebentarem-se os cabos era apenas metade da explicação para a falta da luz, a outra metade, apesar de enunciada em palavras de sentido propositadamente enredado, não demorou muito a tornar-se inteligível, ajudando cada vizinho o seu próximo, O que eles não querem confessar é que já não são só aquelas rachas no chão, se fosse só isso não se teriam partido os cabos, Então que pensa o vizinho que aconteceu, Branco é galinha o põe, mas desta vez não foi ovo, os cabos partiram-se porque foram esticados, e foram esticados porque as terras se separaram, se não foi assim quero perder o nome que tenho, Não me diga, Ai digo, digo, vai ver que eles vão acabar por confessar. Foi tal qual, mas só no dia seguinte, quando já eram tantos os boatos que uma notícia mais, mesmo verdadeira, não poderia aumentar a confusão, porém não disseram tudo, nem claramente, apenas, por estas exactas palavras, que uma alteração da estrutura geológica da cordilheira pirenaica resultara em ruptura contínua, em solução de continuidade física, estando neste momento interrompidas as comunicações por via terrestre entre a França e a península, as autoridades seguem com atenção a evolução da situação, as ligações aéreas mantêm-se, todos os aeroportos estão abertos e em pleno funcionamento, contando-se que seja possível, a partir de amanhã, duplicar os voos.

E bem precisos eram. Quando se tornou patente e insofismável que a Península Ibérica se tinha separado por completo da Europa, assim já se ia dizendo, Separou-se, centenas de milhares de turistas, como sabemos era o tempo da maior sazão deles, abandonaram precipitadamente, e deixando as contas por pagar, os hotéis, as pousadas, os paradores, as estalagens, os hostales, as residências, as casas e quartos alugados, os parques de campismo, as tendas, as caravanas, imediatamente provocando nas estradas gigantescos congestionamentos de trânsito, que mais ainda se agravaram quando os automóveis começaram a ser abandonados por toda a parte, levou algum tempo mas depois foi como um rastilho, em geral as pessoas demoram a perceber e aceitar a gravidade das situações, por exemplo, esta de não servir um automóvel para nada, uma vez que as estradas para França estavam cortadas. Em redor dos aeroportos, como uma inundação, alastrava a enorme massa de carros, de todos os tamanhos, modelos, marcas e cores, que entupiam as ruas e os acessos, aos cachos, desorganizando por completo a vida das comunidades locais. Espanhóis e portugueses, refeitos já do susto do apagón e negrum, assistiam ao pânico, achavam-no sem razão, Afinal de contas até agora não morreu ninguém, estes estrangeiros, quando os tiram da rotina, perdem a cabeça, é o resultado de estarem tão adiantados na ciência e técnica, e depois deste juízo condenatório iam escolher, entre os automóveis abandonados, o que mais lhes satisfazia o gosto e coroava o sonho.

Nos aeroportos, os balcões das companhias aéreas eram investidos pela multidão excitada, uma babel furiosa de gestos e de gritos, tentavam-se e praticavam-se subornos nunca vistos para conseguir uma passagem, vendia-se tudo, comprava-se tudo, jóias, máquinas, roupas, reservas de droga, agora negociada às claras, o automóvel ficou lá fora, tem aqui as chaves e os documentos, se não puder arranjar um lugar para Bruxelas vou nem que seja para Istambul, até para o inferno, este turista era dos distraídos, esteve na aldeia e não viu as casas. Sobrecarregados, com as memórias pletóricas, saturadas, os computadores vacilaram, multiplicaram-se os erros, até que se deu o bloqueamento total. Já não se vendiam bilhetes, os aviões eram assaltados, uma ferocidade, os homens primeiro porque tinham mais força, depois as frágeis mulheres e as inocentes crianças, não poucas de umas e outras ficaram espezinhadas entre a porta do terminal e a escada de acesso, primeiras vítimas, e logo segundas e terceiras quando alguém teve a trágica ideia de abrir caminho de pistola em punho e foi abatido pela polícia. Armou-se tiroteio, havia outras armas na multidão e dispararam, não vale a pena dizer em que aeroporto se deu a desgraça, abominável sucesso repetido em mais dois ou três lugares, embora com menos graves consequências, ali morreram dezoito pessoas.

De repente, tendo havido quem se lembrasse de que também pelos portos de mar se podia fugir, principiou outra corrida para a salvação. Refluíram os fugitivos, outra vez à procura dos seus abandonados automóveis, encontraram-nos algumas vezes, outras não, mas isso que importava, se não havia chaves ou elas não serviam, depressa se fazia uma ligação directa, quem não sabia depressa aprendeu, Portugal e Espanha transformaram-se no paraíso dos ladrões de automóveis. Quando chegavam aos portos iam à procura de batel ou canoa que os transportasse, ou, pelo melhor, uma traineira, um arrasto, um escaler, um veleiro, e desta maneira abandonavam os seus últimos haveres na terra maldita, partiam com a roupa que tinham no corpo ou pouco mais, um lenço de assoar já pouco limpo, um isqueiro sem valor nem gás, uma gravata de que ninguém tinha gostado, não está bem que com tal atrocidade nos tivéssemos aproveitado do infortúnio alheio, fomos como salteadores da costa despojando os náufragos. Desembarcavam os pobres onde podiam, aonde os levavam, a alguns largaram-nos em Ibiza, Maiorca e Minorca, em Formentera, ou nas ilhas Cabrera e Conejera, ao acaso da sorte, ficavam os infelizes, por assim dizer, entre a cruz e a caldeirinha, é certo que até agora as ilhas não se mexeram, mas quem poderá adivinhar o dia de amanhã, sólidos para a eternidade pareciam os Pirenéus, e afinal. Milhares e milhares foram parar a Marrocos, fugidos quer do Algarve quer da costa espanhola, estes os que estavam para baixo do cabo de Palos, quem estivesse daí para cima preferia ser levado directamente para a Europa, podendo ser, perguntavam assim, Quanto quer para me levar à Europa, e o contramestre carregava o sobrolho, franzia o beiço, mirava o fugitivo calculando-lhe as posses, Sabe, a Europa é longe como um raio, fica lá para o fim do mundo, e nem valia a pena responder-lhe, Que exagero, são só dez metros de água, uma vez um holandês atreveu-se a usar o sofisma, um sueco confirmou, e cruelmente lhes foi respondido, Ah, são só dez metros, pois então vão a nado, tiveram de pedir desculpa e pagaram o dobro. O negócio floresceu até ao dia em que, concertadamente, os países estabeleceram pontes aéreas para o transporte maciço dos seus naturais, mas, mesmo depois desta providência humanitária, ainda houve quem se enchesse de dinheiro na classe marinheira e piscatória, basta lembrar-nos de que nem toda a gente viajante anda em paz com a legalidade, esses estavam prontos a cobrir todas as tabelas, nem tinham outro recurso, que as forças navais de Portugal e Espanha patrulhavam assiduamente as costas, em alerta máximo, sob a vigilância, discreta, de formações navais das potências.

Houve turistas, no entanto, que resolveram não partir, aceitaram como uma fatalidade irresistível o rompimento geológico, tomaram-no como sinal imperioso do destino, e escreveram às famílias, tiveram ao menos essa atenção, a dizer que não pensassem mais neles, que se lhes tinha mudado o mundo, e a vida, não tinham culpa, em geral eram pessoas de vontade fraca, daquelas que vão adiando decisões, estão sempre a dizer amanhã, amanhã, mas isto não significa que não tenham sonhos e desejos, o mau é morrerem antes de poderem e saberem viver deles alguma pequena parte. Outros agiram pela calada, eram os desesperados, desapareceram simplesmente, esqueceram-se e fizeram-se esquecidos, ora, qualquer destes casos humanos daria, por si só, um romance, a história, enfim, do que conseguiram ser, e, mesmo se nada, outro nada, que não se encontram dois iguais.

Mas há quem carregue sobre os ombros obrigações mais pesadas, e a elas não se admite que fujam, tanto assim que em os negócios da pátria correndo mal logo nos pomos a interrogar, E então, eles, que é que eles andam a fazer, estão à espera de quê, estas impaciências contêm uma parte de grande injustiça, afinal, coitados, também não podem escapar ao destino, quando muito vão ao presidente pedir a demissão, mas não em um caso destes, que seria forte ignomínia, a história severamente julgaria homens públicos que tal decisão tomassem, nestes dias em que, para falar com propriedade, tudo se vai de água abaixo. Cada um por seu lado, em Portugal, em Espanha, os governos vieram ler comunicados tranquilizadores, garantiram formalmente que a situação não autoriza excessivas preocupações, estranha linguagem, e também que se encontram assegurados todos os meios para salvaguarda de pessoas e bens, enfim, foram à televisão os chefes de governo, e depois, para acalmação dos ânimos inquietos, apareceram também o rei de lá e o presidente de cá, Friends, Romans, countrymen, lend me your ears, disseram eles, e os portugueses e espanhóis, reunidos nos seus fóruns, responderam a uma só voz, Pois sim, pois sim, words, words, nada mais que words. Perante o descontentamento da opinião pública, reuniram-se em local secreto os primeiros-ministros dos dois países, primeiro a sós, depois com membros dos respectivos governos, conjuntamente e em separado, foram dois dias de conversações exaustivas, tendo sido resolvido, finalmente, constituir uma comissão paritária de crise, cujo objectivo principal seria coordenar as acções de defesa civil de ambos os países, em ordem a facilitar a potenciação mútua dos recursos e meios técnicos e humanos para o enfrentamento do desafio geológico que já afastara a península da Europa dez metros, Se isto não for a mais, confidenciava-se nos corredores, o caso não terá excessiva gravidade, direi mesmo que seria uma boa partida pregada aos gregos, um canal maior que o de Corinto, tão nomeado, Contudo, não poderemos ignorar que os problemas da nossa comunicação com a Europa, já historicamente tão complexos, irão tornar-se explosivos, Ora, constroem-se umas pontes, A mim, o que me preocupa é a possibilidade de vir o canal a alargar-se tanto que possam navegar por lá os navios, sobretudo os petroleiros, seria um rude golpe para os portos ibéricos, e as consequências tão importantes, mutatis mutandis, claro está, como as que resultaram da abertura do canal de Suez, quer dizer, o norte da Europa e o sul da Europa disporiam de uma comunicação directa, dispensando, por assim dizer, a rota do Cabo, E nós ficávamos a ver navios, comentou um português, os outros julgaram ter entendido que os navios de que ele falava eram os que fossem passando no novo canal, ora, só nós, portugueses, é que sabemos que são muito outros esses tais barcos, levam carga de sombras, de anelos, de frustrações, de enganos e desenganos, atestados os porões, Homem ao mar, gritaram, e ninguém lhe acudiu.

 Durante a reunião, como fora combinado previamente, a Comunidade Económica Europeia tornou pública uma declaração solene, nos termos da qual ficava entendido que o deslocamento dos países ibéricos para ocidente não poria em causa os acordos em vigor, tanto mais que se tratava de um afastamento mínimo, uns poucos metros, se compararmos com a distância que separa a Inglaterra do continente, para já não falar da Islândia ou da Gronelândia, que de Europa têm tão pouco. Esta declaração, objectivamente clara, foi o que resultou de um aceso debate no seio da comissão, em que alguns países membros chegaram a manifestar um certo desprendimento, palavra sobre todas exacta, indo ao ponto de insinuar que se a Península Ibérica se queria ir embora, então que fosse, o erro foi tê-la deixado entrar. Naturalmente que tudo era a brincar, um joke, nestas difíceis reuniões internacionais as pessoas também precisam de distrair-se, não poderia ser só trabalhar, trabalhar, mas os comissários português e espanhol repudiaram energicamente a atitude deselegantemente provocatória e indubitavelmente anticomunitária, citando, cada qual na sua língua, o conhecido ditado ibérico, Os amigos são para as ocasiões. Também tinha sido pedida à Organização do Tratado do Atlântico Norte uma declaração de solidariedade atlantista, mas a resposta, não sendo embora negativa, veio a resumir-se numa frase impublicável, Wait and see, o que, aliás, não exprimia nenhuma inteira verdade, considerando que, pelo sim, pelo não, haviam sido postas em estado de alerta as bases de Beja, Rota, Gibraltar, El Ferrol, Torrejón de Ardoz, Cartagena, San Jurjo de Valenzuela, para não falar de instalações menores.

Então, a Península Ibérica moveu-se um pouco mais, um metro, dois metros, a experimentar as forças. As cordas que serviam de testemunhos, lançadas de bordo a bordo, tal qual os bombeiros fazem nas paredes que apresentam rachas e ameaçam desabar, rebentaram como simples cordéis, algumas mais sólidas arrancaram pela raiz as árvores e os postes a que estavam atadas. Houve depois uma pausa, sentiu-se passar nos ares um grande sopro, como a primeira respiração profunda de quem acorda, e a massa de pedra e terra, coberta de cidades, aldeias, rios, bosques, fábricas, matos bravios, campos cultivados, com a sua gente e os seus animais, começou a mover-se, barca que se afasta do porto e aponta ao mar outra vez desconhecido.

Esta oliveira é cordovil, ou cordovesa, ou cordovia, tanto faz, que estes três nomes lhe dão, sem diferença, na terra portuguesa, e à azeitona que gera, pelo tamanho e formosura, aqui lhe chamariam aceituna de la reina, mas cordobesa não, embora estejamos mais perto de Córdova do que da fronteira de além. Parecem pormenores escusados, superfluidades, vocalizações melismáticas, artifícios ornamentais de um canto plano que sonha com asas de música plena, quando muito mais importaria falar destes três homens que debaixo da oliveira estão sentados, um que é Pedro Orce, outro Joaquim Sassa, o terceiro José Anaiço, acasos prodigiosos ou deliberadas manipulações os terão reunido neste lugar. Mas dizer que é cordovil a oliveira servirá, ao menos, para observar a que extremo foram omissos, por exemplo, os evangelistas quando se limitaram a escrever que Jesus amaldiçoou a figueira, parece que deveria a informação bastar-nos e não basta, não senhor, afinal, vinte séculos passados, ainda não sabemos se a árvore desgraçada dava figos brancos ou pretos, lampos ou serôdios, de capa-rota ou pingo-de-mel, não que com a falta esteja padecendo a ciência cristã, mas a verdade histórica seguramente sofre. É cordovil, pois, a oliveira, e estão sentados três homens debaixo dela. Por trás destas encostas, mas não visível daqui, há uma aldeia onde Pedro Orce tem vivido, e por um acaso, primeiro deles, se o é, têm ele e ela o mesmo nome, o que não retira nem acrescenta verosimilhança ao conto, um homem pode chamar-se Cabeza de Vaca ou Mau-Tempo e não ser açougueiro ou meteorologista. Já se disse que são acasos, e manipulações, porém de boa-fé.

Estão sentados no chão, no meio deles ouve-se a voz fanhosa de um rádio que já deve ter as pilhas cansadas, e o que está dizendo o locutor é isto, De acordo com as últimas medições, a velocidade de deslocação da península estabilizou-se à roda dos setecentos e cinquenta metros por hora, mais ou menos dezoito quilómetros por dia, não parece muito, mas se fizermos contas miúdas, quer dizer aquilo que em cada minuto nos afastamos doze metros e meio da Europa, embora devamos evitar cair em alarmismos dissolventes, a situação é realmente de preocupar, E ainda seria mais se dissesses que por cada segundo são dois centímetros e picos, comentou José Anaiço rápido em cálculo mental, não pôde chegar às décimas e centésimas, Joaquim Sassa pedia-lhe que se calasse, queria ouvir o locutor, e valia a pena, Segundo informações agora mesmo chegadas à nossa redacção, apareceu uma grande fenda entre La Línea e Gibraltar, razão por que já se prevê, tendo em conta a consequência até agora irreversível das fracturas, que El Peñon venha a ficar isolado no meio do mar, se tal vier a acontecer não lancemos as culpas aos britânicos, culpa, sim, temo-la nós, tem-na Espanha, que não soube recuperar, a tempo, esse pedaço sagrado da pátria, agora é tarde, ele mesmo nos abandona, Este homem é um artista da palavra, disse Pedro Orce, mas o locutor mudara já de tom, dominara a comoção, O gabinete do primeiro-ministro da Grã-Bretanha distribuiu uma nota na qual o governo de Sua Majestade Britânica reafirma aquilo a que chama os seus direitos sobre Gibraltar, agora confirmados, citamos, pelo facto indiscutível de estar The Rock a separar-se de Espanha, com o que ficam unilateral e definitivamente suspensas todas as negociações com vista a uma eventual, se bem que problemática, transferência de soberania, Ainda não foi desta vez que se acabou o império britânico, disse José

Anaiço, Em declaração ao parlamento, a oposição de Sua Majestade exigiu que o futuro lado norte da nova ilha seja rapidamente fortificado, de modo a tornar o rochedo, em todo o seu perímetro, num bastião inexpugnável, orgulhosamente isolado no meio do Atlântico agora alargado, como símbolo do poder imorredouro de Albion, São doidos, murmurou Pedro Orce, olhando as alturas da serra de Sagra, na sua frente, Por seu lado, o governo, visando reduzir o impacte político da reivindicação, respondeu que Gibraltar, nas novas condições geoestratégicas, continuará a ser uma das jóias da coroa de Sua Majestade Britânica, fórmula que, como a Magna Carta, tem a virtude magna de satisfazer toda a gente, este remate irónico foi da responsabilidade do locutor, que se despediu, Voltaremos a dar notícias, salvo imprevisto, daqui por uma hora. Um bando de estorninhos passou como um tufão sobre a colina árida, vruuuuuuuuu, São os teus, perguntou Joaquim Sassa, e, mesmo sem olhar, José Anaiço respondeu, São os meus, tem obrigação de o saber, desde aquele primeiro dia, nos verdes campos ribatejanos, que quase não se separaram, só para comer e dormir, homem não se alimenta de vermes ou grãos perdidos, pássaro dorme nas árvores, sem lençóis. A bandada deu uma volta larga, fremente, asas vibrantes, bicos que bebem o ar e o sol, e o azul, as poucas nuvens, brancas e acasteladas, navegam no espaço como galeões, os homens, estes e todos os outros, olham estas coisas diversas e, como de costume, não as entendem bem.

Não foi para ouvirem, de companhia, um rádio de pilhas que, vindos de tão diferentes lugares, aqui se juntaram Pedro Orce, Joaquim Sassa e José Anaiço. Sabemos há três minutos que Pedro Orce vive na aldeia que está escondida por trás destes acidentes, sabíamos desde o princípio que Joaquim Sassa veio duma praia do norte de Portugal, e José Anaiço, agora o ficámos a saber de ciência certa, pelos campos do Ribatejo andava a passear quando encontrou os estorninhos, e tê-lo-íamos logo sabido se tivéssemos dado atenção suficiente aos pormenores da paisagem. Falta agora saber como se encontraram os três e por que estão aqui clandestinos, debaixo duma oliveira, única neste lugar, entre raras e confusas árvores anãs que se agarram ao chão branco, o sol reverbera em todas as chapadas, o ar treme, é o calor andaluz, apesar de estarmos no meio de um circo de montanhas, de repente tornámo-nos conscientes destas materialidades, entrámos no mundo real, ou foi ele que nos arrombou a porta.

Pensando bem, não há um princípio para as coisas e para as pessoas, tudo o que um dia começou tinha começado antes, a história desta folha de papel, tomemos o exemplo mais próximo das mãos, para ser verdadeira e completa, teria de ir remontando até aos princípios do mundo, de propósito se usou o plural em vez do singular, e ainda assim duvidemos, que esses princípios princípios não foram, somente pontos de passagem, rampas de escorregamento, pobre cabeça a nossa, sujeita a tais puxões, admirável cabeça, apesar de tudo, que por todas as razões é capaz de enlouquecer, menos por essa.

Não há, pois, princípio, mas houve um momento em que Joaquim Sassa partiu donde estava, praia do norte de Portugal, talvez Afife, a das pedras enigmáticas, talvez A-Ver-o-Mar, esta melhor seria, por ter o mais perfeito nome de praia que se poderia imaginar, poetas e romancistas de livros não o inventariam. De lá veio Joaquim Sassa por ter ouvido que um Pedro Orce de Espanha sentia tremer o chão debaixo dos pés quando o chão não tremia, é muito natural curiosidade de quem atirou uma pedra pesada ao mar com forças que não tinha, ainda mais arrancando-se a península da Europa sem abalo nem dor, como um cabelo que silenciosamente cai, pela simples vontade de Deus, ao que dizem. Meteu-se ao caminho, no Dois Cavalos velho, não se despediu da família, doridamente, pois família não tem, e também não deu contas ao gerente do escritório onde trabalha. O tempo é de férias, pode ir e voltar sem ter de pedir licença, agora nem o passaporte exigem na fronteira, mostra-se simplesmente o bilhete de identidade e é nossa a península. Sobre o banco, ao lado, leva um rádio de pilhas, distrai-se a ouvir a música, o papear dos locutores, suave e embalador como um berço acústico, de súbito irritante, isto era nos tempos normais, agora o éter está sulcado por palavras febris, as notícias que vêm dos Pirenéus, o êxodo, a passagem do mar Vermelho, a retirada de Napoleão. Aqui, nas estradas do interior, o trânsito é pouco, nada que se compare com o Algarve, aquela confusão e convulsão, e em Lisboa, nas auto-estradas do sul e do norte, o aeroporto da Portela mais parece uma praça sitiada, um assalto de formigas, limalha de ferro atraída pelo íman. Joaquim Sassa vai em seu descanso, pelos sombreados caminhos beirões, leva por destino uma aldeia chamada Orce, na província de Granada, país de Espanha, onde vive o tal homem de quem se falou na televisão, Vou lá saber se existe alguma ligação entre o que me sucedeu a mim e aquilo de sentir a terra tremer debaixo dos pés, a gente, pondo-se a imaginar, junta as coisas todas umas às outras, as mais das vezes errou, às vezes acerta, uma pedra atirada ao mar, o chão que treme, uma cordilheira estalada. Joaquim Sassa vai também entre montanhas, ainda que não se possam comparar com aqueles titãs, mas de repente inquieta-se, E se acontecesse o mesmo aqui, rachar-se a Estrela, sumir-se o Mondego nas profundas, os choupos outonais sem espelho onde mirar-se, o pensamento tornou-se poético, o perigo já lá vai.

Neste momento interrompeu-se a música, o locutor começou a ler notícias, não variavam muito, a única novidade, se bem que relativa, vinha de Londres, o primeiro-ministro foi à Câmara dos Comuns para afirmar, categoricamente, que a soberania britânica sobre Gibraltar não admitia discussão, qualquer que fosse a distância que viesse a separar a Península Ibérica da Europa, ao que o leader da oposição acrescentou uma formal garantia, isto é, A mais leal colaboração da nossa bancada e do nosso partido no grande momento histórico que estamos a viver, mas juntou ao discurso solene uma ironia que tez rir todos os deputados. O senhor primeiro-ministro incorreu numa grave falta de precisão vocabular quando chamou península àquilo que já é hoje, sem qualquer dúvida, uma ilha, ainda que sem a firmeza da nossa, of course. Os deputados da maioria aplaudiram a conclusão e trocaram sorrisos complacentes com os adversários, para unir os políticos não há como o interesse da pátria, verdade incontroversa. Joaquim Sassa sorriu também, Que teatro, e de repente suspendeu a respiração, o locutor dissera o seu nome, Pede-se ao senhor Joaquim Sassa, em viagem algures no país, repetimos, pede-se ao senhor Joaquim Sassa o favor, pediam por favor, de se apresentar urgentemente ao governador civil mais próximo do local onde se encontre, a fim de colaborar com as autoridades no esclarecimento das causas da ruptura geológica verificada nos Pirenéus, pois é convicção das entidades competentes que o referido senhor Joaquim Sassa dispõe de informações de interesse nacional, vamos repetir o apelo, Pede-se ao senhor Joaquim Sassa, mas o senhor Joaquim Sassa já não ouvia, tivera de parar o carro para recuperar a serenidade, o sangue-frio, com as mãos a tremerem desta maneira nem guiar podia, os ouvidos zumbiam-lhe como um búzio, Ora a minha vida, como é que eles teriam sabido da pedra, na praia não estava ninguém, pelo menos que eu visse, e não falei do caso, tomavam-me por mentiroso, afinal devia estar alguém de parte a observar-me, em geral quem é que vai reparar numa pessoa que atira pedras à água, pois é, mas em mim repararam logo, pouca sorte, e depois sabemos como as coisas se passam, um diz ao outro e acrescenta o que imaginou e não chegou a ver, quando esta história chegou aos ouvidos das autoridades a pedra já devia estar do meu tamanho, pelo menos, e agora que vou eu fazer. Não responderia ao apelo, não se apresentaria a nenhum governador civil ou militar, imagine-se a conversa absurda, o gabinete fechado, o gravador a gravar, Senhor Joaquim Sassa, atirou uma pedra ao mar, Atirei, Quanto lhe parece que ela pesaria, Não sei, talvez dois quilos, ou três, Ou mais, Sim, podia ser mais, Tem aqui algumas pedras, experimente-as, e diga qual delas se aproxima, em peso, da pedra que atirou, Esta, Vamos pesá-la, assim, ora bem, faça o favor de verificar com os seus próprios olhos, Não imaginei que fosse tanto, cinco quilos e seiscentos gramas, Agora diga-me, alguma outra vez lhe sucedeu um caso parecido com este, Nunca, Tem a certeza, Absoluta, Não sofre de perturbações mentais ou nervosas, epilepsia, sonambulismo, transes de vária ordem, Não senhor, E na sua família, há ou houve casos semelhantes, Não senhor, Depois faremos um electroencefalograma, por agora experimente fazer força neste aparelho, aqui, Que é, Um dinamómetro, faça toda a força de que for capaz, Não posso mais, Só isto, Nunca fui homem de grandes musculaturas, Senhor Joaquim Sassa, o senhor nunca poderia ter atirado aquela pedra, Também sou da mesma opinião, mas atirei, Sabemos que atirou, há testemunhas, pessoas de toda a confiança, por isso tem de nos dizer como o conseguiu, Já expliquei, ia na praia, vi a pedra, agarrei nela e atirei-a, Não pode ser, As testemunhas confirmam, É verdade, mas as testemunhas não podem saber donde lhe veio essa força, o senhor é que deve saber, Já lhe disse que não sei, A situação, senhor Sassa, é muito grave, direi mais, gravíssima, a ruptura dos Pirenéus não se explica por causas naturais, ou então estaríamos mergulhados numa catástrofe planetária, foi a partir desta evidência que começámos a investigar casos insólitos ocorridos nestes últimos dias, e o seu é um deles, Duvido que atirar uma pedra ao mar possa ser causa de partir-se um continente, Não quero entrar em vãs filosofias, mas responda-me se vê alguma ligação entre o facto de um macaco ter descido duma árvore há vinte milhões de anos e a fabricação duma bomba nuclear, A ligação é, precisamente, esses vinte milhões de anos, Bem respondido, mas agora imaginemos que seria possível reduzir a horas o tempo entre uma causa, que neste caso seria o lançamento da sua pedra, e um efeito, que foi a separação da Europa, por outras palavras, imaginemos que, em condições normais, essa pedra atirada ao mar só produziria efeitos daqui por vinte milhões de anos, mas que, noutras condições, precisamente as da anormalidade que estamos a investigar, o efeito se verifica umas poucas horas, ou dias, depois, É pura especulação, a causa pode ser outra, Ou um conjunto concomitante delas, Então vão ter de investigar outros casos insólitos, É o que estamos a fazer, e os espanhóis também, como aquele homem que sente a terra a tremer, Por esse caminho, depois de examinarem os casos insólitos, terão de passar aos casos sólitos, Casos quê, Sólitos, Que quer dizer essa palavra, Sólito é o contrário de insólito, o seu antónimo, Passaremos dos insólitos aos sólitos se for preciso, havemos de descobrir a causa, Vão ter muito que examinar, Estamos a começar, diga-me aonde foi buscar a sua força. Joaquim Sassa não respondeu, fez emudecer a imaginação, tanto mais que o diálogo ameaçava tornar-se circular, agora teria de repetir, Não sei, e o resto seria igual, com algumas variantes, mas mínimas, sobretudo formais, mas aí mesmo se deveria acautelar, porque, como se sabe, pela forma se chega ao fundo, pelo continente ao conteúdo, pelo som da palavra ao significado dela.

Pôs Dois Cavalos em movimento, a passo, se tal se pode dizer de um automóvel, queria pensar, precisava de pensar maduramente. Deixara de ser um viajante vulgar a caminho duma fronteira, homem comum sem qualidades nem importância, agora não, provavelmente estariam neste momento a ser impressos os cartazes com o seu retrato, e a sinalética, Wanted em letras gordas e vermelhas, a caça ao homem. Olhou o espelho retrovisor e viu um carro da polícia da estrada, vinha tão depressa que parecia querer entrar pela janela de trás, Estou apanhado, disse, acelerou mas emendou logo, sem travar, e tudo isto era escusado, o carro da polícia passou como uma tromba, devia levar destino, nem sequer o olharam, adivinhassem os apressados polícias quem ali ia, é que Dois Cavalos há muitos, parece uma contradição matemática, mas não é. Joaquim Sassa tornou a olhar o espelho, agora para se ver a si próprio, reconhecer o alívio nos seus olhos, para pouco mais dava o reflexo, um bocadinho do rosto, assim é difícil saber a quem pertence, a Joaquim Sassa, já sabemos, mas Joaquim Sassa quem é, um homem ainda novo, tem os seus trinta e tal anos, mais perto dos quarenta que dos trinta, vem um dia em que não se pode evitar, as sobrancelhas são pretas, os olhos castanhos à portuguesa, nítida a cana do nariz, são feições realmente comuns, saberemos mais dele quando se voltar para nós. Por enquanto, pensou, é só um apelo pela rádio, o pior vai ser na fronteira, ainda por cima este meu apelido, Sassa, hoje o que me calhava era ser um Sousa qualquer, como o outro de Collado de Pertuis, um dia foi ver no dicionário se a palavra existia, Sassa, não Sousa, e o que significava, ficou a saber que era uma árvore corpulenta da Núbia, lindo nome, de mulher, Núbia, lá para os lados do Sudão, África Oriental, página noventa e três do atlas, E esta noite, onde é que eu vou dormir, hotel nem sonhar, estão sempre com a rádio ligada, a estas horas já toda a hotelaria portuguesa está de olho vivo em cima dos candidatos a uma dormida, o refúgio dos perseguidos, imagina-se a cena, Ora essa, sim senhor, temos um excelente quarto vago, no segundo andar, é o duzentos e um, ó Pimenta acompanha o senhor Sassa, e quando ele estivesse deitado a descansar, ainda vestido, o gerente, excitadíssimo, nervoso, ao telefone, O tipo está cá, venham depressa.

Encostou Dois Cavalos à berma, saiu para desentorpecer as pernas e refrescar o pensamento, que no entanto não soube ser bom conselheiro, propôs-lhe uma irregularidade, Ficas aí numa cidade mais populosa, que têm dessas comodidades, procuras uma casa de putas, passas a noite com uma delas, descansa que não te pedem o bilhete de identidade, assim pagues, e se não te apetecer recrear a carne, com as preocupações que tens, ao menos poderás dormir, se calhar até te fica mais barato que o hotel, Absurdo, respondeu Joaquim Sassa à proposta, a solução será dormir no automóvel, aí num caminho retirado, E se te aparecem uns valdevinos, uns vagabundos, uns ciganos, se te assaltam e roubam, se te matam, Estas terras são sossegadas, E se vem aí um incendiário de ofício ou de mania deitar fogo aos pinhais, estamos no tempo deles, ficas cercado pelas chamas, e morres queimado, que deve ser a pior das mortes, segundo tenho ouvido dizer, lembra-te dos mártires da inquisição, Absurdo, tornou a dizer Joaquim Sassa, está decidido, durmo no carro, e o pensamento calou-se, cala-se sempre quando a vontade é firme. Ainda era cedo, podia percorrer uns quarenta ou cinquenta quilómetros por estas sinuosas estradas, acamparia perto de Tomar, ou de Santarém, num desses caminhos de terra que dão acesso a culturas, com os seus profundos regos que foram de carros de bois e hoje são de tractores, à noite ninguém passa, em qualquer lado se pode esconder Dois Cavalos, Até posso dormir ao relento, com o calor que faz, a esta ideia não respondeu o pensamento, mas desaprova.

Não parou em Tomar, não chegou a Santarém, jantou incógnito numa vila da margem do Tejo, a gente da terra é curiosa de seu natural, mas não ao ponto de indagar do viajante, à queima-roupa, Olhe lá, como é o seu nome, se por cá se demorasse, então sim, em pouco tempo lhe averiguariam a vida passada e o destino para o futuro. A televisão estava ligada, enquanto Joaquim Sassa jantou viu-se a parte final de um filme sobre a vida submarina, com muitos cardumes de peixe miúdo, raias ondulantes e moreias sinuosas, e uma âncora antiga, depois vieram os anúncios, uns de montagem percutante, rápida, outros sabiamente lentos como uma volúpia feita de experiência, as vozes eram de crianças que gritavam muito, de adolescentes inseguras de tom, ou de mulheres um pouco roucas, todos os homens barítonos e viris, nas traseiras da casa ronca o porco, criado com a água das lavagens e os restos dos pratos. Enfim deram as notícias e Joaquim Sassa tremeu, estava apanhado se mostrassem uma fotografia sua. O apelo foi lido, mas a fotografia não apareceu, no fim de contas não andavam à procura de um criminoso, apenas se lhe pedia, com muita instância e bons modos, que desse sinal da sua pessoa, servindo assim o supremo interesse nacional, nenhum patriota digno desse nome se furtaria ao cumprimento de um dever tão simples, apresentar-se à autoridade para declarações. Havia mais três pessoas a jantar, um casal idoso, e noutra mesa o conhecido homem sozinho de quem sempre se diz, Deve ser caixeiro-viajante.

As conversas interromperam-se quando se ouviram as primeiras notícias dos Pirenéus, o porco continuava a roncar mas ninguém o ouvia, e, tudo isto num instante só, o dono da casa subiu a uma cadeira para aumentar o som, a rapariga que servia às mesas ficou parada de olhos arregalados, os clientes pousaram cuidadosamente os talheres na borda do prato, nem o caso era para menos, no ecrã via-se um helicóptero que estava a ser filmado doutro helicóptero, ambos entrando pelo assustador canal, e mostravam as paredes altíssimas, tão altas que mal o céu se via lá em cima, um fiozinho de azul, Credo, até faz tonturas na cabeça, disse a rapariga, e o patrão, Está calada, agora projectores potentíssimos mostravam a garganta hiante, assim deveria ter sido a entrada do inferno grego, mas onde deveria ladrar Cérbero grunhe um porco, as mitologias já não são nada do que eram. Estas dramáticas imagens, recitava o locutor, tomadas com autêntico risco de vida, a voz tornou-se pastosa, engrolada, os dois helicópteros transformaram-se em quatro, fantasmas de fantasmas, Maldita antena, resmungou o dono do restaurante.

Quando o som e a imagem se estabilizaram e tornaram inteligíveis, os helicópteros tinham desaparecido, e o locutor lia o conhecido apelo, agora alargado ao geral, Pede-se também a todas as pessoas que saibam de casos estranhos, de fenómenos inexplicáveis, de sinais duvidosos, que avisem prontamente as autoridades mais próximas. Então, vendo-se assim directamente interpelada, a rapariga lembrou o ali tão falado caso do cabrito que nascera com cinco pernas, quatro pretas e uma branca, mas o patrão respondeu, Isso já foi há meses, parva, cabritos com cinco pernas e pintos com duas cabeças é coisa que está sempre a acontecer, de moer o juízo, conta-me dessas, é aquilo dos estorninhos do professor, Que estorninhos, que professor, perguntou Joaquim Sassa, O professor da terra, o nome dele é José Anaiço, há uns dias que para onde quer que ele vá, vai um bando de estorninhos, não são menos de duzentos, Ou mais, corrigiu o caixeiro-viajante, ainda esta manhã os vi quando cheguei, andavam a voar por cima da escola, e faziam tanto barulho de asas e gritos que era um fenómeno. Nesta altura tomou a palavra o senhor de idade para dizer, Cá no meu entender devíamos informar o presidente da junta deste caso dos estorninhos, Saber, ele já sabe, observou o dono da casa, Sabe, mas não liga uma coisa à outra, o rabo e as calças, se assim posso exprimir-me, Então que devemos fazer, Vamos conversar com ele amanhã pela manhã, ainda por cima era importante para a nossa terra que dela se falasse na televisão, é bom para o comércio e indústria, Mas o segredo fica entre nós, não se diz a ninguém, E esse professor, mora onde, perguntou Joaquim Sassa como se a resposta lhe interessasse pouco, por isso o patrão, distraído, não foi a tempo de evitar que a rapariga desse com a língua nos dentes, Mora numa casa mesmo ao lado da escola, é a casa dos professores, à noite tem sempre luz na janela até muito tarde, e parecia haver uma certa melancolia na voz. Zangado, o dono do restaurante ralhou à pobre servente, Cala a boca, estupor, vai mas é ver se o porco está com fome, ordem sobre todas absurda porque os porcos a esta hora não comem, em geral dormem, se este tanto protesta talvez seja de inquietações e anseios, também por essas cavalariças e cercados no campo as éguas relincham e sacodem a cabeça, nervosas, em desassossego, e, de impaciência, ferem com as ferraduras as pedras roladas do chão, despedaçam a palha, Isto será da lua, é o diagnóstico do maioral.

Joaquim Sassa pagou o jantar, deu as boas-noites, deixou gorjeta generosa em recompensa da informação que a rapariga dera, se calhar o patrão vai metê-la ao bolso, por despeito de ocasião, não porque seja seu costume, a bondade das pessoas não é melhor do que elas são, também sujeita a eclipses e contradições, constante só raramente, e este é o caso da escorraçada moça que, não podendo dar de comer a um porco que não tem fome, lhe coça o testuz entre os olhos, a palavra é castelhana, mas usa-se aqui por fazer falta em português. Está um bonito anoitecer, Dois Cavalos descansa debaixo dos plátanos, refrescando as rodas na água que escorre, perdida, da fonte, e Joaquim Sassa deixa-o ficar, vai a pé procurar a escola e a janela iluminada, as pessoas não conseguem esconder os seus segredos ainda que com palavras os queiram guardar, uma súbita estridência as denuncia, o apagamento súbito duma vogal os revela, qualquer observador com experiência de voz e de vida percebia logo que a rapariga da casa de pasto tem paixão. A vila é apenas uma aldeia grande, em menos de meia hora se vai da entrada ao cabo das casas, mas tanto não precisará de andar Joaquim Sassa, perguntou a um rapazinho que passava onde era a escola, não podia ter encontrado mais bem informado guia, O senhor vá por essa rua, em chegando a um largo onde há uma igreja vire para a sua mão esquerda, depois é sempre a direito, não tem nada que errar, a escola vê-se logo, E o professor, mora lá, Mora, sim senhor, a janela tem luz, mas não havia sinal de paixão em nenhuma destas palavras, provavelmente o rapaz é mau aluno e a escola o seu primeiro purgatório de pecador, mas a voz dele ficou de repente alegre, não há rancor nas crianças, é o que as salva, E os estorninhos estão lá, nunca estão calados, se não abandonar cedo os estudos poderá aprender a compor as frases de modo a não repetir tão de seguida as formas verbais.

Ainda há alguma claridade em metade do céu, a outra metade não escureceu de todo, o ar é azul como se estivesse a amanhecer. Mas dentro das casas as luzes já estão acesas, ouvem-se vozes calmas, de gente cansada, um choro discreto no berço, em verdade os povos são inconscientes, lançam-nos numa jangada ao mar e continuam a tratar das vidas como se estivessem numa terra firme para todo o sempre, palrando como Moisés quando descia o Nilo na condessinha de verga, a brincar com as borboletas, com tanta sorte que não o viram os crocodilos. Ao fundo da rua estreita, entre muros, está a escola, se Joaquim Sassa não estivesse avisado julgaria ser casa como as outras, de noite todas são pardas, algumas de dia o são, escurecera entretanto, mas só daqui a pouco se acenderão os candeeiros públicos.

Para não desmentir a rapariga apaixonada e o rapazito dos sentimentos reservados, a janela tem luz, e a ela foi bater Joaquim Sassa, afinal os estorninhos não fazem tanto barulho assim, estão a acomodar-se para a noite, com as disputas do costume, as querelas de vizinhança, porém não tarda que sob as largas folhas da figueira onde se instalaram se aquietem, invisíveis, negros no meio do negrume, só mais tarde se levantará a lua, então alguns acordarão tocados pelos brancos dedos e outra vez adormecerão, não adivinham que vão ter de viajar para muito longe. De dentro de casa uma voz de homem perguntou, Quem é, e Joaquim Sassa respondeu, Faz favor, mágicas palavras que substituem identificação formal, a linguagem está cheia destes e outros mais difíceis enigmas. A janela abriu-se, não é fácil ver quem nesta casa mora, assim em contraluz, mas, em compensação, o rosto de Joaquim Sassa aparece completo, de algumas feições falámos antes, o resto está conforme, cabelos castanho-escuros, lisos, as faces magras, o nariz realmente comum, os lábios parecem cheios apenas quando falam, Desculpe vir incomodá-lo a estas horas, Não é tarde, disse o professor, mas teve de elevar a voz porque os estorninhos, sobressaltados, levantaram um coro de protesto ou de alarme, É mesmo por causa deles que eu gostaria de lhe falar, Deles, quem, Dos estorninhos, Ah, E duma pedra que atirei ao mar, muito mais pesada do que podiam as minhas forças, Como se chama, Joaquim Sassa, É a pessoa de quem falam na rádio e na televisão, Sou eu, Entre.

De pedras e estorninhos conversaram, agora falam de decisões tomadas. Estão no quintal por trás da casa, José Anaiço sentado no poial da porta, Joaquim Sassa numa cadeira por ser a visita, e estando José Anaiço de costas para a cozinha, donde a luz vem, continuamos sem saber que feições são as suas, parece este homem que se esconde, e não é tal, quantas vezes aconteceu mostrarmo-nos como quem somos, e não valeu a pena, não estava lá ninguém para ver. José Anaiço deitou um pouco mais de vinho branco nos copos, bebem-no à temperatura do ambiente, como na opinião de entendidos deve ser bebido, sem os artifícios modernos da refrigeração, mas neste caso é só porque na casa do professor não há frigorífico, Para mim chega, disse Joaquim Sassa, com o tinto do jantar já passei da minha conta, Este é para brindar à viagem, respondeu José Anaiço, e sorria, viam-se-lhe os dentes muito brancos, facto a registar, Que eu vá à procura de Pedro Orce, ainda se percebe, por enquanto estou em férias, sem obrigações de emprego, Também eu, e por mais tempo, até à abertura das aulas, princípio de Outubro, Sou sozinho, Sozinho sou eu, Não estava nas minhas intenções vir cá desafiá-lo para ir comigo, nem o conhecia, Eu é que lhe peço que me deixe acompanhá-lo, se me der um lugar no seu carro, mas já o deu, agora não pode voltar com a palavra atrás, Imagine o que irá ser o alvoroço quando derem pela sua falta, capazes de chamarem a polícia logo na primeira hora, vão pensar que está morto enterrado, enforcado numa pernada, ou atirado ao rio, por mim, claro, de mim é que vão suspeitar, o desconhecido da misteriosa força que veio do ignoto, fez perguntas e desapareceu, está tudo nos livros, Deixo um bilhete na porta da junta de freguesia a dizer que tive de partir inesperadamente para Lisboa, espero que ninguém tenha a lembrança de ir perguntar na estação se me viram comprar bilhete.

Por uns momentos ficaram calados, depois José Anaiço levantou-se, deu uns passos na direcção da figueira enquanto bebia o resto do vinho, os estorninhos não paravam de pissitar e remexer-se, uns tinham acordado com a conversa dos homens, outros porventura sonhariam alto, aquele terrível pesadelo da sua espécie que é sentir-se voar, pássaro sozinho perdido da bandada, numa atmosfera que resiste e prende o bater das asas como se fosse de água, o mesmo se passa com os homens quando a vontade no sonho lhes manda que corram, e não podem. Partimos uma hora antes do nascer do sol, disse José Anaiço, agora são horas de dormir, e Joaquim Sassa levantou-se da cadeira, Fico no carro, de madrugada venho buscá-lo, Por que é que não dorme cá, só tenho uma cama, mas é larga, dá para dois à vontade. O céu estava alto, todo picado de astros que pareciam próximos como se dele estivessem invisivelmente dependurados, poalha de vidro, véu de leite nevado, e as grandes constelações fulgiam dramaticamente, o Boieiro, as Duas Ursas, o Sete-Estrelo, sobre os rostos alçados dos dois homens caía uma chuvinha feita de pequenos cristais de luz que se agarravam à pele, ficavam presos nos cabelos, não foi a primeira vez que o fenómeno se deu, mas num repente calaram-se todos os murmúrios da noite, por cima das árvores apareceu o primeiro alvor da lua, agora terão as estrelas de apagar-se. Então Joaquim Sassa disse, Com uma noite destas até sou capaz de dormir debaixo da figueira, se me emprestar uma manta, Faço-lhe companhia. Amontoaram, ajeitaram depois uma quantidade suficiente de palha para as camas, como para o gado se faz, estenderam as mantas, sobre um lado delas se deitaram, com o outro se cobriram. Os estorninhos espreitavam dos ramos os dois vultos, Quem será aquele, debaixo da árvore e nos ramos está tudo acordado, com um luar assim vai ter o sono de batalhar muito. A lua sobe, sobe depressa, a copa baixa e redonda da figueira transforma-se em labirinto de negro e branco, e José Anaiço diz, Estas sombras não estão já como eram, Moveu-se a península tão pouco, uns metros, o efeito não pode ter sido grande, observou Joaquim Sassa, feliz por ter compreendido o comentário, Moveu-se, e bastou para que as sombras todas se tivessem tornado diferentes, há aí ramos que a luz da lua toca pela primeira vez a esta hora. Passaram alguns minutos, os estorninhos começavam a sossegar, e José Anaiço murmurou, numa voz que enfim o sono quebrava, cada palavra à espera ou à procura da seguinte, Um dia que já lá vai, D. João o Segundo, nosso rei, perfeito de cognome e a meu ver humorista perfeito, deu a certo fidalgo uma ilha imaginária, diga-me você se sabe doutro país onde pudesse ter acontecido uma história como esta, E o fidalgo, que fez o fidalgo, foi-se ao mar à procura dela, gostaria bem que me dissessem como se pode encontrar uma ilha imaginária, A tanto não chega a minha ciência, mas esta outra ilha, a ibérica, que era península e deixou de o ser, vejo-a eu como se, com humor igual, tivesse decidido meter-se ao mar à procura dos homens imaginários, A frase é bonita, das poéticas, Pois fique você sabendo que nunca em vida minha fiz um verso, Deixe lá, quando os homens forem todos poetas param de escrever versos, Essa frase também tem seu quê, Bebemos de mais, Também me parece. Silêncio, quietação, suavidade infinita, e Joaquim Sassa murmurou, como se já sonhasse, Que farão amanhã os estorninhos, ficam, vão connosco, Quando partirmos saberemos, é sempre assim, disse José Anaiço, a lua está perdida entre os ramos da figueira, vai levar toda a noite à procura do caminho.

Ainda não clareava quando Joaquim Sassa se levantou da sua cama de palha triga para ir buscar Dois Cavalos, deixado em descanso debaixo dos plátanos da praça, mesmo ao pé da fonte. Para não serem vistos juntos por algum madrugador matutino, desses que não faltam em terras agrícolas, combinaram encontrar-se à saída da aldeia, longe das últimas casas. José Anaiço iria por caminhos desviados, atalhos e precipícios, cosido com as sombras, Joaquim Sassa, ainda que discreto, pela estrada de toda a gente, é um viajante desses que não devem nem temem, saiu cedo para gozar a frescura da manhã e aproveitar o dia, os turistas matinais são assim, no fundo problemáticos e inquietos, que sofrem com a insanável brevidade das vidas, deitar tarde e cedo erguer, saúde não dá, mas alonga o viver. Dois Cavalos tem um motor discreto, o arranque é de seda, ouviram-no só os raros habitantes insones, e esses pensaram que afinal dormiam e sonhavam, agora apenas se percebe, na quieta madrugada, o barulho regular duma bomba de puxar água. Joaquim Sassa saiu da aldeia, passou a primeira curva, a segunda, depois parou Dois Cavalos e esperou.

Na profundidade prateada do olival os troncos começavam a tornar-se visíveis, havia já no ar um bafo húmido e impreciso, como se a manhã estivesse saindo dum poço de água nevoenta, e agora cantou um pássaro, ou foi ilusão auditiva, nem as calhandras cantam tão cedo. Passou tempo, e Joaquim Sassa deu por si a murmurar, Se calhar arrependeu-se e não vem, mas não me pareceu homem para tal, ou teve de dar uma volta maior do que contava, isso terá sido, e também há a mala, a mala pesa, falta de lembrança, podia tê-la trazido eu para o carro. Então, entre as oliveiras, José Anaiço surgiu rodeado de estorninhos, um frenesi de asas em rufo contínuo, gritos estridentes, quem falou em duzentos é mau aritmético, mais me lembra isto um enxame de abelhas negras, grossas, mas à memória de Joaquim Sassa acudiram, sim, os Pássaros de Hitchcock, filme clássico, porém esses eram malvados assassinos. José Anaiço aproximou-se do carro com a sua coroa de criaturas aladas, vem a rir, talvez pareça por isso mais novo do que Joaquim Sassa, é bem sabido que a gravidade carrega o parecer, tem os dentes muito brancos, como desde a noite passada sabemos, e no conjunto da cara nenhuma feição sobressai em particular, mas há uma certa harmonia nas faces magras, ninguém tem obrigação de ser bonito. Meteu a mala dentro do carro, sentou-se ao lado de Joaquim Sassa, e antes de fechar a porta espreitou para fora, a ver os estorninhos, Vamos embora, queria saber o que eles fariam, aí tem, Se tivéssemos aqui uma espingarda davam-se-lhes uns tiros, dois cartuchos de chumbo miúdo faziam uma razia neles, É caçador, Não, só falo por ouvir dizer, Falta-nos a espingarda, Talvez haja uma outra solução, ponho Dois Cavalos à desfilada, e eles hão-de ficar para trás, isto é ave de pouca asa e fôlego curto, Experimente. Dois Cavalos mudou de velocidade, ganhou balanço numa recta comprida, e, aproveitando o terreno plano, rapidamente deixou para trás os estorninhos. O lusco-fusco da manhã começava a tingir-se de rosa pálida e rosa viva, eram cores caídas do céu, e o ar tornou-se azul, o ar, dizemos bem, não o céu, como ainda ontem pudemos observar ao entardecer, estas horas são muito iguais, uma de começar, outra de acabar. Joaquim Sassa desligou de todo os faróis, diminuiu o andamento, sabe que Dois Cavalos não veio ao mundo para altas cavalarias, falta-lhe pedigree, além disso, onde é que a mocidade já vai, e a mansidão do motor é renúncia filosófica, nada mais, Pronto, acabaram-se os estorninhos, isto foi o que disse José Anaiço, mas notou-se um tom de pena na sua voz.

Duas horas mais tarde, em terras de Alentejo, pararam para uma pequena refeição, café com leite, bolos secos de canela, depois regressaram ao carro debatendo as conhecidas preocupações, O pior não será não me deixarem entrar em Espanha, o pior é se me prendem, Não estás a ser acusado de nenhum crime, Inventam um pretexto, detêm-me para averiguações, Deixa estar, daqui até à fronteira havemos de descobrir um meio de passares, este foi o diálogo, que nada adianta à inteligência da história, provavelmente apenas foi posto aqui para que ficássemos cientes de que Joaquim Sassa e José Anaiço já se tratam por tu, devem tê-lo combinado no caminho, E se nos tratássemos por tu, disse um deles, e o outro concordou, Vinha precisamente a pensar nisso. Estava Joaquim Sassa a abrir a porta do carro quando os estorninhos reapareceram, aquela grande nuvem, mais do que nunca como um enxame voando em turbilhão, e faziam uma zoada ensurdecedora, via-se que estavam irritados, as pessoas cá em baixo paravam de nariz no ar, apontavam o céu, alguém garantiu, Nunca na minha vida vi tanto pássaro junto, pela idade que mostrava ter não deviam faltar-lhe esta e outras experiências, São para cima de mil, acrescentou, e tem razão, pelo menos foram mil duzentos e cinquenta os convocados para esta ocasião. Afinal, alcançaram-nos, disse Joaquim Sassa, vamos dar-lhes outro esticão e acabamos de vez com eles. José Anaiço olhava os estorninhos que voavam em círculo largo, triunfantes, olhava-os com expressão atenta, concentrada, Vamos devagar, a partir de agora iremos devagar, Porquê, Não sei, é um pressentimento, por algum motivo estes pássaros não nos largam, A ti é que eles não largam, Seja assim, então posso pedir-te que vamos devagar, quem sabe o que estará para acontecer.

    Atravessar o Alentejo por este braseiro, debaixo de um céu mais branco do que azul, entre um restolho que refulge, com raras azinheiras na terra nua e fardos de palha por recolher, sob o incessante reco das cigarras, seria logo uma história completa, acaso mais rigorosa do que outra em tempos contada. É certo que por quilómetros e quilómetros de estrada não se alcança vulto humano, mas as searas foram ceifadas, o cereal debulhado, e tantos trabalhos requereram homens e mulheres, por esta vez não saberemos de uns nem de outros, muito verdadeiro é o novo ditado que diz, Quem contou um conto, de não contar outro se dará desconto. A rechina é grande, sufoca, mas Dois Cavalos não leva pressa, dá-se ao gosto de parar nas sombras, então saem José Anaiço e Joaquim Sassa a perscrutar o horizonte, esperam o tempo que for preciso, enfim lá vêm, nuvem única no céu, estas paragens não seriam precisas se os estorninhos soubessem voar em linha recta, mas, sendo tantos. e tantas as vontades, mesmo gregariamente reunidas, não se podem evitar dispersões e distracções, uns quiseram pousar, outros beber água ou provar de frutos, enquanto um único querer não prevalece perturba-se o conjunto e confunde-se o itinerário. Pelo caminho, além das aves milhanas, solitárias caçadoras, e outras de menor congregação, foram vistos pássaros da espécie, mas não se juntaram à companhia, talvez por não serem pretos, mas malhados, ou terem outro destino na vida. José Anaiço e Joaquim Sassa entravam no carro, Dois Cavalos metia-se à estrada, e assim, andando e parando, parando e andando, chegaram à fronteira. Então disse Joaquim Sassa, E agora, se não me deixam passar, Vai tu seguindo, pode ser que os estorninhos.

Tal como naquelas histórias de fadas, embruxamentos e andantes cavalarias, ou nas outras não menos admiráveis aventuras homéricas, em que, por prodigalidade da árvore fabuleira ou telha dos deuses e mais potências acessórias, tudo podia acontecer ao invés da repetição do costume, de não natural maneira, deu-se aqui o caso de pararem Joaquim Sassa e José Anaiço na guarita da polícia, posto fronteiriço em linguagem técnica, e sabe Deus com que ansiedade de alma apresentavam os bilhetes de identidade, quando, num repente, como pancada de chuva violenta ou furacão irresistível, desceram das alturas os estorninhos, negro meteoro, corpos que eram coriscos, silvando, guinchando, e à altura dos telhados baixos espalharam-se em todas as direcções, não seria diferente um turbilhão que tivesse enlouquecido, os polícias medrosos sacudiam os braços, corriam a refugiar-se, resultado, Joaquim Sassa saiu do carro para apanhar os documentos que a autoridade tinha deixado cair, ninguém deu pela irregularidade aduaneira, e pronto, por tantos caminhos se tem atravessado clandestino, assim é que nunca tinha acontecido, Hitchcock dá palmas na plateia, são os aplausos de quem é mestre na matéria. A excelência do método foi logo a seguir comprovada, ficando demonstrado que a polícia espanhola, tanto como a portuguesa, aprecia estas sortes de ornitologia geral e estorninho preto. Os viajantes passaram sem nenhuma dificuldade, mas no terreno ficaram umas dezenas de pássaros, é que na alfândega dos vizinhos havia uma caçadeira carregada, até um cego seria capaz de acertar pelo sentido, bastava atirar ao monte, e esta foi a inútil mortandade, já que em Espanha, como sabemos, ninguém procura Joaquim Sassa. E não está certo que assim tivessem procedido os guardas andaluzes, que os estorninhos eram portugueses de nação, nascidos e criados em terras do Ribatejo, e vieram morrer tão longe, ao menos tenham esses desapiedados guardas a consideração de convidarem para a fritada os seus colegas alentejanos, em ambiente de saudável convivência e camaradagem de armas.

Já vão nas terras de além os viajantes, com o seu dossel de pássaros acompanhantes, a caminho de Granada e arredores, e hão-de ter de pedir ajuda nas encruzilhadas, pois este mapa que os leva não regista a povoação de Orce, é grande falta de sensibilidade dos desenhadores topógrafos, aposto que da terra deles nunca se esqueceram, de futuro lembrem-se do vexame que é ir uma pessoa ao mapa ver se está lá o lugar onde veio ao mundo e encontrar um espaço em branco, vazio, desta maneira é que se têm gerado gravíssimos problemas de identidade pessoal e nacional. Na estrada passam os Seates, os Pegasos, reconhecem-se logo pela fala e pela matrícula, e as povoações que Dois Cavalos atravessa têm aquele ar adormecido que dizem ser o próprio das terras do sul, indolentes lhes chamam as tribus do norte, são desprezos fáceis e soberbas de casta de quem nunca teve de trabalhar com este sol às costas. Mas é verdade que há diferenças de mundo para mundo, toda a gente sabe que em Marte os homens são verdes, enquanto na terra os há de todas as cores, menos essa.

De um habitante do norte não ouviríamos o que iremos ouvir, se pararmos para perguntar àquele homem que ali vai, escarranchado num burro, o que pensa do extraordinário caso de ter-se separado a Península Ibérica da Europa, puxará o bridão ao asno, Xó, e responderá sem papas na língua, Que todo es una bufonada. Roque Lozano julga pelas aparências, com elas fez uma razão que é sua e boa de entender, contemple-se a serenidade bucólica destes campos, a paz do céu, o equilíbrio das pedras, as serras Morena e Aracena iguaizinhas desde que nasceram, ou, se não tanto, desde que nascemos nós, Mas a televisão mostrou para todo o mundo os Pirenéus a racharem-se como uma melancia, argumentamos, usando uma metáfora ao alcance da compreensão rústica, Não me fio na televisão, enquanto não vir com os meus próprios olhos, estes que a terra há-de comer, não me fio, responde Roque Lozano sem desmontar, Então, que vai fazer, Deixei a família a tratar da vida e vou ver se é verdade, Com os seus olhos que a terra há-de comer, Com os meus olhos que a terra ainda não comeu, E conta lá chegar montado nesse burro, Quando ele não puder comigo, iremos a pé os dois, Como é que o seu burro se chama, Um burro não se chama, chamam-lhe, Então, como é que chama ao seu burro, Platero, E vão de viagem, Platero e yo, Sabe dizer-nos onde fica Orce, Não senhor, não sei, Parece que é para lá de Granada um pedaço, Ah, então ainda têm muito que andar, e agora adeus, senhores portugueses, muito maior é a minha jornada e vou de burro, Provavelmente, quando chegar lá, já não vê a Europa, Se eu a não vir, é porque ela nunca existiu, afinal tem inteira razão Roque Lozano, que para que as coisas existam duas condições são necessárias, que homem as veja e homem lhes ponha nome.

Joaquim Sassa e José Anaiço dormiram em Aracena, repetindo o feito de D. Afonso o Terceiro, nosso rei, quando a conquistou aos mouros, mas foi sol de pouca dura, era então a noite dos tempos. Os estorninhos dispersaram-se aí por algumas árvores, porque, sendo tantos, não puderam ficar juntos, de malhada, como preferem. No hotel, já deitados, cada qual em sua cama, José Anaiço e Joaquim Sassa conversam sobre as ameaçadoras imagens e palavras que na televisão tinham visto e ouvido, que está em perigo Veneza, e assim mesmo se mostrava patente, a Praça de São Marcos alagada não sendo época de acqua alta, uma toalha líquida e lisa onde se reflectiam, até ao ínfimo pormenor, o campanile e a frontaria da basílica, À medida que a Península Ibérica se for afastando, dizia o locutor com voz pausada e grave, intensificar-se-á o efeito destruidor das marés, prevêem-se grandes prejuízos em toda a bacia mediterrânica, berço de civilizações, é preciso que salvemos Veneza, apela-se à humanidade, façam menos uma bomba de hidrogénio, façam menos um submarino nuclear, se ainda vamos a tempo. Joaquim Sassa estava como Roque Lozano, nunca vira a pérola do Adriático, mas José Anaiço podia garantir a sua existência, é certo que não lhe pusera nem o nome nem o cognome, mas vira-a com os seus olhos vivos, tocara-lhe com as suas mãos vivas, Que grande desgraça, se se vai perder Veneza, disse ele, e estas palavras angustiadas impressionaram mais Joaquim Sassa do que a agitação das águas nos canais, as tumultuosas correntes, o avanço da maré nos baixos dos palácios, os cais inundados, a impressão irremediável de ver uma cidade inteira a afundar-se, incomparável Atlântida, catedral submersa, os mori, olhos cegos da água, batendo no sino com os martelos de bronze enquanto as algas e os caramujos não paralisam as engrenagens, líquidos ecos, o Cristo Pantocrator da basílica finalmente em teológica conversação com os deuses marinhos subalternos de Jove, o Neptuno romano, o Posídon grego, e, de propósito regressadas às águas de que nasceram, Vénus e Anfitrite, só para o deus dos cristãos não há mulher. Quem sabe se a culpa não é minha, murmurou Joaquim Sassa, Não te ponhas em conta tão alta, ao ponto de te considerares culpado de tudo, Refiro-me a Veneza, a perder-se Veneza, De perder-se Veneza será geral a culpa, e antiga, por desleixo e ganância já se perdia, Não falo dessas causas, por elas se perde o mundo todo, falo sim do que eu fiz, atirei uma pedra ao mar e há quem acredite que foi razão de arrancar-se a península à Europa, Se um dia tiveres um filho, ele morrerá porque tu nasceste, desse crime ninguém te absolverá, as mãos que fazem e tecem são as mesmas que desfazem e destecem, o certo gera o errado, o errado produz o certo, Fraca consolação para um aflito, Não há consolação, amigo triste, o homem é um animal inconsolável.

Talvez José Anaiço, que foi o da sentença, esteja na razão, talvez o homem seja esse animal que não pode, ou não sabe, ou não quer ser consolado, mas certos actos seus, sem outro sentido que parecerem que o não têm, sustentam a esperança de que o homem virá um dia a chorar no ombro do homem, provavelmente tarde de mais, quando já não houver tempo para outra coisa. De um desses actos falou a televisão no mesmo noticiário, e amanhã falarão os jornais com pormenores e depoimentos de historiadores, críticos e poetas, foi caso de ter desembarcado às ocultas, em França, numa praia perto de Collioure, um comando civil e literário de espanhóis que, pela calada da noite, sem medo ao pio da coruja e ao ectoplasma, assaltaram o cemitério onde há muitos anos havia sido enterrado António Machado. Acorreram os gendarmes, avisados por algum noctívago, e perseguiram os ladrões de cemitérios, mas não puderam alcançá-los. O saco dos restos foi atirado para dentro da lancha que esperava na praia com o motor a trabalhar mansinho, e em cinco minutos punha-se o navio pirata ao largo, na areia os gendarmes disparavam com pontarias altas, só para desafogo do aborrecimento, não pela falta que lhes ficassem a fazer os poéticos ossos. Falando para a France-Presse, o maire de Collioure tentou desacreditar a proeza, insinuando mesmo que ninguém poderá garantir que os restos mortais sejam de António Machado, ao fim deste tempo todo, nem vale a pena averiguar quantos são os anos que passaram, só por um improvável esquecimento da administração ainda lá se encontrariam, apesar da benevolência particular com que costumam ser tratados os ossos dos poetas.

O jornalista, homem muito vivido, e tão pouco céptico que nem parecia francês, opinou, por sua conta, que o culto das relíquias só precisa do objecto adequado, a autenticidade é o que menos conta, e para a verosimilhança não se exige mais que uma semelhança pacífica, haja vista a sé de Valência onde em tempos se incrementava a fé com esta prolixa reliquiaria, a saber, o cálice que serviu a Nosso Senhor na última ceia, a camisa que em menino vestiu, umas gotas do leite de Nossa Senhora, alguns cabelos d'Ela, louros, e o pente com que se penteava, e também pedaços da Verdadeira Cruz, um troço indefinível de um dos Santos Inocentes, dois daqueles trinta dinheiros, afinal de prata, com que Judas se deixou comprar sem culpa própria, e, para concluir o rol, um dente de S. Cristóvão, com quatro dedos de comprimento e três de largo, dimensões indubitavelmente excessivas, mas que só surpreenderão quem não tiver notícia da gigântea natureza deste santo. Aonde irão os espanhóis enterrar agora o poeta Machado, perguntou Joaquim Sassa, que nunca o tinha lido, e José Anaiço respondeu, Se, apesar dos desvarios do mundo e desabonos da fortuna, cada coisa tem o seu lugar e cada lugar reclama a coisa que lhe pertence, a coisa que António Machado hoje é será enterrada em qualquer parte dos campos de Soria, debaixo de uma azinheira, que em castelhano se diz encina, sem cruz nem pedra tumular, apenas um montículo de terra que já nem precisará de imitar um corpo deitado, com o tempo baixará a terra à terra e será igual tudo, E nós, portugueses, que poeta devemos ir buscar a França, se lá nos ficou algum, Que eu saiba, só o Mário de Sá Carneiro, mas esse nem vale a pena tentar, primeiro, porque não havia de querer vir, segundo, porque os cemitérios de Paris são lugares bem guardados, terceiro, porque tendo passado tantos anos depois que morreu, a administração duma capital não cometeria os erros duma comuna de província que, ainda por cima, tem a desculpa de ser mediterrânica, Além disso, de que serviria tirá-lo dum cemitério para o pôr noutro, uma vez que em Portugal não há-de ser autorizado enterrar os mortos fora do sítio, ao ar livre, Nem os ossos dele ficariam quietos se os deixássemos à sombra duma oliveira no Parque Eduardo VII, Ainda haverá oliveiras no Parque Eduardo VII, A pergunta é boa, mas não te sei responder, e agora vamos dormir, que amanhã temos de ir à procura de Pedro Orce, o homem da terra trémula. Apagaram a luz, ficaram de olhos abertos à espera do sono, mas, antes que ele chegasse, Joaquim Sassa ainda perguntou, E Veneza, que estará para lhe acontecer, Fica sabendo que a mais fácil das coisas difíceis do mundo seria salvar Veneza, bastava fechar a laguna, ligar as ilhas umas às outras de modo a não poder entrar o mar à vontade, se os italianos não forem capazes de dar conta do recado sozinhos, chamem-se os holandeses, é gente para pôr Veneza em seco enquanto o diabo esfrega um olho, Deveríamos ajudar, temos responsabilidades, Nós já não somos europeus, ora, isto não é inteiramente verdade, Por enquanto ainda estão em águas territoriais, disse a voz desconhecida.

De manhã, quando pagavam a conta, veio o gerente desabafar preocupações, o hotel quase vazio em plena época alta, una lastima, Joaquim Sassa e José Anaiço, entregues aos seus cuidados, nem tinham notado que havia poucos hóspedes, E as grutas, ninguém vem às grutas, repetia o estalajadeiro consternado, não vir ninguém às grutas era a pior das catástrofes. Na rua havia grande alvoroço, a juventude de Aracena nunca tinha visto tantos estorninhos juntos, nem mesmo por ocasião dos instrutivos passeios ao campo, mas o sabor da novidade durou pouco, mal o Dois Cavalos português se pôs em movimento, na direcção de Sevilha, os estorninhos alçaram voo como um só pássaro, deram duas voltas de despedida ou reconhecimento de horizontes, e desapareceram por trás do castelo dos templários. A manhã é luminosa, de se lhe tocar com os dedos, e o dia promete vir a ser menos quente que o de ontem, mas a viagem é comprida, Daqui a Granada passa dos trezentos quilómetros, e depois temos de ir à procura de Orce, oxalá não seja em vão e encontremos o homem, isto disse José Anaiço, não se encontrar o homem era uma possibilidade que só agora vinha ao pensamento, E se o encontrarmos, que vamos dizer-lhe, era a vez de Joaquim Sassa duvidar. De súbito, por iluminação do dia novo ou efeito da noite má conselheira, todos estes episódios lhe pareciam absurdos, não podia ser verdade partir-se um continente por alguém ter atirado uma pedra ao mar, maior a pedra do que as forças que a lançaram, mas era verdade incontroversa ter sido atirada essa pedra e ter-se partido esse continente, e um espanhol diz que sente a terra tremer, e um bando de pássaros doidos não larga um professor português, e sabe-se lá o que mais aconteceu ou estará para acontecer por essa península além, Vamos falar-lhe da tua pedra e dos meus estorninhos, e ele falará da terra que tremeu, ou ainda treme, E depois, Depois, se não houver mais nada para ver, sentir e saber, voltaremos para casa, tu para o teu emprego, eu para a minha escola, faz de conta que foi tudo um sonho, e a propósito, ainda não me disseste que emprego é o teu, Estou num escritório, Eu também estou num escritório, sou professor. Riram ambos, e Dois Cavalos, previdente, anunciou no mostrador próprio que estava a chegar ao fim do bebedouro da gasolina. Reabasteceram-se no primeiro posto de venda que encontraram, mas tiveram de esperar mais de meia hora, a fila de automóveis estendia-se ao longo da estrada e toda a gente queria levar o depósito cheio. Voltaram à estrada, Joaquim Sassa agora inquieto, Temos corrida à gasolina, não tarda que comecem a fechar as bombas, e depois, Havia que contar com isto, a gasolina é um produto sensível, volátil, em hora de crise é a primeira a dar sinal, aqui há anos houve uma situação de embargo de fornecimentos, não sei se te lembras ou ouviste falar, foi o caos, Estou a ver que nem a Orce conseguiremos chegar, Não sejas pessimista, Nasci assim.

Atravessaram Sevilha sem parar, os estorninhos é que se demoraram alguns minutos a festejar a Giralda, que nunca tinham visto. Se fossem meia dúzia poderiam ter feito uma coroa de anjos pretos para a estátua da Fé, mas, sendo aqueles milhares, ao descerem sobre ela em avalancha transformaram-na numa figura indefinível que tanto podia ser ainda a que era como já a sua contrária, o emblema da Descrença. Durou pouco a metamorfose, por esse dédalo de ruas já corre José Anaiço, sigamo-lo, nação alada. Pelo caminho Dois Cavalos foi bebendo onde calhava, alguns postos mostravam letreiro de esgotado, mas os gasolineiros diziam Manãna, estes são da espécie optimista ou talvez, simplesmente, tivessem aprendido a regra do bom viver. Aos estorninhos é que não faltava a água, graças a Deus, que mais cuidados tem Nosso Senhor com os pássaros do que com os humanos, estão aí os afluentes do Guadalquivir, as lagoas, os embalses, mais do que poderão beber bicos tão pequenos em toda a história do mundo. Já a tarde vai em meio quando arribam a Granada, resfolga Dois Cavalos trémulo do grande esforço, enquanto Joaquim Sassa e José Anaiço vão a inculcas, é como se levassem carta de prego e fosse hora de abri-la, agora saberemos onde o destino nos espera.

No escritório do turismo uma empregada perguntou-lhes se eram arqueólogos ou antropólogos portugueses, que fossem portugueses percebia-se logo, mas antropólogos e arqueólogos porquê, Porque a Orce, geralmente, só vão desses, há anos foi descoberto, lá perto, em Venta Micena, o europeu mais antigo de que há registo, Um europeu inteiro, perguntou José Anaiço, Só um crânio, mas velho, com idade entre um milhão e trezentos mil e um milhão e quatrocentos mil anos, E há a certeza de que se trata de um homem, quis saber, subtilmente, Joaquim Sassa, ao que Maria Dolores respondeu com um sorriso de entendimento, Quando se encontram vestígios humanos antigos, são sempre de homens, o Homem de Cro-Magnon, o Homem de Neanderthal, o Homem de Steinheim, o Homem de Swanscombe, o Homem de Pequim, o Homem de Heidelberg, o Homem de Java, naquele tempo não havia mulheres, a Eva ainda não tinha sido criada, depois criada ficou, Você é irónica, Não, sou antropóloga de formação e feminista por irritação, Pois nós somos jornalistas, queremos entrevistar um tal Pedro Orce, aquele que sentiu a terra tremer, Como é que uma notícia dessas chega a Portugal, A Portugal tudo chega e nós chegamos a toda a parte, esta parte do diálogo foi toda com José Anaiço, que é de respostas mais prontas, será da necessidade de lidar com os alunos. Joaquim Sassa tinha-se afastado para ver os cartazes com fotografias do Pátio dos Leões, dos Jardins do Generalife, das estátuas jacentes dos Reis Católicos, olhando perguntava a si mesmo se valeria a pena ver as coisas verdadeiras depois de ter visto as imagens delas. Por causa deste filosofar sobre as percepções do real perdeu a continuação da conversa, que teria José Anaiço dito para que Maria Dolores risse com tanto gosto, se as Dolores não tivessem mudado o seu nome para Lolas cada sua gargalhada seria um escândalo. Esta já não mostrava sombra de irritação feminista, talvez por este Homem do Ribatejo ser um pouco mais que mandíbula, dente molar e calote craniana, e por estar feita abundante prova de existirem mulheres neste tempo em que vivemos. Maria Dolores, que é empregada do turismo por não ter emprego de antropóloga, traça no mapa de José Anaiço a estrada que falta, assinala com um ponto negro a povoação de Orce, a de Venta Micena ali ao lado, agora podem os senhores viajantes seguir, a sibila da encruzilhada já lhes indicou o caminho, É como um deserto lunar, mas nos olhos lê-se-lhe a pena de não poder ir também, praticar a sua ciência em companhia dos jornalistas portugueses, principalmente aquele mais discreto que se afastou para ver os cartazes, quantas vezes a experiência da vida nos tem ensinado que não deveríamos julgar pelas aparências, como agora está julgando o próprio Joaquim Sassa, erro seu, sua modéstia, Se cá ficássemos engatavas a antropóloga, perdoemos-lhe a vulgaridade da expressão, os homens quando estão juntos têm destas conversações grosseiras, e José Anaiço, presunçoso, mas enganado também, respondeu, Quem sabe.

Este mundo, não nos fatigaremos de o repetir, é uma comédia de enganos. Outra prova desta verdade é ter-se dado o nome de Homem de Orce a um osso encontrado, não precisamente em Orce, mas em Venta Micena, que daria um formoso título para a paleontologia, não fosse aquele nome, Venta, signo sinal de comércio grosseiro e pobre. Estranho é o destino das palavras. Se Micena não foi nome de mulher, antes de não ter podido ser de homem, como aquela célebre galega que em Portugal deu nome à vila de Golegã, talvez que a estas remotíssimas paragens tenham chegado uns gregos de Micenas, fugidos à loucura dos Átridas, em algum sítio haveriam eles de replantar o toponímico pátrio, calhou ser aqui, bem mais longe que Cerbère, no coração do inferno, e nunca tão longe como agora, que vamos navegando. Ainda que muito vos custe a acreditar.

Nestes lugares teve o diabo a sua primeira morada, foram os cascos dele que queimaram o chão e depois calcinaram as cinzas, entre montanhas que então se arrepiaram de medo e até hoje assim ficaram, deserto final onde o próprio Cristo se teria deixado tentar se do mesmo diabo não conhecesse já as manhas, consoante pôde aprender no texto bíblico. Joaquim Sassa e José Anaiço olham, o quê, a paisagem, mas esta doce palavra pertence a outros mundos, a outras linguagens, não se pode chamar paisagem ao que os olhos vêem aqui, dissemos morada do inferno e disso mesmo duvidamos, que em paragens condenadas o mais certo é ainda encontrarmos homens e mulheres, com os bichos que lhes fazem companhia enquanto não chega a hora de os matar e viver deles, entre fragas e pragas, neste desterro é que deve ter escrito o poeta que nunca foi a Granada. Estas são terras de Orce que hão-de ter bebido muito sangue de mouriscos e cristãos, também na noite dos tempos, de que serve falar dos que há tantos anos morreram, se é a terra que está morta, por si mesma sepultada.

Em Orce encontraram os viajantes a Pedro Orce, de profissão farmacêutica, mais velho do que a imaginação lhes representara, se em tal pensaram, porém não tanto quanto o seu milionário antepassado, supondo que não é incorrecto usar medidas geralmente de dinheiro em aferições de tempo, tendo em conta que um não compra o outro e este altera o valor daquele. Pedro Orce não apareceu na televisão, portanto não sabíamos que é homem passante dos sessenta anos, magro de cara e corpo, de cabelo quase todo branco, se não fosse rejeitar-lhe a sobriedade do gosto o artifício, poderia compor, por de manipulações químicas conhecer o suficiente, tintas morenas e louras, à escolha, no segredo do laboratório. Quando Joaquim Sassa e José Anaiço lhe entram a porta, está ele a encher hóstias com quinino em pó, arcaica medicina que despreza as altas concentrações dos fármacos modernos, mas que, por um sábio instinto, preservou o efeito psicológico duma deglutição difícil, logo magicamente eficaz. Em Orce, que é lugar inevitável de passagem para Venta Micena, passado que foi o alvoroto das escavações e descobertas, os viajantes são raros, o crânio do antepassado mais velho nem sabemos onde pára, aí num museu à espera de rótulo e vitrina, em geral o cliente em trânsito compra aspirina, antidiarreicos ou pastilhas digestivas, os da terra talvez morram da primeira doença, assim nunca enriquecerá um farmacêutico. Pedro Orce acabou de fechar as hóstias, parece obra de prestidigitação, humedecidas as partes que servirão de tampa comprimem-se as duas placas de latão, furadas, e fica aviada a receita, uma hóstia de quinino mais onze, feito o que perguntou o que desejavam os senhores, Somos portugueses, escusada declaração, basta ouvi-los falar para logo se perceber que o são, mas, enfim, é de humano costume declarar o que somos antes de dizer ao que vimos, mormente em casos de tanta importância, viajar centenas de quilómetros só para perguntar, ainda que não por estas dramáticas palavras, Pedro Orce, juras pela tua honra e pelo osso encontrado que sentiste tremer a terra quando todos os sismógrafos de Sevilha e Granada traçavam com agulha firme a mais recta linha que já se viu, e Pedro Orce levantou a mão e disse, com a simplicidade dos justos e verdadeiros, Juro. Gostaríamos de falar-lhe em particular, acrescentou Joaquim Sassa à declaração de nacionalidade, e logo ali, não havendo outras pessoas na farmácia, relataram os acontecimentos pessoais e comuns, a pedra, os estorninhos, a passagem da fronteira, da pedra não podiam apresentar provas, mas quanto aos pássaros é só assomar à porta e olhar, aí está, nesta praça, ou na outra ao lado, o infalível ajuntamento, todos os habitantes de cabeça no ar, pasmando do raro espectáculo, agora desapareceram os voláteis, desceram sobre o Castelo das Sete Torres, árabe. É preferível não falarmos aqui, disse Pedro Orce, metam-se no carro e saiam da vila, Para que lado, Sigam em frente, na direcção de Maria, andem três quilómetros depois das últimas casas, há uma ponte pequena, perto uma oliveira, esperem aí por mim, daqui a pouco lá vou ter, a Joaquim Sassa pareceu que estava a reviver a sua própria vida, quando esperou por José Anaiço depois das últimas casas, há dois dias, era de madrugada.

Estão sentados no chão, debaixo duma oliveira cordovil, a tal que, no dizer da quadra popular, faz o azeite amarelo, como se todo ele o não fosse, algum apenas esverdungado, e a primeira palavra de José Anaiço, que não a pôde reprimir, Estes lugares são de meter medo, e Pedro Orce respondeu, Em Venta Micena é bem pior, foi lá que eu nasci, ambiguidade formal que tanto significa o que parece como o seu exacto contrário, dependendo mais do leitor do que da leitura, embora esta em tudo dependa daquele, por isso nos é tão difícil saber quem lê o que foi lido e como ficou o que foi lido por quem leu, prouvera que, neste caso, não pense Pedro Orce que a maldade da terra vem de ter nascido ele lá. Depois, entrando na matéria, conferiram demoradamente as suas experiências de discóbolo, passarinheiro e sismólogo, e, concluindo, decidiram que todos os casos estiveram e continuam ligados entre si, tanto mais que Pedro Orce afirma que a terra não deixou de tremer, Agora mesmo a sinto, e estendeu a mão num gesto demonstrativo. Movidos pela curiosidade, José Anaiço e Joaquim Sassa tocaram a mão que se demorava, e sentiram, oh sem nenhuma dúvida sentiram, o tremor, a vibração, o zunido, pouco importa que um céptico insinue que é a tremura natural da idade, nem Pedro Orce está tão velho assim, nem confundíveis são tremuras e tremores, ainda que o atestem dicionários.

Um observador que estivesse olhando de longe imaginaria que os três homens juraram um compromisso qualquer, é certo que por um momento as mãos se apertaram, nada mais. Em redor as pedras multiplicam o calor, a terra branca ofusca, o céu é a boca de um forno bafejando, mesmo debaixo desta oliveira cordovil, à sombra. As azeitonas ainda só prometem, por enquanto a salvo da voracidade dos estorninhos, deixem chegar Dezembro e verão que razia, mas sendo a oliveira única não devem os estorninhos frequentar estas paragens. Joaquim Sassa ligou o seu rádio, porque de repente nenhum dos três soube o que haveria de dizer, não admira, conhecem-se há tão pouco tempo, ouve-se a voz do locutor, fanhosa por fadiga profissional e exaustão das pilhas, De acordo com as últimas medições, a velocidade de deslocação da península estabilizou-se à roda dos setecentos e cinquenta metros por hora, os três homens ficaram a ouvir as notícias, Segundo informações agora mesmo chegadas à nossa redacção, apareceu uma grande fenda entre La Línea e Gibraltar, foi falando, foi falando, voltaremos a dar notícias, salvo imprevisto, daqui por uma hora, justamente nesta altura passaram de rajada os estorninhos, vruuuuuuuuu, e Joaquim Sassa perguntou, São os teus, não precisou José Anaiço de olhar para dar a resposta, São os meus, para ele é fácil, conhece-os, Sherlock Holmes diria mesmo, Elementar, amigo Watson, não há bando que se lhe compare por estes sítios, e tem razão, que raras são as aves no inferno, só as nocturnas por causa da tradição.

Pedro Orce acompanha o voo da bandada, primeiro sem mais interesse que o duma curiosidade bem educada, depois iluminam-se-lhe os olhos de céu azul e nuvens brancas, e, não podendo segurar as súbitas palavras, propõe, E se fôssemos à costa ver passar o rochedo. Parece isto um absurdo, um contra-sentido, mas não é, também quando vamos de comboio julgamos ver passarem árvores que estão agarradas à terra pelas raízes, agora não viajamos de comboio, vamos mais devagar em cima duma jangada de pedra que navega no mar, sem prisões, a diferença só é a que existe entre o sólido e o líquido. Quantas vezes, para mudar a vida, precisamos da vida inteira, pensamos tanto, tomamos balanço e hesitamos, depois voltamos ao princípio, tornamos a pensar e a pensar, deslocamo-nos nas calhas do tempo com um movimento circular, como os espojinhos que atravessam o campo levantando poeira, folhas secas, insignificâncias, que para mais não lhes chegam as forças, bem melhor seria vivermos em terra de tufões. Outras vezes uma palavra é quanto basta, Vamos ver passar o rochedo, e logo se puseram de pé, prontos para a aventura, nem sentem o escaldão do ar, como crianças deixadas à solta da liberdade descem a encosta a correr, e riem. Dois Cavalos é uma brasa, em um minuto ficam os três homens alagados de suor, mas mal dão pelo desconforto, também foi destas terras do sul que partiram os homens a descobrir o outro mundo, e também eles, duros, ferozes, suando como cavalos, avançavam dentro de couraças de ferro, na cabeça elmos de ferro, espadas de ferro na mão, contra a nudez dos índios, só vestidos de penas de aves e aguarelas, idílica imagem.

Não voltaram a atravessar a povoação, que muito de desconfiar seria passarem de automóvel Pedro Orce e os dois estranhos, ou vai raptado ou vão de gorra conspiratória os três, é melhor mandar chamar a polícia, mas um velho dos velhos de Orce diria, Não queremos cá a guarda civil. Foram por outras estradas, por caminhos que o mapa comum não conhece, quem agora nos faz aqui falta é a esfinge do turismo, para traçar a rota destas novas descobertas, esfinge fora, afinal, e não sibila, que nunca estas se viram em encruzilhadas, ainda que peninsulares umas e outras. Disse Pedro Orce, Primeiro vou-lhes mostrar Venta Micena, minha terra natal, saiu-lhe assim a frase, como quem de si mesmo faz troça ou de propósito carrega onde lhe dói. Passaram por uma aldeia em ruínas chamada Fuente Nueva, se fonte aqui houve envelheceu e secou, e numa curva larga do caminho adiante, É ali.

Os olhos olham, e por verem tão pouco procuram o que deve estar faltando e não encontram. Ali, perguntou José Anaiço, tem razão de duvidar, que as casas são raras e dispersas, confundem-se com a cor do chão, uma torre de igreja em baixo, um cemitério inconfundível, aqui à beira da estrada, cruz e muro brancos. Debaixo do sol vulcânico as terras ondulam como um mar petrificado coberto de poeira, se isto já era assim há um milhão e quatrocentos mil anos não é preciso ser paleontólogo para jurar que o Homem de Orce morreu de sede, mas esses tempos eram os da juventude do mundo, o arroio que lá longe corre seria então largo e generoso rio, haveria grandes árvores, ervaçais mais altos que um homem, tudo isso aconteceu antes de ter sido colocado aqui o inferno. Na estação própria, chovendo, alguma verdura se espalhará por estes campos cor de cinza, agora as margens baixas são cultivadas a duras penas, ressecam e morrem as plantas, depois renascem e vivem, o homem é que ainda não conseguiu aprender como se repetem os ciclos, com ele é uma vez para nunca mais. Pedro Orce faz um gesto que abrange a mísera aldeia, A casa onde nasci já não existe, e depois, apontando para a esquerda, na direcção de umas colinas de topo raso, É a Cova dos Rosais, ali é que os ossos do Homem de Orce foram encontrados. Joaquim Sassa e José Anaiço olhavam a paisagem lívida, há um milhão e quatrocentos mil anos viveram neste lugar homens e mulheres que fizeram homens e mulheres que fizeram homens e mulheres, destino, fatalidade, até hoje, daqui a um milhão e quatrocentos mil anos alguém virá fazer escavações neste cemitério pobre, e havendo já um Homem de Orce, talvez então se dê o seu ao seu dono e se nomeie Homem de Venta Micena o crânio achado. Não passa ninguém, não se ouve ladrar um cão, os estorninhos sumiram-se, um longo arrepio percorre as costas de Joaquim Sassa, que não consegue reprimir o mal-estar, e José Anaiço pergunta, Que nome tem aquela serra ao fundo, É a serra de Sagra, E esta, à nossa direita, É a serra de Maria, Quando o homem de Orce morreu, deve ter sido ela a última imagem que os seus olhos levaram, Como lhe teria ele chamado quando falava com os outros homens de Orce, os que não deixaram crânios, perguntou Joaquim Sassa, Nesse tempo ainda nada tinha nome, disse José Anaiço, Como se pode olhar uma coisa sem lhe pôr nome, Tem de se esperar que o nome nasça. Ficaram os três a olhar, sem outras palavras, enfim Pedro Orce disse, Vamos, era tempo de deixar o passado entregue à sua inquieta paz.

Para entreter a viagem, Pedro Orce repetiu o relato das aventuras que vivera, acrescentou pormenores, os cientistas foram ao ponto de ligá-lo, em presença das autoridades, a um sismógrafo, ideia desesperada mas de proveito, porque então puderam certificar-se da verdade que ele afirmara, a agulha do mecanismo registou acto contínuo o estremecimento da terra, tornando à linha recta mal o paciente foi desligado da máquina. O que não tem explicação, explicado está, disse o alcaide de Granada, que assistia, mas um dos sábios corrigiu, O que não tem explicação, terá de esperar mais um bocadinho, falou sem rigor científico mas toda a gente percebeu e lhe deu razão. Mandaram Pedro Orce para casa, que se mantivesse à disposição da ciência e da autoridade, e que não falasse dos seus dons extra-sensoriais, recomendação que não diferia muito da decisão tomada pelos veterinários franceses sobre a misteriosa questão do desaparecimento das cordas vocais dos cães de Cerbère.

Dois Cavalos apontou finalmente em direcção ao sul, já vai por estradas frequentadas, para estes lados não parece haver falta de combustíveis, gasolina, gasóleo, mas aos poucos foi obrigado a reduzir o esperto andamento, à sua frente avança, devagar, uma fila que não acaba, outros automóveis, camionetas de carga e de carreira, motos, bicicletas, mobiletes, vespas, carroças puxadas a muares, burros montados, mas não vai Roque Lozano em nenhum deles, e gente por seu pé, muita, uns pedem boleia, outros ostensivamente desprezam os transportes como se fossem a cumprir penitência, ou voto, é mais provável que seja voto, e nem vale a pena perguntar-lhes para onde é a ida, não precisam chamar-se Pedro Orce para terem o mesmo pensamento e desejo de ver passar Gibraltar ao longe desgarrado, basta ser espanhol, e aqui há muitos. Vêm de Córdova, de Linares, de Jaén, de Guadix, cidades principais, mas também de Higuera de Arjona, de El Tocón, de Bular Bajo, de Alamedilla, de Jesús del Monte, de Almácegas, de toda a parte parece terem despachado delegações, estas pessoas têm sido muito pacientes, desde mil setecentos e quatro, deitem-lhe as contas, se Gibraltar não for para nós, que nos fazemos ao mar, não seja também para os ingleses. É tão largo o rio humano que a polícia de trânsito teve de abrir uma terceira via descendente onde era possível, raros são os que vão para o norte, só com alguma forte razão, morte ou doença, e mesmo assim olham-nos com desconfiança, suspeitos de anglofilia, acaso querem esconder longe a dor de tal desgarre geológico e estratégico.

Mas este dia, para o geral, é de festa maior, a semana tão santa como a outra, e há camionetas que levam cristos, trianas e macarenas, bandas de música, com os instrumentos a brilhar ao sol, e vêem-se no lombo dos burros molhadas de foguetes e morteiros, se alguém lhes chega um pavio aceso subirão, como Clavileño, às segunda e terceira regiões do ar, e à do fogo, onde se chamuscariam as barbas de Sancho, se, de tão confiante que costuma ser, se dispuser a ser enganado outra vez. As raparigas vão vestidas com o melhor que têm de galas e louçanias, com mantilhas e mantóns, e os velhos, quando não podem mais andar, levam-nos os novos às costas, filho és, pai serás, assim como fizeres, assim acharás, até que pára um veículo, qualquer, e segue a marcha, suavizado o cansado corpo, todos a caminho da costa, das praias, melhor ainda dos pontos altos sobranceiros ao mar, para que possa ser visto por inteiro o rochedo maldito, pena vai ser não se poderem ouvir, a esta distância, os guinchos dos macacos, desorientados por lhes faltar a vista para terra. À medida que o mar se aproxima, o trânsito torna-se difícil, já há quem abandone os automóveis e caminhe a pé, ou peça lugar aos que vão de carroça ou de burro, esses não podem abandonar os animais na natureza, têm de tratar deles, dar-lhes de beber, chegar-lhes ao focinho a alcofa da palha e da fava, a própria polícia está a par da situação, é tudo gente de ascendência rural, portanto as ordens são para deixar as camionetas e os automóveis na berma da estrada, os animais podem seguir, e também estão autorizadas as motos, as bicicletas, as vespas e as mobiletes, são engenhos que têm artes de insinuação fácil por via da sua menor corpulência. As bandas de música, pé terra, ensaiam os primeiros paso-dobles, um fogueteiro mais excitado ou patriota lançou prematuramente um morteiro de grande poder, mas foi repreendido pelos colegas, que não estavam dispostos a queimar o seu fogo sem razões à vista. Dois Cavalos parou também, era no cortejo o único automóvel português, isto é, de matrícula portuguesa, ver Gibraltar perdido no mar não lhe aquece nem arrefece, a sua mágoa histórica chama-se Olivença e este caminho não leva lá. Já se vê gente perdida, mulheres que chamam pelos maridos, crianças que gritam pelos pais, mas todos, felizmente, acabarão por encontrar-se, se este dia não é de risos, de lágrimas também não há-de ser, querendo Deus Padre e o seu Filho Cachorro. Também andam por aí uns cães a farejar, poucos são os que ladram, a não ser quando se metem em brigas, de Cerbère não está nenhum. E dois burros que apareceram soltos, sem dono nas proximidades, aproveitaram-nos imprudentemente Pedro Orce, Joaquim Sassa e José Anaiço, à vez, um a pé, dois no descanso, mas não lhes durou muito o repouso, os burros eram duma companhia de ciganos que iam para o norte, a estes pouco se lhes dava de Gibraltar, e se não é ser Pedro Orce espanhol, e dos mais antigos e explicados, ali correra sangue de portugueses.

Ao longo da costa o acampamento não tem fim, é um arraial, milhares e milhares de pessoas de olhos postos no mar, há quem suba a telhados e a árvores altas, para não falar de outros tantos mil que não quiseram vir tão longe, ficaram, de óculos e binóculos, nos altos da serra Contraviesa ou nas fraldas da serra Nevada, aqui interessam-nos só as pessoas mais simples, aquelas que precisam de pôr a mão em cima das coisas para as reconhecerem, tão próximos não poderão estes chegar, mas bem fizeram por isso. José Anaiço, Joaquim Sassa e Pedro Orce vieram com eles, por humor apaixonado de Pedro Orce e cordial franqueza dos outros, agora estão sentados numas pedras que dão para o mar, a tarde vai chegando ao fim, e é Joaquim Sassa quem diz, pessimista como já se confessou, Se Gibraltar passa de noite, foi em vão que viemos, Pelo menos vemos-lhe as luzes, argumentou Pedro Orce, e até será mais bonito, ver a pedra a afastar-se como um barco iluminado, então, sim, se justificará o fogo-de-artifício completo, com girândolas, chuvas, cascatas, ou lá como lhes chamam, enquanto palidamente o rochedo se perde na distância, sumiu-se na escura noite, adeus, adeus, que não te volto a ver. Mas José Anaiço abrira sobre os joelhos o mapa, com lápis e papel fez contas, repetiu-as uma por uma para ficar com todas as certezas, tornou a verificar a escala, extraiu a prova dos noves e a real, finalmente declarou, Gibraltar, meus amigos, vai levar uns dez dias a chegar aqui, surpresa incrédula dos companheiros, então ele apresentou-lhes as aritméticas, não precisou, sequer, de invocar a sua autoridade de professor diplomado, ciências destas, felizmente, já estão ao alcance das compreensões mais rudimentares, Se a península, ou ilha, ou lá o que é, se desloca a uma velocidade de setecentos e cinquenta metros por hora, temos que percorrerá dezoito quilómetros por dia, ora, da baía de Algeciras até aqui onde estamos, em linha recta, são quase duzentos quilómetros, façam-lhe agora as contas, que são boas de fazer. Perante a demonstração irrefutável, Pedro Orce inclinou a cabeça sucumbido, E viemos nós, e veio toda esta gente a correr porque tinha chegado o dia de glória, hoje escarneceríamos da Pedra Má, e afinal teremos de estar à espera dez dias, nenhum incêndio pode durar tanto, E se fôssemos ao encontro dela, pelas estradas da costa, lembrou Joaquim Sassa, Não, não vale a pena, respondeu Pedro Orce, coisas destas querem-se no seu momento próprio, enquanto o entusiasmo não diminui, agora é que ela deveria estar a passar diante dos nossos olhos, agora que estamos exaltados, estivemo-lo, já não estamos, Então que vamos fazer, perguntou José Anaiço, Vamo-nos embora, Não quer ficar, Não é depois do sonho que o sonho pode ser vivido, Sendo assim, partimos amanhã, Tão cedo, Tenho a escola à espera, E eu o escritório, E eu a farmácia, sempre.

Foram à procura de Dois Cavalos, mas enquanto procuram e tardam a encontrar é a altura de dizer que muitos milhares de pessoas que não ganharam voz nem voto nesta história, que nem mesmo chegam a ser figurantes ao fundo do palco, milhares de pessoas não arredaram pé durante esses dez dias e dez noites, comeram dos farnéis que tinham levado, depois, quando no segundo dia se acabaram, foram comprar do que havia por esses lugares, e cozinharam ao ar livre, em grandes fogueiras que eram como almenaras doutras eras, e aqueles a quem veio a acabar-se o dinheiro nem assim passaram fome, onde comia um comiam todos, estamos em tempo de irmãos recomeçados, se é humanamente possível ter sido e tornar a ser. Esta fraternidade admirável não a vão experimentar Pedro Orce, José Anaiço e Joaquim Sassa, viraram costas ao mar, agora é a sua vez de serem olhados com desconfiança por aqueles, muitos, que ainda vêm descendo.

Fez-se entretanto noite, acendem-se os primeiros lumes, Vamos lá, disse José Anaiço. Pedro Orce viajará calado no banco de trás, triste, de olhos fechados, será agora ou nunca, melhor oportunidade não teremos para lembrar o refrão português, Aonde vais, Vou para a festa, Donde vens, Venho da festa, mesmo sem a ajuda de pontos de exclamação e reticências vê-se logo a diferença que há entre a alegre expectativa da primeira resposta e a desencantada fadiga da segunda, só na página em que ficam escritas parecem iguais. Durante todo o caminho apenas foram ditas duas palavras, Jantam comigo, saíram da boca de Pedro Orce, é o seu dever hospitalário. José Anaiço e Joaquim Sassa não acharam que fosse preciso responder, alguém diria que foi má educação calarem-se, mas esse sabe pouco das naturezas humanas, outro mais informado juraria que estes três homens se tornaram amigos.

É noite adiantada quando entram em Orce. As ruas, a esta hora, são um deserto de sombras e silêncio, Dois Cavalos pode ser deixado à porta da farmácia, e bom é que o deixem descansar, amanhã voltará à estrada levando carga de três homens, como dentro de casa vai ser decidido ao redor da mesa, com alguma simples comida nos pratos, que também Pedro Orce vive só e o tempo não chegou para melhores gastronomias. Ligaram a televisão, agora as notícias são dadas de hora a hora, e viram Gibraltar, não apenas separado da Espanha, mas dela afastado já uns bons quilómetros, como uma ilha ao desamparo no meio das águas, transformado, ai dele, em pico, pão-de-açúcar ou arrecife, com os seus mil canhões sem préstimo nem alvo. Mesmo que teimem em abrir-lhe novas seteiras do lado norte, talvez com isso fique lisonjeado o orgulho imperial, mas será dinheiro lançado ao mar, tanto no sentido próprio como no figurado. Imagens impressionantes foram, sem dúvida, porém nada que se compare ao choque causado por uma série de fotografias tiradas de satélite, que mostravam o progressivo alargamento do canal entre a península e a França, arrepiavam-se as carnes e o cabelo de olhar tão extrema fatalidade, maior que a força humana, que aquilo já não era canal mas água aberta, por onde navegavam os barcos à vontade, em mares, estes sim, nunca dantes navegados. Claro que a deslocação não se podia observar, a esta altitude uma velocidade de setecentos e cinquenta metros por hora é inapreensível à vista desarmada, mas, para o observador, era como se a grande massa de pedra se deslocasse dentro da sua cabeça, pessoas sensíveis foram ao ponto de desmaiar, outras queixavam-se de tonturas. E havia imagens registadas de bordo dos infatigáveis helicópteros, a gigantesca escarpa pirenaica, cortada a prumo, e o formigueiro miudinho de povo caminhando para o sul, como uma súbita migração, só para ver Gibraltar ir de água abaixo, ilusão de óptica, que nós, sim, é que vamos indo na corrente, e também, pormenor pitoresco, apontamento de reportagem, um bando de estorninhos, milhares, como uma nuvem que se tivesse intrometido no campo da objectiva, escurecendo o céu, Até as aves secundam o alvoroço dos homens, foi a palavra que o locutor usou, secundam, quando na história natural o que se aprende é que as aves têm as suas razões próprias para irem aonde lhes apraz ou necessitam, não secundam Mé nem Té, quando muito José, que diz, ingratamente, Já me tinha esquecido deles.

Mostraram também imagens de Portugal, da costa do mar atlântico, com as vagas batendo nos rochedos ou revolvendo as areias, e estava muita gente a olhar o horizonte, com aquele trágico ademane de quem se preparou desde séculos para o ignoto e teme que afinal não venha, ou seja igual ao comum e banal que todas as horas trazem. Agora ei-los ali, como Unamuno disse que estavam, la cara morena entre ambas palmas, clavas tus ojos donde el sol se acuesta solo en la mar inmensa, todos os povos com o mar a poente fazem o mesmo, este é moreno, não há outra diferença, e navegou. Lírico, arrebatado, o locutor espanhol declama, Vejam-se os portugueses, ao longo das suas douradas praias, proa da Europa que foram e deixaram de ser, porque do cais europeu nos desprendemos, mas novamente fendendo as ondas do Atlântico, que almirante nos guia, que porto nos espera, a última imagem mostrou um rapazito de poucos anos que atirava uma pedrinha ao mar, naquela arte de ricochete que não precisa de aprendizagem, e Joaquim Sassa disse, Tem a força da sua idade, a pedra não podia ir mais longe, mas a península, ou lá o que seja, deu a impressão de avançar ainda com mais vigor sobre o mar grosso, tão fora do que costuma ser neste tempo estival. A derradeira notícia deu-a o locutor de passagem, como se não lhe atribuísse muita importância, Parece notar-se uma certa instabilidade das populações, muitas pessoas estão a sair das suas casas, não só na Andaluzia, aí conhece-se o motivo, e, tendo em conta que a maior parte delas se dirigem para o mar, crê-se que se trata de um movimento natural de curiosidade, em todo o caso garantimos aos nossos espectadores que na costa não há nada para ver, como mesmo agora tivemos a oportunidade de comprovar, aqueles portugueses todos que olhavam olhavam e não viam nada, não queiramos ser como eles. Disse então Pedro Orce, Se tiverem um lugar para mim, vou com vocês.

Ficaram calados Joaquim Sassa e José Anaiço, não perceberam por que quereria um espanhol tão bem aconselhado ir às terras e praias de Portugal. A pergunta era boa e pertinente, por ser o dono de Dois Cavalos coube a Joaquim Sassa fazê-la, e Pedro Orce respondeu, Não quero cá ficar, com este chão sempre a tremer-me debaixo dos pés e as pessoas a dizerem-me que são fantasias da minha cabeça, Provavelmente sentirá o mesmo em Portugal, e o mesmo lhe dirão as pessoas de lá, disse José Anaiço, e nós temos as nossas ocupações, Não vos serei pesado, é só levarem-me, deixam-me em Lisboa, aonde nunca fui, um dia destes volto, E a sua família, e a farmácia, Família já deviam ter percebido que não tenho, sou o último, a farmácia resolve-se, há o ajudante, ele toma conta. Não havia mais que discutir, nenhuma razão para recusar, Temos muito gosto em que nos faça companhia, isto disse Joaquim Sassa, O pior é se te apanham na fronteira, lembrou José Anaiço, Digo-lhes que fui dar um passeio a Espanha, portanto não podia saber que andava a ser procurado, e que vou já já apresentar-me ao governador civil, mas o mais certo é nem precisar de dar explicações, devem estar mais atentos a quem sai do que a quem entra, Passamos noutro posto da fronteira, por causa dos estorninhos, lembrou José Anaiço, e, tendo dito, abriu o mapa sobre a mesa, toda a Península Ibérica, desenhada e colorida no tempo em que tudo era terra firme e em que o calo ósseo dos Pirenéus reprimia a tentação vagabunda, em silêncio os três homens ficaram a olhar a representação plana desta parte do mundo como se não a reconhecessem, Dizia Estrabão que a península tem o feitio duma pele de boi, estas palavras murmurou-as intensamente Pedro Orce, e apesar da noite quente arrepiaram-se Joaquim Sassa e José Anaiço, como se diante dos seus olhos se tivesse levantado a besta ciclópica que ia ser sacrificada e esfolada para acrescentar ao continente Europa um despojo que haveria de sangrar por todos os tempos dos tempos.

O mapa desdobrado mostrava as duas pátrias, Portugal embrechado, suspenso, Espanha desmandibulada a sul, e as regiões, as províncias, os distritos, o grosso cascalho das cidades maiores, a poalha das vilas e aldeias, mas nem todas, que muitas vezes é invisível o pó a olho nu, Venta Micena foi apenas um exemplo. As mãos alisam e afagam o papel, passam sobre o Alentejo e continuam para o norte, como se acariciassem um rosto, da face esquerda para a face direita, é o sentido dos ponteiros do relógio, o sentido do tempo, as Beiras, o Ribatejo antes delas, e depois Trás-os-Montes e o Minho, a Galiza, as Astúrias, o País Basco e Navarra, Castela e Leão, Aragão, a Catalunha, Valência, Estremadura, a nossa e a deles, Andaluzia onde ainda estamos, o Algarve, então José Anaiço pousou o dedo na foz do Guadiana e disse, Entramos por aqui.

Escardeados pelo tiroteio de Rosal de la Frontera, de sangrenta memória, os estorninhos, por esta vez prudentes, fizeram um largo rodeio a norte e foram atravessar onde os ares eram livres e a circulação aberta, a uns três quilómetros da ponte, que nestes dias de que vimos falando já se construiu, e era tempo. À polícia do lado português não fez espécie chamar-se um dos três viajantes Joaquim Sassa, percebia-se que mais graves preocupações assoberbavam o espírito da autoridade, quais fossem elas soube-se pelo diálogo, Para onde é que os senhores querem ir, perguntou o agente, Para Lisboa, respondeu José Anaiço, que era o do volante, e perguntou, Porquê, senhor guarda, Vão encontrar barragens nas estradas daqui, cumpram rigorosamente as instruções que receberem, nada de forçar passagens ou trocar as voltas, que lhes custaria caro, Aconteceu alguma desgraça, Depende da opinião, Não nos diga que o Algarve também está a separar-se, mais tarde ou mais cedo tinha de ser, eles sempre tiveram aquela ideia de serem reino à parte, O caso é outro, e mais grave, as pessoas estão a querer ocupar os hotéis, dizem que se não há turistas eles precisam das casas, Não sabíamos, quando foi que a invasão começou, Ontem à noite. E esta, hem, exclamou José Anaiço, fosse ele francês e teria dito, Ça alors, cada um tem maneira sua de exprimir o espanto que o outro também sentiu, ouça-se o que disse Pedro Orce sonoramente, Caramba, quanto a Joaquim Sassa mal se deu pelo eco, E esta, hem.

O polícia mandou seguir, avisou outra vez, Atenção às barragens, e Dois Cavalos pôde atravessar Vila Real de Santo António, enquanto os passageiros iam comentando o extraordinário sucesso, afinal, quem haveria de dizer, os portugueses são de duas espécies diferentes, há uns que vão para as praias e arribas contemplar melancólicos o horizonte, há outros que avançam intrépidos sobre as fortalezas hoteleiras defendidas pela polícia, pela guarda republicana e também, segundo consta, pelo próprio exército, feridos já há, isto lhes foi secretamente dito num café onde resolveram parar para colher informações. Foi assim que ficaram a saber que em três hotéis, um de Albufeira, outro da Praia da Rocha, outro de Lagos, a situação é crítica, em ponto de cercarem as forças da ordem os edifícios onde os insurrectos se amotinaram, entaipando portas e janelas, cortando os acessos, são como mouros sitiados, infiéis sem remissão que desrespeitaram o credo, tão pouco ligam aos apelos como às ameaças, sabem que depois da bandeira branca virá o gás lacrimogéneo, por isso não parlamentam, e não conhecem a palavra rendição. Pedro Orce está impressionado, repete baixinho, Caramba, e lê-se-lhe na cara um certo despeito patriótico, o pesar de não terem sido espanhóis os da iniciativa.

Logo à primeira barragem quiseram desviá-los para Castro Marim, mas José Anaiço protestou que tinha um negócio importante e inadiável a tratar em Silves, disse Silves para não despertar suspeitas, Aliás, até preciso de ir pelas estradas do interior, E o mais por dentro possível, se quiser evitar complicações, recomendou o oficial responsável, tranquilizado pelo semblante pacífico dos três passageiros e pela respeitabilidade fatigada de Dois Cavalos, Mas, ó senhor tenente, numa situação destas, com o país a ir à deriva, e a palavra não podia vir mais a propósito, estamos aqui a preocupar-nos por causa da ocupação de alguns hotéis, não é nenhuma revolução para ser preciso decretar uma mobilização geral, as massas às vezes são impacientes, nada mais, o do comentário foi Joaquim Sassa, pouco diplomata, o que valeu foi ser o tenente daqueles que não voltam com a palavra atrás, de acordo com as antigas tradições, senão teriam mesmo de ir por Castro Marim. Porém, o impertinente não se livrou da descompostura militar, O exército está aqui para cumprir o seu dever, veja lá se achava bem que por causa do desconforto das casernas fôssemos nós ocupar o Sheraton ou o Ritz, grande deve ser a desorientação deste oficial para condescender em dar satisfações a um paisano. Tem toda a razão, senhor tenente, este meu amigo é assim, não pensa no que diz, por mais que lhe eu recomende, Pois devia pensar, que já tem boa idade para isso, rematou o oficial peremptório. Com um gesto seco mandou seguir, não ouviu o que Joaquim Sassa disse, e ainda bem, ou o caso acabaria na prisão.

Foram detidos por outras barragens, as da guarda republicana menos benévolas, algumas vezes tiveram de fazer desvios por maus caminhos até poderem voltar à estrada principal. Joaquim Sassa ia enfadado, e com razão, fora repreendido duas vezes, Que o tenente tivesse feito o seu número de rigor, aceito, mas não era preciso dizeres tu que eu não penso no que digo, Desculpa, foi para evitar que a conversa azedasse, estavas a fazer ironia com o homem, é um erro, com a autoridade nunca se deve ser irónico, ou não percebem, e não valeu a pena, ou percebem, e será muito pior. Pedro Orce pediu que lhe explicassem, devagar, o que ali se discutia, e a necessária mudança de tom, as repetições, mostraram que o caso não tinha importância, quando Pedro Orce percebeu tudo, ficou tudo percebido.

Depois da bifurcação de Boliqueime, num trecho de estrada deserto, José Anaiço, aproveitando uma valeta rasa e sem avisar, meteu Dois Cavalos ao campo, a corta-mato, Para onde é que vais, gritou Joaquim Sassa, Se formos pela estrada, como meninos obedientes, nunca conseguiremos aproximar-nos dum hotel daqueles, e nós queremos ver o que lá se passa, sim ou não, respondeu sacudidamente José Anaiço às voltas com o volante instável, o carro saltava na terra esterroada como louco. Pedro Orce, no banco de trás, era atirado a um lado e outro sem dó nem piedade, e Joaquim Sassa, que largara a rir, respondia entrecortadamente, Boa piada, boa piada. Felizmente, trezentos metros adiante, encontraram um caminho escondido entre figueiras, por trás de um muro derrubado, de pedra solta, ou de pedra que o tempo soltara da argamassa. Estavam, por assim dizer, no teatro de operações. Usando de todas as cautelas iam-se aproximando de Albufeira, sempre que era possível escolhiam os terrenos baixos, o pior são as nuvens de poeira que Dois Cavalos levanta, tem pouca habilidade para batedor e guarda avançada, mas a polícia já está longe, protege as encruzilhadas, os nós rodoviários principais, que assim se diz na moderna linguagem das comunicações, de resto nem os efectivos das forças da ordem são tão numerosos que pudessem cobrir estrategicamente uma província tão rica de hotéis como de alfarroba, se pode admitir-se a comparação. Em verdade, quem tem como destino próximo a cidade de Lisboa não precisaria de aventurar-se nestas paragens onde a subversão reina, mas vale a pena certificarmo-nos da verdade das informações, mil vezes se tem visto que contos contados são contos acrescentados, podia ter havido um caso isolado, ou dois, e as barragens, no fim das contas, seriam a aplicação prática daquela prescritiva prudência que manda prevenir para não ter de remediar. Mas já havia infiltrações. Pelo meio do arvoredo ralo, pisando ansiosamente a terra vermelha, avançavam homens e mulheres levando às costas sacos, malas e embrulhos, ao colo crianças pequenas, na ideia deles querem marcar assim lugar no hotel, com estes poucos haveres e o mais chegado da família como garantia, a mulher, os filhos, depois, se tudo correr bem, mandarão vir o resto dos parentes, e a cama, a arca, a mesa, à falta de mais ricas variedades, nenhum deles se lembrou de que nos hotéis o que mais há é camas e mesas, e se as arcas são muito menos, lá estão os roupeiros que lhes fazem vantajosas vezes.

Às portas de Albufeira preparava-se a batalha campal. Os viajantes tinham deixado Dois Cavalos na retaguarda, ao remanso duma sombra, num caso destes não se pode contar com a sua ajuda, é ente mecânico, sem emoções, aonde o levam vai, onde está fica, a ele tanto lhe importa que a península navegue como não, não será por ela se deslocar que as distâncias se tornarão mais curtas. Teve o combate um preâmbulo oratório, tal como se usava dantes, na antiguidade das guerras, com desafios, exortações às tropas, preces à Virgem ou a Santiago, são sempre boas as palavras quando começam, péssimos sempre os resultados delas, em Albufeira de nada serviu ter arengado o chefe das hostes populares invasoras, e que bem ele arengou, Guardas, soldados, amigos, abri bem esses ouvidos, virai para cá a vossa atenção, vós sois, e disso não vos esqueçais, filhos do povo como nós, este povo tão sacrificado que faz as casas e não as tem, que constrói hotéis e não ganha para hospedar-se neles, reparai que viemos aqui com os nossos filhos e as nossas mulheres, mas não foi para pedir o céu que viemos, apenas um tecto mais digno, um telhado mais firme, quartos para neles dormirmos com o recato e o respeito que a seres humanos se está devendo, nós não somos animais, e também não somos máquinas, temos sentimentos, ora, esses hotéis além estão vazios, são centenas, são milhares de quartos, fizeram-se os hotéis para os turistas e eles foram-se embora, não voltam mais, enquanto cá estiveram resignámo-nos ao mau viver da vida, agora, por favor, deixai-nos entrar, pagaremos uma renda igual à que pagávamos pela casa donde viemos, não seria justo pedirem-nos mais, e juramos, tanto pelo que é sagrado como pelo que o não é, que estará sempre tudo limpo e arrumado, para isso nunca houve mulheres que chegassem aos calcanhares das nossas, bem sei, tendes razão, há as crianças, as crianças sujas sujam muito, mas estas irão passar a andar lavadas e apuradas, é fácil, cada quarto, segundo estamos informados, tem a sua casa de banho, duche e banheira à escolha, águas quentes e frias, assim deve custar pouco ser asseado, e aqueles dos nossos filhos que por já irem adiantados na idade e no vício da sujeira não se habituarem à higiene, os filhos deles vos prometo que serão as mais limpas criaturas do mundo, a questão é darem-lhes tempo, aliás, os homens é só disso que precisam, tempo, e é só isso o que têm, o resto não passa de ilusão, por esta ninguém esperava, sair-nos filósofo o chefe rebelde.

Vê-se pelas feições do rosto, e pelos bilhetes de identidade se confirmaria, que os soldados são realmente filhos do povo, mas o major deles, ou também o é e repudiou nos assentos da escola militar a humilde ascendência, ou pertence desde o nascimento às classes superiores, para quem os hotéis do Algarve foram feitos, pela resposta dada não se pôde saber, Cheguem-se lá para trás, ou levam nas trombas, este grosseiro falar não é apanágio exclusivo das camadas baixas. Os tropas viam ali no ajuntamento a querida imagem de pai e mãe, mas o dever, quando chama por nós, é mais forte, És a luz dos meus olhos, diz a mãe ao filho que lhe vai dar uma pranchada. Mas o comandante paisano clamou irado, trocando por desespero a expressão e o vocativo, Raça de sabujos, que não reconhecem o peito que lhes deu de mamar, liberdade poética, acusação de pouco sentido e nulo objecto, pois não há filho nem filha que de tal se recordem, embora abundem as autoridades para afirmar que, no fundo da nossa consciência, guardamos secretamente essas e outras memórias assustadoras, e que a nossa vida é, toda ela, feita desses e outros medos.

Não gostou o major que lhe dessem título de sabujo e, in continente, gritou, À carga, ao tempo que clamava, arrebatado, o general dos invasores, A eles, patriotas, e foram todos juntos, corpo contra corpo, e houve um terrível choque. Foi nesta altura que chegaram ao local Joaquim Sassa, Pedro Orce e José Anaiço, curiosos mas inocentes, em boa se meteram, que a tropa, de cabeça perdida, não distinguia entre actores e espectadores, pode-se dizer que não precisando os três amigos de casa, tiveram de lutar por ela. Pedro Orce, apesar da idade, brigava como se esta fosse a sua terra, os outros faziam o melhor que podiam, talvez um tanto menos, por pertencerem à raça pacífica. Havia feridos que se arrastavam ou eram levados para a berma da estrada, mulheres que arrepelavam choros e maldições, os infantes tinham sido postos a salvo na carriagem, que batalhas assim só medievais e com palavras do tempo. Uma pedra jogada de longe por um adolescente chamado David deu com o major Golias em terra, a sangrar de um lanho profundo no queixo, não o pôde proteger o capacete de aço, é o resultado de se terem deixado de usar viseiras e nasais, e o pior foi que, na confusão do derrube, os insurrectos desbordaram as tropas, passaram-lhes por um lado e pelo outro, para logo a seguir, num golpe táctico instintivo mas genial, se dispersarem pelas íngremes ruas e travessas, evitando assim que os militares que cercavam o hotel ocupado pudessem acudir, com suficiente eficácia, em reforço do batalhão vencido, de humilhação como esta não havia memória desde os antigos tempos da jacquerie. Um hoteleiro, porventura com a mente perturbada, ou subitamente convertido aos interesses populares, abriu de par em par as suas portas, dizendo, Entrem, entrem, antes vocês que o deserto.

Com tais facilidades de rendição, acharam-se Pedro Orce, José Anaiço e Joaquim Sassa ocupantes de um quarto pelo qual verdadeiramente não tinham lutado, e que dois dias depois cederam a uma família das mais necessitadas, com uma avó entrevada e feridos a tratar. Naquela nunca vista confusão, houve maridos que se perderam das mulheres, filhos que se perderam dos pais, mas o resultado de tão dramáticos desencontros, facto que ninguém saberia inventar, o que, só por si, prova a irresistível veracidade do relato, o resultado, dizíamos, foi que uma mesma família, fragmentada, mas animada de igual dinâmica nas suas desarvoradas partes, ocupou aposentos em hotéis diferentes, tendo sido assaz trabalhoso reunir sob um mesmo tecto quem por um único tecto, afinal, dizia ansiar, geralmente acabavam por instalar-se todos no hotel que tivesse mais estrelas na tabuleta. Os comissários da polícia, os coronéis do exército e da guarda pediam reforços, carros blindados e instruções a Lisboa, o governo, sem saber aonde acudir, mandava e contramandava, ameaçava e pedia por favor, constava mesmo que já se tinham demitido três ministros. Entretanto, da praia e das ruas de Albufeira podiam-se ver as triunfantes famílias às janelas dos hotéis, aquelas belas e rasgadas varandas com mesa para o pequeno-almoço e preguiceiras almofadadas, o pai de família martelava os primeiros pregos e esticava as cordas onde seria estendida a roupa da semana, que a mãe de família, cantando, já começara a lavar lá dentro, na casa de banho. E as piscinas ferviam de mergulhos e natações, ninguém se lembrara de explicar aos garotos que primeiro se há-de ir ao duche, e só depois mergulhar na água azul, não vai ser nada fácil fazer esquecer a esta gente os hábitos do bairro da lata.

Muito mais e muito melhor que as boas lições, sempre prosperaram e frutificaram os maus exemplos, e não se sabe por que aceleradas vias usam transmitir-se, que em poucas horas o movimento popular de ocupação saltou a fronteira, alastrou a toda a Espanha, imagine-se como teria sido aquilo em Marbella e Torremolinos, onde os hotéis são como cidades e três fazem uma megalópolis. A Europa, ao saber das alarmantes notícias, começou aos gritos, Anarquia, Caos Social, Atentado à Propriedade Privada, e um jornal francês, dos que formam a opinião pública, titulou sibilinamente a toda a largura da primeira página, Não Se Pode Fugir À Natureza. Esta sentença, apesar de tão pouco original, caiu no goto, as pessoas europeias, quando falavam da antiga península ibérica, encolhiam os ombros e diziam umas para as outras, Que é que se há-de fazer, eles são assim, não se pode fugir à natureza, a única excepção ao condenatório coro veio daquele pequeno jornal napolitano e maquiavélico que anunciou, Resolvido o problema da habitação em Portugal e Espanha.

    Durante os dias que os três amigos ainda se demoraram em Albufeira, a polícia de intervenção, apoiada pelo grupo de operações especiais, tentou proceder à desocupação violenta de um dos hotéis, mas a reacção conjunta e concordante dos novos hóspedes e dos proprietários, aqueles decididos a resistir até ao último quarto, estes temerosos da habitual destruição deixada pelos salvadores, levaram a suspender as operações, adiadas para outra oportunidade, quando o tempo e as promessas adormecessem a vigilância. Quando Pedro Orce, Joaquim Sassa e José Anaiço prosseguiram viagem para Lisboa já havia nos edifícios ocupados comissões de moradores democraticamente eleitas, constituindo pelouros especializados, a saber, de higiene e conservação, de cozinha, de lavandaria, de festas e divertimentos, de animação cultural, de educação e formação cívica, de ginástica e desportos, enfim, tudo quanto é indispensável à harmonia e bom funcionamento de qualquer comunidade. Nos mastros próprios e improvisados flutuavam bandeirolas e flâmulas de todas as cores, tudo servia a este fim, bandeiras de países estrangeiros, de clubes desportivos, de associações várias, sob a égide do símbolo da pátria arvorado no mais alto, havia mesmo colchas dependuradas das janelas, em saudável emulação decorativa.

    Porém, conjunção coordenada adversativa que sempre anuncia oposição, restrição ou diferença, e que, aplicada ao caso, vem lembrar que mesmo as boas coisas para uns precisamente têm os seus poréns para outros, ocuparem-se os hotéis desta selvática maneira foi a gota de água que fez transbordar a inquietação em que viviam desde a primeira hora os ricos e poderosos. Muitos, por medo de que se afundasse a península com vidas e fazendas, tinham partido logo naquela debandada de turistas, o que, naturalmente, não significa que eles fossem, os tais, estrangeiros em sua própria terra, embora haja vários graus de pertença de cada um à pátria natural e administrativamente sua, como a história bastas vezes tem demonstrado.

Agora, sob a condenação geral dos desaforos sociais, mais do que geral, universal, se exceptuarmos o procedimento incongruente do jornalzinho de Nápoles, dava-se uma segunda emigração, maciça, a pontos de ser lícito desconfiar que tinha vindo a ser preparada meticulosamente desde que, aos olhos de todos, se tornara patente que as feridas do que então ainda era completa Europa não teriam cicatrização possível, que a estrutura física da península, quem poderia imaginar, partira pelo mais forte. As grandes contas bancárias tornaram-se de repente mínimas, ficaram com um remanescente simbólico, em Portugal quaisquer quinhentos escudos, em Espanha quaisquer quinhentas pesetas, ou pouco mais, rapados assim os depósitos à ordem, com algum prejuízo os depósitos a prazo, e tudo tudo, os ouros, as pratas, as pedras preciosas, as jóias, as obras de arte, os títulos, tudo foi levado pelo poderoso sopro que varreu por sobre o mar, nas trinta e duas direcções da rosa-dos-ventos, os bens móveis dos fugitivos, haja esperança de recuperar o resto um dia, tempo havendo, e paciência. Claro que tão grandes mudanças não puderam ser feitas em vinte e quatro horas, mas uma semana foi quanto bastou para que se modificasse, de alto a baixo e de largo a largo, radicalmente, a fisionomia social dos dois países ibéricos. Um observador insciente dos factos e razões, que se deixasse iludir pela aparência de superfície, concluiria que portugueses e espanhóis tinham empobrecido subitamente, de uma hora para a outra, quando, afinal das contas, em termos próprios e rigorosos, apenas sucedera terem-se ido embora os ricos, quando eles faltam logo a estatística sofre.

A esses observadores que conseguem ver um completo olimpo de deuses e deusas onde não há mais que simples nuvens passando, ou àqueles que têm diante dos olhos Júpiter Tonante e lhe chamam vapor atmosférico, não nos cansaremos nunca de recordar que não basta falar de circunstâncias, com a sua divisão bipolar entre antecedentes e consequentes, como por abreviação de esforço mental se usa, mas sim é necessário considerar o que infalivelmente se situa entre uns e outros, digamo-lo por extenso e na sua ordem, o tempo, o lugar, o motivo, os meios, a pessoa, o facto, a maneira, se tudo não for medido e ponderado espera-nos o erro fatal no primeiro juízo proposto. O homem é um ser inteligente, sem dúvida, mas não tanto quanto seria desejável, e esta é uma verificação e confissão de humildade que sempre deverá começar por nós próprios, como da caridade bem compreendida se diz, antes que no-lo atirem à cara.

Chegaram a Lisboa ao cair da tarde, na hora em que a suavidade do céu infunde nas almas um doce pungimento, agora se vê como tinha razão aquele admirável entendedor de sensações e impressões que afirmou ser a paisagem um estado de alma, o que ele não soube foi dizer-nos como seriam as vistas nos tempos em que não havia no mundo mais que pitecantropos, com pouca alma ainda, e, além de pouca, confusa. Passados tantos milénios, e graças aos aperfeiçoamentos, já pode Pedro Orce reconhecer na melancolia aparente da cidade a imagem fiel da sua própria tristeza íntima. Habituara-se à companhia destes portugueses que o tinham ido procurar às inóspitas paragens onde nascera e vivia, agora não tarda que devam separar-se, cada um para seu lado, nem as famílias resistem à erosão da necessidade, que fariam simples conhecidos, amigos de fresca data e tenras raízes.

Dois Cavalos atravessa a ponte devagar, à velocidade mínima autorizada, para dar ao espanhol tempo de admirar a beleza das paisagens de terra e mar, e também a grandiosa obra de engenharia que liga as duas margens do rio, esta construção, falamos da frase, é perifrástica, usámo-la só para não repetirmos a palavra ponte, de que resultaria solecismo, da espécie pleonástica ou redundante. Em as várias artes, e por excelência nessa de escrever, o melhor caminho entre dois pontos, ainda que próximos, não foi, e não será, e não é a linha a que chamam recta, nunca por nunca ser, modo este enérgico e enfático de responder a dúvidas, calando-as. Tão absortos iam os viajantes nas belezas da urbe e raptos da obra portentosa, que nem deram fé do despavorimento que de súbito tomou os estorninhos. Ébrios de altitude, rasando perigosamente os enormes pilares que subiam da água para serem apoio do céu, a esta parte a cidade com as vidraças em fogo, além o mar, e o sol, e em baixo o grande rio passando, como uma corrente vagarosa de lava a arder sob a cinza, os pássaros mudavam bruscamente de direcção, em golpes de asa rápidos, sucessivos, e a terra era como se rodasse em torno da ponte, tornando-se o norte leste e depois sul, o sul oeste e depois norte, em que lugar do mundo estaremos nós um dia quando outro tanto ou ainda mais houvermos de mudar. Já foi dito que os homens, mesmo quando estas coisas olham, não as entendem, também as não entenderam desta vez.

Iam a meio da ponte, e Pedro Orce murmurou, Bonita cidade, palavras assim, amáveis, também não exigem resposta, a não ser, modestamente, Lá isso. Ainda seria cedo bastante para deixar Pedro Orce instalado num hotel e seguir viagem, pelo menos até à vila ribatejana onde José Anaiço mora, e onde Joaquim Sassa outra vez poderia passar a noite, apetecendo, debaixo da figueira, mas seria uma atitude imprópria abandonar o visitante, de comum acordo decidiram os portugueses demorar-se por cá um ou dois dias, o tempo de conhecer o espanhol a cidade em modo de poder fazer suas, quando a Orce regressar, as palavras da nossa inocente e antiga vaidade, Quem não viu Lisboa não viu coisa boa, bendito seja Deus que nos deu as rimas e não nos retirou os arrimos.

Joaquim Sassa e José Anaiço não estão escassos de dinheiro, reuniram quanto tinham para a aventura além-fronteiras e volta, e ainda puderam fazer economias, como sabemos, uma vez dormindo ao luar, outra em casa de um farmacêutico andaluz, e, no Algarve, beneficiando da situação anárquica, não lhes foi apresentada a conta da estada. Em Lisboa, onde já entrámos, só na periferia urbana é que houve assalto e ocupação de hotéis, aos restantes, centrais, defendeu-os a conjunção de dois factores de dissuasão, em primeiro lugar ser a capital, como é costume nos países, o sítio de mais alta concentração de forças de autoridade, ou repressivas, em segundo lugar aquela timidez peculiar do citadino, que muitas vezes sofre e se reprime ao sentir-se observado pelo vizinho que o julga, e vice-versa, a paramécia da gota de água perturba certamente a lente e o olho que por trás dela a observa e perturba. Devido à falta de hóspedes, quase todos os hotéis tinham encerrado as portas, para obras de beneficiação, era esta a desculpa, mas alguns continuavam a funcionar, praticando tabelas de estação baixa e rebaixada, ao ponto de haver já chefes de famílias numerosas que analisavam a hipótese de abandonar as casas onde viviam, e pelas quais pagavam rendas altíssimas, para passarem a morar no Méridien e coordenadas semelhantes. A tão grande mudança de estado não chegavam as aspirações dos três viajantes, por isso foram instalar-se num modesto hotel, ao fundo da Rua do Alecrim, à mão esquerda de quem desce, e cujo nome não interessa à inteligência deste relato, uma vez bastou e talvez se tivesse dispensado.

Estorninhos são estorninhos, e das pessoas levianas e estouvadas se diz que o são também, o que significa serem eles e elas pouco dados a reflectir sobre os actos que praticam, incapazes de prever ou imaginar para além do imediato, o que não é incompatível com a generosidade de certos seus procedimentos, até ao sacrifício da vida, como se viu no episódio da fronteira, quando tantos tenros corpinhos caíram mortos, derramando por uma causa alheia o precioso sangue, lembramos que estamos a falar de pássaros, não de pessoas. Mas leviandade e estouvanice é o mínimo que se pode dizer de milhares de aves que vão, imprudentemente, pousar no telhado de um hotel, atraindo a atenção do povo e da polícia, dos ornitólogos e dos apreciadores de passarinhos fritos, e por essa maneira denunciando a presença de três homens que, apesar de não terem culpas a pesar-lhes na consciência, têm vindo a ser alvo do incómodo interesse das autoridades. É que, facto ignorado dos viajantes, a imprensa portuguesa, na página permanente que agora dedica aos casos insólitos, fizera-se eco do ataque irresistível dos estorninhos aos desprevenidos guardas da fronteira, recordando, como era de esperar, ainda que sem qualquer originalidade, o por nós já mencionado filme de Hitchcock sobre a vida das aves.

Imprensa, rádio e televisão, logo informadas do prodígio que se produzia ali ao Cais do Sodré, enviaram repórteres, fotógrafos e operadores de vídeo ao local, o que talvez não viesse a ter outras consequências, além do enriquecimento do pitoresco lisboeta, se o espírito metódico e, por que não dizê-lo, científico de um jornalista não o tivesse impelido a interrogar-se sobre a possibilidade de uma relação causal entre os estorninhos que estavam fora, no telhado, e os residentes do hotel, permanentes ou de passagem, que estivessem dentro. Inscientes do perigo que, literalmente, pairava sobre as suas cabeças, Joaquim Sassa, José Anaiço e Pedro Orce, cada um em seu quarto, arrumavam a pouca bagagem com que viajavam, em poucos minutos estariam na rua, iriam dar uma primeira volta pela cidade, enquanto não chegava a hora de jantar. Ora, neste preciso momento, o arguto jornalista consulta o livro dos hóspedes, lê os nomes nele registados, e eis que dois deles lhe movem subtilmente as engrenagens da memória, Joaquim Sassa, Pedro Orce, não seria ele um bom profissional de comunicação se lhe tivessem passado despercebidos, o mesmo talvez lhe acontecesse com outro nome, Ricardo Reis, mas o livro onde este foi registado um dia, já lá vão tantos anos, está no arquivo do sótão, coberto de pó, numa página que provavelmente nunca verá a luz do dia, e se a vir talvez que o nome não possa ler-se, por estar em branco a linha, ou branca a página toda, esse é um dos efeitos do tempo, apagar. Até este dia tem sido o cúmulo da arte venatória matar dois coelhos de uma cajadada, a partir de agora fica aumentado para três o número de leporídeos ao alcance da destreza humana, devendo portanto ser corrigidos os rifonários, onde se lê dois leia-se três, e talvez ainda não venhamos a ficar por aqui.

Solicitados a descer à recepção, instalados depois na sala de estar, diante do grande espelho da verdade, Joaquim Sassa e Pedro Orce, às instâncias dos jornalistas não tiveram outro recurso que confirmar serem, respectivamente, o da pedra atirada ao mar e o sismógrafo vivo. Mas há os estorninhos, não pode ser devido a um acaso que tantos estorninhos se juntaram aqui, observou o repórter inteligente, foi aí que José Anaiço, solidário com os seus amigos e leal com os factos, fez a declaração, Os estorninhos andam comigo. A maior parte das perguntas dirigidas a Joaquim Sassa coincidiram, na parte respectiva, com o diálogo que entre ele e um governador civil se imaginou, motivo por que aqui não se repetem, nem as correspondentes respostas, mas Pedro Orce, que no seu país não pudera ser completo profeta, discorreu demoradamente sobre os factos recentes da sua vida, que sim senhor continuava a sentir o tremor da terra, intenso e profundo, como uma vibração que lhe subisse pelos ossos, e que em Granada, Sevilha e Madrid o tinham submetido a múltiplos testes, tanto afectivos como intelectuais, tanto sensoriais como motores, e que ali estava, disposto a sujeitar-se a idênticas ou outras averiguações se as entendessem convenientes os sábios portugueses. Entretanto tinha anoitecido, os estorninhos responsáveis pela devassa recolheram-se em ordem dispersa às árvores dos jardins próximos, esgotadas as perguntas e a curiosidade foram-se embora jornalistas, câmaras e projectores, mas nem assim pôde haver sossego no hotel, criados e empregados inventavam pretextos para virem à recepção e espreitarem para dentro da sala de estar, a ver que cara têm os fenómenos.

Fatigados pelas incessantes comoções, os três amigos resolveram não sair, jantar ali mesmo. Pedro Orce estava preocupado com as consequências da loquacidade a que se deixara arrastar, Depois de tanto me terem prevenido de que não abrisse bico sobre o meu caso, em Espanha não irão gostar quando souberem, mas se eu ficar por cá uns dias talvez que acabem por esquecer-se de mim. José Anaiço duvidava, Amanhã a nossa história virá em todos os jornais, provavelmente a televisão ainda hoje dará a notícia, e os da rádio não se calarão, são infatigáveis, e Joaquim Sassa, Ainda assim, de nós três, tu é que estás em melhor situação, podes sempre argumentar que não tens culpa de os estorninhos andarem atrás de ti, nem lhes assobias nem lhes dás de comer, mas nós dois estamos entalados, a Pedro Orce olham-no como se fosse um bicho raro, a ciência lusitana não vai perder a cobaia, e a mim não me largarão com a história da pedra, Vocês têm o carro, lembrou Pedro Orce, partam amanhã muito cedo, ou ainda esta noite, eu fico, se me perguntarem para onde foram, digo-lhes que não sei, Agora é tarde de mais, mal eu apareça na televisão não faltará quem telefone lá da vila só para dizer que me conhece, que eu sou o professor, e que já andavam desconfiados, estão sedentos de glória, isto disse José Anaiço, e acrescentou, É preferível que fiquemos juntos, falaremos pouco, às tantas hão-de cansar-se.

Tal como se previa, apareceram no último noticiário da televisão, uma reportagem muito completa, viam-se os estorninhos em revoada, a fachada do hotel, o gerente a prestar declarações que sabemos serem falsas, como imediatamente se vai ver, É o primeiro grande acontecimento na história deste estabelecimento hoteleiro, e as três maravilhas, Pedro, José e Joaquim, respondendo a perguntas.

Como sempre que se considera indispensável um suplemento de autoridade convincente, estava no estúdio o perito, neste caso um especialista da moderna disciplina de psicologia dinâmica, que, entre outras opiniões sobre o fundo da questão, declarou não estar excluída a hipótese de se tratar de puro charlatanismo, É sabido, declarou ele, que em momentos como este, de crise, nunca deixam de aparecer impostores, indivíduos que contam histórias e tentam aproveitar-se da credulidade das massas populares, muitas vezes com intuitos de desestabilização política imediata ou servindo projectos de conquista do poder a longo prazo, Se este ponto de vista pega, estamos bem arranjados, observou Joaquim Sassa, E os estorninhos, qual é a sua opinião acerca dos estorninhos, quis saber o locutor, Isso, sim, é um fascinante enigma, ou a pessoa a quem eles seguem é portadora de um chamariz irresistível, ou trata-se de um caso de hipnose colectiva, Hipnotizar aves não deve ser fácil, Pelo contrário, uma galinha pode ser hipnotizada com um simples pedaço de giz, até uma criança o é capaz de fazer, Mas, dois ou três mil estorninhos ao mesmo tempo, como poderiam eles voar se estivessem hipnotizados, Repare que o bando, para cada ave que dele faça parte, é já um agente hipnótico, agente e resultante simultaneamente, Desculpe lembrar-lhe que alguns dos nossos espectadores terão dificuldade em acompanhar uma linguagem demasiado técnica, Então, procurando ser mais claro, direi que todo o grupo tende a constituir-se em hipnose homogeneizada, Não tenho a certeza de que se tivesse ficado a perceber melhor, de qualquer modo agradeço-lhe a sua presença nos nossos estúdios, este assunto virá a ter certamente outros desenvolvimentos, haverá então oportunidade para um debate mais aprofundado, Estou ao vosso dispor, sorriu o perito. Quem não achou graça nenhuma foi Joaquim Sassa, que resmungou, O tipo é parvo, Realmente tem ar disso, mas há ocasiões em que até aos parvos convém ouvir com atenção, respondeu José Anaiço, e Pedro Orce, Não percebi nada, esta foi a primeira vez que por completo lhe escapou o falar lusitano, tomássemos nós à letra o que as palavras significam, boa conversação teria sido a de Viriato e Nuno Álvares Pereira, heróis da mesma pátria, ao que dizem. Enquanto na sala de estar do hotel se discutiam estas graves questões, o gerente, em gabinete retirado, recebia uma delegação de proprietários de restaurantes vizinhos que lhe vinham propor um negócio, Quanto quer para nos deixar armar umas redes no telhado, mais tarde ou mais cedo os estorninhos voltam a pousar aqui, não as vamos pôr nas árvores, à mão de toda a gente, seria o mesmo que fazer filhos em mulheres alheias, estes homens são dos que acreditam que o único sentido íntimo das coisas é elas não terem sentido íntimo nenhum, o gerente hesita, tem medo de que lhe partam as telhas, mas finalmente decide-se, propõe uma quantia, É caro, dizem os outros, e vão ficar a discutir o preço.

No dia seguinte, logo de manhã, uma outra delegação de senhores, estes de expressão solene, bem trajados, com muitos modos, veio pedir a Joaquim Sassa e Pedro Orce que fizessem o favor de os acompanhar, de mando do governo, também vinha no grupo impetrante um conselheiro da embaixada espanhola que cumprimentou Pedro Orce, mas com uma secura tão ostensiva que só podia provir do brio patriótico melindrado. Queriam proceder a um inquérito rápido, explicaram, muito simples, o tempo de uma averiguação de rotina para acrescentar ao já volumoso dossier da ruptura da península, pelos vistos irremediável, se tivermos em conta a sua contínua deslocação, fatal, por assim dizer. A José Anaiço não ligaram, provavelmente duvidava-se que fosse dotado de virtudes aliciadoras e atractivas só comparáveis às do flautista de Hamelin, aliás, os estorninhos nem estão agora à vista, andam em reconhecimento pelos céus da cidade, juntos, nas redes do telhado, traiçoeiramente armadas, apenas caíram quatro pardais vagabundos que estavam para ter outro fim, porém o destino dispôs um remate diferente para as suas vidas, Qual destino, pergunta a voz irónica, e pelo mérito desta intervenção inesperada ficámos a saber que não há um só destino, ao contrário do que tínhamos aprendido nos fados e canções, Ninguém foge ao seu destino, pode sempre acontecer que nos venha a calhar, subitamente, o destino doutra pessoa, foi o que sucedeu aos pardais, tiveram destino de estorninhos.

José Anaiço deixou-se ficar na paz do hotel, esperando o regresso dos companheiros, pediu jornais, as entrevistas vinham todas na primeira página, com fotografias explosivas e títulos dramáticos, Enigmas Que Desafiam A Ciência, As Forças Ignoradas da Mente, Três Homens Perigosos, O Mistério do Hotel Bragança, tão grande era o nosso escrúpulo de dizer-lhe o nome, e afinal a inconfidente imprensa, Irá O Espanhol Ser Extraditado, interrogação, Estamos Metidos Num Grande Sarilho, isto pensou-o José Anaiço, não é título. Passaram as horas, foi tempo de almoçar, de Joaquim Sassa e Pedro Orce nem novas nem mandados, estão presos, encarcerados, perde um homem o apetite de tanta inquietação, Nem sequer sei para onde os levaram, estúpido, devia ter perguntado, qual quê, deveria era ter ido com eles, não os abandonar, calma, provavelmente, mesmo querendo eu, não me deixariam ir, provavelmente não é certo, fiquei foi muito contente por me deixarem de fora, a cobardia é pior que o polvo, o polvo tanto encolhe como estende os braços, a cobardia só sabe encolhê-los, por esta severidade se vê a que ponto está José Anaiço furioso consigo mesmo, falta é saber o lugar da sinceridade em tão contraditórios impulsos e pensamentos, o melhor, como em todos os casos da vida, ainda será esperar pelos actos. Primeiro foi interrogar o gerente, se teria ouvido qualquer palavra reveladora, uma morada, um nome, mas o estalajadeiro respondeu não meu senhor, nem conhecia nenhum dos cavalheiros, vira-os pela primeira vez, tanto os portugueses como o espanhol, nesse repente se iluminou a inteligência de José Anaiço, já não era sem tempo, ir à embaixada, a embaixada sabe de certeza, e logo outra inspiração o surpreendeu, uma iluminação nunca vem só, a imprensa, pois claro, bastava dirigir-se a um daqueles jornais, em poucas horas os argos, holmes e lupins da redacção rastreariam os desaparecidos, a necessidade é verdadeiramente a mãe da invenção, neste caso chama-se o pai cuidado, mas nem sempre é o mesmo.

Ligeiro, subiu ao quarto José Anaiço, ia mudar de sapatos, lavar os dentes, estes procedimentos comuns não são incompatíveis com o espírito resoluto, dê-se o exemplo de Otelo, que, estando constipado e sem dar pelo que fazia, ridiculamente se assoou antes de matar Desdémona, a qual, por sua vez, apesar dos fúnebres pressentimentos, não se fechou à chave, porque uma esposa ao esposo nunca se recusa, mesmo que saiba que ele a vai matar, e além disso Desdémona bem sabia que o quarto tinha só três paredes, ora neste drama de agora está José Anaiço a esfregar os dentes com a escova e a cuspir quando ouve bater alguém, Quem é, perguntou, embora não pareça a sua voz o tom é de alegre expectativa, vai Joaquim Sassa responder-lhe, Já chegámos, mas o engano durou quase nada, Faz favor, afinal é a criada, Um momento, acabou a operação higiénica, lavou as mãos, e a boca, enxugou-se, enfim foi abrir. A criada é uma empregada vulgar de hotel, com sinais e destino tão particulares que este é o único momento da sua vida em que tocará ao de leve, e apenas pelo tempo de um simples recado, a existência de José Anaiço e companheiros, presentes e futuros, acontece isto muitas vezes no teatro e na vida, precisamos de uma pessoa que venha bater à porta só para dizer, Está na sala uma senhora à procura do senhor. Espanta-se José Anaiço, dá expressão ao espanto, De mim, e a criada acrescenta o que julgara não ser necessário dizer, Ela perguntou foi pelos três senhores, mas como os outros não estão cá, Deve ser uma jornalista, pensou José Anaiço, e disse, Desço imediatamente. A criada afastou-se como quem da vida se retira, não voltaremos a precisar dela, não há nenhuma razão para a recordarmos, nem sequer com indiferença. Veio, bateu à porta, deu o recado, que, não se sabe porquê, não foi transmitido pelo telefone, talvez a vida goste de cultivar, uma vez por outra, o sentido do dramático, se o telefone toca pensamos, Que será, se à porta nos batem pensamos, Quem será, e damos ao pensamento voz perguntando, Quem é. Já sabemos que foi a criada, mas a pergunta teve só meia resposta, ou nem tanto, por isso José Anaiço vai pensando enquanto desce a escada, Quem será, esqueceu-se da hipótese de tratar-se de uma jornalista, certos pensamentos nossos são assim, servem apenas para ocuparem, por antecipação, o lugar de outros que dariam mais que pensar.

No hotel há uma grande paz, como uma casa desocupada donde se tivesse retirado a vida inquieta, mas ainda é cedo para começar a envelhecer de abandono, ficaram ecos de passos e de vozes, um choro, um murmúrio de despedida que se prolonga no último patamar. O gerente está de pé, por trás do balcão tem o armarinho das chaves com os seus cacifos para mensagens, correspondência e facturas, escreve num livro ou dele copia números para um papel, é um homem activo, mesmo se o trabalho falta. Quando José Anaiço vai a passar faz-lhe um sinal de cabeça na direcção da sala, a que José Anaiço corresponde com o outro, de assentimento, Já sei, é o que este quer dizer, o primeiro significara, mais extensamente, Tem ali uma senhora à sua espera. Parou José Anaiço à entrada da sala, viu uma mulher nova, uma rapariga, só pode ser esta, não há aqui outra pessoa, apesar de estar no contraluz dos cortinados das janelas parece simpática, ou mesmo bonita, veste calças e casaco azuis, de um tom que deve ser anil, tanto pode ser jornalista como não, mas ao lado da cadeira onde se senta tem uma pequena mala de viagem e sobre os joelhos um pau nem pequeno nem grande, entre um metro e um metro e meio, o efeito é perturbador, uma mulher vestida assim não se passeia pela cidade de pau na mão, Jornalista não será, pensou José Anaiço, pelo menos não estão à vista os instrumentos do ofício, bloco de papel, esferográfica, gravador.

A mulher levantou-se, e este gesto, inesperado, pois está dito que as senhoras, segundo o manual de etiqueta e boas maneiras, devem esperar nos seus lugares que os homens se aproximem e as cumprimentem, então oferecerão a mão ou darão a face, de acordo com a confiança e o grau de intimidade e sua natureza, e farão o sorriso de mulher, educado, ou insinuante, ou cúmplice, ou revelador, depende. Este gesto, talvez não o gesto, mas o estar ali, a quatro passos, levantada uma mulher esperando, ou, em vez disto, a súbita consciência de se ter suspendido o tempo enquanto não for dado o primeiro passo, é verdade que o espelho é testemunha, mas de um momento anterior, no espelho José Anaiço e a mulher ainda são dois estranhos, deste lado não, aqui, porque vão conhecer-se, conhecem-se já. Este gesto, este gesto de que antes não se pôde dizer tudo, fez mover-se o chão de tábuas como um convés, o arfar de um barco na vaga, lento e amplo, esta impressão não é confundível com o conhecido tremor de que fala Pedro Orce, não vibram de José Anaiço os ossos, mas todo o seu corpo sentiu, física e materialmente sentiu, que a península, por costume e comodidade de expressão ainda assim chamada, de facto e de natureza vai navegando, só o sabia por observação exterior, agora é por sua sensação própria que o sabe. Assim, por causa desta mulher, se não apenas deste momento em que ela veio, que mais do que tudo contam as horas em que as coisas acontecem, deixou José Anaiço de ser apenas o involuntário chamariz de pássaros loucos. Avança para ela, e este movimento, lançado na mesma direcção, vai juntar-se à força que empurra, sem recurso nem resistência, a figura de jangada de que o Hotel Bragança, neste preciso instante, é carranca e castelo da proa, com perdão da patente impropriedade das palavras. Tanto pode.

Os meus amigos não estão cá, disse José Anaiço, vieram buscá-los esta manhã para esclarecimentos, uns cientistas, começo a estar preocupado com a demora, aliás dispunha-me a sair, ia procurá-los, José Anaiço tem a consciência de que não precisaria de tantas palavras para dizer o que à ocasião importava, mas não pôde segurá-las. Ela responde, e a voz é agradável, baixa mas clara, O que eu tenho para dizer, tanto é para um como para os três, desta maneira talvez até me saiba explicar melhor. Os olhos têm uma cor de céu novo, Que é um céu novo, que cor tem, onde é que eu fui buscar esta ideia, pensamento de José Anaiço, e em voz alta, Sente-se por favor, não esteja de pé. Sentou-se ela, sentou-se ele, O senhor chama-se, José Anaiço, O meu nome é Joana Carda, Muito gosto. Não apertaram as mãos, seria ridículo agora que estavam sentados, ou então, para o fazerem, teriam de soerguer-se nas cadeiras, mais ridículo ainda, ou somente ele, ficaria o ridículo por metade se metade de ridículo não fosse precisamente igual a ridículo inteiro, É mesmo bonita, e os cabelos, que são quase pretos, não deviam dar com os olhos, cor de céu novo de dia, cor de céu novo de noite, estão bem uns para os outros, Posso ser-lhe útil em alguma coisa, por esta fórmula de polidez se traduziu o íntimo pensar. Não sei se poderemos falar aqui, murmurou Joana Carda, Estamos sós, ninguém nos ouve, Mas a curiosidade é muita, veja. Andando de um modo pouco natural, o gerente passava em frente da entrada da sala, passava e tornava a passar, aparentemente alheado, como quem apenas tivesse desistido de inventar um novo trabalho, se aquele já tinha sido inútil. José Anaiço olhou-o severamente e sem resultado, baixou a voz, assim tornando mais suspeito o diálogo, Não posso convidá-la a subir, além de parecer inconveniente, deverá ser proibido receberem os hóspedes visitas nos quartos, Por mim não teria importância, não precisaria de defender-me de quem, certamente, não está a pensar em atacar-me, De facto não é essa a minha intenção, tanto mais que a vejo armada. Sorriram ambos, mas no sorriso havia algo de forçado, de constrangido, uma súbita aflição, na verdade a conversa tornara-se íntima de mais para quem só há três minutos se conhece, e apenas de nome. Em caso de necessidade este pau serviria, disse Joana Carda, mas não é para isso que o trago comigo, para falar francamente é ele que me traz a mim. A declaração, de tão insólita, limpou os ares, equilibrou as pressões, a atmosférica e a sanguínea. Joana Carda segurava a vara sobre os joelhos, esperava a resposta, enfim José Anaiço disse, É melhor sairmos, conversaremos na rua, num café, ou num jardim, se quiser. Ela pegou na mala, ele tirou-lha da mão, Podemos deixá-la no meu quarto, mais o pau, O pau não o largo, a mala levo-a também, talvez não seja conveniente voltar aqui, Como quiser, pena é que a sua mala de viagem seja tão pequena, metia-se-lhe o pau dentro, Nem todas as coisas nascem umas para as outras, respondeu Joana Carda, o que, apesar de óbvio, comporta não pouca filosofia.

Ao saírem, José Anaiço disse para o gerente, Se os meus amigos chegarem, diga-lhes que não me demoro, Sim senhor, vá descansado, respondeu o homem, sem tirar os olhos de Joana Carda, mas não havia cobiça no olhar, só uma desconfiança vaga, como em todos os gerentes de hotel se pode observar. Desceram a escada, ao fundo, sobre o remate do corrimão, havia uma estatueta de ferro fundido, ornamental, a modos de fidalgo ou pagem de ópera, aqui está uma figura que bem podia ser colocada, com o seu globo eléctrico iluminado, em qualquer dos grandes cabos portugueses ou galegos, o de São Vicente, o Espichel, o da Roca, o Finisterre, e outros de menor porte, mas que por isso não têm menos trabalho a romper as águas, porém o destino deste fidalgo ou pagem é ser ignorado, talvez um dia passado alguém tenha posto nele olhos atentos, não o fizeram Joana Carda e José Anaiço, será por terem outras mais graves preocupações, embora, perguntados, provavelmente não saberiam dizer quais. Quem está na frescura do hotel, naquela penumbra secular, não imagina que faça tanto calor na rua. É Agosto, se ainda estamos lembrados, o clima não variou por ter viajado a península uma insignificância de cento e cinquenta quilómetros, supondo que a velocidade se tem mantido constante como informou a rádio nacional de Espanha, ainda só passaram cinco dias e parece que já lá vai um ano. Disse José Anaiço, como se esperaria, Passear com este calor, de mala de viagem e pau na mão, não apetece, em dez minutos ficaremos estafados, o melhor seria entrarmos num café, toma-se um refresco, É preferível um jardim, um banco isolado, numa sombra, Aqui perto há um jardim, a Praça de D. Luís, conhece, Não vivo em Lisboa, mas conheço, Ah, não vive em Lisboa, repetiu inutilmente José Anaiço. Desciam a Rua do Alecrim, ele levava a mala e o pau, não faltaria pensarem dele coisas pouco abonatórias os passantes se não levasse a mala e dela coisas pouco decentes se levasse o pau, tão verdade é sermos nós todos implacáveis observadores, maliciosos quando calha e mais do que a conta. À exclamação de José Anaiço limitou-se Joana Carda a responder que tinha chegado nesse mesmo dia, de comboio, e que seguira imediatamente para o hotel, o resto vamos saber agora.

Estão sentados, felizmente numa sombra de árvores, ele perguntou, Que foi então que a trouxe a Lisboa, por que razão veio procurar-nos, e ela disse, Porque deve ser verdade que você e os seus amigos têm parte no que está a acontecer, A acontecer, a quem, Bem sabe a que me refiro, a península, o arrancamento dos Pirenéus, esta viagem como nunca se viu outra, Às vezes também eu penso que sim, que é por nossa causa, outras vezes acho que estamos todos doidos, Um planeta que anda à volta duma estrela, a girar, a girar, ora dia, ora noite, ora frio, ora calor, e um espaço quase vazio onde há coisas gigantescas que não têm outro nome a não ser o que lhe damos, e um tempo que ninguém sabe verdadeiramente o que seja, isto tudo também tem de ser coisa de doidos, Você é astrónoma, perguntou José Anaiço, nesse momento lembrado de Maria Dolores, antropóloga de Granada, Astrónoma não sou, nem parva, Desculpe-me a impertinência, andamos todos nervosos, as palavras não dizem o que deveriam, são de mais, são de menos, peço-lhe que me desculpe, Está desculpado, Provavelmente pareço-lhe céptico porque a mim não me aconteceu nada a não ser os estorninhos, ainda que, Ainda que, Há pouco, no hotel, quando a vi na sala, senti-me como se estivesse sobre um barco no mar, foi a primeira vez, Pois eu vi-o como se estivesse a aproximar-se de muito longe, E eram só três ou quatro passos.

Vindos de todas as partes do horizonte, os estorninhos desceram subitamente sobre as árvores do jardim. Das ruas próximas apareceram pessoas a correr, olhavam para cima, apontavam, Cá estão eles outra vez, disse José Anaiço, impaciente, e o pior é que não vamos poder falar, com toda esta gente aqui. Nesse momento os estorninhos levantaram voo todos juntos, cobriram com uma grande mancha negra e vibrante o jardim, as pessoas gritavam, umas de ameaça, outras de excitação, outras de medo, Joana Carda e José Anaiço olhavam sem perceberem o que se estava a passar, então a grande massa afilou-se, tornou-se cunha, asa, flecha, e depois de três rápidas voltas, os estorninhos dispararam na direcção do sul, atravessaram o rio, desapareceram longe, no horizonte. Os curiosos, ou basbaques, ali reunidos soltaram exclamações de surpresa, de decepção também, daí a poucos minutos o jardim estava deserto, sentiu-se outra vez o calor, sentados num banco só estavam um homem e uma mulher, tinham um pau de negrilho e uma mala de viagem. José Anaiço disse, Acho que nunca mais vão voltar, e Joana Carda, Agora vou-lhe contar o que me aconteceu.

Reconhecida a gravidade dos factos relatados, determinou a prudência que Joana Carda não se hospedasse no hotel célebre, em cujo telhado as redes ainda esperavam, agora em vão, que lá fossem pousar-se os estorninhos. Foi uma decisão inteligente, evitou, pelo menos, que pudesse confirmar-se a alteração, por segunda vez, do dito sobre o cajado e os coelhos, que seria cair no laço, juntamente com os três suspeitos, se não incriminados já, uma mulher com artes de esgrima metafísica. Passando o escrito a palavras menos barrocas e construções mais arejadas, o que Joana Carda fez foi instalar-se mais acima, no Hotel Borges, em pleno coração do Chiado, com a sua maleta e o seu pau de negrilho, que infelizmente não é telescópico, de encaixar, de que resulta olharem-na intrigadas as pessoas quando ela passa, e na recepção do hotel, gracejando para disfarçar a real curiosidade, um empregado, aliás respeitoso, fará uma discreta alusão a varas que não são bengalas, respondeu-lhe Joana Carda com o silêncio, afinal de contas não há nenhuma lei conhecida que proíba um hóspede de transportar para dentro do seu quarto uma pernada de azinheira, menos ainda um pauzito delgado, que não chega a ter dois metros de comprimento, facilmente transportável no elevador e que, arrumado a um canto, nem se dá por ele.

José Anaiço e Joana Carda conversaram muito, até depois de ter-se posto o sol, imagine-se, deram ao assunto todas as voltas que podiam dar, e de cada vez concluíram que, nada havendo de natural nele, as coisas se passavam como se uma normalidade nova tivesse vindo instalar-se no lugar da normalidade antiga, mas sem convulsões, abalos ou mudanças de cor, que, aliás, a darem-se, também nada explicariam. O erro é só nosso, com este gosto de drama e tragédia, esta necessidade de coturno e gesto largo, maravilhamo-nos, por exemplo, diante de um parto, aquela azáfama de suspiros e gemidos, e gritos, o corpo que se abre como um figo maduro e lança para fora outro corpo, e isso é maravilha, sim senhor, mas não menor maravilha foi o que não pudemos ver, a ejaculação ardente dentro da mulher, a maratona mortífera, e depois a fabricação lentíssima de um ser por si próprio, é certo que com ajudas, esse que será, para não irmos mais longe, este que isto escreve, irremediavelmente ignorante do que lhe aconteceu então e também, confessemo-lo, não muito sabedor do que lhe acontece agora. Joana Carda não sabe e não pode dizer mais, Estava o pau ali no chão, fiz um risco com ele, se por tê-lo feito é que estas coisas acontecem, quem sou eu para o jurar, o que é preciso é ir lá ver. Debateram e tornaram a debater, era já o lusco-fusco quando se separaram, ela para o Borges de cima, ele para o Bragança de baixo, e vai mordido de remorsos José Anaiço, que não teve alma de querer saber o que acontecera aos amigos, ingrato, bastou ter-lhe aparecido uma mulher narradora de histórias da carochinha, e ficou quase a tarde inteira a ouvi-la, O que é preciso é lá ir ver, repetia ela, modificando ligeiramente a frase, talvez para o convencer de vez, em muitos casos é a única solução, dizer doutra maneira. À entrada do seu hotel José Anaiço levanta os olhos, de estorninhos nem pena, a sombra alada que passou, rápida e macia como um afago discreto, foi morcego à caça de mosquitos e falenas. O fidalguinho do corrimão tem o candeeiro aceso, está ali para dar as boas-vindas, mas José Anaiço nem sequer um olhar enfastiado lhe deita, má noite leva certa se Pedro Orce e Joaquim Sassa não voltaram.

Voltaram. Esperam na sala, sentados nas mesmas cadeiras em que Joana Carda e José Anaiço tinham estado, ainda há quem não acredite em coincidências, quando coincidências é o que mais se encontra e prepara no mundo, se não são as coincidências a própria lógica do mundo. José Anaiço pára à entrada da sala, parece que vai repetir-se tudo, mas não é ainda desta vez, o chão de tábuas permaneceu firme, os quatro passos de distância são apenas uma distância de quatro passos, nenhum vazio interestelar, nenhum salto de morte ou de vida, as pernas moveram-se por si próprias, depois as bocas falaram para dizer aquilo que se espera, Foste à nossa procura, perguntou Joaquim Sassa, mas a uma pergunta tão simples não pode José Anaiço responder com simplicidade, Sim ou Não, ambas as palavras seriam verdadeiras, ambas mentiriam, levaria muito tempo a explicar, por isso fez a sua própria pergunta, tão legítima e natural como a outra, Onde diabo estiveram vocês este tempo todo. Vê-se que Pedro Orce está cansado, nem admira, a idade, digam o que disserem os teimosos, pesa, mas até um homem novo e vigoroso teria saído desfeito das mãos dos doutores, testes sobre testes, análises, radiografias, questionários, marteladinhas nos tendões, sondagens nos ouvidos, exames da retina, electroencefalogramas, não admira que as pálpebras lhe pesem como chumbo, Estou bom para me deitar, diz ele, estes sábios portugueses iam-me matando. Ali ficou decidido que Pedro Orce recolheria ao quarto enquanto não fossem horas de jantar, que desceria depois para uma canja e um peito de galinha, apesar de não ser grande o apetite, parecia-lhe ter o estômago ainda cheio de papa radiológica, Mas tu não fizeste nenhuma radiografia ao estômago, observou Joaquim Sassa, Pois não, mas é como se tivesse feito, o sorriso de Pedro Orce era tão desmaiado como uma rosa murcha. Ficas a descansar, disse José Anaiço, o Joaquim e eu vamos jantar aí num restaurante qualquer, conversamos sobre o que se passou, e quando voltarmos batemos à tua porta, a saber como te sentes, Não batam, o mais certo é estar a dormir,

dormir doze horas seguidas é o que me apetecia, até amanhã, e retirou-se a arrastar os pés. Coitado, em que andanças o metemos, isto foi dito por José Anaiço, A mim também me causticaram com exames e perguntas, mas não há comparação com o que lhe fizeram a ele, sabes o que isto me fez lembrar, um conto que li há anos, Inocente entre Doutores chamava-se, De Rodrigues Miguéis, Esse.

Na rua resolveram dar uma volta larga no Dois Cavalos, para jantar ainda era cedo, e poderiam conversar à vontade. A desorientação é total, começou Joaquim Sassa, e se se agarram tanto a nós é por não terem mais nada, quer dizer, agora até começam a ter de mais, se calhar por causa das notícias da televisão, ontem, e dos jornais de hoje, viste os títulos dos da tarde, endoideceram, começou-lhes a cair em cima uma chuva de pessoas que juram sentir também o tremelique da terra e que atiraram pedrinhas ao rio e saiu de lá uma ninfa e que os periquitos domésticos fazem ruídos estranhos, Acontece sempre assim, a notícia produz notícia, aos nossos periquitos, provavelmente, é que não tornaremos a ver, Porquê, que aconteceu, Acho que se foram embora, Simplesmente embora, sem mais nem menos, depois de durante uma semana não te terem largado, É o que parece, Viste-os, Vi, atravessaram o rio em direcção ao sul e não voltaram, Como é que soubeste que se iam embora, estavas à janela do quarto, Não, foi num jardim aqui perto, Em vez disso, podias bem ter procurado descobrir onde nós estávamos, A minha ideia era essa, mas depois fui para o jardim e fiquei lá, A apanhar o fresco, A falar com uma mulher, Ora aí está, grande amigo me saíste, nós nos padecimentos do calvário e tu no engate, como não pudeste deitar a unha à arqueóloga de Granada, agora desforras-te, Não era arqueóloga, era antropóloga, Tanto faz, Esta é astrónoma, Não brinques comigo, De facto não sei o que ela é, isto da astrónoma vem duma coisa que eu lhe disse, Bem, a história é tua, e eu não tenho nada que me meter nas vidas dos outros, Tens, o caso que ela me contou tem que ver connosco,

Já percebi, é uma das tais das pedrinhas, Não, Então sente tremuras, Continuas a não acertar, O canário mudou de cor, A ironizar com tanta arte não chegas lá, Desculpa, o que eu estou é aborrecido, não consigo esquecer que não foste procurar-nos, Já te disse que era essa a minha intenção, mas foi aí que apareceu a mulher, mesmo na altura em que eu me preparava para sair, ia começar pela embaixada de Espanha, apareceu e tinha uma história para contar, vinha de pau na mão, trazia uma maleta de viagem, vestia calças e casaco azuis, tem os cabelos pretos, a pele muito branca, os olhos não sei bem, é difícil dizer, Interessantes pormenores para a história peninsular, só falta dizeres-me que a senhora é bonita, É, Nova, Digamos que sim, que é nova, embora não seja precisamente uma rapariga, Pela maneira como falas, apaixonaste-te, A palavra é das grandes, mas senti o chão do hotel a oscilar, Desse efeito nunca ouvi falar, Tréguas, Salvo se tinhas bebido e não te lembras, Tréguas, Pois sim, tréguas, que queria a Dona Olhos Não Sei Bem, e que pau era esse, O pau é de negrilho, Sei pouco de botânica, que vem a ser um negrilho, O negrilho é o olmo, ou ulmeiro, e se nesta altura da conversa posso fazer um comentário lateral, digo-te que tens uma técnica de interrogatório excelente. Joaquim Sassa riu-se, Devo ter aprendido hoje com aqueles bons mestres que me chatearam, desculpa, continua a história da senhora, tem algum outro nome além de Olhos Não Sei Bem, Chama-se Joana Carda, Está apresentada, vamos agora ao miolo do caso, Imagina tu que encontras um pau no caminho e que, por distracção ou sem qualquer fito consciente, fazes um risco no chão, Quando era garoto fiz isso muitas vezes, E que aconteceu, Nada, nunca aconteceu nada, e, realmente, foi pena, Agora imagina que esse risco produzia, por um efeito mágico ou causa equivalente, uma fenda no Pirenéus, e que os ditos Pirenéus se rachavam de alto a baixo e a península ibérica começava a navegar pelos mares fora, A tua Joana é doida, Já houve outras, mas esta não veio a Lisboa para nos dizer que, por ter feito um risco no chão, a península se separou da Europa, Graças, meu Deus, o juízo ainda é deste mundo, O que ela diz é que o risco que fez não desaparece, nem com o vento, nem deitando-lhe água em cima, nem raspando, nem varrendo com uma vassoura, nem pisando-o a pés, Lérias, Tanto como seres tu o mais forte lançador de pesos de todos os tempos, seis quilos atirados sem batota a quinhentos metros, o próprio Hércules, apesar de ser metade deus, não conseguiria bater o teu recorde, Queres que eu acredite que um risco feito na terra, foi na terra, não foi, se mantém apesar do vento, da água e da vassoura, E se lhe meteres uma enxada reconstitui-se, É impossível, Não estás a ser original, essa palavra também a usei eu, e a Joaninha dos Olhos Não Sei Bem limitou-se a responder Só Lá Indo Ver ou Só Indo Lá Ver, não tenho a certeza. Calou-se Joaquim Sassa, nesta altura iam na Cruz Quebrada, que sacrílego caso se ocultará nestas palavras hoje inócuas, e José Anaiço disse, Tudo isto seria absurdo se não estivesse a acontecer, e Joaquim Sassa perguntou, Estará, realmente.

Ainda havia alguma luz de dia, pouca, não mais do que a suficiente para se poder ver o mar até ao horizonte, deste alto donde se desce para Caxias alcança-se a dimensão das grandes águas, talvez por isto é que José Anaiço murmurou, São outras, e Joaquim Sassa, que não podia saber de que outras se tratava, perguntou, Quem, As águas, estas águas são outras, assim a vida se transforma, mudou e não demos por isso, estávamos quietos e julgávamos que não tínhamos mudado, ilusão, puro engano, íamos com a vida. O mar batia com força contra o paredão da estrada, não é para admirar, estas ondas também são outras, habituadas a terem os movimentos livres, sem testemunhas, salvo quando passava um minúsculo barco, não o leviatão de agora, que vai empurrando o oceano. Disse José Anaiço, Jantamos aí adiante, em Paço de Arcos, depois regressamos ao hotel, ver como está o Pedro, Coitado, iam dando cabo dele. Arrumaram Dois Cavalos numa rua interior, foram à procura de um restaurante, mas, antes de entrarem, Joaquim Sassa disse, Durante os exames e os interrogatórios ouvi uma coisa em que nunca tínhamos pensado, foi só meia palavra mas bastou, quem se descaiu julgaria que eu não estava com atenção, Que é, Até agora, a península, não é península, mas como diabo havemos de chamar-lhe, tem-se deslocado praticamente em linha recta, entre os paralelos trinta e seis e quarenta e três, E daí, Talvez sejas bom professor em todas as outras matérias, mas estás fraco em geografia, Não percebo, Percebes já se te lembrares de que os Açores estão situados entre os paralelos trinta e sete e quarenta, Oh diabo, Chama por ele, chama, A península vai chocar com as ilhas, Exacto, Será a maior catástrofe da história, Talvez sim, talvez não, e, como tu disseste há pouco, tudo isto seria absurdo se não estivesse a acontecer, agora vamos jantar.

Instalaram-se, escolheram a comida, Joaquim Sassa estava esfomeado, lançou-se ao pão, à manteiga, às azeitonas, ao vinho, com uma voracidade de que o seu sorriso pedia desculpa, É a última refeição do condenado à morte, foi só alguns minutos passados que perguntou, E a jogadora de pau, onde se encontra neste momento, Hospedou-se no Hotel Borges, o do Chiado, Julguei que vivesse em Lisboa, Em Lisboa não vive, isso chegou ela a dizer, mas não disse onde, nem eu lho perguntei, deve ter sido por pensar que iríamos com ela, Fazer o quê, Ver o risco no chão, Também tens dúvidas, Dúvidas não creio que tenha, mas quero ver com os meus olhos, e tocar com as minhas mãos, Estás como o homem do burro Platero, entre as serras Morena e Aracena, Se o que ela afirma é verdade, mais veremos nós do que Roque Lozano, que não encontrará senão água quando chegar ao seu destino, Como sabes tu que ele se chamava Roque Lozano, não me lembro de lhe termos perguntado o nome, do burro sim, mas não dele, Devo ter sonhado, E o Pedro, quererá acompanhar-nos, Homem que sente tremer o chão debaixo dos pés precisa de companhia, Como homem que tenha sentido oscilar um chão de tábuas, Paz,

O pobre Dois Cavalos começa a ser pequeno para tanta gente, quatro pessoas com bagagem, mesmo de escuteiro, e está velho, coitado, Ninguém consegue viver para além do seu último dia, És um sábio, Ainda bem que te convenceste, Parecia que as nossas viagens tinham acabado, que ia cada um para sua casa, à vida de todos os dias, Vamos à vida destes dias, a ver o que dá, Enquanto a península não bater contra os Açores, Se o fim é esse, até lá temos vida garantida.

Acabaram de jantar, meteram-se ao caminho sem pressa, no trote curto de Dois Cavalos, na estrada havia pouco trânsito, seria por causa das dificuldades de abastecimento de gasolina, o que lhes tem valido é a frugalidade do motor, Mas não estamos livres de ficarmos parados aí em qualquer parte, então é que a viagem acaba mesmo, observou Joaquim Sassa, e subitamente lembrando-se, Por que é que disseste que os estorninhos se devem ter ido embora, Qualquer pessoa é capaz de perceber a diferença entre adeus e até logo, o que eu vi foi um adeus, Mas porquê, Não sei dizer, porém há uma coincidência, os estorninhos foram-se quando a Joana apareceu, A Joana, É o nome dela, Podias dizer a gaja, a tipa, a miúda, é assim que o pudor masculino fala das mulheres quando dizer-lhes o nome seria demasiado íntimo, Em comparação com a tua sabedoria, a minha ainda vai nas primeiras letras, mas, como acabaste de verificar, eu disse o nome dela naturalmente, prova de que o meu íntimo não tem nada a ver com este caso, Salvo se, afinal, és muito mais maquiavélico do que mostras, fazendo de conta que querer provar o contrário do que de facto pensas ou sentes para que eu julgue que o que sentes ou pensas é precisamente o que só pareces querer provar, não sei se fui claro, Não foste, mas não tem importância, claridade e obscuridade são a mesma sombra e a mesma luz, o escuro é claro, o claro é escuro, e quanto a ser alguém capaz de dizer de facto e exactamente o que sente ou pensa, imploro-te que não acredites, não é porque não se queira, é porque não se pode, Então por que é que as pessoas falam tanto. É só o que podemos fazer, falar, ou nem sequer falar, tudo são experimentos e tentativas, Foram-se os estorninhos, veio Joana, foi-se uma companhia, outra veio, podes-te gabar de seres um homem de sorte, Isso ainda é o que falta ver.

No hotel havia um recado de Pedro Orce para Joaquim Sassa, seu companheiro de tormentos, No me despierten, outro de Joana Carda, telefónico, para José Anaiço, É tudo verdade, não sonhou. Por cima do ombro de José Anaiço, a voz de Joaquim Sassa pareceu soar escarninha, Dona Olhos Não Sei Bem assegura-te que é real, por isso não percas tempo a sonhar com ela esta noite. Subiam a escada para os quartos, José Anaiço disse, Amanhã, logo de manhã, telefono-lhe para lhe dizer que iremos com ela, se estás de acordo, Estou, e não ligues muito às coisas que eu digo, no fundo, já se sabe, o que me faz falar é a inveja, Invejar o que só parece ser, é trabalho perdido, A minha sabedoria está-me aqui a segredar que tudo só parece, nada é, e temos de contentar-nos com isso, Boas noites, homem sábio, Felizes sonhos, companheiro.

Em tão grande segredo que dos preambulares não se aperceberam, nem por mínima suspeita, as populações, vinham os governos e os institutos científicos preparando a investigação do movimento sutil que levava a península pelo mar fora com enigmática constância e segura estabilidade. Saber como e porquê se tinham rachado os Pirenéus era ideia de que já se desistira, esperança em poucos dias perdida. Apesar da enorme quantidade de informação acumulada, os computadores, friamente, pediam novos dados ou davam respostas disparatadas, como foi o caso do célebre Instituto Tecnológico de Massachusetts, onde os programadores coraram de vergonha ao receberem nos terminais a sentença peremptória, Demasiada Exposição Ao Sol, imagine-se. Em Portugal, talvez pela impossibilidade, até hoje, de expurgar da linguagem quotidiana certos persistentes arcaísmos, a conclusão mais aproximada que pudemos obter foi, Tantas Vezes Vai O Cântaro À Fonte Que Por Fim Lá Fica A Asa, metáfora que não fez mais que confundir os espíritos, uma vez que de asa não se tratava, nem de fonte, nem de cântaro, mas na qual não é difícil descortinar um factor ou princípio de repetição, que por sua própria natureza, dependendo da periodicidade, nunca se sabe aonde vai parar, tudo depende da duração do fenómeno, do efeito acumulado das acções, uma coisa assim no género de Água Mole Em Pedra Dura Tanto Dá Até Que Fura, fórmula que, curiosamente, nunca foi expressa pelos computadores, e bem podiam, que entre ela e a outra não faltam semelhanças de toda a ordem, no primeiro caso o peso pesado da água no cântaro, no segundo caso ainda a água, mas gota a gota, em queda livre, e o tempo, o outro ingrediente comum.

São filosofias populares sobre as quais poderíamos discorrer infinitamente, mas que ao pessoal científico, a geólogos e oceanólogos, importam pouco. Em intenção dos espíritos simples, a questão admitiria mesmo ser colocada sob a forma duma pergunta elementar que, na sua ingenuidade, lembra a do galego à vista do rio Irati quando este se afundava terra dentro, se estão lembrados, Para onde vai esta água, quis ele saber, agora diremos doutra maneira, Que se passa debaixo desta água. Cá fora, com os pés firmes no chão, olhando os horizontes, ou do ar, onde infatigavelmente as observações continuam, a península é uma massa de terra que parece, insista-se no verbo, parece flutuar sobre as águas. Mas é evidente que não pode flutuar. Para que flutuasse seria preciso que se tivesse desprendido do fundo, caso em que inevitavelmente iria parar ao mesmo fundo desfeita em torrões, porque, mesmo supondo que nas circunstâncias agentes a lei da impulsão se cumpriria sem maior desvio ou vício, o efeito desagregador da água e das correntes marítimas iria, progressivamente, reduzindo a espessura da plataforma navegante até por completo se dissolver a placa superficial. Portanto, e por exclusão de partes, havemos de concluir que a península desliza sobre si própria, a uma profundidade ignorada, como se horizontalmente se tivesse dividido em duas lâminas, a inferior formando parte da crosta profunda da terra, a superior, como se explicou já, escorregando lentamente na escuridão das águas, entre nuvens de lodo e peixes assustados, assim estará navegando nos abismos, em algum lugar dos oceanos, o Holandês Voador de memória triste. A tese é sedutora e tem mistério, com uma pitada mais de imaginação poderia fornecer o mais fascinante capítulo das Vinte Mil Léguas Submarinas. Porém, estes tempos são outros, a ciência muito mais exigente, e já que não foi possível descobrir o que faz deslocar-se a península sobre o fundo do mar, então que vá lá alguém, com os seus humanos olhos, ver o prodígio, filmar o arrastamento da grande massa de pedra, gravar, quem sabe, essa espécie de grito de baleia, esse rangido, esse rasgar interminável. É pois a hora dos mergulhadores.

Em apneia, já se sabe, não se pode descer muito fundo nem por muito tempo. Vai o pescador de pérolas, ou de esponjas, ou de corais, mergulha até cinquenta metros, e mesmo setenta, para os ases, aguenta-se três ou quatro minutos, é tudo questão de treino e necessidade. Aqui são outras as profundidades, e as águas bem mais frias, mesmo resguardando-se o corpo com esses fatos de borracha que transformam qualquer pessoa, homem ou mulher, num tritão negro com listas e pintas amarelas. Recorrer-se-á então aos escafandros, às botijas de ar comprimido, e, com estas mais recentes técnicas e aparelhagens, usando de mil e um cuidados, se poderão alcançar fundos da ordem dos duzentos ou trezentos metros. Daí para baixo será melhor não tentar a sorte, mandam-se máquinas sem tripulação, recheadas de câmaras de filmar e de televisão, sensores, sondas tácteis e ultrassónicas, todo o ferramental adequado aos fins em vista.

Discretamente, à mesma hora, para benefício do confronto dos resultados da observação, começaram as operações nas costas norte, sul e oeste, sob o disfarce de manobras navais no âmbito dos programas de treino da Organização do Tratado do Atlântico Norte, para que o anúncio da investigação não suscitasse novos movimentos de pânico, porquanto, até agora, e inexplicavelmente, a ninguém do comum ocorrera que a península pudesse estar a escorregar sobre o que fora seu milenário soco. É altura de revelar que os sábios andam a esconder uma outra angustiante inquietação, a qual decorre, por assim dizer fatalmente, desta mesma tese que propôs a hipótese do corte horizontal profundo, e que se pode resumir nesta outra pergunta de terrível simplicidade, Que acontecerá quando se interpuser no caminho da península uma fossa abissal, deixando de existir, portanto, uma superfície contínua de deslizamento. Recorrendo, como sempre é desejável para uma melhor apreensão dos factos, à nossa própria experiência, de banhistas neste caso, compreenderemos perfeitamente o que tal significará se nos lembrarmos do que acontece, em pânico e aflição, quando inesperadamente se perde o pé e a ciência natatória é insuficiente. Perdendo a península o pé, ou os pés, será o inevitável mergulho, o afundamento, o sufoco, a asfixia, quem diria, após tantos séculos de vida mesquinha, que estávamos fadados para o destino da Atlântida.

Poupemo-nos aos pormenores que um dia virão a ser divulgados para ilustração de quantos se interessam pela vida submarina e que, por enquanto em regime de segredo total, se encontram nos diários de bordo, actas confidenciais e mais registos, alguns cifrados. Limitemo-nos a dizer que a plataforma continental foi minuciosamente examinada, sem resultado. Nenhuma fenda se encontrou, salvo as de nascença, nenhum roçar anormal foi percebido pelos microfones. Frustrada esta primeira expectativa, passou-se aos abissos. As gruas desceram os engenhos preparados para as grandes pressões, os quais, no profundo e silencioso mar, procuraram procuraram e nada encontraram. O Archimède, obra-prima da investigação submarina, manipulado pelos franceses seus proprietários, baixou aos máximos fundos periféricos, da zona eufótica para a zona pelágica, e desta para a zona batipelágica, usou faróis, pinças, apalpadores electrónicos, sondas de vário tipo, varreu o horizonte subaquático com o sonar panorâmico, em vão. As longas vertentes, as escarpas declivosas, os precipícios verticais, exibiam-se na sua soturna majestade, na sua intocada maravilha, os instrumentos iam registando, com muitos cliques e luzes a acender e a apagar, as correntes ascendentes e descendentes, fotografavam os peixes, os bancos de sardinhas, as colónias de pescadas, as brigadas de atuns e bonitos, as flotilhas de carapaus, as armadas de peixes-espadas, e se o Archimède transportasse no seu bojo um laboratório apetrechado com os necessários reagentes, solventes e mais tralha química, individualizaria os elementos naturais que estão dissolvidos nas oceânicas águas, a saber, por ordem decrescente de quantidades, e para abono cultural de uma população que nem sonha existir tanta coisa no mar em que se banha, cloro, sódio, magnésio, enxofre, cálcio, potássio, bromo, carbono, estrôncio, boro, silício, flúor, argon, azoto, fósforo, iodo, bário, ferro, zinco, alumínio, chumbo, estanho, arsénico, cobre, urânio, níquel, manganésio, titânio, prata, tungsténio, ouro, que riqueza, meu Deus, e as faltas que temos em terra firme, só não se consegue alcançar a fenda que viria explicar o fenómeno que, aos olhos de toda a gente, afinal, se produz, patenteia e prova. Desesperado, um sábio norte-americano, e dos ilustres, foi ao extremo de proclamar no convés do navio hidrográfico, contra os ventos e os horizontes, Declaro que é impossível que a península esteja a mover-se, mas um italiano, ainda que muito menos sábio, porém reforçado pelo precedente histórico e científico, murmurou, mas não tão baixo que o não ouvisse aquele providencial ser que tudo escuta, E pur si muove. De mãos vazias, ásperas de sal, humilhadas de frustração, os governos limitaram-se a publicar que, sob os auspícios das Nações Unidas, se procedera a um exame das eventuais alterações introduzidas pela deslocação da península no habitat das espécies piscícolas. Não foi caso de parir a montanha um rato, mas sim de dar o oceano à luz uma petinga.

Ouviram os viajantes a informação à saída de Lisboa e não lhe ligaram importância, introduzida que fora a notícia entre outras que se referiam igualmente ao afastamento da península e que, de importância, também não pareciam ter muita. Uma pessoa habitua-se a tudo, os povos ainda com mais facilidade e rapidez, afinal é como se agora viajássemos num imenso barco, tão grande que até seria possível viver nele o resto da vida sem lhe ver proa ou popa, barco não era a península quando ainda estava agarrada à Europa e já muita era a gente que de terras só conhecia aquela em que nascera, digam-me então, por favor, onde está a diferença. Agora que Joaquim Sassa e Pedro Orce parecem estar definitivamente livres do furor analítico da ciência e não haverá mais que temer das autoridades, poderia regressar cada qual a sua casa, e também José Anaiço, de quem os estorninhos se desinteressaram de modo inesperado, mas esta aparecida mulher, por assim dizer, veio fazer voltar tudo ao princípio, como de todas elas, aliás, é apanagem, ainda que nem sempre desta radical maneira. Foi após um encontro naquele mesmo jardim, onde na véspera tinham estado Joana Carda e José Anaiço, que os quatro decidiram, após novo exame dos factos, juntar-se para a viagem que os levará ao lugar assinalado com o risco no chão, um entre esses que todos nós temos vindo a fazer na vida, mas único em suas características, a acreditar no agente e na testemunha, coincidentes em uma só pessoa. Joana Carda ainda não revelou o nome do lugar ou sequer duma cidade próxima dele, limitou-se a dar a direcção geral, Vamos para o norte, pela auto-estrada, depois indico o caminho. Discretamente Pedro Orce puxara José Anaiço de lado para lhe perguntar se achava bem irem assim à aventura, cegamente entregues ao alvedrio duma estouvada de pau na mão, se não seria isto uma armadilha, um rapto, uma ardilosa manha, De quem, quis José Anaiço saber, Isso não sei eu, podem estar a querer levar-nos para o laboratório de um sábio louco, como se vê nas fitas, um frankenstein qualquer, respondeu Pedro Orce já a sorrir, Alguma razão há para tanto se falar das imaginações andaluzas, fervem em pouca água, comentou José Anaiço, Não é a água que é pouca, o lume é que é muito, respondeu Pedro Orce, Deixa lá, rematou José Anaiço, o que tiver de ser será, e aproximaram-se dos outros, que tinham principiado um debatimento mais ou menos assim, Não sei por que aconteceu, a vara estava no chão, agarrei-a e fiz o risco, Pensou depois que seria uma varinha de condão, Para varinha pareceu-me grande, e as varinhas de condão sempre ouvi dizer que são feitas de prata e cristal, com uma estrela na ponta, a brilhar, Sabia que a vara era de negrilho, Eu de árvores conheço pouco, mas, para o caso, acho que um pau de fósforo teria causado o mesmo efeito, Por que diz isso, O que tem de ser, tem de ser, e tem muita força, não se pode resistir-lhe, Acredita na fatalidade, Acredito no que tem de ser, Então está como o José Anaiço, disse Pedro Orce, ele também acredita. A manhã, com um ventinho que parecia um sopro a brincar, não prometia um dia quente. Vamos, perguntou José Anaiço, Vamos, responderam todos, incluindo Joana Carda, que os viera buscar.

A vida está cheia de pequenos acontecimentos que parecem ter pouca importância, outros há que num certo momento ocuparam a atenção toda, e quando mais tarde, à luz das suas consequências, os reapreciamos, vê-se que destes esmoreceu a lembrança, ao passo que aqueles ganharam título de facto decisivo ou, pelo menos, malha de ligação duma cadeia sucessiva e significativa de eventos em que, para dar o exemplo de que se está à espera, não terá realmente lugar esta azáfama de tira-e-põe, aparentemente tão justificada em si mesma, que é a arrumação das bagagens de quatro pessoas num automóvel tão pequeno como Dois Cavalos. A difícil operação absorve as atenções de todos, cada um sugere, propõe e faz por ajudar, mas a questão principal latente em toda esta agitação, que determina porventura até a disposição ocasional dos quatro em redor do carro, é a de saber-se ao lado de quem vai Joana Carda viajar. Que deva Joaquim Sassa conduzir Dois Cavalos, bem está, no princípio duma viagem o carro deve ser sempre conduzido pelo seu dono, trata-se de um ponto indiscutível que envolve prestígio, prerrogativa e sentido de posse. O condutor alternativo, chegando a ocasião, será José Anaiço, uma vez que Pedro Orce, não tanto pela idade mas por viver em terras desterradas e ter ofício de balcão, nunca se aventurou em complexas mecânicas de volante, pedal e alavanca, e a

Joana Carda é cedo para perguntar se sabe guiar. Apresentados assim os dados do problema, parece que deveriam estes dois viajar no banco de trás, indo à frente, logicamente, piloto e co-piloto. Mas Pedro Orce é espanhol, Joana Carda portuguesa, nenhum deles fala a língua do outro, além disso acabaram agora mesmo de conhecer-se, lá mais para diante não diremos que não, quando houver outra familiaridade. O lugar ao lado do condutor, embora para os supersticiosos, com o apoio dos factos da experiência, seja chamado o lugar do morto, é geralmente considerado lugar de distinção, devendo por isso ser oferecido a Joana Carda, a quem Joaquim Sassa daria a direita, e indo os homens restantes para trás, e não se entenderiam mal, depois de tantas aventuras vividas em comum. Mas o pau de negrilho é grande de mais para ir à frente, e Joana Carda por nada deste mundo se separaria dele, conforme todos já compreenderam. Ora, não havendo outras alternativas, irá Pedro Orce à frente, e por duas razões explicáveis, qual delas a de maior excelência, primeiro, como já foi mencionado, por ser de distinção o lugar, segundo, porque, afinal, sendo Pedro Orce o mais velho dos que aqui estão, é também o que mais perto estará de morrer, por aquilo a que, com negro humor, chamamos lei natural da vida. Mas o que verdadeiramente conta, por cima destes raciocínios bifurcados, é que Joana Carda e José Anaiço querem ir juntos no banco de trás, e em movimentos, pausas e aparentes distracções alguma coisa fizeram para isso. Sentemo-nos, pois, e partamos.

A viagem não teve história, é o que sempre dizem os narradores apressados quando julgam poder convencer-nos de que nos dez minutos ou dez horas que vão fazer sumir nada sucedeu que merecesse menção assinalável. Deontologicamente, seria bem mais correcto, e outra lealdade, dizer assim, Como em todas as viagens, sejam quais forem duração e percurso, aconteceram mil episódios, mil palavras, mil pensamentos, e quem disse mil diria dez mil, mas o relato já vai arrastado, por isso tomo licença de abreviar, usando três linhas para andar duzentos quilómetros, fazendo de conta que quatro pessoas dentro de um automóvel viajaram caladas, sem pensamento nem movimento, fingindo elas, enfim, que da viagem feita não fizeram história. Neste nosso caso, por exemplo, seria impossível não encontrar alguma significação no facto de ter Joana Carda, com toda a naturalidade, acompanhado José Anaiço quando ele foi ocupar o lugar de Joaquim Sassa, a quem apeteceu descansar do volante, e de, não se sabe por que ginásticas, ter ela conseguido acomodar o pau de negrilho à frente, sem embaraço para a condução nem prejuízo da visibilidade. E torna-se agora inútil dizer que ao voltar José Anaiço para o banco de trás foi Joana Carda com ele, e assim passou a ser sempre, onde estava José, Joana estava, embora nenhum deles, por enquanto, saiba dizer porquê e para quê, ou, sabendo-o já, não se atreveriam, cada momento tem o seu sabor próprio, e o deste ainda não se esgotou.

Viam-se poucos automóveis abandonados na estrada, e esses, invariavelmente, estavam incompletos, faltavam-lhes as rodas, os faróis, os retrovisores, os limpa-vidros, uma porta, todas as portas, os bancos, alguns dos carros apareciam reduzidos à simples casca, como caranguejos sem miolo. Mas, certamente por causa das dificuldades do abastecimento de gasolina, o trânsito era escasso, só de longe em longe passava um carro. Também saltavam à vista certas incongruências, como seguir pela auto-estrada uma carroça puxada por um burro, ou uma esquadra de ciclistas cujas velocidades máximas possíveis ficariam muito aquém da velocidade mínima que os sinais respectivos inutilmente continuavam a impor, indiferentes ao dramático significado da realidade. E também havia gente que viajava a pé, geralmente de mochila às costas, ou, rusticamente, com dois sacos meio ligados pelas bocas e postos sobre o ombro, à laia de alforje, as mulheres de cesta à cabeça. Muitas eram as pessoas que viajavam sozinhas, mas também havia famílias, aparentemente completas, com velhos, e novos, e inocentes. Quando lá adiante Dois Cavalos teve de sair da auto-estrada, a frequência destes caminheiros só diminuiu na proporção da menor importância viária do caminho. Por três vezes quis Joaquim Sassa perguntar às pessoas para onde iam, e de todas a resposta foi a mesma, Vamos por aí, a ver o mundo. Não podiam elas ignorar que o mundo, o mundo imediato, em rigor, estava agora mais pequeno do que fora, talvez por isso mesmo se tornara realizável o sonho de conhecê-lo todo, e quando José Anaiço perguntou, Mas, então, a sua casa, o seu trabalho, respondiam tranquilamente, A casa lá ficou, o trabalho há-de arranjar-se, são coisas de mundo velho que não devem atrapalhar o mundo novo. E vá lá que, por mais discretas ou ocupadas com a sua própria vida, as pessoas não devolveram a pergunta, havia de ser bonito ter de responder-lhes, Vamos com esta senhora ver um risco que ela fez no chão com este pau, e sobre a questão laboral fariam triste figura, diria Pedro Orce talvez, Deixei mal amparados os meus doentes, e Joaquim Sassa, Ora, ora, empregados de escritório é o que mais se encontra, não faço falta, além disso encontro-me no gozo de merecidas férias, e José Anaiço, Estou no mesmo caso, se agora fosse para a escola não encontraria lá alunos, daqui até Outubro todo o tempo é meu, e Joana Carda, De mim não falarei, se até agora ainda não falei a estes com quem viajo, muito menos a desconhecidos.

    Tinham passado a cidade de Pombal quando Joana Carda disse, Aí adiante há uma estrada para Soure, seguimos por ela, depois que tinham deixado Lisboa foi esta a primeira indicação dada de um destino concreto, até agora parecia-lhes terem viajado no meio de um nevoeiro, ou, adequando esta situação particular às circunstâncias gerais, tinham sido como antigos e inocentes navegantes, no mar estamos, o mar nos leva, para onde nos levará o mar. Já estavam perto de o saber. Não pararam em Soure, meteram por estradas estreitas que se cruzavam, bifurcavam e trifurcavam, e algumas vezes pareciam rodar sobre si próprias, até que chegaram a uma aldeia que à entrada anunciava o seu nome numa tabuleta, Ereira, e Joana Carda disse, É aqui.

Num sobressalto, José Anaiço, que era quem então conduzia Dois Cavalos, pisou bruscamente o travão, como se o risco estivesse ali no meio da estrada e ele prestes o fosse pisar, não que houvesse perigo de destruir-se a prova fabulosa, indestrutível no dizer de Joana Carda, mas por aquela espécie de temor sagrado que acomete mesmo os mais cépticos quando a rotina se quebra como se quebrou um fio por onde íamos fazendo escorregar a mão, confiados e sem responsabilidades, a não ser as de conservar, reforçar e prolongar o dito fio, e também a mão até onde for possível. Joaquim Sassa olhou para fora, viu casas, árvores por cima de telhados, campos rasos, adivinham-se os alagadiços, os arrozais, é o suave Mondego, antes ele que uma penha agreste. Fosse este pensamento de Pedro Orce e à história infalivelmente viriam D. Quixote e a sua triste figura, a que tem e a que fez, em couro, aos saltos como doido no meio dos penhascos da serra Morena, seria um despropósito trazer tais episódios da andante cavalaria à colação, por isso Pedro Orce, ao sair do carro, limita-se a comprovar, de pé no chão, que a terra continua a tremer. José Anaiço deu a volta a Dois Cavalos, foi abrir, cavaleiro, a porta do outro lado, finge que não vê o sorriso irónico e benévolo de Joaquim Sassa, e tendo recebido de Joana Carda o pau de negrilho estende-lhe a mão para a ajudar a sair, ela dá-lhe a sua, apertam-se uma à outra mais do que o necessário para garantir a segurança do apoio, mas não é a primeira vez, a primeira, e única até agora, foi no banco de trás, um impulso, porém não disseram então, e agora não dizem, uma palavra mais alta, ou mais baixa, que com força igual se aperte na palavra do outro.

A hora é de explicações, é verdade, mas outras, requere-as a pergunta de Joaquim Sassa, como o capitão do barco que ao abrir a carta-de-prego suspeita que lhe vai sair um papel em branco, E agora, Agora vamos por este caminho, respondeu Joana Carda, e enquanto formos andando direi de mim o que falta dizer, não que isso importe muito à razão que aqui nos trouxe, mas porque não faria qualquer sentido continuar a ser uma desconhecida para quem me acompanhou até aqui, Podia tê-lo dito antes, em Lisboa, ou durante a viagem, observou José Anaiço, Para quê, ou vinham comigo por acreditarem numa palavra só, ou essa palavra precisaria de muitas outras para convencer, e então de pouco valia, Como prémio de termos acreditado nela, A mim é que compete escolher o prémio e a hora de o dar. A isto não quis José Anaiço responder, disfarçou, pôs-se a olhar uma linha de choupos ao longe, mas ouviu o murmúrio de Joaquim Sassa, Que menina. Joana Carda sorriu, Menina já não sou, nem a virago que lhe pareço ser, Não direi virago, Autoritária, senhora do seu nariz, pernóstica, perliquitete, Credo, o que aí vai, diga misteriosa e basta, Porque há um mistério, porque não traria aqui ninguém que não acreditasse sem ver, mesmo vocês, em quem também os outros não acreditam, Agora já nos vão fazendo esse favor, Mais afortunada fui eu, que só precisei de dizer uma palavra, Oxalá agora não vá precisar de muitas. Este diálogo foi todo entre Joana Carda e Joaquim Sassa, perante a dificuldade de entendimento de Pedro Orce e a impaciência mal disfarçada de José Anaiço, excluído dele por sua própria culpa. Mas esta curiosa situação, repare-se, apenas repete, com as diferenças que sempre distinguem as situações que se repetem, aquela de Granada, quando Maria Dolores falou com um português e teria preferido falar com o outro, porém, neste caso de agora, haverá tempo para esclarecer tudo, aguado não ficará quem verdadeira sede tiver.

Vão já pelo caminho, que é estreito, Pedro Orce é obrigado a ir atrás, os outros lhe explicarão depois os casos, se a espanhol interessam realmente vidas de portugueses. Não vivo nesta aldeia de Ereira, começou Joana Carda, a minha casa era em Coimbra, só aqui estou desde que me separei do meu marido, há um mês, os motivos, de que adiantaria falar de motivos, às vezes basta um só, outras vezes nem juntando todos, se as vidas de cada um de vocês não vos ensinaram isto, coitados, e digo vidas, não vida, porque temos várias, felizmente vão-se matando umas às outras, senão não poderíamos viver. Saltou uma regueira larga, os homens seguiram-na, e quando o grupo se recompôs, agora pisando um chão macio e arenoso, de terra que as cheias assorearam, Joana Carda continuou a falar, Estou em casa de uns parentes, queria pensar, mas não o balancé do costume, terei feito bem, terei feito mal, o feito feito está, queria era pensar na vida, para que serve, para que servi eu nela, sim, cheguei a uma conclusão e julgo que não há outra, não sei como a vida é. Vê-se na cara de José Anaiço e Joaquim Sassa que vão desorientados, a mulher que desceu à cidade de pau na mão a proclamar impossíveis actos de agrimensora saiu-lhes filósofa nos campos do Mondego, e da espécie negativa, ou, mais complicada ainda, dessa categoria especial que diz sim quando disse não, que dirá não quando sim tiver dito. José Anaiço, que recebeu preparo de professor, está habilitado a perceber melhor estas contradições, não é o caso de Joaquim Sassa, apenas as pressente, por isso o incomodam duplamente. Prossegue Joana Carda, agora parada porque está perto do local aonde quer conduzir os homens, e ainda lhe falta alguma coisa para dizer, outras que houver ficarão para outra altura, Se fui a Lisboa procurá-los, não terá sido tanto por causa dos insólitos a que estão ligados, mas porque os vi como pessoas separadas da lógica aparente do mundo, e assim precisamente me sinto eu, teria sido uma desilusão se não tivessem vindo comigo até aqui, mas vieram, pode ser que alguma coisa ainda tenha sentido, ou volte a tê-lo depois de o ter perdido todo, agora acompanhem-me.

É uma clareira afastada do rio, um círculo com freixos ao redor que parece nunca ter sido cultivado, sítios destes são menos raros do que se imagina, pomos nele um pé e o tempo parece suspender-se, o silêncio cala-se doutra maneira, a aragem sente-se toda no rosto e nas mãos, não, não se trata de bruxedos e feitiços, não é lugar de aquelarres ou porta para outro universo, é só por causa daquelas árvores em círculo e do chão que está como intocado desde o começo do mundo, apenas veio a areia e o tomou brando, mas por baixo o húmus pesa, a culpa de tudo isto é de quem plantou as árvores assim. Joana Carda termina a sua explicação, Era para aqui que eu vinha pensar na minha vida, não deve haver no mundo lugar mais sossegado, mas também inquieto, não precisam de mo dizer, mas se aqui não tivessem vindo não poderiam compreender, e um dia, faz hoje precisamente duas semanas, quando atravessava a clareira de um lado para o outro, para me ir sentar à sombra de uma árvore além, encontrei este pau, estava no chão, nunca o tinha visto antes, viera cá no dia anterior e ele não estava, parecia que alguém o havia pousado cuidadosamente, e não se viam sinais de passos, as pegadas que estão a ver são minhas, ou antigas, de antigas pessoas que por aqui passaram há muito tempo. Estão na orla da clareira, Joana Carda retém ainda os homens, são as últimas palavras, Levantei o pau do chão, sentia-o vivo como se ele fosse toda a árvore de que tinha sido cortado, ou assim o sinto agora quando me lembro, e nesse momento, num gesto que mais foi de criança do que de pessoa adulta, tracei um risco que me separava de Coimbra, do homem com quem vivi, definitivamente, um risco que cortava o mundo em duas metades, vê-se daqui.

Avançaram para o interior do círculo, aproximaram-se, o risco lá estava, vivo, como se tivesse sido acabado de traçar, a terra apartada para os lados, húmida a da camada inferior apesar do sol quente. Agora estão calados, os homens não sabem que dizer, Joana Carda não tem que acrescentar mais palavras, é a vez de um acto arriscado que pode tornar em motivo de escárnio toda a sua história maravilhosa. Arrasta o pé pelo chão, arrasa o risco como uma rasoira, pisa e calca, é como um sacrilégio. No instante seguinte, diante dos olhos assombrados de todos, o risco refaz-se, recompõe-se exactamente como fora antes, os torrões minúsculos, os grãos de areia reformam-se, reorganizam-se, reocupam o seu lugar, e o risco reaparece. Entre a parte que fora destruída e o resto, para um lado e para o outro, nenhum sinal se percebe de separação dos efeitos, primeiro e segundo. Diz Joana Carda, numa voz um pouco estridente de nervosismo, Já varri o risco todo, já lhe deitei água, aparece sempre, se quiserem experimentar, até lhe pus pedras em cima, quando as tirei voltou tudo à mesma, experimentem para poderem acreditar. Joaquim Sassa baixou-se, enterrou os dedos no chão fofo, arrancou um punhado de terra, lançou-o para longe, e acto contínuo o risco restabeleceu-se. Foi a vez de José Anaiço, mas esse pediu a vara a Joana Carda, fez com ela um risco profundo ao lado do primeiro, depois pisou-o em todo o comprimento. O risco não se refez. Faça você agora o mesmo, disse José Anaiço a Joana Carda. A ponta da vara cravou-se no chão, foi arrastada, abriu uma ferida longa, logo fechada como uma cicatriz defeituosa quando a calcaram, e assim ficou. Disse José Anaiço, Não é da vara, não é da pessoa, foi do momento, o momento é que conta. Então Joaquim Sassa fez o que devia ser feito, levantou do chão uma das pedras de que Joana Carda se tinha servido, no peso e no feitio parecia-se com aquela que atirara ao mar, e usando toda a força que tinha lançou-a para longe, o mais que alcançava, caiu onde naturalmente devia cair, a poucos passos, é só isto o que pode a força humana.

Pedro Orce assistira às provas e experiências, mas não quisera ser parte, talvez por lhe bastar a terra que debaixo dos seus pés continuava a tremer. Tomou das mãos de Joana Carda a vara de negrilho e disse, Pode parti-la, atirá-la fora, queimá-la, já não serve para nada, a sua vara, a pedra de Joaquim Sassa, os estorninhos de José Anaiço, serviram uma vez, não servirão mais, são como os homens e as mulheres, que também só uma vez servem, tem razão José

Anaiço, o que conta é o momento, nós apenas o servimos, Será assim, respondeu Joana Carda, mas esta vara ficará sempre comigo, os momentos não avisam quando vêm. Um cão apareceu entre as árvores, do outro lado. Olhou-os demoradamente, depois atravessou a clareira, era um animal grande, robusto, de pêlo fulvo, de repente numa faixa de sol pareceu incendiar-se em fogo vivo. Enervado, Joaquim Sassa atirou-lhe uma pedra, das correntes, Não gosto de cães, mas não lhe acertou. O cão parou, nada assustado, nada ameaçador, parou apenas para olhar, não ladrou sequer. Ao chegar às árvores voltou a cabeça para trás, parecia maior assim visto a distância, depois afastou-se, a passo, e desapareceu. Joaquim Sassa quis gracejar, aliviar a sua própria tensão, Guarde Joana a vara, pode vir a ser-lhe precisa se andam por estes lados feras daquele tamanho, Pelo comportamento, tinha pouco de fera.

Regressaram pelo mesmo caminho, agora havia certas questões práticas para resolver, por exemplo, estando a fazer-se tarde para regressar a Lisboa, onde vão ficar os homens, Mas não é nada tarde, disse Joaquim Sassa, mesmo sem ir a mata-cavalos chegamos a Lisboa a boas horas de jantar, Por mim, acharia melhor ficarmos na Figueira da Foz, ou em Coimbra, amanhã tornamos a passar por aqui, pode ser que a Joana precise de alguma coisa, disse José Anaiço, e havia uma extrema ansiedade na sua voz, Se preferes assim, sorriu Joaquim Sassa, e o resto da frase passou das palavras ao olhar, Bem te percebo, queres pensar esta noite, queres decidir o que dirás amanhã, os momentos não avisam quando vêm. Agora seguem à frente Pedro Orce e Joaquim Sassa, a tarde está duma tão grande suavidade que a garganta se aperta de uma comoção que não se dirige a ninguém, apenas à luz, ao céu pálido, às árvores que não se movem, à mansidão do rio que se adivinha e logo adiante aparece, um espelho liso e as aves que lentamente o atravessam. José Anaiço segura a mão de Joana Carda, e diz, Estamos do lado de cá do risco, juntos, por quanto tempo, e Joana Carda respondeu, Já não falta muito para o sabermos.

Quando chegaram perto do automóvel viram o cão. Joaquim Sassa agarrou outra vez numa pedra, mas não a atirou. O animal, apesar do movimento, não se mexera. Pedro Orce aproximou-se dele, estendeu a mão num gesto de paz, como para acariciá-lo. O cão ficou quieto, de cabeça levantada. Tinha na boca um fio de lã azul que pendia, húmido. Pedro Orce passou-lhe a mão pelo dorso, depois voltou-se para os companheiros, Há momentos que avisam quando chegam, a terra treme debaixo das patas deste cão.

O homem põe, o cão dispõe, tanto vale este ditado novíssimo como o antigo, algum nome teremos de dar a quem em instância final decide, nem sempre o dos despachos é Deus, como em geral se acredita. Cometeram-se ali as despedidas, os homens para a Figueira da Foz, que é mais cercano, a mulher para casa dos parentes hospitaleiros, mas quando Dois Cavalos já soltara o travão e começava a rodar, foi visto com espanto geral colocar-se o cão diante de Joana Carda, impedindo-a de avançar. Não ladrou, não mostrou os dentes, o gesto do pau deixou-o indiferente, que de gesto não passou. O condutor José Anaiço pensou que a amada estivesse em perigo, e, outra vez cavaleiro andante, parou bruscamente o carro, saltou e foi acudir, acção dramática de todo inadequada, como logo percebeu, o cão, simplesmente, deitara-se no caminho. Pedro Orce aproximou-se, veio também Joaquim Sassa, este disfarçando a antipatia com uma aparência de desprendimento, Que quer o bicho, perguntou, mas ninguém sabia responder-lhe, nem mesmo o próprio. Pedro Orce, como antes fizera, foi para o animal, pôs-lhe a mão sobre a cabeçorra. O cão cerrou os olhos sob o afago, duma maneira pungente, se tal palavra tem cabimento, é de cães que vimos falando, não de pessoas sensíveis que praticam a sensibilidade, e depois levantou-se, fitou os humanos um por um, deu-lhes tempo para entenderem e começou a andar. Percorreu uns dez metros, parou, ficou à espera.

Ora, a experiência tem-nos ensinado, e também as fitas e romances abundaram em iguais demonstrações, a Lassie, por exemplo, dominava perfeitamente esta técnica, diz-nos a experiência que um cão sempre faz isto quando quer que o sigamos. No caso presente, mete-se pelos olhos dentro que dificultou o passo de Joana Carda para obrigar os homens a sair do carro, e se, agora que estão juntos, lhes mostra o caminho que, no seu entendimento de cão, devem seguir, é porque, perdoadas nos sejam uma vez mais as repetições, quer que juntos o sigam. Não é preciso ser-se inteligente como um homem para isto compreender, se um simples cão natural tão simplesmente o sabe comunicar. Mas os homens, de tantas vezes que foram enganados, aprenderam a ser experimentalistas, certificam-se de tudo, principalmente pela via da repetição, que é a mais fácil, e quando, como neste caso, atingiram um nível cultural médio, não se contentam com uma segunda experiência igual à primeira, introduzem-lhe pequenas variantes que não modifiquem radicalmente os dados básicos, exemplificando, foram José Anaiço e Joana Carda para o carro, ficaram em terra Pedro Orce e Joaquim Sassa, agora veremos o que faz o cão. Digamos que fez o que devia. O cão, que sabe muito bem que não pode parar um carro, a não ser metendo-se-lhe à frente, mas isso é morte certa e nem um só condutor leva tão longe o seu amor pelos animais nossos amigos ao ponto de parar para assistir-lhe nos seus últimos momentos ou arredar para a valeta o miserando corpo, o cão cortou o passo a Joaquim Sassa e Pedro Orce como antes tinha feito a Joana Carda. Terceira e decisiva comprovação foi terem entrado os quatro para o automóvel, começar o carro a andar, e porque quis o acaso que Dois Cavalos estivesse na direcção correcta, o cão foi pôr-se-lhe à frente, desta vez não para o impedir de avançar, mas para abrir caminho. Todos estes manejos têm decorrido sem assistência de curiosos porque, como outras vezes aconteceu desde o princípio deste relato, certos importantes episódios sempre se deram à entrada ou saída das vilas e cidades, e não dentro delas, como no geral dos casos acontece, e isto sem dúvida mereceria explicação, porém não somos competentes de dá-la, paciência.

 José Anaiço travou o carro, o cão parou, a olhar, e Joana Carda resumiu finalmente, Quer que vamos com ele. Levaram tempo a perceber uma coisa que já era evidente desde que o animal atravessou a clareira, digamos que o momento logo aí avisou, mas as pessoas nem sempre estão atentas aos sinais. E mesmo quando já deixou de haver razão para dúvidas, ainda teimam em resistir à lição, é o que faz Joaquim Sassa, que pergunta, E por que é que nós havemos de segui-lo, que disparate é esse de irem quatro pessoas crescidas atrás dum cão vadio que nem sequer traz recado na coleira, salvem-me, ou a chapinha de identificação, chamo-me piloto, se alguém me achar levem-me ao meu dono, senhor fulano de tal, ou fulana, em tal parte assim assim, Não te canses mais, disse José Anaiço, tão absurda é esta história como outras que têm vindo a acontecer e que pareciam não ter sentido, Ainda duvido que o tenham completo, Não te dêem cuidado os sentidos completos, isto disse Pedro Orce, uma viagem não tem outro sentido que acabarse, e nós ainda estamos a meio caminho, ou no princípio dele, quem é que o pode saber, diz-me que fim tiveste e eu te direi que sentido pudeste ter, Muito bem, e enquanto esse dia não chega, decidimos quê. Fez-se ali um silêncio. A luz entardece, o dia afasta-se e deixa sombras dentro das árvores, já se tornou diferente o cantar das aves. O cão vai-se deitar à frente do carro, a três passos, assenta a cabeça nas patas dianteiras estendidas, espera sem impaciência. É então que Joana Carda diz, Estou pronta a ir para onde ele nos levar, se foi para isso que veio, quando chegarmos ao destino saberemos. José Anaiço respirou profundamente, não foi um suspiro, embora os haja de alívio, Eu também, foi tudo quanto disse, E eu, ajuntou Pedro Orce, Uma vez que toda a gente está de acordo, não serei eu o malvado que vos obrigaria a ir a pé atrás do piloto, iremos de companhia, para alguma coisa as férias hão-de servir, remate de Joaquim Sassa.

Decidir é dizer sim ou não, sopro da boca para fora, as dificuldades é depois que vêm, na parte prática, como diz a grande experiência do povo, ganha à custa de tempo e da paciência de suportá-lo, com poucas esperanças e mudanças ainda menos. Vamos atrás do cão, sim senhor, mas é preciso saber como, o guia, uma vez que não se sabe explicar, não pode ir dentro do carro, vira à esquerda, vira à direita, em frente sempre até ao terceiro semáforo, além disto, que já é grave embaraço, como caberia um animal deste tamanho num automóvel que leva todos os lugares ocupados, sem mencionar a bagagem e a vara de negrilho, embora esta mal se dê por ela se vão Joana Carda e José Anaiço ao lado um do outro. E por falar de Joana Carda, ainda falta a sua bagagem, e mais, antes de chegar a arrumá-la neste impossível é preciso ir buscá-la, explicar aos primos a súbita partida, mas não podem aparecer à porta da casa três homens, Dois Cavalos e um cão, Vou com eles, seria a voz da verdade inocente, mas uma mulher que há tão pouco tempo se separou do marido não deve dar mais razões ao mundo, sobretudo neste meio pequeno como é Ereira, uma aldeia, as grandes rupturas estão bem para a capital e cidades importantes, e mesmo assim só Deus sabe com que lutas e trabalhos de corpo e sentimento.

O sol já se pôs, a noite não tardará, não é hora de principiar uma viagem para o desconhecido, e Joana Carda mal faria se desaparecesse sem mais nem menos, disse aos parentes que ia a Lisboa tratar de um assunto, foi num comboio e veio noutro. Dificuldades assim parecem nós-cegos, tanto podem as conveniências da sociedade e da família. Eis senão quando Pedro Orce sai do carro, o cão levantou-se ao vê-lo aproximar-se, e ali, no quase lusco-fusco, ficaram os dois a conversar, pelo menos assim diríamos, apesar de sabermos que este cão nem de ladrar é capaz. Terminado o diálogo, Pedro Orce voltou ao carro e disse, Acho que a

Joana já pode ir para casa, o cão fica connosco, resolvam vocês aonde podemos ir dormir e combinem como e onde nos encontraremos todos amanhã. Ninguém pôs em dúvida a garantia, Joaquim Sassa abriu o mapa e em três segundos resolveram que ficariam em Montemor-o-Velho, no agasalho da modesta pensão, E se lá não a houver, perguntou Joaquim Sassa, Vamos para a Figueira, disse José Anaiço, aliás o melhor será jogar pelo seguro, vamos mas é dormir à Figueira, e tu amanhã tomas a camioneta da carreira, esperamos-te ao pé do casino, no parque de estacionamento, escusado será dizer que estas instruções se destinaram a Joana Carda, que as recebeu sem pôr em causa a competência de quem as dava. Disse Joana adeus até amanhã, e no último instante, quando já tinha um pé no chão, virou-se para trás e beijou José Anaiço, na boca, pois então, não esse disfarce de face ou comissura, foram dois relâmpagos, um de rapidez, outro de choque, mas deste prolongaram-se os efeitos, o que não seria se o contacto dos lábios, tão doce, se tivesse prolongado. Diriam os primos de Ereira, se soubessem o que aqui acaba de passar-se, Afinal não és mais que uma leviana, nós a acreditarmos que o culpado era o teu marido, paciente deve ele ter sido, um homem que conheceste ontem, e já o beijas, nem ao menos deixaste que fosse ele a tomar a iniciativa, é o que uma mulher sempre deve fazer, porque, enfim, é preciso resguardar o respeito, e além disso tinhas dito que ias e vinhas no mesmo dia, dormiste em Lisboa, fora de casa, não é bonito, não, o que fizeste, mas a prima, quando toda a gente está deitada, levanta-se da sua cama e vai ao quarto de Joana perguntar-lhe como foi, ela diz-lhe que não sabe bem, e é verdade, Por que fiz eu isto, pergunta Joana Carda enquanto se afasta sob a densa penumbra das árvores, vai de mãos soltas, assim pode levá-las à boca, como quem retém a alma. A maleta ficou no carro, já a marcar lugar para o resto da bagagem, a vara de negrilho está bem entregue, à guarda de três homens e um cão, este que chamado por Pedro Orce entrou para o carro e se acomodou no lugar de Joana Carda, quando todos já dormirem na Figueira da Foz, ainda duas mulheres estarão a conversar numa casa de Ereira, no segredo da noite, Quem me dera ir contigo, diz a prima de Joana, casada e mal-maridada.

O dia seguinte amanheceu carregado, não há que fiar no tempo, ontem aquela tarde que parecia um reflexo do paraíso, límpida e suave, as árvores brandamente meneando as ramadas, o Mondego liso como a pele do céu, ninguém diria aqui que é o mesmo rio, sob as nuvens baixas, o mar espumando, mas os velhos encolhem os ombros, Primeiro de Agosto, primeiro de Inverno, dizem eles, muita sorte ter vindo o dia um atrasado quase um mês. Joana Carda chegou matutina, mas José Anaiço já estava à espera dela dentro do carro, foi assim que os outros dois homens decidiram para que os namorados pudessem estar sós e conversar antes de todos se meterem à viagem, em que direcção é que ainda não se sabe. O cão passara a noite no abrigo do automóvel, mas agora passeava na praia com Pedro Orce e Joaquim Sassa, discreto, roçando a cabeça na perna do espanhol, cuja companhia particular manifestamente escolhera.

No parque de estacionamento, entre outros automóveis de maior porte, Dois Cavalos não faz grande vulto, e esta é uma, além disso, como já foi explicado, a manhã está agreste, ninguém anda por aqui, e esta são duas, portanto nada mais natural que terem-se logo abraçado José Anaiço e Joana Carda como se há um ano estivessem separados e padecessem de saudades desde o primeiro dia. Beijaram-se em ânsia, sôfregos, não foi um relâmpago mas uma sucessão deles, as palavras foram menos, é difícil falar num beijo, mas enfim, passados minutos, puderam ouvir-se, Gosto de ti, creio que te amo, disse José Anaiço honestamente, Também eu gosto de ti, e também creio que te amo, por isso te beijei ontem, não, não é bem assim, não te teria beijado se não sentisse que te amava, mas posso amar-te muito mais, Nada sabes de mim, Se uma pessoa, para gostar doutra, estivesse à espera de conhecê-la, não lhe chegaria a vida inteira, Duvidas que duas pessoas possam conhecer-se, E tu, acreditas, É a ti que pergunto, Primeiro diz-me que é conhecer, Não tenho aqui um dicionário, Neste caso, ir ao dicionário é ficar a saber o que já se sabia antes, Os dicionários só dizem o que pode servir a todos, Repito a pergunta, que é conhecer, Não sei, E contudo podes amar, Posso amar-te, Sem me conheceres, Assim parece, Esse apelido de Anaiço donde é que te veio, Um avô meu chamava-se Inácio, mas lá na aldeia trocavam-lhe o nome, deram em dizer Anaiço, com o tempo tornou-se apelido da família, e tu, por que é que te chamas Carda, Em tempos passados a família tinha o apelido de Cardo, mas a uma avó que depois de lhe morrer o marido ficou com a família à custa começaram-lhe a dar o nome de Carda, tinha merecido bem o seu próprio nome de mulher, Julguei que fosses carda de prego, Agora já podia ser, e outra coisa, uma vez fui procurar-me ao dicionário e vi que carda era também um instrumento de dilacerar as carnes, pobres mártires, esfolados, queimados, degolados, cardados, É isso que me espera, Se eu voltasse ao nome de cardo não ganharias com a troca, Sempre picarás, Não, eu não sou o nome que tenho, Quem és, então, Eu. José Anaiço estendeu a mão, tocou-lhe no rosto, murmurou, Tu, ela fez o mesmo, em voz baixa repetiu, Tu, e os olhos arrasaram-se-lhe de lágrimas, será por estar ainda sensível da sua má vida passada, agora, tinha de ser, vai querer saber da vida dele, És casado, tens filhos, que fazes, Fui casado, não tenho filhos, sou professor. Ela respirou profundamente, se não foi antes um suspiro, de alívio, depois disse, sorrindo, É melhor chamá-los, coitados, morrem de frio. José Anaiço disse, Quando contei ao Joaquim o nosso primeiro encontro, quis dizer-lhe a cor dos teus olhos, mas não fui capaz, disse cor de céu novo, disse uns olhos não sei bem, e ele pegou na palavra, passou a chamar-te assim mesmo, Como, Dona Olhos Não Sei Bem, claro que na tua presença não se atreve, Gosto do nome, Gosto de ti, e agora temos de chamá-los.

Um braço acenando, outro ao longe que responde, devagar pela areia vieram Pedro Orce e Joaquim Sassa, o cão grande e manso entre os dois. Pela maneira de acenar, disse Joaquim Sassa, correu-lhes bem o encontro, qualquer ouvido com experiência de vida não teria dificuldade em reconhecer, no tom destas palavras, uma contida melancolia, que é nobre sentimento, disfarçada de inveja, ou despeito, para quem preferir expressão mais trabalhada. Também gostas da rapariga, perguntou Pedro Orce, compreensivo, Não, não é isso, ou até poderia ser, o meu problema é que não sei de quem gostar e como se faz para continuar a gostar. A esta declaração toda negativa não soube Pedro Orce que responder. Entraram no carro, bons dias, felizes olhos a vejam, bem-vinda seja a bordo, aonde é que nos levará esta aventura, frases feitas e joviais, errada a última, mais exacta seria se a tivessem dito assim, Aonde nos levará aquele cão. José Anaiço ligou o motor, se está ao volante pode continuar, manobrou para sair do parque de estacionamento, agora que faço, volto à direita, volto à esquerda, estava nesta fingida hesitação, a dar tempo, então o cão rodou sobre si próprio e, num trote travado mas rápido, tão regular que parecia mecânico, começou a andar na direcção do norte. Com o fio azul pendurado na boca.

Este foi o dia assinalado em que a já distante Europa, segundo as últimas medições conhecidas ia em cerca de duzentos quilómetros o afastamento, se viu sacudida, dos alicerces ao telhado, por uma convulsão de natureza psicológica e social que dramaticamente pôs em mortal perigo a sua identidade, negada, nesse decisivo momento, em seus fundamentos particulares e intrínsecos, as nacionalidades, tão laboriosamente formadas ao longo de séculos e séculos. Os europeus, desde os máximos governantes aos cidadãos comuns, depressa se tinham acostumado, suspeita-se que com um inexpresso sentimento de alívio, à falta das terras extremas ocidentais, e se os novos mapas, rapidamente postos em circulação para actualização cultural do popular, ainda causavam à vista um certo desconforto, seria tão-somente por motivos de ordem estética, aquela indefinível impressão de mal-estar que ao tempo há-de ter causado, e ainda hoje nos causa a nós, a falta de braços na Vénus de Milos, que este é o nome mais certo da ilha onde foi encontrada, Então Milos não é o nome do escultor, Não senhor, Milos é a ilha onde a pobrezinha foi descoberta, ressuscitou das profundas como Lázaro, mas não se arranjou um milagre que lhe fizesse crescer outra vez os braços.

Com a continuação dos séculos, se eles continuarem, a Europa nem se lembrará mais do tempo em que foi grande e se metia pelo mar dentro, tal como nós, hoje, já não conseguimos imaginar a Vénus com braços. Claro que não se podem ignorar os danos e as aflições que vão por esse Mediterrâneo fora, com as marés altas, as cidades ribeirinhas destruídas na sua franja marítima, os hotéis que tinham degraus para a praia e agora não têm praia nem degraus, e Veneza, Veneza está como um pântano, é uma aldeia palafita ameaçada, acabou-se o belo turismo, meus filhos, mas, se os holandeses trabalharem depressa, em poucos meses a cidade dos Doges, Aveiro da Itália, poderá reabrir as suas portas ao público ansioso, muito melhorada, já sem perigo de submersão catastrófica, pois os sistemas de equilíbrio hidráulico comunicante, os diques, as comportas, as válvulas de enchimento e descarga, assegurarão um nível constante das águas, agora cabe aos italianos a responsabilidade de reforçarem as estruturas inferiores da cidade para que ela não venha a enterrar-se tristemente no lodo, o mais difícil, permita que lho diga, está a ser feito, agradeçamo-lo aos descendentes daquele heróico rapazinho que, apenas com a tenra ponta do dedo indicador, evitou que a cidade de Harlem desaparecesse do mapa por alagamento e dilúvio.

Remediando-se Veneza, também para o restante Mediterrâneo se encontrará solução. Quantas vezes passaram por aqui peste e guerra, terramotos e incêndios, e sempre esta terra envolvente ressurgiu do pó e das cinzas, fazendo do amargo sofrimento doçura de viver, da tentação barbárica civilização, campo de golfe e piscina, iate na marina e descapotável no cais, o homem é a mais adaptável das criaturas, principalmente quando vai para melhor. Ainda que não seja lisonjeiro confessá-lo, para certos europeus, verem-se livres dos incompreensíveis povos ocidentais, agora em navegação desmastreada pelo mar oceano, donde nunca deveriam ter vindo, foi, só por si, uma benfeitoria, promessa de dias ainda mais confortáveis, cada qual com seu igual, começámos finalmente a saber o que a Europa é, se não restam nela, ainda, parcelas espúrias que, mais tarde ou mais cedo, por qualquer modo se desligarão também. Apostemos que em nosso final futuro estaremos limitados a um só país, quinta-essência do espírito europeu, sublimado perfeito simples, a Europa, isto é, a Suíça.

Porém, se há desses europeus, também há europeus destes. A raça dos inquietos, fermento do diabo, não se extingue facilmente, por mais que se afadiguem os áugures em prognósticos. Ela é a que segue com os olhos o comboio que vai passando e entristece de saudade da viagem que não fará, ela é a que não pode ver um pássaro no céu sem experimentar um apetite de alciónico voo, ela é a que, ao sumir-se um barco no horizonte, arranca da alma um suspiro trémulo, pensou a amada que foi de estarem tão próximos, só ele sabia que é de se achar tão longe. Foi portanto uma dessas inconformes e desassossegadas pessoas que pela primeira vez ousou escrever as palavras escandalosas, sinal duma perversão evidente, Nous aussi, nous sommes ibériques, escreveu-as num recanto de parede, a medo, como quem, não podendo ainda proclamar o seu desejo, não aguenta mais escondê-lo. Por ter sido, como se pode ler, na língua francesa, julgar-se-á que foi em França, é caso para dizer, Pense cada um o que quiser, também podia ter sido na Bélgica ou no Luxemburgo. Esta declaração inauguradora alastrou rapidamente, apareceu nas fachadas dos grandes edifícios, nos frontões, no asfalto das ruas, nos corredores do metropolitano, nas pontes e viadutos, os europeus fiéis conservadores protestavam, Estes anarquistas são doidos, é sempre assim, leva-se tudo à conta de anarquismo.

Mas a frase saltou as fronteiras, e depois de as ter saltado verificou-se que afinal já aparecera também nos outros países, em alemão Auch wir sind Iberisch, em inglês We are iberians too, em italiano Anche noi siamo iberici, e de repente foi como um rastilho, ardia por toda a parte em letras vermelhas, pretas, azuis, verdes, amarelas, violetas, um fogo que parecia inextinguível, em neerlandês e flamengo Wij zijn ook Iberiërs, em sueco Vi ocksa är iberiska, em finlandês Me myöskin olemme iberialaisia, em norueguês Vi ogsa er iberer, em dinamarquês Ogsaa vi er iberiske, em grego Eímaste íberoi ki emeís, em frísio Ek Wv Binne Ibeariërs, e também, embora com reconhecível timidez, em polaco My też jeśtesmy iberyjczykami, em búlgaro Nie sachto sme iberiytzi, em húngaro Mi is ibérek vagyunk, em russo Mi toje iberitsi, em romeno Si noi sîntem iberici, em eslovaco Ai my sme iberčamia. Mas o cúmulo, o auge, o acme, palavra rara que não voltaremos a usar, foi quando nos muros do Vaticano, pelas veneráveis paredes e colunas da basílica, no soco da Pietà de Miguel Ângelo, na cúpula, em enormes letras azul-celestes no chão da Praça de São Pedro, a mesmíssima frase apareceu em latim, Nos quoque iberi sumus, como uma sentença divina no majestático plural, um manetecelfares das novas eras, e o papa, à janela dos seus aposentos, benzia-se de puro espanto, fazia para o espaço o sinal da cruz, inutilmente, que esta tinta é das firmes, dez congregações inteiras não bastarão, armadas de palha-d'aço, lixívia, pedra-pomes e raspadeiras, com reforço de diluentes, vão ter aqui trabalho até ao próximo concílio.

Da noite para o dia a Europa apareceu coberta destas inscrições. Aquilo que ao princípio talvez não tivesse passado de um mero e impotente desabafo de sonhador, foi alastrando até tornar-se grito, protesto, manifestação de rua. O fenómeno começou por ser menosprezado, as suas expressões alvo de irrisão. Mas não tardou que as autoridades se inquietassem com um processo que desta vez não podia ser atribuído a manobras do exterior, ele próprio campo das acções subversoras, e essa circunstância poupou, ao menos, o trabalho de averiguar que exterior seria esse, nominalmente identificado. Tornara-se moda saírem os contestatários à rua com dísticos na lapela ou, mais libertariamente, colados à frente e atrás, nas pernas, em todas as partes do corpo e em todas aquelas línguas, e também nos dialectos regionais, nas diferentes gírias, finalmente em esperanto, mas a este era difícil entendê-lo. Uma acção de contrafogo decidida pelos governos europeus consistiu em organizar debates e mesas-redondas na televisão, com a principal participação de pessoas que tinham fugido da península quando a ruptura se consumou e tornou irreversível, não aquelas que lá tinham estado como turistas e que, coitadas, não tinham ganho para o susto, mas os naturais propriamente ditos, aqueles que, apesar dos apertados laços da tradição e da cultura, da propriedade e do poder, tinham virado as costas ao desvario geológico e escolhido a estabilidade física do continente. Essas pessoas traçaram o negro quadro das realidades ibéricas, deram conselhos, com muita caridade e conhecimento de causa, aos irrequietos que imprudentemente estavam a pôr em perigo a identidade europeia, e concluíram a sua intervenção no debate com uma frase definitiva, olhos nos olhos do espectador, em atitude de grande franqueza, Faça como eu, escolha a Europa.

O efeito não foi particularmente produtivo, a não ser nos protestos contra a discriminação de que tinham sido vítimas os partidários da península, os quais, se a isenção e o pluralismo democrático não fossem palavras vãs, deveriam ter estado presentes na televisão para exporem as suas razões, se as tinham. Compreende-se a precaução. Armados das razões que a discussão sobre a razão sempre cria, os jovens, porque eram sobretudo eles quem realizava as acções mais espectaculares, teriam podido fundamentar com mais convicção o seu protesto, tanto na escola como na rua, e na família, não esqueçamos. Pode-se discutir se os jovens, munidos de razões, teriam dispensado a acção directa, caso em que se concluiria pelo efeito apaziguador da inteligência, ao contrário do que tem sido convicção desde o princípio dos séculos. Pode-se discutir, mas não vale a pena, porque entretanto foram apedrejados os edifícios da televisão, saqueadas as lojas que vendiam aparelhos de tv perante o desespero dos comerciantes que clamavam, Mas eu não tenho culpa, a sua inocência relativa de nada lhes valia, estoiravam as lâmpadas como petardos, as caixas eram empilhadas nas ruas, postas a arder, reduzidas a cinzas. Vinha a polícia, que carregava, dispersavam-se os insurrectos, e neste jogo de empurra se andou por oito dias, até àquele em que estamos, quando da Figueira da Foz partiram, atrás de um cão, três homens e a mulher de um deles, que o era não o sendo ainda, ou que ainda não o sendo o era, quem de acordos e encontros de coração tiver algum conhecimento entenderá o anfiguri. Enquanto estes vão viajando para o norte, Joaquim Sassa até já disse, Se passarmos pelo Porto ficamos todos na minha casa, centenas de milhares, milhões de jovens em todo o continente saíram à mesma hora para a rua, armados não de razões mas de bastões, de correntes de bicicleta, de craques, de facas, de sovelas, de tesouras, como se tivessem enlouquecido de raiva, e também de frustração e dor antecipada, e gritavam, Nós também somos ibéricos, com o mesmo desespero que fazia gemer os comerciantes, Mas nós não temos culpa.

Quando os ânimos tiverem serenado, daqui por dias e semanas, virão os psicólogos e os sociólogos demonstrar que, no fundo, aqueles jovens não queriam ser realmente ibéricos, o que faziam, aproveitando um pretexto oferecido pelas circunstâncias, era dar vazão ao sonho irreprimível que, vivendo tanto quanto a vida dura, tem na mocidade geralmente a sua primeira irrupção, sentimental ou violenta, não podendo ser duma maneira é doutra. Entretanto travaram-se batalhas campais, ou de rua e praça, para falar com mais rigor, os feridos contaram-se por centenas, houve três ou quatro mortos, embora as autoridades tivessem tentado esconder os tristes casos na confusão e contradição das notícias, nunca as mães de Agosto chegaram a saber ao certo quantos foram os seus filhos desaparecidos, pela tão simples razão de não terem sabido organizar-se, há sempre umas tantas que ficam de fora, estavam ocupadas a chorar o seu desgosto, ou a tratar do filho que sobejara, ou debaixo do pai dele a fazer outro filho, por isso é que as mães perdem sempre. Gases lacrimogéneos, carros de água, bastões, escudos e viseiras, pedras arrancadas da calçada, tubos das vedações, lanças de grades de jardins, eis algumas das armas empregadas de um lado e do outro, certas novidades de efeitos mais dolorosamente persuasivos começaram a ser aqui ensaiadas pelas diferentes polícias, as guerras são como as desgraças, nunca vêm sós, a primeira experimenta, a segunda aperfeiçoa, a terceira é para valer, sendo cada uma delas, consoante donde se comece a contar, terceira, segunda e primeira. Para os almanaques de memórias e lembranças ficou a última frase daquele gentil moço holandês, atingido por uma bala de borracha que, por deficiência de fabrico, saíra mais dura que aço, mas a lenda tomará logo conta do episódio e cada país jurará que o mocinho era seu, ficando a bala, claro está, por reivindicar, e a frase não o foi tanto pelo seu significado objectivo, mas por ser bela, romântica, incrivelmente jovem, e os países gostam disso, principalmente tratando-se de causas perdidas, como esta, Enfim, sou ibérico, e tendo dito, expirou. Sabia este rapaz o que queria, ou julgava sabê-lo, o que, à falta de melhor, faz as vezes, não era como o Joaquim Sassa, que não sabe de quem há-de gostar, mas este continua vivo, talvez lhe chegue o dia, se estiver com atenção à oportunidade.

A manhã fez-se tarde, a tarde se fará noite, por esta longa estrada quase cingida ao mar vai o cão da guia no seu trote certo, mas não é galgo corredor, longe disso, mesmo Dois

Cavalos, apesar de decrépito, seria capaz de andar muito mais depressa como o tem provado nos últimos tempos, E este andamento não lhe faz bem nenhum, inquieta-se Joaquim Sassa, agora ao volante, se alguma avaria sobrevier à fatigada mecânica, que seja nas suas mãos. O rádio, com pilhas frescas, deu notícia dos calamitosos acontecimentos da Europa e referiu fontes bem informadas, segundo as quais estariam a ser feitas pressões internacionais sobre os governos português e espanhol para porem cobro à situação, como se nas mãos deles estivesse o poder de realizar tal desiderato, como se ser governo numa península à deriva fosse o mesmo que conduzir Dois Cavalos. Os protestos foram dignamente rejeitados, com másculo orgulho por banda dos espanhóis e feminina altivez pelo lado dos portugueses, sem desdouro ou vanglória de sexo, anunciando-se que os primeiros-ministros falarão logo à noite, cada um na sua terra, claro está, mas concertadamente. O que tem causado certa perplexidade é a prudência da Casa Branca, em geral tão pronta a intervir nos negócios do mundo, onde quer que eles tragam vantagens, havendo porém quem sustente que os norte-americanos não estão dispostos a comprometer-se antes de verem aonde é que tudo isto, literalmente falando, vai parar. Entretanto, é dos Estados Unidos que tem vindo o abastecimento de carburantes, com alguma irregularidade, é verdade, mas devemos-lhes estar gratos por em lugares afastados ainda ser possível encontrar gasolina bomba sim, bomba não. Não fossem os norte-americanos, e estes viajantes teriam de ir a pé, se insistiam em ir atrás do cão.

Quando pararam para almoçar, o animal ficou fora do restaurante, sem resistência, devia ter compreendido que os seus companheiros humanos precisavam de alimentar-se. No final da refeição Pedro Orce saiu antes dos outros, trazia uns restos, mas o cão não quis comer, e logo se percebeu porquê, havia sinais de sangue fresco no pêlo e ao redor da boca. Foi caçar, disse José Anaiço, Mas continua com o fio azul, observou Joana Carda, facto este mais singular que o outro, afinal, o nosso cão, se é aquele que julgamos, vive nesta vida vadia vai para duas semanas, e se atravessou toda a península a pé, dos Pirenéus até aqui, e sabe-se lá mais aonde, não deve ter tido quem lhe enchesse regularmente o prato ou consolasse com um osso. Quanto ao fio azul, pode ser largado no chão e depois retomado, como um caçador que suspende a respiração para dar o tiro e logo recomeça, naturalmente. Disse Joaquim Sassa, benevolente enfim, Cãozinho bonito, se fores capaz de tratar de nós como pareces saber tratar de ti, estamos bem entregues à tua canina competência. O cão sacudiu a cabeça, movimento que não aprendemos a traduzir. Depois desceu à estrada e recomeçou a andar, sem olhar para trás. A tarde está melhor que a manhã, há sol, e o diabo deste cão, ou este cão do diabo, retoma o trote infatigável, de cabeça baixa, o focinho alongado, a cauda no prolongamento do dorso, o pêlo ruivo-escuro, De que raça será, perguntou José Anaiço, Se não fosse aquela cauda podia ser filho de perdigueiro e de pastor, disse Pedro Orce, Aumentou a velocidade, observou Joaquim Sassa, satisfeito, e Joana Carda, talvez só para não ficar calada, Que nome lhe terão dado, mais tarde ou mais cedo, é inevitável, vamos sempre à questão dos nomes.

O primeiro-ministro falou aos portugueses, e disse, Portugueses, durante os últimos dias, com súbita intensificação nas últimas vinte e quatro horas, tem vindo o nosso país a ser alvo de pressões, que sem exagero poderei classificar de inadmissíveis, provenientes de quase todos os países europeus onde, como é sabido, se têm verificado sérias alterações da ordem pública, que se viram subitamente agravadas, sem qualquer responsabilidade nossa, pela descida à rua de grandes massas de manifestantes que, de maneira entusiástica, quiseram exprimir a sua solidariedade com os países e povos da península, o que veio evidenciar uma grave contradição em que se debatem os governos da Europa, a que já não pertencemos, diante dos profundos movimentos sociais e culturais desses países, que vêem na aventura histórica em que nos achamos lançados a promessa de um futuro mais feliz e, para tudo dizer em poucas palavras, a esperança de um rejuvenescimento da humanidade. Ora, esses governos, em vez de nos apoiarem, como seria demonstração de elementar humanidade e duma consciência cultural efectivamente europeia, decidiram tornar-nos em bodes expiatórios das suas dificuldades internas, intimando-nos absurdamente a deter a deriva da península, ainda que, com mais propriedade e respeito pelos factos, lhe devessem ter chamado navegação. Esta atitude é tanto mais lamentável quanto é sabido que em cada hora que passa nos afastamos setecentos e cinquenta metros do que são agora as costas ocidentais da Europa, sendo que os governos europeus, que no passado nunca verdadeiramente mostraram querer-nos consigo, vêm agora intimar-nos a fazer o que no fundo não desejam e, ainda por cima, sabem não nos ser possível. Lugar indesmentível de história e de cultura, a Europa, nestes dias conturbados, mostra, afinal, carecer de bom senso. A nós, que conservamos a serenidade dos fortes e dos justos, compete-nos, como governo legítimo e constitucional que somos, rejeitar energicamente as pressões e as ingerências de toda a ordem e de qualquer proveniência, proclamando à face do mundo que apenas nos deixaremos guiar pelo interesse nacional e, de modo mais amplo, dos povos e países da península, afirmação que posso aqui fazer solenemente e com inteira segurança, uma vez que os governos de Portugal e de Espanha têm trabalhado conjuntamente, e assim continuarão, no exame e debate das medidas necessárias a um feliz desenlace dos acontecimentos postos em marcha desde a histórica ruptura dos Pirenéus. Uma palavra de reconhecimento é devida ao espírito humanitário e ao realismo político dos Estados Unidos da América do Norte, graças aos quais se tem mantido a níveis razoáveis o abastecimento de carburantes e também de produtos alimentares que até agora, no quadro das relações comunitárias, importávamos da Europa. Nas condições normais tais questões seriam, evidentemente, tratadas através dos canais diplomáticos competentes, porém, numa situação de tanta gravidade, entendeu o governo a que presido que devia dar conhecimento imediato dos factos a todo o povo, exprimindo assim a sua confiança na dignidade dos portugueses, que saberão, como em outras ocasiões históricas, cerrar fileiras em torno dos seus representantes legítimos e do símbolo sagrado da pátria, oferecendo ao mundo a imagem de um povo coeso e determinado, num momento particularmente difícil e delicado da sua história, viva Portugal.

Foi já nas proximidades do Porto que os quatro viajantes ouviram o discurso, entraram num café que servia também refeições ligeiras e aí se demoraram tempo bastante para verem na televisão imagens das grandes manifestações e das cargas da polícia, causava arrepios na espinha ver os generosos jovens arvorando cartazes e panos onde se lia, nas línguas deles, a frase formidável. Por que será, perguntava Pedro Orce, que estão preocupados assim connosco, e José Anaiço, repetindo sem se dar conta, mas mais directamente, a tese do primeiro-ministro, dizia, Eles estão é preocupados consigo próprios, provavelmente não saberia explicar melhor o seu pensamento. Acabaram de comer e saíram, desta vez o cão aceitou os restos que Pedro Orce lhe trazia, e, posto Dois Cavalos em movimento, agora mais devagar porque o guia mal se distingue lá adiante, Joaquim Sassa disse, À saída da ponte vamos tentar convencer o cão a entrar para o carro, vai atrás, ao colo da Joana e do José, não podemos é andar pela cidade como temos vindo até agora, e ele, com certeza, não quererá continuar a viajar pela noite dentro.

 Resultaram certos os prognósticos e foram satisfeitos os votos de Joaquim Sassa, assim que percebeu o que queriam dele o cão entrou, lento e pesado deitou-se sobre as pernas dos viajantes do banco de trás, repousou a cabeça no antebraço de Joana Carda, mas não adormeceu, ia de olhos abertos, as luzes da cidade deslizavam neles como numa superfície de cristal negro. Ficamos em minha casa, disse Joaquim Sassa, tenho lá uma cama larga, e um sofá de abrir onde cabem menos mal duas pessoas se não forem gordas, um de nós três, referia-se aos homens, claro, é que terá de dormir numa cadeira, bom, fico eu que sou o dono da casa, ou então vou dormir a uma pensão perto. Os outros não responderam, maneira de mostrar, pelo acatamento silencioso, que estavam de acordo, ou quiçá preferissem resolver mais tarde, em discreto, a melindrosa questão, agora sentia-se no ar um constrangimento, uma dificuldade de estar, parecia que Joaquim Sassa fizera de propósito, e era bem capaz disso, só para se divertir. Mas dois minutos ainda não tinham passado e aí estava Joana Carda a dizer em voz clara, Nós ficamos juntos, em verdade está o mundo perdido se já as mulheres tomam iniciativas deste alcance, antigamente havia regras, começava-se sempre pelo princípio, uns olhares quentes e atractivos por banda do homem, o descer suave das pálpebras da mulher insinuando a mirada frecheira por entre as pestanas, e depois, até ao primeiro toque de mãos, as coisas eram muito conversadas, havia cartas, arrufos, reconciliações, sinais de lenço, tosses diplomáticas, claro que o resultado final acabava por ser o mesmo, de costas na cama a donzela, por cima o galador, com casamento ou sem ele, mas nunca por nunca ser este despautério, esta falta de respeito diante de um homem de idade, e ainda dizem que as andaluzas têm o sangue quente, vejam esta portuguesa, a Pedro Orce que aqui vai nunca nenhuma disse assim cara a cara, Nós ficamos juntos. Mas os tempos estão muito mudados, oh se estão, se Joaquim Sassa queria brincar com os sentimentos alheios saiu-lhe séria a conversa, e Pedro Orce talvez tenha percebido mal, a palavra juntos não se diz da mesma maneira em castelhano e em português. José Anaiço não abriu boca, que havia ele de dizer, faria uma péssima figura se se mostrasse com suficiências de galã, pior se se desse ares de escandalizado, o melhor foi ter-se calado, não é preciso pensar muito para compreender que só Joana Carda podia ter dito as palavras de compromisso, imaginemos a grosseria se ele as tivesse dito sem primeiro a consultar, e mesmo assim, ainda que lhe perguntasse se estava de acordo, há atitudes que só uma mulher pode tomar, depende da circunstância e do momento, é isso, o momento, aquele exacto segundo que está colocado entre dois que dariam em erro e desastre. Sobre o dorso do cão estão juntas as mãos de Joana Carda e de José Anaiço, pelo retrovisor Joaquim Sassa olha-os discretamente, vão a sorrir, afinal a brincadeira terminou bem, Tem fibra esta Joana, e Joaquim Sassa sente outra vez a picada da inveja, mas a culpa, já confessada, é sua, que não sabe de quem gostar.

A casa não é nenhum palácio, tem um pequeno quarto de dormir, interior, uma saleta ainda mais pequena onde está o sofá-cama, a cozinha, a casa de banho, é a morada duma pessoa solteira, ainda assim com sorte, não tem de andar por quartos alugados. A despensa está vazia, mas o apetite confortou-se na última paragem. Olham a televisão à espera doutras notícias, por ora não há reacções das chancelarias europeias, mas para que não se finjam de desentendidas o primeiro-ministro tornou a aparecer no último noticiário, Portugueses, disse ele, o resto também já conhecemos. Antes de se deitarem houve conselho de guerra, não que fosse preciso tomar decisões, essas competiam ao cão que dormitava aos pés de Pedro Orce, mas cada qual ia adiantando uma suposição, Talvez o fim da viagem seja aqui, dizia Joaquim Sassa, interessado, Ou mais ao norte, admitia José Anaiço, a pensar noutra coisa, Acho que será mais ao norte, acrescentou Joana Carda, que pensava no mesmo, mas Pedro Orce é que teve a palavra justa, Ele lá sabe, depois bocejou, disse, Tenho sono.

Agora já não eram precisas contradanças de quem vai dormir com quem, Joaquim Sassa abriu o sofá-cama ajudado por Pedro Orce, Joana Carda retirou-se discretamente, e José Anaiço ficou uns momentos ainda, sem jeito, fingindo que não era nada consigo, mas o coração batia-lhe dentro do peito como um rufo de alarme, ressoava na boca do estômago, fazia abalar todo o prédio até aos alicerces, embora esta tremura não se pareça nada com a outra, enfim disse, Boas noites até amanhã, e retirou-se, é bem certo que as palavras nunca estão à altura da grandeza dos momentos. O quarto fica mesmo ao lado, há uma janela rente ao tecto, maneira de prolongar a luz do dia, e que nem cortina tem, compreende-se o que parece ser uma falta de recato, a casa é de pessoa só, mesmo que Joaquim Sassa tivesse esses pervertidos gostos não poderia espreitar-se a si próprio, diga-se, em todo o caso, que seria muito interessante, além de educativo, sermos uma vez por outra espreitadores de nós próprios, provavelmente não gostaríamos. Com tais precauções oratórias não se quer insinuar que Joaquim Sassa e Pedro Orce estejam a pensar em cometer rapazices desta gravidade, mas aquela janela, agora só fantasma de janela, mal visível no escuro da saleta, é perturbadora, desarruma o sangue, como se tudo isto aqui fosse um quarto único, uma camarata, uma promiscuidade, e Joaquim Sassa, deitado de costas, não quer pensar, mas soergue a cabeça da almofada para criar uma aura de silêncio e poder ouvir melhor, tem a boca seca e resiste heroicamente à tentação de se levantar para ir à cozinha beber água e de caminho escutar os murmúrios. Pedro Orce, esse, de cansado, adormeceu logo, virou-se para o lado de fora, deixou cair o braço sobre o dorso do cão, que ali se tinha ido deitar, o tremor de um é o tremor do outro, o sono talvez o mesmo. Do quarto não vem um ruído, nem uma inarticulada palavra, sequer um suspiro, um gemido sufocado, Que silêncio, pensa Joaquim Sassa, e acha estranho, nem ele imagina até que ponto estranho é, nem o saberá ou imaginará nunca, que estas coisas usam ficar no segredo de quem as viveu, José Anaiço entrou em Joana Carda e ela o recebeu, sem outro movimento, duro ele, ela suavíssima, e assim ficaram, os dedos apertando os dedos, as bocas a sugarem-se em silêncio, enquanto a vaga violenta lhes sacode o centro do corpo, sem rumor, até à última vibração, ao último gotejar subtil, dissemo-lo assim, discretamente, para que não nos acusem de exibição imoderada de cenas de coito, feia palavra hoje felizmente quase esquecida. Amanhã, quando Joaquim Sassa acordar, pensará que aqueles dois tiveram a paciência de esperar, sabe Deus com que custo, se Deus sabe destas sublimações da carne, esperaram que adormecessem estes, enganado está, que no instante mesmo em que ele vai cair no sono Joana Carda recebe outra vez José Anaiço, agora não irão ser tão silenciosos como foram, certas proezas são irrepetíveis, Já devem estar a dormir, disse um deles, e assim os corpos puderam desafogar-se, que bem o tinham merecido.

Pedro Orce foi o primeiro a acordar, por uma frincha estreita da janela tocou-lhe na boca cansada o dedo cinzento da manhã, sonhou então que uma mulher o beijava, ah como lutou para que o sonho se mantivesse e durasse, mas os olhos abriram-se, e os lábios estavam secos, nenhuma boca deixara na sua boca a verdade da saliva, a fértil humidade. O cão levantou a cabeça, soergueu-se nas mãos, e olhou fixamente Pedro Orce na penumbra espessa do quarto, era impossível descobrir donde poderia vir a luz que nas suas pupilas se reflectia. Pedro Orce afagou o animal, e este, uma só vez, lambeu-lhe a mão magra. Com os movimentos acordou Joaquim Sassa, ao princípio sem norte do sítio onde se encontrava, embora fosse aqui a sua própria casa, seria por estranhar uma cama onde raramente dormira, e a vizinhança. Deitado de costas, com a cabeça do cão pousada no peito, Pedro Orce disse, Começa outro dia, que será que vai acontecer, e Joaquim Sassa, Talvez ele tenha mudado de ideias, talvez tenha perdido o sentido depois de dormir, acontece muitas vezes, a gente dorme, e só isso fez mudar as coisas, somos os mesmos e não nos reconhecemos. Neste caso não parecia que tivessem mudado. O cão levantara-se todo, grande, corpulento, e caminhara para a porta fechada. Via-se-lhe o contorno impreciso, o vulto, a cintilação do olhar, Está à nossa espera, disse Joaquim Sassa, é melhor chamá-lo, ainda é cedo para nos levantarmos. O cão veio à voz de Pedro Orce, deitou-se sem resistência, os homens agora falavam baixinho, dizia Joaquim Sassa, Vou retirar o dinheiro que tenho no banco, não é muito, e peço algum emprestado, E quando ele se acabar, Pode ser que se acabe a aventura antes de se acabar o dinheiro, Sabemos nós lá o que nos espera, Arranjaremos maneira de viver, sendo preciso rouba-se, estas palavras disse-as Joaquim Sassa a sorrir. Mas talvez não venha a ser preciso chegar a tais extremos de ilegalidade, aqui no Porto irá também José Anaiço à agência do banco onde guarda as economias, Pedro Orce trouxe todas as suas pesetas, de Joana Carda é que nada sabemos quanto ao particular dos recursos, pelo menos já vimos que não parece mulher para viver de caridades ou a expensas de macho. Duvida-se é que venham os quatro a encontrar trabalho, se trabalho exige permanência, estabilidade, residência habitual, quando o seu destino imediato é andarem atrás de um cão que do seu próprio destino esperamos que alguma coisa saiba, mas este não é o tempo em que os animais, por falarem, podiam dizer aonde queriam ir, se não lhes faltassem cordas vocais.

No quarto ao lado dormiam cansados os amantes, nos braços um do outro, maravilha que infelizmente não pode durar sempre, e é natural, um corpo é este corpo e não aquele, um corpo tem um princípio e um fim, começa na pele e acaba nela, o que está dentro pertence-lhe, mas precisa de sossego, independência, autonomia de funcionamento, dormir abraçados exige uma harmonia de encaixes que o sono de cada um desajusta, acorda-se com o braço dormente, um cotovelo fincado nas costelas, e então dizemos baixinho, reunindo toda a ternura possível, Meu amor chega-te para lá. Dormem cansados Joana Carda e José Anaiço, que a meio da noite uma terceira vez se tinham juntado, estão no princípio, por isso cumprem a boa regra de não recusar ao corpo o que o corpo, por suas razoes próprias, reclama. Andando com todo o cuidado Joaquim Sassa e Pedro Orce saíram com o cão, foram buscar comida para o dejejum, Joaquim Sassa chama-lhe pequeno-almoço, à francesa, Pedro Orce desayuno, mas o apetite comum resolverá a diferença linguística. Quando regressarem já Joana Carda e José Anaiço se terão levantado, ouvimo-los na casa de banho, a água do duche corre, felizes estes dois, e grandes caminhantes, que em tão pouco tempo foram capazes de andar tanto.

Na hora da partida, ainda em casa, puseram-se os quatro a olhar para o cão com o ar perplexo de quem, esperando ordens, duvida tanto da fiadoria delas como da sensatez de obedecer-lhes. Esperemos que para sair do Porto ele se confie a nós como se confiou para entrar, disse Joaquim Sassa, e os outros compreenderam o motivo da observação, imagine-se que o cão Fiel, fiel à sua cisma de seguir em direcção ao norte, lhe dava, aqui na cidade, para meter por ruas de sentido único em que o norte fosse precisamente a direcção proibida, não faltariam os conflitos com a polícia, os acidentes, os entupimentos de trânsito, com todo o povo do Porto reunido a rir do espectáculo. Mas este cão não é um rafeiro qualquer, de paternidade suspeita ou clandestina, a sua árvore genealógica tem raízes no inferno, que, como sabemos, é o lugar aonde vai dar toda a sabedoria, a antiga que já lá está, a moderna e a futura que hão-de seguir o mesmo caminho. Por isso, e talvez também por ter Pedro Orce repetido a manigância de murmurar-lhe ao ouvido palavras que até agora ainda não conseguimos averiguar, o cão entrou no carro com o mais natural ar do mundo, o ar de quem durante toda a vida sempre viajou assim. Mas, atenção, agora não pousou a cabeça no antebraço de Joana Carda, agora vai vigilante enquanto Joaquim Sassa conduz Dois Cavalos pelas curvas e cotovelos das ruas, em todos os sentidos, alguém dado a estas observações, vendo-os, dirá, Vão para o sul, daqui a pouco emendaria, Vão para ocidente, ou, Vão para oriente, e estas são as direcções principais ou cardeais, se mencionássemos a rosa-dos-ventos completa não chegaríamos a sair do Porto e da confusão.

Há um acordo entre este cão e estas pessoas, quatro seres racionais consentem em deixar-se conduzir pelo instinto animal, salvo se estão todos eles a ser atraídos por um íman colocado ao norte ou puxados pela outra ponta de um fio azul gémeo deste que o cão não larga. Saíram da cidade, sabe-se que a estrada, apesar das curvas, segue na direcção justa, o cão dá sinais de querer sair, abrem-lhe a porta e ele aí vai, revigorado pelo descanso da noite e pela farta pitança que em casa lhe serviram. O trote é rapidíssimo, Dois

Cavalos acompanha-o alegremente, não precisa de morder o bridão de impaciência. Agora a estrada não segue junto ao mar, vai por terras interiores, só por isso não veremos a praia onde Joaquim Sassa teve mais força que Sansão numa hora da sua vida. Ele próprio o disse, É pena que o cão não tenha querido ir pela costa, mostrava-lhes o sítio onde me aconteceu o caso da pedra, nem mesmo o Sansão da bíblia teria sido capaz de fazer o que eu fiz, mas por modéstia deveria calar-se, maior prodígio foi e continua a ser o de Joana Carda lá nos campos da Ereira, mais enigmático é o tremor que Pedro Orce sente, e se aqui é nosso guia terrestre um cão de além, que diremos dos milhares de estorninhos que acompanharam durante tanto tempo a José Anaiço, só o deixando na hora de principiar-se outro voo.

A estrada sobe, desce, e logo sobe outra vez, e vai subindo sempre, e quando baixa é apenas para repousar-se um pouco, não são mui altas estas serras, mas fatigam o coração de Dois Cavalos que resfolga nas ladeiras, o cão vai adiante, alceiro. Pararam para almoçar numa pequena casa de pasto à beira da estrada, outra vez o cão desapareceu para ir tratar das suas próprias viandas, e quando voltou trazia sangue na boca, mas a razão já a sabemos, não há mistério nenhum, se não tens quem te encha o comedouro, governa-te com o que encontrares. Novamente a caminho, sempre para o norte, em certa altura José Anaiço disse, era a Pedro Orce que se dirigia, A continuar assim vamos entrar em Espanha, voltamos à tua terra, A minha terra é a Andaluzia, Terra e país são tudo o mesmo, Não são, podemos não conhecer o nosso país, mas conhecemos a nossa terra, Já alguma vez foste à Galiza, Nunca fui à Galiza, a Galiza é a terra doutros.

Se lá entrarão é o que falta ver, porque esta noite ainda dormirão em Portugal. Registaram-se José Anaiço e Joana Carda na pensão como marido e mulher, por mais economia ficarão no mesmo quarto Pedro Orce e Joaquim Sassa, e o cão teve de ir dormir com Dois Cavalos, um animal de tão grande porte assustava a dona da casa, Não quero uma avantesma dessas de portas a dentro, fique na rua que é a sala dos cães, não faltaria mais nada encher-me a casa de pulgas, Este cão não tem pulgas, protestou Joana Carda, sem resultado, que o ponto essencial não era esse. A meio da noite levantou-se Pedro Orce da sua cama, fiado de que a porta da rua não estivesse fechada à chave, e realmente não estava, foi dormir no automóvel duas horas, abraçado ao cão, quando não se pode ser amante, neste caso por óbvios impedimentos da natureza, a amizade fará as vezes. Pareceu a Pedro Orce, quando no carro entrou, que o cão ganira baixinho, mas terá sido alucinação sua, das tantas que nos acontecem quando queremos muito uma coisa, o sábio corpo apieda-se de nós, simula em si próprio a satisfação dos desejos, o sonho é isso mesmo, que é que julgam, Se assim não fosse digam-me cá como seríamos capazes de aturar esta insatisfatória vida, o comentário é da voz desconhecida que fala de vez em quando.

Quando Pedro Orce voltou para o quarto, o cão foi atrás dele, mas, estando proibido de entrar, deitou-se nos degraus da porta e aí ficou, não há palavras que possam descrever o susto e os gritos na primeira luz da manhã, vinha a madrugadora dona da pensão inaugurar o novo dia de trabalho, abre os batentes à frescura da alvorada, e eis que no capacho se levanta o leão da Nemeia, de fauces escancaradas, era apenas um bocejo de quem ainda não tinha dormido tudo, mas até dos bocejos há que desconfiar quando mostram uns dentes formidáveis e uma língua que, de vermelha, parece escorrer sangue. Foi tal o escândalo que a saída dos hóspedes teve mais de expulsão que de retirada pacífica, já Dois Cavalos ia além, quase a virar a esquina, e ainda a dona da pensão se esgoelava na soleira da porta contra a fera calada, que estas são as piores, a acreditar no ditado que diz, Cão que ladra não morde, é certo que este ainda não mordeu, mas se a potência das queixadas estiver na razão directa do silêncio, livre-nos Deus do bicho. Estrada fora, vão os viajantes rindo do episódio, Joana Carda, por solidariedade feminil, contemporizava, Se eu estivesse no lugar da mulher também levaria um susto, e vocês não se façam de valentes, sobretudo não sejam corajosos por obrigação, calou fundo o reparo, cada um dos varões deu balanço, em segredo, às suas cobardias próprias, o caso mais interessante foi o de José Anaiço que delas decidiu dar contas a Joana Carda na primeira oportunidade, mal vai ao amor se não diz tudo, o pior é quando o amor acaba, arrepende-se o confesso, e não é raro que o confessor abuse da confidência, arranjem-se lá Joana Carda e José Anaiço para que desta vez não vá ser assim.

A fronteira já não está longe. De habituados que foram às virtudes escuteiras do guia, não têm os viajantes reparado na maneira expedita, sem sombra de hesitação ou sequer de ponderação cautelar, como o Fiel ou Piloto, algum destes ou outros nomes será preciso dar-lhe um dia, escolhe o ramo de bifurcação por onde há-de seguir, e pior que bifurcação encruzilhada. Ainda que o esperto animal tenha feito esta mesma caminhada de norte para o sul, e a certeza disso ninguém pode ter, a experiência de pouco lhe servirá, se nos lembrarmos da diferença do ponto de vista, na qual, como felizmente não ignoramos, tudo reside. É bem certo que as pessoas vivem ao lado dos prodígios, mas dos prodígios não chegam a saber nem metade, e sobre a metade conhecida o mais comum é enganarem-se, principalmente porque querem, à viva força, como Deus Nosso Senhor, que esse e os outros mundos estejam feitos à sua imagem e semelhança, para o caso pouco importando quem os fez. O instinto conduz este cão, mas não sabemos o quê ou quem conduz o instinto, e se um destes dias tivermos do estranho caso apresentado uma primeira explicação, o mais provável é que tal explicação não passe de aparência dela, excepto se da explicação pudermos ter uma explicação e assim sucessivamente, até àquele derradeiro instante em que não haveria nada para explicar a montante do explicado, daí para trás supomos que será o reino do caos, mas não é da formação do universo que falamos, sabemos nós lá disso, aqui só tratamos de cães.

E de pessoas. Destas que vão atrás de um cão a caminho de uma fronteira que já está perto. Vão sair da terra portuguesa ao recolher do dia, e de repente, talvez por obra do lusco-fusco que se aproxima, dão conta de que o animal desapareceu, e logo ficam como crianças perdidas na floresta, agora que fazemos, Joaquim Sassa aproveita para desdenhar da fidelidade canina, o que valeu foi a experiência de vida com que Pedro Orce tem feito o seu sereno saber, Provavelmente foi atravessar o rio a nado e espera-nos na margem de além, se as pessoas andassem realmente atentas aos elos e valências que ligam as existências e as químicas teriam logo percebido, referimo-nos a José Anaiço e Joaquim Sassa, que as razões de um cão podem ser iguais às razões de mil estorninhos, se o Fiel veio do norte e passou neste posto, talvez não queira repetir a experiência, sem coleira nem açaimo, porventura suspeito de raiva, se calhar correram-no a tiros.

Os guardas-fiscais olham distraidamente os papéis, mandam seguir, vê-se que o trabalho não sobrecarrega estes funcionários, é verdade que as pessoas, como já tivemos ocasião de verificar, viajam muito, mas por enquanto é mais no interior das fronteiras, parece que têm medo de se perder da sua casa maior, que é o país, mesmo tendo abandonado a casa pequena, a do seu próprio e mesquinho viver. No outro lado do Minho o enfado não difere, que se note só um lampejo de curiosidade sem força, por vir com estes portugueses um espanhol doutra geração, se estivéssemos em tempo de mais numerosas entradas e saídas nem em tal se repararia. Joaquim Sassa andou um quilómetro e encostou Dois Cavalos à berma do passeio, parou, Vamos esperar aqui, se o cão, como diz Pedro, sabe o que faz, virá procurar-nos. Nem tiveram tempo de perder a paciência. Dez minutos depois o cão aparecia-lhes pela frente do carro, com o pêlo ainda molhado. Pedro Orce tivera razão, e nós, se não tivéssemos duvidado um pouco, teríamos ficado na margem do rio a assistir à corajosa travessia, que com tanto gosto haveríamos de descrever, em vez duma banal passagem de fronteiras com guardas só diferentes nas fardetas, Siga, Pase, a isto se resumiu o episódio, mesmo o lampejo de curiosidade não passou de invenção pobre para estofar a matéria.

Outras melhores invenções viriam agora a jeito para adornar o que ainda falta de viagem, com duas noites e dois dias de permeio, dormidas elas em rústicas pousadas, andados eles em estradas de antigamente, para o norte, sempre para o norte, terras de Galiza e de bruma, com chuviscos que anunciam o outono, é só o que apetece dizer, e não foi preciso inventar. O mais seriam os abraços nocturnos de Joana Carda e José Anaiço, a insónia intermitente de Joaquim Sassa, a mão de Pedro Orce no dorso do cão, aqui têm deixado entrar o animal nos quartos e dormir lá. E os dias na estrada, a direito para um horizonte que não se deixa aproximar. Joaquim Sassa tornou a dizer que tudo isto é uma loucura, ir atrás de um cão idiota até ao fim do mundo, sem sabermos porquê nem para quê, ao que Pedro Orce respondeu com certa secura e melindre, Até ao fim do mundo não será, antes disso chegaríamos ao mar. Nota-se que o cão já vai cansado, leva baixa a cabeça, descaiu a bandeira do rabo, e as almofadas das patas, apesar da rijeza da pele, devem estar doridas da rapação de terra e pedras, logo à noite irá Pedro Orce examiná-las e verá esfoladuras que sangram, não admira que tão secamente tenha respondido a Joaquim Sassa, o qual observa de parte e diz, como quem tenta desculpar-se, Uns parches de água oxigenada é que lhe fariam bem, é ensinar o padre-nosso ao vigário, de artes de farmácia sabe Pedro Orce, não precisa que lhe venham falar à mão. Porém, com este pouco, ficaram as pazes feitas.

Por alturas de Santiago de Compostela o cão derivou para noroeste. Devia estar perto do seu destino, percebia-se pelo vigor renovado com que trotava agora, pela segurança dos jarretes, pelo porte da cabeça, pela firmeza da cauda. Joaquim Sassa teve de acelerar um pouco Dois Cavalos para acompanhar o andamento, e, porque assim se aproximaram, quase a tocar o animal, Joana Carda exclamou, Vejam, vejam o fio azul. Todos viram. O fio não parece o mesmo. O outro, de sujo que se tornara, tanto já podia ter sido azul como castanho ou negro, mas este brilhava na sua cor própria, azul nem do céu nem do mar, quem assim o teria tingido e dobado, quem o lavara, se o mesmo era, e outra vez colocara na boca do cão, dizendo, Vai. A estrada tornou-se estreita, é quase apenas um caminho que ladeia as colinas. O sol vai a descer sobre o mar que daqui ainda não se vê, a natureza é mestra na composição de espectáculos adequados à humana circunstância, ainda esta manhã e durante a tarde o céu estivera encoberto e triste, peneirando a morrinha galega, e agora uma luz fulva derrama-se pelos campos, o cão é como uma jóia cintilante, um animal de ouro. Até Dois Cavalos não parece o fatigado carro que conhecemos, e dentro os passageiros são todos formosas criaturas, dá-lhes de frente a luz e vão como bem-aventurados. José Anaiço olha Joana Carda e arrepia-se de a ver tão bela, Joaquim Sassa baixa o retrovisor para ver os seus próprios olhos resplendentes, e Pedro Orce contempla as suas velhas mãos, não são velhas, não, saíram duma operação alquímica, tornaram-se imortais, ainda que o resto do seu corpo tenha de morrer.

Subitamente o cão pára. O sol está raso com a cumeada dos montes, adivinha-se o mar do outro lado. A estrada desce em curvas, duas colinas parecem estrangulá-la lá em baixo, mas é ilusão dos olhos e da distância. Em frente, a meia encosta, há uma casa grande, de arquitectura simples, tem um ar de abandono, antigo, apesar de haver sinais de cultivo nos campos que a rodeiam. Parte da casa está já na sombra, a luz vai-se amortecendo, parece o mundo todo que se afunda em desmaio e solidão. Joaquim Sassa parou o carro. Todos saíram. O silêncio ouve-se, vibra como um eco final, talvez não seja mais que o bater distante das ondas nos penhascos, é sempre a melhor explicação, até dentro dos búzios a lembrança interminável das vagas ressoa, porém não é este o caso, aqui o que se ouve é o silêncio, ninguém deveria morrer antes de conhecê-lo, o silêncio, ouviste-o, podes ir, já sabes como é. Mas essa hora ainda não chegou para nenhum destes quatro. Sabem que o seu destino é aquela casa, aqui os trouxe o cão prodigioso, quieto como uma estátua, à espera. José Anaiço está ao lado de Joana Carda mas não lhe toca, compreende que não deve tocar-lhe, ela compreende-o também, há momentos em que mesmo o amor deve conformar-se com a sua insignificância, perdoai que assim reduzamos o extremo dos afectos a quase nada, ele que em outras ocasiões é quase tudo. Pedro Orce foi o último a sair do carro, põe os pés no chão e sente vibrar a terra com uma intensidade assustadora, aqui se partiriam todas as agulhas dos sismógrafos, e estas colinas parecem elas ondular com o movimento das ondas que além no mar se encavalgam umas sobre as outras, empurradas por esta jangada de pedra, lançando-se contra ela em refluxo das poderosas correntes que vamos cortando.

O sol escondeu-se. Então um fio azul ondulou no ar, quase invisível na transparência, como se procurasse apoio, roçou as mãos e os rostos, Joaquim Sassa segurou-o, foi acaso, foi destino, deixemos ficar assim estas hipóteses mesmo havendo tantas razões para não acreditar nem numa nem noutra, e agora que fará Joaquim Sassa, não pode meter-se no automóvel, com a mão de fora a segurar e seguir o fio, um fio que o vento sustenta e impele não acompanha obediente o traçado das estradas, Que faço com isto, perguntou, mas os outros não podiam responder, o cão, sim, saiu da estrada e pôs-se a descer a encosta suave, foi atrás dele Joaquim Sassa, a sua mão levantada seguia o fio azul como se tocasse as asas ou o peito duma ave sobre a sua cabeça. José Anaiço voltou ao carro com Joana Carda e Pedro Orce, pô-lo em movimento, e, devagar, acompanhando sempre com os olhos Joaquim Sassa, foi descendo a estrada, não queria chegar antes dele, e muito depois também não, a harmonia possível das coisas depende do seu equilíbrio e do tempo em que acontecem, não cedo de mais, não tarde de mais, por isso nos é tão difícil alcançar a perfeição.

Quando pararam num terreiro defronte da casa, chegava Joaquim Sassa a dez passos da porta, que estava aberta. O cão deu um suspiro que parecia humano e deitou-se, estendendo o pescoço sobre as mãos. Com as unhas puxou da boca o pedaço de fio, sacudiu-o para o chão. Do interior escuro da casa surgiu uma mulher. Tinha na mão um fio, o mesmo que Joaquim Sassa continuava a segurar. A mulher desceu o único degrau da porta, Entrem que devem vir cansados, disse. Joaquim Sassa foi o primeiro a avançar, levava enrolada no pulso a ponta do fio azul.

Um dia passado, contou Maria Guavaira, por uma hora como esta e a luz como ainda agora estava, apareceu o cão, com ar de vir de muito longe, trazia o pêlo sujo, as patas sangravam, veio e deu com a cabeça contra a porta, e quando eu fui abrir, julgando que era um desses mendigos que vão de terra em terra, que chegando batem com o bordão e dizem, Uma esmolinha ao pobrezinho, minha senhora, o que é que eu vejo, o cão, ansiava como se tivesse vindo a correr do cabo do mundo e o sangue sujava a terra debaixo das patas, o mais de espantar ainda foi não me ter eu assustado, e não era o caso para menos, quem não souber o paz-de-alma que ele é julgará que está ali a mais terrível das feras, coitado, assim que me viu deixou-se ir abaixo das mãos, como se só estivesse à minha espera para descansar, e parecia que chorava, assim como alguém que quisesse falar e não pudesse, durante o tempo que aqui esteve nunca o ouvi ladrar, Connosco anda há seis dias e também nunca ladrou, disse Joana Carda, Trouxe-o para casa, curei-o, tratei dele, não é cão vadio, nota-se-lhe no pêlo, e vê-se que os donos o alimentavam bem, davam-lhe cuidados e atenção, para perceber a diferença basta comparar com os cães galegos, que nascem famintos e morrem famintos tendo vivido famintos, e são tratados a pau e pedra, por isso é que o cão galego não é capaz de levantar a cauda, esconde-a entre as pernas com a esperança de passar despercebido, a sua desforra, quando pode, é morder, Este não morde, disse Pedro Orce, Saber donde veio, provavelmente nunca saberemos, disse José Anaiço, e talvez tenha pouca importância, o que me faz espécie é ter ido à nossa procura para trazer-nos aqui, não se pode deixar de perguntar para quê, Não sei, só sei que um dia partiu com os dentes um bocado de fio, olhou para mim como se quisesse dizer Não saias daqui enquanto eu não voltar, e foi pelo monte acima, por onde agora desceu subiu então, Que fio é este, perguntou Joaquim Sassa enquanto enrolava e desenrolava do pulso a ponta que ainda o ligava a Maria Guavaira, Quem me dera a mim saber, respondeu ela dobando entre os dedos a ponta do seu lado e assim esticando o fio como uma tensíssima corda de guitarra, mas nem ele nem ela pareciam reparar que estavam atados, os outros, sim, olhavam, que pensamentos tiveram calaram-nos, ainda que não seja assim tão difícil adivinhá-los, Porque eu não fiz mais do que desmanchar uma meia velha, dessas que serviam para guardar dinheiro, mas a meia que desmanchei daria um punhado de lã, ora o que aí está corresponde à lã de cem ovelhas, e quem diz cem diz cem mil, que explicação se encontrará para este caso, Atrás de mim andaram durante dias dois mil estorninhos, disse José Anaiço, Atirei ao mar uma pedra que pesava quase tanto como eu e foi cair muito longe, acrescentou Joaquim Sassa, percebendo que exagerava, e Pedro Orce apenas disse, A terra treme e tremeu.

Maria Guavaira levantou-se para abrir uma porta, disse, Vejam, estava Joaquim Sassa ao lado dela, mas não o puxara o fio, e o que viram foi uma nuvem azul, de uma cor azul que se tornava densa e quase negra no centro, Se deixo a porta aberta há sempre pontas que saem, como ainda agora aquela que subiu à estrada e o trouxe aqui, falou Maria Guavaira para Joaquim Sassa, e a cozinha onde se tinham reunido todos ficou como deserta, só aqueles dois, ligados pelo fio azul, e a nuvem azul que parecia respirar, ouvia-se o estalar da lenha na lareira onde ferve um caldo de couves adubado com fêveras de carne, galego aliviado.

Não podem Joaquim Sassa e Maria Guavaira estar assim ligados mais do que o tempo suficiente para ganhar não duvidoso sentido a ligação, por isso ela doba todo o fio, chegando ao pulso dele rodeia-o como se invisivelmente o atasse outra vez, e depois mete o pequeno novelo no peito, sobre o significado deste gesto só um tolo teria dúvidas, mas seria preciso ser muito tolo para que as tivesse. José Anaiço afastou-se do lume, que queimava, Embora pareça absurdo, acabámos por acreditar que existe uma relação qualquer entre o que nos aconteceu e a separação de Espanha e Portugal da Europa, deve ter ouvido falar, Ouvi, mas aqui nestes sítios não se deu por nada, se saltarmos os montes e descermos à costa é sempre o mesmo mar, A televisão mostrou, Não tenho televisão, A rádio tem dado notícias, As notícias são palavras, nunca se chega bem a saber se as palavras são notícias.

Com esta céptica sentença se interrompeu por alguns minutos a conversa, Maria Guavaira foi buscar umas tigelas à cantareira, deitou para dentro o caldo, a penúltima para Joaquim Sassa, a última para si própria, de súbito pareceu a toda a gente que ia faltar uma colher, mas não, chegavam para todos, por isso é que Maria Guavaira não teve de esperar que Joaquim Sassa acabasse de comer. Então ele quis saber se ela vivia sozinha, porque até este momento não se viram outras pessoas na casa, e ela respondeu que era viúva há três anos, que vinham trabalhadores fazer o serviço da terra, Estou entre o mar e os montes, sem filhos nem mais família, irmãos que tenho emigraram para a Argentina, meu pai morreu, minha mãe está doida na Corunha, mais sozinhas do que eu deve haver poucas pessoas no mundo, Podia ter voltado a casar, lembrou Joana Carda, mas logo se arrependeu, não tinha o direito de dizer tal coisa, ela que ainda há poucos dias quebrara um casamento e já andava com outro homem, Estava cansada, e uma mulher, na minha idade, se torna a casar, será por causa das terras que tiver, os homens vêm casar com a terra, não com a mulher, É ainda tão nova,

Fui nova, e já mal me lembro do tempo em que o fui, e tendo dito inclinou-se para a lareira, para que o lume a mostrasse melhor, olhava Joaquim Sassa por cima da fogueira e era como se estivesse a dizer-lhe, É assim que eu sou, repara bem em mim, vieste ter à minha porta agarrado a um fio que estava na minha mão, poderei, se quiser, puxar-te para a minha cama, e tu virás, tenho a certeza, mas bela nunca serei, a não ser que tu me transformes na mais formosa mulher que alguma vez existiu, é obra que só homens são capazes de fazer, e fazem-na, pena é que não possa durar sempre.

Joaquim Sassa olhava-a do outro lado do lume e achou que as labaredas dançando lhe modificavam sucessivamente o rosto, agora cavando superfícies, depois alisando sombras, mas o que não se alterava era o brilho dos olhos escuros, acaso uma lágrima suspensa se tornara película de pura luz. Não é bonita, pensou, mas também não é feia, tem as mãos gastas e fatigadas, não se comparam com as minhas, que são de empregado de escritório em gozo de férias pagas, e a propósito, amanhã, se não me perdi na conta do tempo, é o último dia do mês, depois de amanhã terei de voltar ao trabalho, mas não, isso não pode ser, como é que eu iria aqui deixar José e Joana, Pedro e o Cão, não têm nenhum motivo para quererem acompanhar-me, e se levo o Dois Cavalos vão ter grande dificuldade em voltar às suas terras, mas provavelmente não querem, a única coisa verdadeira que existe neste momento sobre a terra é estarmos aqui juntos, Joana Carda e José Anaiço a conversarem baixinho, talvez sobre a vida de ambos, talvez sobre a vida de cada um, Pedro Orce com a mão sobre a cabeça do Piloto, devem estar a medir vibrações e sismos que mais ninguém sente, enquanto eu olho e continuo a olhar esta Maria Guavaira que tem uma maneira de olhar que não é olhar mas mostrar os olhos, veste de escuro, viúva que o tempo já aliviou mas que o costume e a tradição ainda enegrecem, felizmente brilham-lhe os olhos, e ali está a nuvem azul que não parece pertencer a esta casa, os cabelos são castanhos, e tem o queixo redondo, e os lábios cheios, e os dentes, ainda há pouco os vi, são brancos, graças a Deus, afinal esta mulher é bonita e eu não tinha reparado, estive ligado a ela e não sabia a quem, tenho de resolver, regresso ou deixo-me ficar aqui, mesmo que volte ao trabalho uns dias mais tarde desculpam-me, com esta confusão peninsular quem é que vai reparar nos atrasos dos empregados que regressam, pode-se alegar a dificuldade nos transportes, agora ficou vulgar, agora mais bonita, e agora, agora, ao lado de Maria Guavaira não vale nada Joana Carda, a minha é muito mais bela senhor José Anaiço, ora veja se se pode comparar a sua mulher citadina e perluxosa com esta criatura silvestre que com certeza sabe ao sal que o vento traz por cima dos montes e deve ter o corpo branco debaixo daquelas roupas, se agora eu pudesse, Pedro Orce, dizia-te uma coisa, Que coisa me dirias, Que já sei de quem gostar, Parabéns, há quem tenha tardado muito mais, ou nunca o venha a saber, Conheces alguém, Por exemplo, eu, e tendo assim respondido disse Pedro Orce em voz alta, Vou dar uma volta com o cão.

Ainda não é noite fechada, mas está frio. Na direcção do monte que esconde o mar há um carreiro que mais adiante começa a subir a encosta em lanços sucessivos, à esquerda e à direita, como uma dobadoira, até se perder num invisível que os olhos já não podem trespassar. Não tarda muito que este vale esteja como na noite do apagón, se não seria mais exacto dizermos que no vale onde vive Maria Guavaira são de apagón todas as noites, para isso não foi preciso partirem-se as linhas de transporte de electricidade da Europa civilizada e culta. Pedro Orce saiu de casa porque não fazia lá falta nenhuma. Avança sem olhar para trás, primeiro tão rapidamente quanto lho permitem as forças, depois, porque elas foram quebrando, devagar. Não sente qualquer impressão de medo neste silêncio entre os paredões que são os montes, é homem que nasceu e viveu num deserto, sobre poeira e pedras, onde sem espanto é possível encontrar uma queixada de cavalo, um casco ainda com a ferradura pregada, há quem diga que nem os ginetes do Apocalipse sobreviveram ali, morreu de guerra o cavalo da guerra, morreu de peste o cavalo da peste, morreu de fome o cavalo da fome, a morte é a suma razão de todas as coisas e sua infalível conclusão, a nós o que nos ilude é esta linha de vivos em que estamos, que avança para isso a que chamamos futuro só porque algum nome lhe havíamos de dar, colhendo dele incessantemente os novos seres, deixando para trás incessantemente os seres velhos a que tivemos de dar o nome de mortos para que não saiam do passado.

Velho ou cansado já vai estando o coração de Pedro Orce. Agora tem de repousar amiúde e mais tempo de cada vez, mas não desiste, conforta-o a presença do cão. Trocam sinais um com o outro, como um código de comunicações que mesmo indecifrado é bastante, por ser bastante o facto simples de existir, a espádua do animal roça a coxa do homem, a mão do homem afaga a pele macia do interior da orelha do cão, o mundo está povoado de um rumor de passos, de respirações, de atritos, e agora sim, ouve-se por trás da crista o clamor surdo do mar, cada vez mais alto, cada vez mais claro, até surgir diante dos olhos a imensa superfície, vagamente faiscante sob a noite sem lua e de raras estrelas, e em baixo, como a linha viva que separa noite e morte, a brancura violenta da espuma constantemente desfeita e renovada. As rochas onde as ondas batem são mais negras, como se a pedra tivesse ali uma densidade maior ou estivesse ensopada em água desde o princípio dos tempos. O vento vem do mar, uma parte dele é sopro natural, a outra parte, mínima, será de estar-se deslocando a península sobre as águas, não é mais do que um bafejo, bem o sabemos, e contudo nunca houve um furacão como este desde que o mundo é mundo.

Pedro Orce mede a dimensão do oceano e nesse momento acha-o pequeno, porque ao inspirar fundo se lhe dilatam os pulmões tanto que neles poderiam entrar de golfão todos os abismos líquidos e ainda sobrar espaço para a jangada que com os seus esporões de pedra vai abrindo caminho contra as vagas. Pedro Orce não sabe se é homem, se peixe. Desce para o mar, o cão vai adiante a reconhecer e escolher o caminho, e bem preciso era o batedor prudente e subtil, antes de nascer o dia Pedro Orce, sozinho, não encontraria a entrada e a saída deste labirinto de pedras. Enfim chegaram às grandes lajes que descaem para o mar, aí é ensurdecedor o estrondo da rebentação. Sob este céu escuríssimo e os gritos do mar, se a lua agora nascesse, um homem podia morrer de felicidade, julgando que morria de angústia, de medo, de solidão. Pedro Orce deixou de sentir o frio. A noite tornou-se mais clara, aparecem outras estrelas, e o cão, que durante um minuto se ausentara, voltou a correr, não foi ensinado a puxar a calça do dono, mas já o conhecemos bastante para saber que é muito capaz de comunicar o que for sua vontade, e agora deverá Pedro Orce acompanhá-lo à descoberta, afogado que deu à costa, arca do tesouro, vestígio da Atlântida, destroço do Holandês Voador, obsessiva memória, e quando chegou viu que não eram mais do que pedras entre pedras, mas, não sendo este animal cão de enganar-se, alguma coisa ali haveria de singular, foi então que reparou que os seus próprios pés assentavam sobre ela, a coisa, uma pedra enorme, com a forma tosca de um barco, e ali outra, comprida e estreita como um mastro, e outra ainda, esta seria o leme com o seu timão, ainda que partido. Crendo que a pouquíssima luz o enganava foi dando a volta às pedras, tacteando e apalpando, e assim deixou de ter dúvidas, este lado, alto e aguçado, é a proa, este outro, rombo, a popa, o mastro inconfundível, e o leme só poderia ser, por exemplo, espadela de gigante se isto não fosse, verdadeiramente, onde está, um barco de pedra. Fenómeno geológico, pela certa, Pedro Orce conhece de químicas mais do que o suficiente para a si próprio poder explicar o achado, uma antiga barca de madeira trazida pelas vagas ou deixada pelos mareantes, varada sobre estas lajes desde imemoriais tempos, depois cobriram-nas as terras, mineralizou-se a matéria orgânica, outra vez as terras se retiraram, até hoje, hão-de ser precisos milhares de anos para que se apaguem os contornos e apouquem os volumes, vento, chuva, a lima do frio e do calor, um dia não se distinguirá a pedra da pedra. Pedro Orce sentou-se no fundo do barco, na posição em que está não vê mais que o céu e o mar distante, se esta nave balouçasse um pouco julgaria que ia navegando, e então, quanto podem imaginações, representou-se-lhe uma ideia absurda que seria ser verdadeiramente navegante este barco petrificado, aos pontos de ser ele que consigo arrastava a península a reboque, não se pode confiar nos delírios da fantasia, claro que não seria impossível acontecer, outras acrobacias se têm visto mais difíceis, mas dá-se o caso irónico de ter o barco a popa voltada para o mar, nenhuma embarcação que se respeite navegaria alguma vez às arrecuas. Pedro Orce levantou-se, tem agora frio, e o cão saltou a amurada, são horas de voltar para casa, senhor meu amo, não tem idade para estas noitadas, não as viveu enquanto novo, agora é tarde.

Quando alcançaram a cumeada dos montes, Pedro Orce mal podia com as pernas, e os seus pobres pulmões, que ainda há pouco eram capazes de respirar o inteiro oceano, arfavam como foles rotos, o ar áspero raspava-lhe o interior das narinas, ressequia-lhe a garganta, estas aventuras montanheiras são impróprias de um boticário a cair da idade. Deixou-se cair numa pedra, a descansar, com os cotovelos fincados nos joelhos, a cabeça baixa repousando nas mãos, o suor faz-lhe brilhar a testa, o vento sacode-lhe as farripas de cabelo, é uma ruína de homem, cansado e triste, infelizmente ainda não se inventou o processo de mineralizar uma pessoa na flor da juventude para a transformar em eterna estátua. A respiração está mais calma, o ar abrandou, entra e sai sem aquele raspão de lixa. Por se dar conta destas mudanças, o cão, que esperara deitado, fez menção de levantar-se. Pedro Orce ergueu a cabeça, olhou para baixo, para o vale onde a casa estava. Parecia haver sobre ela uma aura, um fulgor sem brilho, uma espécie de luz não luminosa, se esta frase, que, igual a todas as outras, só de palavras pode compor-se, chega ao entendimento com unívoco sentido. À lembrança de Pedro Orce veio aquele epiléptico de Orce que, após os acessos que o derrubavam, tentava explicar as confusas sensações com que eles se anunciavam, seria uma vibração das partículas invisíveis do ar, seria a irradiação duma energia como o calor na distância, seria a distorção dos raios luminosos no limite do seu alcance, esta noite verdadeiramente povoou-se de assombros, o fio e a nuvem de lã azul, a barca de pedra varada sobre as lajes da costa, agora uma casa que prodigiosamente estremece, ou assim diríamos, vista daqui. A imagem oscila, fundem-se os contornos, de repente parece afastar-se até se tornar num ponto quase invisível, depois regressa, pulsando lentamente. Por um instante temeu Pedro Orce ser deixado ao abandono neste outro deserto, mas o susto passou, foi só o tempo de ter compreendido que lá em baixo se tinham juntado Maria Guavaira e Joaquim Sassa, os tempos mudaram muito, agora é encher, atar e pôr ao fumeiro, se me é permitida a grosseira, plebeia e arcaica comparação. Levantara-se Pedro Orce para começar a descer a encosta, mas tornou a sentar-se e pacientemente esperou, transido de frio, que a casa tornasse à sua imagem de casa, onde não houvesse mais labaredas do que aquela, final, que ainda arde na lareira, demorando-se ele muito o mais certo é encontrar apenas cinzas no lugar do fogo.

Maria Guavaira acordou na primeira luz da madrugada. Estava no seu quarto, na sua cama, e havia um homem adormecido a seu lado. Ouvia-o respirar, profundamente, como se andasse a transportar da medula dos ossos o renovo das forças, e, meio inconsciente, quis que a sua própria respiração acompanhasse a dele. Foi o movimento diferente do peito que a fez sentir que estava nua. Percorreu com as mãos o corpo, desde o meio das coxas, rodeando o púbis, depois pelo ventre até aos seios, e de súbito lembrou-se do seu grito de espanto quando dentro de si o gozo explodira como um sol. Agora de todo desperta, mordeu os dedos para não gritar o mesmo grito, mas quereria reconhecer no som reprimido as sensações, torná-las para sempre inseparáveis, ou talvez fosse o desejo reacordado, quem sabe se o remorso, a angústia que diz a conhecida frase, Agora que vai ser de mim, os pensamentos não são isoláveis doutros pensamentos, as impressões não são puras doutras impressões, esta mulher vive no campo, longe das artes amatórias da civilização, e daqui a pouco chegarão os dois homens que vêm trabalhar nas terras de Maria Guavaira, que vai ela dizer-lhes, com a casa desta maneira cheia de estranhos, não há nada como a luz do dia para mudar a figura das coisas. Mas este homem que dorme lançou um rochedo ao mar, e Joana Carda cortou o chão em dois, e José Anaiço foi o rei dos estorninhos, e Pedro Orce faz tremer a terra com os pés, e o

Cão veio não se sabe donde para juntar estas pessoas, E mais que aos outros me juntou a ti, puxei o fio e vieste até à minha porta, até à minha cama, até ao interior do meu corpo, até à minha alma, que só dela pode ter saído o grito que dei. Durante alguns minutos os olhos cerraram-se-lhe, quando os abriu viu que Joaquim Sassa acordara, sentiu-lhe a dureza do corpo, e a soluçar de ansiedade abriu-se para ele, não gritou, mas chorou rindo, e tornou-se dia claro. Do que disseram não vale a pena fazer registo indiscreto, ponha cada um na sua ideia, tente tirar da sua imaginação, o mais provável é não acertar, mesmo parecendo tão limitado o vocabulário do amor.

Levantou-se Maria Guavaira e o seu corpo é branco como Joaquim Sassa sonhara, ela diz, Não queria vestir estas minhas roupas escuras, mas agora não tenho tempo de procurar outras, os homens estão aí não tarda. Vestiu-se, voltou à cama, cobriu com os cabelos o rosto de Joaquim Sassa e beijou-o, depois fugiu, saiu do quarto. Joaquim Sassa rolou na cama, fechou os olhos, vai adormecer. Está uma lágrima numa das suas faces, tanto pode ser de Maria Guavaira como sua, os homens também choram, não é vergonha nenhuma e só lhes faz bem.

Este é o quarto onde ficaram Joana Carda e José Anaiço, têm a porta fechada, ainda dormem. Esta outra porta está entreaberta, o cão veio olhar Maria Guavaira, depois voltou para dentro, tornou a deitar-se, vigilante do sono de Pedro Orce, que descansa das suas aventuras e descobertas. Que o dia de hoje será de calor, adivinha-se na atmosfera. As nuvens vêm do lado do mar e parecem correr mais depressa do que o correr do vento. Ao pé de Dois Cavalos estão dois homens, são os assalariados que vieram para o trabalho, dizem um para o outro que a viúva, que tanto se queixa dos resultados da lavoura, afinal comprou um carro, Depois de morto o homem, elas sempre se governam, esta sarcástica sentença foi do mais velho. Maria Guavaira chamou-os, e enquanto acendia o lume e aquecia o café explicou que tinha dado guarida a uns viajantes perdidos, três são portugueses, mas há um espanhol, ainda dormem, coitados, A senhora, aqui sozinha, está muito sujeita, disse o mais novo, mas esta frase, tão humanamente solidária, é apenas variante de muitas outras que têm vindo a ser ditas, orientadas para bem diferente sentido, A senhora devia era casar outra vez, precisa de um homem que lhe olhe pela casa, A senhora não encontrava, e não é por me gabar, um homem mais capaz do que eu, tanto para o trabalho como para o resto, A senhora acredite que gosto muito de si, A senhora, um dia destes, vê-me entrar pela porta dentro e olhe que será para ficar, A senhora faz-me perder a cabeça, a senhora julga que um homem é feito de pau, Não sei, mas posso vir a saber, se te aproximas de mim levas com um tição na cara, isto foi o que disse uma vez Maria Guavaira, e o homem mais novo não teve outro remédio que voltar à primeira frase, modificando-a um pouco, A senhora precisa de quem olhe por si, mas nem assim conseguiu, até hoje, alcançar o fim em vista.

Foram-se os trabalhadores para o campo e Maria Guavaira tornou ao quarto. Joaquim Sassa dormia. Devagar, para que ele não acordasse, abriu o baú e começou a escolher roupas do seu tempo de claridade, tons de rosa, de verde, de azul, o branco e o vermelho, o laranja e o lilás, e mais os misturados colores femininos, não que isto seja guarda-roupa de teatro ou ela abastada lavradora, mas toda a gente sabe que dois vestidos de mulher fazem uma festa e com duas saias e duas blusas se arma um arco-íris. A roupa cheira a naftalina e a fechado, Maria Guavaira irá pendurá-la ao sol para que se evaporem os miasmas da química e do tempo morto, e quando assim vai a descer, com os braços cheios de cores, encontra Joana Carda que também deixou o seu homem no quente dos lençóis e que, porque compreende logo o que está a acontecer, quer ajudar. Riem as duas no estendal, o vento dá-lhes nos cabelos, as roupas estalam e drapejam como bandeiras, apetece gritar viva a liberdade.

Voltam à cozinha para preparar a refeição, cheira a café

feito de fresco, há leite, pão de dias mas saboroso, queijo duro, doce de frutas, estes aromas conjuntos irão acordar os homens, primeiro apareceu José Anaiço, depois Joaquim Sassa, o terceiro não foi homem mas cão, assomou à porta, olhou e voltou para trás, Foi chamar o dono, disse Maria Guavaira, que tem teoricamente mais direitos de propriedade, mas já fez acto de renúncia. Apareceu enfim Pedro Orce, deu os bons-dias e sentou-se calado, nota-se-lhe no olhar uma certa irritação quando observa os ainda assim muito discretos gestos de ternura com que se exprimem os quatro, tanto dois por dois como todos juntos, o mundo do contentamento tem o seu próprio e diferente sol.

Não ficará bem o despeito a Pedro Orce, que se sabe velho, mas será nosso dever compreendê-lo, se ainda não se resignou. José Anaiço quer metê-lo na conversa, pergunta-lhe se gostou do passeio nocturno, se o cão lhe fizera boa companhia, e Pedro Orce, já pacificado, agradece interiormente a mão estendida, veio no tempo certo, antes que a amargura complicasse ainda mais o sentimento de privação, Fui até ao mar, disse, e aqui foi grande o espanto, maior o de Maria Guavaira, que sabe muito bem onde o mar fica e a dificuldade de lá chegar. Mas se não tivesse levado o cão comigo, não teria conseguido, explicou Pedro Orce, e subitamente veio-lhe à recordação a barca de pedra, ficou perturbado, incapaz de perceber, durante alguns segundos, se ela estivera apenas num sonho ou fora concreta e real, Se não sonhei, se não foi tudo imagem sonhada, ele existe, está lá neste preciso momento, estou aqui sentado a beber café e o barco está lá, e, tais são os poderes da imaginativa, apesar de só o ter visto sob o escasso luzeiro de umas raras estrelas, agora representava-se dentro da sua cabeça no pleno dia, com o sol e o azul do céu, a rocha negra sob o barco mineralizado, Encontrei um barco, disse, e sem pensar que poderia estar enganado desenvolveu a sua teoria, expôs, ainda que com alguma imprecisão nos termos, o processo químico, mas aos poucos as palavras começaram a faltar-lhe, inquietara-o a expressão de Maria Guavaira, desaprovadora, e rematou com outra hipótese de salvaguarda, Também admito que se trate de um efeito extraordinário da erosão, claro está.

Joana Carda disse que queria ir ver, José Anaiço e Joaquim Sassa concordaram logo, só Maria Guavaira não falava, olhavam-se ela e Pedro Orce. Aos poucos os outros calaram-se, compreendiam que a última palavra estava por dizer, se realmente existe para todas as coisas uma última palavra, o que levanta a delicada questão de saber-se como as coisas ficarão depois de, sobre elas, ter sido dito tudo. Maria Guavaira segurou a mão de Joaquim Sassa como se fosse prestar juramento, É um barco de pedra, declarou, Isso foi o que eu disse, tornou-se em pedra com o tempo, pode ter sido por mineralização, mas é igualmente possível que seja obra de acaso e que a sua forma de hoje tenha sido afeiçoada pelo vento e outros agentes atmosféricos, a chuva, por exemplo, e mesmo o mar, terá havido uma época em que o nível do mar esteve mais alto, É um barco de pedra que sempre foi de pedra, é um barco que veio de muito longe, e ali ficou depois de terem desembarcado as pessoas que nele viajaram, As pessoas, perguntou José Anaiço, Ou uma pessoa, disso não posso dar a certeza, E do que se diz que há certeza, que certeza se pode ter, duvidou perguntando Pedro Orce, Diziam os antigos, que lho tinham dito os mais antigos, e a estes outros mais antigos ainda, que nesta costa desembarcaram, em barcas de pedra, vindos dos desertos do outro lado do mundo, uns santos, alguns chegaram vivos, outros mortos, como foi o caso de Santiago, as barcas ficaram encalhadas desde esse tempo, e esta é apenas uma delas, Crê no que está a dizer, perguntou Pedro Orce, A questão não está em crer ou não crer, tudo o que nós vamos dizendo se acrescenta ao que é, ao que existe, primeiro disse granito, depois digo barco, quando chego ao fim do dizer, ainda que não creia no que disse, tenho de acreditar no tê-lo dito, muitas vezes é quanto basta, também a água, a farinha e o fermento fazem o pão.

Saiu a Joaquim Sassa uma zagala erudita, uma minerva dos montes galaicos, no geral não damos por isso, mas a verdade é que as pessoas sabem todas muito mais do que julgamos, a maior parte delas nem sonha a ciência que tem, o mal está em quererem passar por aquilo que não são, perdem o saber e a graça, façam antes como Maria Guavaira que se limita a dizer, Li alguns livros na minha vida, maravilha foi ter tirado tal proveito deles, não é esta mulher tão presunçosa que o dissesse de si própria, o narrador, amante da justiça, é que não pôde resistir ao comentário. Vai Joana Carda agora perguntar quando irão ver a barca de pedra, no momento em que Maria Guavaira, talvez para que não se prolongue o debate em terrenos que já não serão da sua competência, dizíamos, nesse momento ligou Maria Guavaira o rádio que tem na cozinha, o mundo há-de ter notícias para dar, é assim todas as manhãs, e são assustadoras as notícias, mesmo tendo-se perdido as primeiras palavras, mais tarde reconstituídas, Desde ontem à noite, inexplicavelmente, a velocidade de deslocação da península alterou-se, a última medição regista mais de dois mil metros por hora, praticamente cinquenta quilómetros em cada dia, isto é, o triplo da que se verificaba desde que a deriva começou.

Neste momento deve haver na península um silêncio geral, as notícias ouvem-se nas casas e nas praças, porém não falta quem delas só venha a ter conhecimento mais tarde, como aqueles dois homens que trabalham para Maria Guavaira, estão além no campo, afastados, apostemos que o mais novo porá de parte cortejamentos e galanteios e não pensará em mais que na sua própria vida e segurança. Mas o pior está para vir, quando o locutor lê uma notícia de Lisboa, mais tarde ou mais cedo tinha de se saber, muito durou o segredo, Há grande preocupação nos meios oficiais e científicos portugueses, uma vez que o arquipélago dos Açores se encontra precisamente no caminho que a península tem vindo a seguir, já se notam os primeiros indícios de inquietação entre as populações, por enquanto não se pode falar de pânico, mas é de prever que nas próximas horas seja posto em execução um plano de evacuação das cidades e outras povoações do litoral mais directamente ameaçadas pelo choque, quanto a nós, espanhóis, podemos considerar-nos a salvo de efeitos imediatos, porquanto, distribuindo-se os Açores entre os paralelos trinta e sete e quarenta, e estando toda a região da Galiza a norte do paralelo quarenta e dois, facilmente se observará que, não havendo modificação no rumo, só o país irmão, sempre infeliz, sofrerá o impacte directo, não esquecendo, claro está, as próprias e não menos infelizes ilhas que, pela sua reduzida dimensão, correm o risco de desaparecer sob a grande massa de pedra que agora se desloca, como dissemos, à impressionante velocidade de cinquenta quilómetros diários, podendo ainda, por outro lado, acontecer que as mesmas ilhas venham a constituir-se como o travão providencial que deteria esta marcha até agora insustada, estamos todos na mão de Deus, já que não bastarão as forças do homem para evitar a catástrofe se ela tiver de dar-se, felizmente, repetimos, nós, os espanhóis, estamos mais ou menos a salvo, no entanto nada de optimismos exagerados, há sempre que temer as consequências secundárias do choque, recomendando-se portanto a máxima vigilância, apenas se devendo manter junto à costa galega as pessoas que, pela natureza das suas obrigações e deveres, não possam recolher-se às regiões do interior. Calou-se o locutor, veio uma música feita para bem diferente ocasião, e José Anaiço, lembrando-se, disse para Joaquim Sassa, Tinhas razão quando falavas dos Açores, e, tanto pode a humana vaidade, mesmo neste extremo risco de vida, gostou Joaquim Sassa que diante de Maria Guavaira fosse publicamente reconhecida uma razão que ele tivera, ainda que sem mérito, recolhida como foi entre portas nos laboratórios aonde com Pedro Orce fora levado.

Como num sonho repetido, José Anaiço fazia contas, pedira papel e lápis, desta vez não iria dizer quantos dias levaria Gibraltar a passar em frente das almenaras da serra de Gádor, esse fora o tempo da festa, agora era preciso apurar quantos dias faltavam para esbarrar o cabo da Roca com a ilha Terceira, arrepiam-se as carnes e o cabelo só de imaginar o assombroso momento, depois de a ilha de São Miguel se ter enterrado como um espigão nas brandas terras do Alentejo, em verdade, em verdade vos digo, não há mal que lhe não venha. Diz José Anaiço ao fim dos cálculos, Andámos até agora cerca de trezentos quilómetros, ora, como a distância de Lisboa aos Açores é, mais ou menos, de mil e duzentos quilómetros, teremos ainda que percorrer novecentos, e novecentos quilómetros a cinquenta quilómetros por dia, números redondos, dá dezoito dias, quer dizer, lá pelo vinte de Setembro, provavelmente antes, estaremos a chegar aos Açores. A neutralidade da conclusão era uma forçada e amarga ironia que não fez sorrir ninguém. Maria Guavaira lembrou, Mas nós estamos aqui na Galiza, fora do alcance, Não há que fiar, preveniu Pedro Orce, basta que o rumo se altere um pouco, para o sul, e seremos nós a bater em cheio, o melhor, a única coisa a fazer é fugir para o interior, como o locutor anunciou, e mesmo assim nada é seguro, Deixar a casa e as terras, Se acontecer o que se anuncia, não haverá mais casa nem terras. Estavam sentados, por enquanto podiam estar sentados, podiam estar sentados durante dezoito dias. O lume ardia na lareira, o pão estava sobre a mesa, havia outras coisas ali, o leite, o café, o queijo, mas era o pão que atraía os olhares de todos, metade de um pão grande, com a côdea espessa e o miolo compacto, sentiam ainda na boca o sabor dele, há tanto tempo, mas a língua reconhecia o granulado que ficara da mastigação, chegando o dia do fim do mundo olharemos a última formiga com o doloroso silêncio de quem sabe que se despede para sempre.

Joaquim Sassa disse, As minhas férias acabam hoje, para tudo ser como a regra manda deveria estar amanhã no Porto, no meu trabalho, estas objectivas palavras foram apenas o princípio duma declaração, Não sei se iremos continuar juntos, é questão que aqui terá de ser resolvida, mas, por mim, quero estar onde estiver Maria, se assim ela o aceitar e quiser também. Ora, porque cada coisa deverá ser dita em seu tempo, porque cada peça deverá ser ajustada segundo ordem e sequência, esperaram que Maria Guavaira, convocada, falasse em primeiro lugar, e ela disse, Isso quero, sem outros desnecessários desenvolvimentos. Disse José Anaiço, Se a península for bater nos Açores as escolas não abrirão tão cedo, ou talvez nem abram mais, ficarei com Joana e convosco se ela decidir ficar. Agora era a vez de Joana Carda, que como Maria Guavaira disse somente duas palavras, as mulheres estão pouco faladoras, Fico contigo, foram estas porque o estava a olhar directamente a ele, mas todos entenderam o resto. Enfim, último porque alguém teria de o ser, Pedro Orce disse, Aonde formos, vou, e esta frase, que obviamente ofende a gramática e a lógica por excesso de lógica e talvez de gramática, deverá ficar sem correcção, tal qual foi dita, acaso se lhe encontrará um particular sentido que a justifique e absolva, quem de palavras tenha experiência sabe que delas se deve esperar tudo. Os cães, é sabido, não falam, e este nem um sonoro latido pode soltar em mostra de jovial aprovação.

Nesse dia foram à costa ver a barca de pedra. Maria Guavaira levava as suas roupas de cor, nem se dera ao trabalho de passá-las a ferro, o vento e a luz lhes apagariam os vincos da longa estação no limbo profundo. À frente do grupo ia Pedro Orce, guia emérito, embora mais se confie ao instinto e sentido do cão do que aos seus próprios olhos para os quais, em verdade, à claridade do dia, tudo é caminho novo. De Maria Guavaira, por enquanto, não podemos esperar orientação, a sua rota é outra, tudo nela são pretextos para tomar a mão de Joaquim Sassa e deixar-se puxar, ficando o corpo encostado ao corpo o tempo de um beijo, medida como sabemos variável, por isso mais se atrasam da expedição do que são capazes de acompanhá-la. José

Anaiço e Joana Carda usam doutra discrição, há uma semana que estão juntos, mataram a primeira fome, saciaram a primeira sede, digamos que a sofreguidão lhes vem se a convocam, e, a bem dizer, não a poupam. Ainda esta noite que passou, quando Pedro Orce viu de longe o esplendor, não foi só terem-se amado Joaquim Sassa e Maria Guavaira, dez casais tivessem dormido naquela casa e amar-se-iam ao mesmo tempo.

As nuvens vêm do mar e correm depressa, fazem-se e desfazem-se rapidamente, como se cada minuto não durasse mais que um segundo ou fracção dele, e todos os gestos destas mulheres e destes homens são, ou parecem ser, num mesmo e igual instante, lentos e céleres, dir-se-ia que o mundo variou, se ao entendimento pode chegar o significado pleno duma expressão pobre e popular. Chegam ao alto do monte e o mar é um tumulto. Pedro Orce mal reconhece os lugares, os gigantescos pedregulhos rolados que se amontoam, o quase invisível carreiro que desce em degraus, como foi possível ter passado aqui de noite, mesmo com ajuda do cão, é proeza que a si próprio não é capaz de explicar. Procura com os olhos a barca de pedra e não a vê, mas agora é Maria Guavaira quem se coloca à frente do grupo, já era tempo, melhor do que ninguém conhece os caminhos. Chegam ao local, e Pedro Orce vai abrir a boca para dizer, Não é aqui, mas calou-se, tem diante dos olhos a pedra do leme com o seu timão partido, o grande mastro que à luz parece mais grosso, e a barca, mas nela é que observa as maiores diferenças, como se a erosão de que esta manhã falara tivesse feito numa noite o trabalho de milhares de anos, onde está, que a não vejo, a proa alta e aguçada, o côncavo bojo, é certo que a pedra tem a forma geral de um barco, mas nem o melhor dos santos conseguiria obrar o milagre de manter a flutuar embarcação tão precária, sem amuradas, a dúvida não é ser ela de pedra, a dúvida vem de quase ter-se desvanecido a forma de barco, afinal, uma ave só voa porque se parece com uma ave, pensa Pedro Orce, mas agora está Maria Guavaira a dizer, É esta a barca em que veio do oriente um santo, aqui ainda se vêem os sinais dos pés quando desembarcou e se meteu pela terra dentro, os sinais eram umas cavidades na rocha, agora pequenos lagos que o vaivém da onda, estando alta a maré, constantemente renovaria, claro que toda a dúvida é legítima, mas as coisas dependem do que se aceita ou nega, se um santo veio de longe navegando sobre uma laje, não se vê por que seria impossível que os seus pés de fogo fundissem a rocha até aos dias de hoje. Pedro Orce não tem mais remédio que aceitar e confirmar, mas guarda para si a lembrança duma outra barca que só ele viu, na noite quase sem estrelas e contudo povoada de supremas visões.

O mar salta sobre as rochas como se estivesse a lutar contra o avanço desta maré irresistível de pedras e terras. Já não olham a barca mítica, olham as ondas que se atropelam, e José Anaiço diz, Vamos a caminho, sabemo-lo e não o sentimos. E Joana Carda, Que destino. Então Joaquim Sassa disse, Somos cinco pessoas e um cão, não cabemos no Dois Cavalos, é um problema que teremos de resolver, uma hipótese seria irmos nós dois, o José e eu, à procura de um carro maior, desses que por toda a parte estão abandonados, a dificuldade será encontrar um em bom estado, faltava sempre qualquer coisa àqueles que vimos, Chegando a casa decidimos o que vamos fazer, disse José Anaiço, temos tempo, Mas a casa, as terras, murmurava Maria Guavaira, Não há escolha, ou nos vamos daqui, ou morremos todos, as palavras disse-as Pedro Orce, e eram as definitivas.

Depois do almoço foram Joaquim Sassa e José Anaiço no Dois Cavalos à procura de um carro maior, de preferência um jipão, um da tropa calharia bem, ou, ainda melhor, um desses veículos de carga, um furgão de caixa fechada, que pudesse ser transformado em casa ambulante e dormitório, mas, tal como Joaquim Sassa mais ou menos previra, nada encontraram que lhes servisse, além de não ser a região em que estamos especialmente bem provida de parque automóvel. Regressaram ao fim da tarde por estradas que aos poucos se enchiam de um tráfego intenso, de poente para nascente, era o começo da fuga das populações que viviam na costa, havia automóveis, carroças, outra vez os imemoriais burros carregados, e bicicletas, ainda que poucas em terrenos tão acidentados, e motos e camionetas de carreira, de cinquenta e mais lugares, que transportavam aldeias inteiras, era a maior migração da história da Galiza. Algumas pessoas olhavam com estranheza os viajantes que iam no sentido inverso, chegaram a mandá-los parar, talvez não saibam do que aconteceu, Sabemos, muito obrigado, vamos só buscar umas pessoas, por enquanto ainda não há perigo, e depois José Anaiço disse, Se aqui é assim, que não será em Portugal, e de repente ocorreu-lhes a ideia salvadora, Que estúpidos nós somos, a solução é facílima, fazemos a viagem duas vezes, ou três, quantas forem precisas, escolhemos um lugar no interior para nos instalarmos, uma casa, não deve ser difícil, as pessoas estão a abandonar tudo. Esta foi a boa nova que levaram, festejada como merecia, no dia seguinte começariam a escolher e a pôr de parte o que fosse indispensável transportar, e para adiantar trabalho houve depois do jantar sessão plenária, fez-se o inventário das necessidades, elaboraram-se listas, cortou-se, acrescentou-se, Dois Cavalos ia ter muito que andar e carregar.

Na manhã seguinte os trabalhadores não apareceram e o motor de Dois Cavalos não funcionou. Dito desta maneira parece querer insinuar-se que há uma qualquer relação entre os dois factos, por exemplo, terem os ausentes agrícolas furtado uma peça essencial do automóvel, por necessidade urgente ou maldade instante. Não é assim. Tanto o mais velho como o mais novo foram levados no êxodo que rapidamente despovoava toda a faixa costeira numa profundidade de mais de cinquenta quilómetros, mas, daqui por três dias, quando já os habitantes da casa tiverem partido, voltará a este lugar o trabalhador mais novo, aquele que cortejava Maria Guavaira e as terras de Maria Guavaira, por esta ordem ou pela inversa, e nós nunca viremos a saber se ele vai voltar para satisfazer o sonho de ver-se proprietário de bens de raiz, nem que seja por alguns dias antes de morrer numa subversão geológica que levará consigo tanto as terras como o sonho, ou se decidiu ficar de guarda, lutando contra a solidão e o medo, arriscando tudo para poder ganhar tudo, a mão de Maria Guavaira e o seu pecúlio, se a pavorosa ameaça não vier, quem sabe, a concretizar-se. Um dia que Maria Guavaira aqui volte, se voltar, encontrará um homem cavando a terra, ou dormindo, cansado do trabalho, numa nuvem de lã azul.

Durante todo o dia Joaquim Sassa lutou com a mecânica renitente, José Anaiço ajudou quanto podia, mas a ciência de ambos não foi bastante para resolver o problema. Não faltavam peças, não faltava energia, mas nos íntimos profundos do motor alguma coisa se fatigara e partira, ou lentamente se viera desgastando, acontece com as pessoas, também pode acontecer com as máquinas, um dia, quando nada o fazia prever, o corpo diz, Não, ou a alma, ou o espírito, ou a vontade, e já nada o pode demover, a esse ponto chegou também Dois Cavalos, trouxe aqui Joaquim Sassa e José Anaiço, não os deixou no meio da estrada, ao menos agradeçam-lho, não se mostrem furiosos, murros não resolvem, pontapés não adiantam, Dois Cavalos morreu. Quando desanimados entram em casa, sujos de óleo, com as mãos esfoladas por terem lutado, quase sem ferramentas, contra porcas, parafusos e engrenagens, e foram lavar-se, docemente auxiliados pelas suas mulheres, a atmosfera era de desastre, Agora como iremos sair daqui, perguntava Joaquim Sassa, que como dono do automóvel se sentia, não só responsável, mas culpado, parecia-lhe uma ingratidão do destino, uma ofensa pessoal, certos pruridos de honra não é por serem absurdos que comicham menos.

Depois convocou-se o conselho de família, parecia que ia haver uma sessão agitada, mas Maria Guavaira tomou logo a palavra para uma proposta, Tenho aí uma galera velha que talvez possa servir, e um cavalo que já foi novo, mas se o tratarmos com cuidado talvez seja capaz de nos levar. Houve uns segundos de perplexidade, reacção natural em gente acostumada à locomoção automóvel e que de repente se vê obrigada pelas difíceis circunstâncias da vida a regressar a velhos costumes. E a galera é coberta, perguntou Pedro Orce, prático e da geração mais antiga, A lona já não estará em bom estado, mas remenda-se onde for preciso, tenho aí pano grosso que servirá para as primeiras impressões, E se for preciso, disse Joaquim Sassa, arranca-se a lona do Dois Cavalos, já não vai precisar dela e será o último favor que lhe devo. Estão todos de pé, felizes, parece-lhes grande a aventura, de galera por esse mundo fora, mundo é uma maneira de dizer, e dizem eles, Vamos ver o cavalo, vamos ver a carroça, é preciso que Maria Guavaira lhes explique que uma galera não é uma carroça, tem quatro rodas, jogo dianteiro de direcção, e, sob o toldo que os abrigará das intempéries, espaço suficiente para a família, com ordem e boa administração dos meios pouca diferença fará de estar em casa.

O cavalo é velho, viu-os entrar na estrebaria e virou para eles o seu grande olho negro, assustado pela luz e o alvoroço. É bem certo o que ensina o sábio, enquanto não chegar a tua última hora, ainda tudo pode acontecer, não desesperes.

Estando longe, sabemos pouco das laçadas e nós-cegos da crise que, latente desde o desgarre da península, tinha vindo a agravar-se no interior dos governos, sobretudo desde a célebre invasão dos hotéis, quando as massas ignaras tripudiaram sobre a lei e a ordem, em termos de não se prever como nos tempos próximos se há-de resolver a situação, devolvendo o seu aos seus donos, como determinam os superiores interesses da moral e da justiça. Sobretudo porque não se sabe se haverá tempos próximos. A notícia de que a península se precipita à velocidade de dois quilómetros por hora em direcção aos Açores foi aproveitada pelo governo português para apresentar a demissão, com fundamento na evidente gravidade da conjuntura e no perigo colectivo iminente, o que permite pensar que os governos só são capazes e eficazes nos momentos em que não haja razões fortes para exigir tudo da sua eficácia e capacidade. O primeiro-ministro, na declaração ao país, apontou o carácter monopartidário do seu governo como obstáculo ao consenso nacional amplo que, nas condições do terrível transe que vivemos, considerava indispensável ao restabelecimento da normalidade. Nessa ordem de ideias, propusera ao presidente da República a formação de um governo de salvação nacional, com participação de todas as forças políticas, com ou sem representação parlamentar, tendo em conta que sempre se encontraria um lugar de subsecretário adjunto de qualquer secretário adjunto de qualquer adjunto ministro para ser entregue a formações partidárias que, numa situação normal, não seriam chamadas nem para abrir uma porta. E não se esqueceu de deixar muito claro e explicado que tanto ele como os seus ministros se consideravam ao serviço do país para, em novas ou diferentes funções, colaborarem na salvação da pátria e contribuírem para a felicidade do povo.

O presidente da República aceitou o pedido de demissão e, cumprindo a constituição e as normas do funcionamento democrático das instituições, convidou o primeiro-ministro demissionário, como dirigente máximo do partido mais votado e que, até aqui, governara sem alianças, convidou-o, dizíamos, a formar o proposto governo de salvação nacional. Porque, é bom que sobre isto ninguém tenha dúvidas, os governos de salvação nacional são também muito bons, pode-se mesmo dizer que são os melhores que há, lástima é que as pátrias só de longe em longe precisem deles, por isso não temos, habitualmente, governos que nacionalmente saibam governar. Sobre esta matéria, delicada como as que mais o sejam, tem havido infinitos debates entre constitucionalistas, politólogos e outros conhecedores, e em tantos anos não se pôde adiantar grande coisa à evidência dos significados que as palavras têm, isto é, que um governo de salvação nacional, sendo nacional e de salvação, é de salvação nacional. Diria assim Pero Grulho, e diria bem. E o que de mais interessante há em tudo isto é sentirem-se as populações desde logo salvas, ou muito em vias de o serem, mal foi anunciada a formação do dito governo, não se podendo, em todo o caso, evitar certas manifestações de cepticismo congénito quando é conhecido o elenco ministerial e se vêem os retratos dos ministros nos jornais e na televisão, Afinal são as mesmas caras, e que é que nós esperávamos, se tão renitentes somos a dar as nossas.

Tem-se falado nos perigos que Portugal corre se vier a chocar com os Açores, e também nos efeitos secundários, se directos não chegarem a ser, de que está ameaçada a Galiza, mas muito mais grave é, por certo, a situação da população das ilhas. Afinal, que é uma ilha. Uma ilha, neste caso um arquipélago inteiro, é o afloramento de cordilheiras submarinas, quantas vezes apenas os agudos picos de agulhas rochosas que por milagre se sustentam de pé em fundos de milhares de metros, uma ilha, em resumo, é o mais contingente dos acasos. E agora vem aí o que, também de ilha não passando, é tão grande e veloz que há grande perigo de assistirmos, oxalá que de longe, à decapitação sucessiva de São Miguel, ilha Terceira, o São Jorge e o Faial, e outras ilhas dos Açores, com perda geral de vidas, se o governo de salvação nacional, que amanhã tomará posse, não encontrar soluções para a deslocação, em tempo curto, de centenas de milhares e milhões de pessoas para regiões de suficiente segurança, se as há. O presidente da República, mesmo antes da entrada em funções do novo governo, já apelou para a solidariedade internacional, graças à qual, como estamos lembrados, e este é apenas um dos muitos exemplos que poderíamos apresentar, se evitou a fome em África. Os países da Europa, onde felizmente se tem verificado um certo abaixamento de tom na linguagem quando se referem a Portugal e Espanha, depois da séria crise de identidade com que se debateram quando milhões de europeus resolveram declarar-se ibéricos, acolheram com simpatia o apelo e já mandaram saber como é que queremos ser auxiliados, ainda que, como de costume, tudo dependa de poderem as nossas necessidades ser satisfeitas pelas disponibilidades excedentárias deles. Quanto aos Estados Unidos da América do Norte, que assim por extensão inteira deverão ser sempre nomeados, apesar de terem mandado dizer que a fórmula de governo de salvação nacional não é do seu agrado, mas que enfim, vá lá, atendendo à circunstância, declararam-se dispostos a evacuar toda a população dos Açores, que não chega a duzentas e cinquenta mil pessoas, ficando todavia para resolver mais tarde onde poderão ser instaladas essas pessoas, nos próprios Estados salvadores, nem pensar, por causa das leis da imigração, o ideal, se querem que vos diga, e esse é o sonho secreto do Departamento de Estado e do Pentágono, seria que as ilhas detivessem, mesmo que com alguns estragos, a península, que assim ficaria fixada a meio do Atlântico para benefício da paz do mundo, da civilização ocidental e de óbvias conveniências estratégicas. Ao vulgo vai comunicar-se que todas as esquadras norte-americanas receberam ordem para se dirigirem à área dos Açores, logo aí se recolherão muitos milhares de açorianos, ficando o resto para a ponte aérea cuja organização se encontra em curso. Portugal e Espanha terão de resolver os seus problemas locais, menos os espanhóis do que nós, que a eles sempre a história e o destino trataram com mais do que evidente parcialidade.

Tirando o caso da Galiza, caso e região puramente periféricos, ou, com outro rigor, apendiculares, a Espanha está ao abrigo das consequências mais nefastas do abalroamento, visto que, substancialmente, Portugal lhe serve de tampão ou pára-choques. Há problemas de certa complexidade logística para resolver, como sejam as importantes cidades de Vigo, Pontevedra, Santiago de Compostela e A Corunha, mas, quanto ao resto, o povo das aldeias está tão acostumado ao precário governo da sua vida, que, quase sem esperar ordens, conselhos e opiniões, pôs-se em marcha para o interior, pacífico e resignado, usando os meios já referidos, e outros, a começar pelo mais primitivo, os próprios pés.

Mas a situação de Portugal é radicalmente diferente. Repare-se que toda a costa, com excepção da parte sul do Algarve, se encontra exposta ao apedrejamento das ilhas açóricas, palavra que aqui se usa, apedrejamento, porque, enfim, não há grande diferença, nos efeitos, entre bater em nós uma pedra ou batermos nós na pedra, é tudo questão de velocidade e inércia, não esquecendo todavia, no caso vertente, que a cabeça, mesmo ferida e rachada, fará todos aqueles calhaus em estilhas. Ora, com uma costa assim, quase toda de terras baixas e com as cidades maiores à beirinha da água, e tendo em conta a impreparação dos portugueses para a mais insignificante das calamidades públicas, terramoto, inundação, fogo na floresta, seca persistente, duvida-se que o governo de salvação nacional saiba cumprir o seu dever. A solução seria mesmo fomentar o pânico, levar as pessoas a largarem precipitadamente as suas casas e a refugiarem-se nos campos recuados. O pior é se em viagem e ao instalarem-se essas pessoas se vêem privadas de alimentos, aí não se imagina a que extremos poderão chegar indignação e revolta. Tudo isto, naturalmente, nos preocupa, mas, confessemo-lo, muito mais nos preocuparia se não calhasse estarmos na Galiza, observando os preparativos de viagem de Maria Guavaira e Joaquim Sassa, de Joana Carda e José Anaiço, de Pedro Orce e o Cão, a importância relativa dos assuntos é variável, ele é o ponto de vista, ele é o humor do momento, ele é a simpatia pessoal, a objectividade do narrador é uma invenção moderna, basta ver que nem Deus Nosso Senhor a quis no seu Livro.

Estão passados dois dias, o cavalo tem recebido alimentação reforçada, aveia e fava à discrição, ele que já estava no regime básico, Joaquim Sassa chegou mesmo a propor sopas de vinho, e a galera, remendados os buracos do toldo com a lona retirada a Dois Cavalos, a mais do conforto interior que proporciona, protegerá da chuva quando ela vier com mais constância do que os eflúvios últimos, que Setembro já chegou e estamos em terra muito aquática. Neste levar e trazer, calcula-se que a península terá navegado uns cento e cinquenta quilómetros desde que José Anaiço fez contas competentes. Faltará, portanto, andar ainda setecentos e cinquenta quilómetros, ou quinze dias, para quem preferir medidas mais empíricas, ao cabo dos quais, minuto mais, minuto menos, se dará o primeiro choque, Jesus Maria José, pobrezinhos dos alentejanos, o que lhes vale é estarem habituados, são como os galegos, têm a pele tão rija que bem se justificaria voltarmos às palavras velhas, chamemos à pele couro e ficam dispensadas outras explicações. Aqui, em terras setentrionais, neste paradisíaco vale da Galiza, o tempo chega e sobeja para pôr-se a salvo a companhia. A galera já lá tem colchões, lençóis e cobertores, leva as bagagens de todos, e um trem de cozinha elementar, comida feita para os primeiros dias, tortilhas, se considera necessário especificar, e víveres diversos, dos rústicos e caseiros, feijão branco e encarnado, arroz e batatas, um barril de água, um pipo de vinho, duas galinhas a pôr, uma delas pedrês e de pescoço pelado, bacalhau, a bilha do azeite, o frasco do vinagre, e sal, que não se pode viver sem ele, a não ser que se escape ao baptismo, a pimenta e o colorau, todo o pão que havia em casa, a farinha numa saca, feno, aveia e fava para o cavalo, o cão não dá cuidados, sabe governar-se sem ajudas, quando as aceita é por comprazer. Maria Guavaira, sem dizer porquê, mas talvez não soubesse explicar se lho perguntassem, teceu com o fio azul pulseiras para todos e coleiras para o cavalo e o cão. Tão grande é o monte de lã que nem se deu pela diferença. Aliás, diga-se, ainda que o quisessem levar, não caberia na galera, nem nunca esteve previsto que o fizessem, senão onde se deitaria aquele trabalhador mais novo que aqui há-de vir.

Na última noite que passaram na casa deitaram-se tarde, ficaram a conversar durante horas, como se o dia seguinte fosse de dolorosas despedidas, cada um para seu lado. Mas estarem assim juntos ainda era um modo de fortalecer os ânimos, é sabido que as varas começam a partir-se no momento em que se afastam do feixe, tudo o que é quebrável já está quebrado. Desdobraram em cima da mesa da cozinha o mapa da península, nesta sua figuração ainda incongruentemente ligada à França, e marcaram o itinerário da primeira jornada, inaugural, tendo o cuidado de escolher os percursos menos acidentados, por mor das poucas forças do lázaro cavalar. Mas teriam de fazer um desvio mais para norte, até à Corunha, era aí que estava asilada a mãe doida de Maria Guavaira, o simples amor de filha ordenaria que a fosse retirar daquele rilhafoles, imaginemos o pânico na casa dos orates, uma ilha a entrar-lhes pela porta dentro, a lançar-se enorme sobre a cidade levando à frente os barcos ancorados, e todas aquelas janelas envidraçadas da avenida marginal a estilhaçarem-se no mesmo instante, e os doidos a julgarem, se na sua doidice julgar podem, que tinha enfim chegado o dia do juízo. Maria Guavaira vai ter a lealdade de dizer, Não sei como poderá ser a nossa vida com a minha mãe dentro da galera, ainda que ela, vá lá, não é violenta, será apenas tempo de chegarmos a lugar seguro, tenham paciência. Responderam que a teriam, que não lhe desse cuidado, que tudo se haverá de arranjar pelo melhor, mas bem sabemos que nem o muito amor resiste intacto à sua própria loucura, que fará tendo de viver com a alheia, neste caso a louca mãe de um dos loucos. Valeu ali ter tido José Anaiço a feliz ideia de telefonarem do primeiro lugar onde isso seja possível, a saber de notícias, pode bem acontecer que as autoridades sanitárias tenham transferido já ou venham a transferir os alienados para sítio seguro, que este naufrágio não é dos clássicos, primeiro salvam-se os que já estão perdidos.

Recolheram-se enfim os casais aos quartos, fizeram o que sempre se faz em ocasiões destas, quem sabe se voltaremos aqui algum dia, então fiquem os ecos do humano amor carnal, esse que não tem par entre as espécies, porque é feito de suspiros, de murmúrios, de palavras impossíveis, de saliva e de suor, de agonia, de martírio implorado, Ainda não, morre-se de sede e recusa-se a água libertadora, Agora, agora, meu amor, e é isto que a velhice e a morte nos hão-de roubar. Pedro Orce, que está velho e tem já da morte o primeiro sinal, que é a solidão, saiu uma vez mais de casa para ir ver a barca de pedra, foi com ele o cão que tem todos os nomes e nenhum, e quem aí estiver dizendo que, por ir o cão, não vai Pedro Orce só, esse esquece a origem remota do animal, cães de inferno já viram tudo, e tendo vida tão longa não são eles companhia de alguém, os humanos, que tão pouco vivem, é que acompanham os cães. A barca de pedra está lá, e a proa é alta e aguda como na primeira noite, Pedro Orce não estranha, cada um de nós vê o mundo com os olhos que tem, e os olhos vêem o que querem, os olhos fazem a diversidade do mundo e fabricam as maravilhas, ainda que sejam de pedra, e as altas proas, ainda que sejam de ilusão.

A manhã acordou encoberta, chuviscosa, maneira de dizer que sendo corrente não é exacta, as manhãs não acordam, acordamos nós nelas, e então, vindo à janela, vemos que o céu está tapado de nuvens baixas e cai uma chuvinha miúda, de molha-parvos que a ela se vão meter, porém, sendo tão grande a força da tradição, se esta nossa viagem levasse diário de bordo, por certo o escrivão da nau lavraria assim a sua primeira lauda, A manhã acordou encoberta e chuviscosa, como se aos céus estivesse desagradando a aventura, sempre nestes casos se invocam os céus, tanto faz que chova como faça sol. Dois Cavalos, de empurrão, foi tomar o lugar da galera, debaixo de telha, quer dizer, de colmo, que isto não é garagem mas alpendre, aberto a todos os ventos. Assim abandonado, sem a cobertura de lona que serviu para reparar o toldo da galera, parece já uma ruína, às coisas acontece-lhes o mesmo que às pessoas, quando não servem acabam, acabam se deixam de servir. A galera, pelo contrário, apesar da sua vetustez, rejuvenesceu com a saída para o ar livre, e a chuva que cai banha-a de novidade, admirável foi sempre o efeito da acção, repare-se no cavalo, debaixo do oleado que lhe resguarda os lombos apetece imaginá-lo horsa de torneio, axairelado para a batalha.

Não deveriam causar estranheza estas demoras descritivas, são modos de mostrar como custa arrancarem-se as pessoas aos lugares onde foram felizes, tanto mais que não vão estas fugir em pânico desgarrado, agora Maria Guavaira fecha cuidadosamente as portas, solta as galinhas que ficam, os coelhos da coelheira, o porco da pocilga, são animais habituados a mesa posta e que ficam agora à graça de Deus, se não às artes do diabo, que o porco é bem capaz, se os apanha a jeito, de fazer razia nos outros bichos. Quando o mais novo dos trabalhadores aparecer terá de arrombar uma janela para entrar em casa, não há, léguas em redor, ninguém para testemunhar o assalto, Se o fiz, foi por bem, são palavras dele, e talvez seja verdade.

Maria Guavaira subiu para a boleia, ao lado sentou-se Joaquim Sassa de guarda-chuva aberto, é o seu dever, acompanhar a mulher amada e defendê-la dos maus tempos, só não pode é tomar-lhe o ofício, que destas cinco pessoas apenas Maria Guavaira sabe como se conduz uma galera e um cavalo. Lá para a tarde, quando o céu aliviar, haverá lições, Pedro Orce fará questão de ser o primeiro a receber os rudimentos, é grande bondade a sua, assim já podem os dois casais repousar debaixo do toldo, sem indesejadas separações, e, sendo o assento do cocheiro tão espaçoso, podem ali viajar três, solução ideal para a intimidade dos restantes, mesmo que seja apenas para estarem calados, quietos e juntos. Agitou Maria Guavaira as rédeas, o cavalo, atrelado à lança da galera, sem parceiro do outro lado, deu o primeiro estição, sentiu a resistência dos tirantes, depois o peso da carga, a memória voltou aos seus velhos ossos e músculos, e o som quase esquecido repetiu-se, a terra esmagada pelo rolar das rodas calçadas de ferro. Tudo se aprende, esquece e reaprende, exigindo-o a necessidade. Durante uns cem metros o cão acompanhou a galera à chuva. Depois percebeu que podia viajar, ainda que por seu pé, ao abrigo da incomodidade. Meteu-se debaixo da galera, acertou o passo pelo andamento do cavalo, assim o iremos ver durante todo o tempo que esta viagem durar, quer chova, quer faça sol, desde que não lhe apeteça fazer trabalho de batedor ou distrair-se nas idas e vindas sem aparente sentido que tornam tão parecidos os homens e os cães.

Neste dia não andaram muito. Havia que poupar o cavalo, tanto mais que o terreno acidentado exigia dele contínuos esforços, quer a subir, puxando, quer a descer, aguentando. Aonde os olhos alcançavam, não se via vivalma, Devemos ter sido os últimos a partir destes sítios, disse Maria Guavaira, e o céu baixo, o ar pardento, a paisagem aflita, eram já o desmaio de um mundo final, despovoado, miserando depois de tanto sofrimento e canseira, de tanto viver e morrer, de tanta vida teimosa e morte sucessiva. Mas nesta galera viajante vão amores novos, e os amores novos, como não ignoram os observadores, são a mais forte coisa que existe no mundo, por isso não se temem de acidentes, sendo eles próprios, os amores, como por excelência são, a máxima representação do acidente, o relâmpago súbito, a sorridente queda, o atropelamento ansioso. Não se deve portanto confiar por inteiro nas primeiras impressões, esta quase fúnebre despedida de um país deserto, sob chuva melancólica, preferível seria, se não fôssemos tão discretos, apurar o ouvido à conversa de Joana Carda e José Anaiço, de Maria Guavaira e Joaquim Sassa, o silêncio de Pedro Orce é mais discreto ainda, dele se poderia dizer que nem parece que vai aqui.

A primeira aldeia que atravessaram não fora deixada por todos os seus habitantes. Certos velhos tinham declarado aos inquietos filhos e parentes que, morrer por morrer, antes assim que de fome ou doença maligna, se uma pessoa foi tão gloriosamente escolhida ao ponto de ir morrer com o seu próprio mundo, ainda que não seja um herói wagneriano, espera-o o Valhalá supremo aonde as grandes catástrofes se recolhem. Velhos galegos ou portugueses, que tudo é a mesma galeguice e portuguesice, não sabem nada destas coisas, mas por alguma razão inexplicável foram capazes de dizer, Não saio daqui, vão vocês se têm medo, e isto não significa que eles sejam supremamente corajosos, apenas que neste momento da vida acederam à compreensão de que a coragem e o medo são simplesmente os dois pratos oscilantes de uma balança cujo fiel se mantém fixo, paralisado pelo espanto da inútil invenção das emoções e sentimentos.

Quando a galera atravessava a aldeia, a curiosidade, que provavelmente é a última qualidade a perder-se, fez sair à estrada os anciãos, acenaram lentamente, e era como se estivessem a despedir-se de si próprios. Disse então José Anaiço que seria acto de sensatez aproveitarem, para dormir, uma das casas desabitadas, aqui ou noutra povoação, ou num ermo, certamente haveria camas, um conforto melhor que o da galera, mas Maria Guavaira declarou que nunca ficaria numa casa sem licença dos donos, há pessoas assim, escrupulosas, outras se vêem uma janela fechada arrombam-na, mas dirão, Foi por bem, e, seja o bem o seu ou doutro, sempre ficará a dúvida sobre o primeiro e o último motivo. José Anaiço arrependeu-se da ideia, não porque fosse má, mas por ser absurda, bastaram as palavras de Maria Guavaira para definir uma regra de dignidade, Bastar-te-ás a ti próprio enquanto puderes aguentar, depois confia-te a quem mereceres, melhor se esse for alguém que te mereça. Tal como vão as coisas, parecem merecer-se estes cinco uns aos outros, reciprocamente e complementarmente, fiquem pois na galera, comam as tortilhas, conversem sobre a viagem feita e a viagem a fazer, Maria Guavaira reforçará com a teoria as lições práticas de condução que já deu, debaixo duma árvore o cavalo mói e remói a sua ração de feno, o cão satisfez-se desta vez com o abastecimento doméstico, anda por aí a farejar e a assombrar os noitibós. Deixou de chover. Uma lanterna ilumina por dentro o toldo da galera, quem aqui passasse diria, Olha um teatro, é verdade que são personagens, mas não representantes.

Quando amanhã Maria Guavaira, enfim, puder telefonar para a Corunha, dir-lhe-ão que sua mãe e os outros internados já foram transferidos para o interior, E ela como está, Tão louca como antes, mas esta resposta serve a qualquer. Vão continuar a viagem até que a terra se torne de novo povoada. Aí ficarão à espera.

Constituiu-se o governo de salvação nacional dos portugueses, começou logo logo a trabalhar, tendo o primeiro-ministro, o mesmo, ido à televisão produzir uma frase que a história certamente registará, uma coisa no género, Sangue, suor e lágrimas, ou, Enterrar os mortos e cuidar dos vivos, ou, Honrai a pátria, que a pátria vos contempla, ou, O sacrifício dos mártires fará germinar as messes do futuro. Neste caso de agora, e tendo em conta os particulares da situação, o primeiro-ministro achou por bem dizer apenas, Portugueses, portuguesas, a salvação está na retirada.

Porém, alojar nas linhas recuadas do interior os milhões de pessoas que habitam a faixa litoral era tarefa de tão extrema complexidade que ninguém teve a pretensão, não menos que estulta, de apresentar um plano nacional de evacuação, geral e capaz de integrar as iniciativas locais. Em relação, por exemplo, à cidade e termo de Lisboa, a análise da situação e as medidas dela decorrentes partiram de um pressuposto, objectivo e subjectivo, que poderá ser resumido desta maneira, A grande maioria, por que não dizê-lo, a maioria esmagadora dos habitantes de Lisboa não nasceram lá, e os que nela nasceram encontram-se ligados àqueles por laços familiares. As consequências de um tal facto são amplas e decisivas, sendo a primeira que uns e outros deverão transferir-se para os lugares de origem, onde, regra geral, ainda têm parentes, alguns mesmo que as circunstâncias da vida fizeram perder de vista, assim se aproveitando esta oportunidade forçada para reintroduzir a harmonia nas famílias, sanando-se antigos desentendimentos, ódios por heranças más e partilhas péssimas, rixas de mal-dizer, a grande infelicidade que nos cai em cima terá o mérito de aproximar os corações. A segunda consequência, naturalmente decorrente da primeira, toca o problema da alimentação das pessoas deslocadas. Pois mesmo aí, e sem que o Estado vá ser obrigado a intervir, terá a comunidade familiar um grande papel a desempenhar, o qual, traduzindo em números, se poderia exprimir por uma actualização macroeconómica do velho ditado, Onde comem dois, comem três, conhecida resignação aritmética e familiar de quando se espera um filho, agora se dirá, em tom de maior autoridade, Onde comem cinco milhões, comam dez, e, com brando sorriso, Um país não é mais do que uma grande família.

Ficariam sem recurso os solitários, os sem família, os misantropos, mas mesmo estes não ficarão automaticamente excluídos da sociedade, há que ter confiança nas solidariedades espontâneas, naquele irreprimível amor ao próximo que em todas as ocasiões se manifesta, veja-se o exemplo dado pelas viagens de caminho-de-ferro, especialmente as de segunda classe, quando chega a hora de abrir o cesto do farnel a mãe-de-família nunca se esquece de convidar ao repasto os viajantes desconhecidos que ocupam os lugares próximos, São servidos, pergunta ela, se alguém aceita não se lhe leva a mal, embora se conte que todos respondam em coro, Muito obrigado, bom proveito. A dificuldade mais embaraçosa vai ser o alojamento, uma coisa é oferecer um pastel de bacalhau e um copo de vinho, outra, bem diferente, seria ceder metade da cama onde vamos dormir, mas se conseguirmos meter na cabeça das pessoas que estes solitários e abandonados são novas encarnações de Nosso Senhor, como no tempo em que andava pelo mundo, disfarçado de pobrezinho, a experimentar a bondade dos homens, então sempre se encontrará para eles um desvão de escada, um esconso no sótão, ou, ruralmente falando, uma telha e um molho de palha. Deus, desta vez, por muito que se multiplique, será tratado como se deve ao merecimento de quem criou a humanidade.

Temos falado de Lisboa, com diferença apenas quantitativa nos termos poderíamos ter falado do Porto ou de Coimbra, e de Setúbal e Aveiro, de Viana ou Figueira, sem esquecer essa miuçalha de vilas e aldeias que estão por toda a parte, embora em alguns casos se suscite a perturbadora questão de saber-se para onde devem ir as pessoas que precisamente vivam no lugar onde nasceram, e também aquelas que, vivendo numa terra do litoral, nasceram noutra terra do litoral. Levados os busílis a conselho de ministros, trouxe o porta-voz a resposta, O governo confia que o espírito de iniciativa particular resolva, quiçá de modo original e com ulterior proveito geral, as situações que não se enquadrem no esquema nacional de evacuação e reinstalação das populações. Assim superiormente autorizados a deixar de parte, por pessoais, esses destinos, limitemo-nos a referir, quanto ao Porto, o caso dos patrões e colegas de Joaquim Sassa. Bastará dizer que se ele, por imperativo da disciplina e consciência profissional, tivesse vindo a toque de caixa dos montes galegos, abandonando à sorte amor e amigos, encontraria o escritório fechado e na porta afixado um letreiro com o último aviso da gerência, Os empregados que regressem de férias deverão apresentar-se nas novas instalações que abrimos em Penafiel, onde esperamos continuar a receber as estimadas ordens dos nossos prezados clientes. E os primos de Joana Carda, aqueles da Ereira, encontram-se agora em Coimbra, em casa do primo abandonado, que não lhes mostrou boa cara, compreende-se, afinal ele é que é o dorido, ainda teve um lampejo de esperança, pensou que os primos vinham à frente a preparar o regresso da fugitiva, mas quando, prolongando-se a demora, perguntou, E a Joana, a prima confessou, contrita, Não sabemos, ela esteve lá em casa, esteve, mas desapareceu ainda antes deste alvoroço, nunca mais tivemos notícias, do que sabe sobre o resto da história guarda-se de falar, mas, se com esse pouco se espantou, que não diria se a conhecesse toda.

Está pois o mundo suspenso, em expectativa ansiosa, que será, que não será que vai acontecer às praias lusitanas e galegas, ocidentais. Mas, uma vez mais o repetimos, ainda que já fatigadamente, não há coisa má que não traga na barriga uma coisa boa, este é, pelo menos, o ponto de vista dos governos da Europa, pois viram, de uma hora para a outra, a par dos salutares resultados da repressão a seu tempo aqui noticiada, baixar e quase apagar-se de todo o entusiasmo revolucionário dos jovens, a quem os sensatos pais agora estão dizendo, Vês, meu filho, o perigo em que te ias meter se continuasses naquela teima de seres ibérico, e o rapaz, enfim edificado, responde, Sim, papá. Enquanto decorrem estas cenas de reconciliação familiar e pacificação social, os satélites geoestacionários, regulados para manterem uma posição relativa constante, emitem para a terra fotografias e medições, as primeiras naturalmente invariáveis quanto à forma do objecto em deslocação, as segundas registando em cada minuto que passa uma redução de cerca de trinta e cinco metros na distância que separa a ilha grande das ilhas pequenas. Num tempo como este nosso, de aceleradores de partículas, trinta e cinco metros por minuto, como factor de preocupação, seria caso para rir, mas se nos lembrarmos de que atrás destas aprazíveis e macias areias, destes recortados e pitorescos litorais, destas alcantiladas varandas para o mar, vêm quinhentos e oitenta mil quilómetros quadrados de superfície e um número incalculável, astronómico, de milhões de toneladas, se, para só falarmos de serras, cordilheiras e montanhas, tentarmos ver na nossa ideia o que será a inércia de todos os sistemas orográficos da península agora postos em movimento, sem esquecer os Pirenéus, apesar de reduzidos a metade da sua antiga grandeza, então não temos senão que admirar a coragem destes povos de tantos sangues cruzados, e também louvar neles um sentido fatalista da existência que, com a experiência dos séculos, veio a condensar-se na notabilíssima fórmula, Entre mortos e feridos alguém há-de escapar.

Lisboa é uma cidade deserta. Ainda andam por aí patrulhas do exército, com apoio aéreo, de helicópteros, como em Espanha e França se praticou quando se deu a ruptura e durante aqueles conturbados dias que se seguiram. Enquanto não vierem a ser retirados, o que se prevê será feito vinte e quatro horas antes do momento previsível do choque, os soldados têm por missão velar e vigiar, embora verdadeiramente não valesse a pena, uma vez que todos os valores foram, a seu tempo, levados dos bancos. Mas ninguém perdoaria a um governo que abandonasse uma cidade como esta, bela, harmoniosa, perfeita de proporções e felicidade, como inevitavelmente dela se há-de dizer depois de ter sido destruída. Por isso os soldados estão aqui como a representação simbólica do povo ausente, a guarda de honra que dispararia as salvas da ordenança se para tal ainda houvesse tempo naquele instante supremo em que a cidade baixar à agua.

Entretanto, os soldados vão dando alguns tiros em salteadores e arrombadores, aconselham e orientam as raras pessoas que teimam em não querer abandonar as suas casas e aquelas que finalmente se decidiram a partir, e quando encontram, como acontece uma vez por outra, loucos a vaguear pelas ruas, da espécie de mansos que, tendo tido, por pouca sorte sua, licença de saída do manicómio no dia da debandada, e, não tendo sabido ou compreendido a ordem de regresso, acabaram por ficar aí ao deus-dará, dois modos de agir geralmente se verificam. Certos graduados opinam que o louco é sempre mais perigoso do que o salteador, tendo em conta que este, ao menos, conservou um juízo parecido com o seu. Em tal caso não pensam duas vezes, mandam abrir fogo. Outros, menos intolerantes, e sobretudo conscientes da necessidade vital de descompressões nervosas em tempo de guerra ou similar, autorizam que os seus subordinados se divirtam à custa do tolinho, um pouco, mandando-o depois seguir em paz, mas não, se em vez de tolo for tola, exactamente no mesmo estado, deve-se isto ao facto de não faltar, na tropa, mas também fora dela, quem abuse da verificação elementar e óbvia de que o sexo, instrumentalmente falando, não é na cabeça.

Mas quando nesta cidade, por avenidas, ruas e praças, por bairros e jardins, não se avistar já uma só pessoa, quando às janelas não se vir assomar um vulto, quando os canários que ainda não morreram de fome e sede cantarem no silêncio absoluto da casa ou na varanda para os quintais desertos, quando as águas das fontes e fontanários brilharem ao sol e mão nenhuma vier molhar-se nelas, quando os olhos das estátuas, mortos, girarem em redor à procura de olhos que os vejam, quando os portões abertos dos cemitérios mostrarem que não há diferença entre uma ausência e outra ausência, quando, enfim, a cidade estiver à beira de um agónico minuto esperando que uma ilha do mar a venha destruir, então é que acontecerá a história maravilhosa e miraculosa salvação do navegador solitário.

Passava de vinte anos que o navegador andava nos mares do mundo. Herdara o barco, ou comprara-o, ou fora-lhe dado por outro navegador que também nele tinha navegado durante vinte anos, e antes deste, se as memórias ao fim de tanto tempo não acabam por confundir-se, parece que por outros vinte anos um primeiro navegador sulcara solitariamente os oceanos. A história dos barcos e dos marinheiros que os governam é cheia de peripécias, com tempestades terríveis e calmas tão assustadoras como o pior dos tufões, e, para que lhes não falte o ingrediente romântico, é comum dizer-se, e sobre a matéria se têm feito canções, que em cada porto há sempre uma mulher à espera do marujinho, maneira particularmente optimista de imaginar a vida, mas que os factos da vida e os feitos da mulher as mais das vezes desmentem. O navegador solitário, quando desembarca, é para fazer aguada, comprar tabaco e peças de motor, ou para abastecer-se de óleo e carburante, farmácia, agulhas de vela, um gabão de plástico contra a chuva e os borrifos, anzóis, fio de pesca, o jornal do dia para confirmar o que já sabe, que não vale a pena, mas nunca, por nunca ser, o navegador solitário pôs pé em terra com o fito de levar mulher para ser sua companhia na navegação. Se realmente acontece que no porto uma mulher está à espera, absurdo seria que desdenhasse dela, mas no geral é ela quem quer e pelo tempo que entende, nunca o navegador solitário lhe disse, Espera por mim, que um dia hei-de voltar, não é um pedido que ele se permitisse fazer, Espera por mim, nem ele poderia garantir que estará de volta nesse dia ou alguma vez, e, voltando, quantas vezes lhe aconteceria encontrar o cais deserto, ou, mulher havendo nele, está à espera doutro marinheiro, não sendo contudo raro que, faltando este, sirva o que apareceu. A culpa, se é preciso dizê-lo, não está nas mulheres nem nos navegadores, a culpa está nesta solidão que às vezes não se aguenta, também ela pode levar o navegador ao porto, e a mulher ao cais.

Porém, estas considerações são espirituais e metafísicas, não resistimos a fazê-las quer antes quer depois dos singelos factos, que nem sempre ajudam a tornar mais claros. Falando com simplicidade, digamos que muito ao largo desta península que se tornou ilha ambulante navegava o navegador solitário, com sua vela e seu motor, seu rádio e seu óculo de ver ao longe, e aquela paciência infinita de quem um dia decidiu dividir a vida em metade de céu e metade de mar. O vento, subitamente, deixou de soprar, e ele recolheu a vela, caiu a brisa de repente, e a vaga larga em que o barco vinha navegando perde aos poucos o ímpeto, rebaixa o dorso, antes que uma hora passe estará o mar liso e calmo, chega a parecer-nos impossível que este abismo de água, com milhares de metros de profundidade, possa manter-se equilibrado sobre si mesmo, sem cair para um lado ou para o outro, a observação só parecerá estúpida a quem achar que todas as coisas neste mundo se explicam pelo facto simples de serem como são, o que, evidentemente, se aceita, mas não basta. O motor está a trabalhar, tunc-tunc, tunc-tunc, o mar, até onde os olhos chegam, corresponde, cintilação por cintilação, à clássica imagem do espelho, e o navegador, apesar de ter disciplinado desde há muitos anos o sono e a vigília, fecha os olhos, entorpecido pelo sol, e adormece, talvez julgasse que por minutos ou horas, e foram apenas segundos, acordou sacudido pelo que lhe pareceu ser um grande estrondo, no relance do sono sonhou que tinha abalroado um destroço animal, uma baleia. Estremunhado, com o coração a bater desritmado, procurou a origem do som, não conseguiu perceber logo que o motor tinha parado. O repentino silêncio acordara-o, mas o corpo, para poder acordar de modo mais natural, inventara um leviatão, um choque, um trovão. Motores avariados, no mar e em terra, é o que mais se encontra, dc um soubemos a que não se pôde dar remédio, partiu-se-lhe a alma e foi recolhido a um alpendre exposto a todos os ventos, lá para o norte, onde está a cobrir-se de ferrugem. Mas este navegador não é como aqueles automobilistas, é experiente e entendido, comprou peças sobressalentes na última vez que tocou terra e mulher, vai desmontar até onde lhe for possível, sondar o mecanismo. Penas perdidas vão ser. O mal está nas bielas e profundas, os cavalos deste motor estão feridos de morte.

O desespero, sabemo-lo todos, é humano, não consta da história natural que os animais desesperem. Mas o mesmo homem, inseparável do desespero, habituou-se a viver com ele, aguenta-o numa última linha de fronteira, e não será por avariar-se um motor no meio do mar que o navegador vai arrepelar-se os cabelos, implorar os céus ou contra eles lançar maldições e impropérios, tão inútil um acto como o outro, o remédio é esperar, quem levou o vento tornará a trazê-lo. Mas o vento, que foi, não voltou. Passaram as horas, veio a noite sereníssima, outro dia nasceu, e o mar não se move, um leve fio de lã aqui suspenso cairia como se de prumo fosse, não há um mínimo embalo de água, é uma barca de pedra sobre uma laje de pedra. O navegador não está muito preocupado, esta não é a sua primeira calmaria, mas o rádio, agora, inexplicavelmente, também deixou de funcionar, não se ouve mais do que um zumbido, a onda de sustentação, se ainda as há, que não transporta mais que silêncio, como se para além deste círculo de água coalhada o mundo se tivesse calado, para assistir, de invisível maneira, à inquietação crescente do navegador, à loucura, talvez à morte no mar. Não faltam os alimentos nem a água para beber, mas as horas passam, cada uma mais longa que a outra, o silêncio aperta-se em redor do barco como os anéis duma cobra sedosa, de vez em quando o navegador bate com um croque na borda, quer ouvir um som que não seja o do seu próprio sangue a correr nas veias, grosso, ou do coração, de que às vezes se esquece, e então acorda depois de ter julgado que acordara, porque sonhava que estava morto. A vela está levantada contra o sol, porém a imobilidade do ar retém o calor, o navegador solitário tem a pele queimada, os beiços rebentados. Passou este dia, e o seguinte foi igual. O navegador foge para o sono, desceu à pequena cabina apesar de ela ser como um forno, há ali uma única cama, estreita, prova de que realmente este navegador é solitário, e, completamente nu, alagado em suor, primeiro, depois com a pele seca, eriçada de arrepios, luta com os sonhos, uma ala de árvores muito altas oscilando sob um vento que vai bandeando as folhas de um lado a outro, e depois de as deixar regressa e torna a tomá-las, sem fim. O navegador acorda para beber água, e a água acaba. Regressa ao sono, as árvores já não se movem, mas uma gaivota veio pousar-se sobre o mastro.

Do horizonte avança uma massa imensa e escura. Quando se aproximar mais ver-se-ão as casas ao longo das praias, os faróis como dedos brancos levantados, uma delgada linha de espuma, e para lá da larga embocadura de um rio uma grande cidade construída sobre colinas, uma ponte vermelha que liga as duas margens, a esta distância é como um desenho traçado por uma pena subtil. O navegador continua a dormir, afundou-se no último torpor, mas o sonho voltou subitamente, uma brisa rápida agitou os ramos das árvores, o barco oscilou na mareta da barra, e, engolido pelo rio, entrou terra dentro, salvo do mar, imóvel ainda, mas a terra não. O navegador solitário sentiu nos ossos e nos músculos o balanço, abriu os olhos, pensou, O vento, voltou o vento, e, quase sem forças, deixou-se escorregar do catre, arrastou-se para fora, parecia-lhe que em cada momento morria e em cada momento ainda podia renascer, a luz do sol bateu-lhe nos olhos, mas era luz de terra, trazia consigo o que pudera tirar ao verde das árvores, ao escuro profundo dos campos, às cores suaves das casas. Estava salvo, e primeiro não sabia como, o ar não se movia, o sopro de vento fora ilusão. Levou tempo a compreender que o salvara uma ilha inteira, a antiga península que navegara ao seu encontro e lhe abrira os braços de um rio. Tão impossível há-de isto parecer, que o próprio navegador solitário, que há tantos dias ouvira as notícias do despegamento geológico, apesar de saber que estava na rota da nave terrestre, nunca lhe viera à ideia que pudesse ser salvo desta maneira, pela primeira vez desde que há naufrágios e perdidos no mar. Mas em terra não se via ninguém, nas cobertas dos barcos fundeados ou atracados não aparecia um vulto, o silêncio era outra vez o do mar cruel, Isto é Lisboa, murmurou o navegador, mas as pessoas onde estão. As janelas da cidade brilham, vêem-se automóveis e autocarros parados, uma grande praça rodeada de arcadas, um arco triunfal ao fundo com figuras de pedra e coroas de bronze, seria bronze, pela cor. O navegador solitário, que conhece os Açores e sabe encontrá-los tanto no mapa como no mar, lembrou-se então de que as ilhas se encontram numa rota de colisão, o que o salvou a ele destruí-las-á a elas, o que as irá destruir, destruí-lo-á também, se rapidamente não se afastar destes sítios. Vento ausente, motor parado, não pode subir o rio, a única saída é encher o bote de borracha, lançar a âncora para segurar o barco, gesto inútil, ir para terra a remos. As energias voltam sempre quando a esperança volta.

O navegador solitário vestira-se para desembarcar, calção, camisola, um gorro na cabeça, alparcatas, tudo branco de neve, é o ponto de honra dos marinheiros. Puxou o barco de borracha para os degraus inclinados do cais, ficou durante alguns segundos parado, a olhar, também à espera que novas forças voltassem, mas sobretudo a dar tempo para que alguém aparecesse vindo da sombra das arcadas, ou que subitamente os automóveis e os autocarros recomeçassem a andar, e a praça se enchesse de gente, podia mesmo acontecer que se aproximasse sorrindo uma mulher, suavemente meneando as ancas no andar, sem exagero, apenas o insinuante apelo que perturba o olhar e a palavra do homem, mormente se acabou de pôr pé em terra. Mas o que deserto estava, deserto continuou. O navegador compreendeu enfim o que faltava compreender, Foram-se todos por causa do choque com as ilhas. Olhou para trás, viu o seu barco no meio do rio, era esta a última vez, tinha a certeza, nem um couraçado se salvaria do tremendo abalroamento, que fará uma casquinha de noz veleira, abandonada do seu dono. O navegador atravessou a praça, ainda trôpego da longa imobilidade, parece um espantalho com a sua pele queimada, os cabelos eriçados para fora do gorro, as alparcatas mal seguras nos pés. Levanta os olhos ao aproximar-se do grande arco, vê as letras latinas, Virtutibus Majorum ut sit omnibus documento P.P.D., nunca aprendeu latim, mas vagamente percebe que o monumento está consagrado às virtudes dos antepassados do povo daqui, e avança por uma rua estreita, ladeada de prédios iguais, até sair numa outra praça, mais pequena, com um edifício grego ou romano ao fundo, e no meio dela duas fontes com mulheres nuas, de ferro, a água corre, e ele sente de repente a grande sede, o desejo de mergulhar a boca naquela água e o corpo naquela nudez. Vai de mãos estendidas, como em delírio, ou em sonho, ou em transe, vai murmurando, não sabe o que diz, sabe só o que quer.

A patrulha apareceu na esquina, cinco soldados comandados por um alferes. Viram o doido a fazer trejeitos de doido, ouviram-no pronunciar incoerências de doido, nem foi preciso dar a ordem. O navegador solitário ficou estendido no chão, ainda lhe faltava muito caminho para chegar à água. As mulheres, como sabemos, são de ferro.

Estes dias foram também os do terceiro êxodo.
    O primeiro, de que na devida altura se deu notícia substancial, foi o dos turistas estrangeiros, quando espavoridos fugiram ao que então, como o tempo passa, ainda parecia a simples ameaça de abrir-se uma racha nos pirenaicos montes até ao nível do mar, e lástima é que o acidente inopinado não tivesse ficado por aí, imagine-se qual não seria o orgulho da Europa, dispor, para todos os efeitos, de um canhão geológico comparado com o qual o do Colorado não faria melhor figura que uma regueira de água. O segundo êxodo foi o dos ricos e poderosos, ao tornar-se irreparável a fractura, quando a deriva da península, se bem que ainda pachorrenta, como a tomar balanço, veio mostrar, de modo que cremos definitivo, a precariedade das estruturas e ideias assentes. Viu-se então como o edifício social, com toda a sua complexidade, não passa de um castelo de cartas, sólido apenas de aparência, se dermos um safanão na mesa em que está armado, vai-se abaixo. E a mesa, neste caso, e pela primeira vez na história, movera-se por si própria, meu Deus, meu Deus, para que sejam salvos os preciosos bens e as vidas preciosas, fujamos.
    O terceiro êxodo, este de que falávamos antes de resumir os dois primeiros, teve, por assim dizer, duas componentes, ou partes, as quais, se levarmos em conta as diferenças essenciais que as distinguem, deveriam, na opinião de alguns,

ser designadas por terceiro êxodo e quarto êxodo. Amanhã, quer dizer, no futuro distante, os historiadores que se dedicarem ao estudo de acontecimentos que, em sentido não apenas alegórico, mas literal, mudaram a face do mundo, decidirão, esperamos que com a ponderação e a imparcialidade de quem desapaixonadamente observa os fenómenos do passado, se sim ou não deverá ser feito o desdobramento que alguns defendem já hoje. Dizem estes que revela grave falta de sentido crítico e noção das proporções tomar no mesmo pé de igualdade a retirada de milhões de pessoas das terras litorais para o interior e a fuga de alguns poucos milhares para o estrangeiro, só porque entre um êxodo e o outro êxodo houve uma inegável coincidência no tempo. Não sendo intuito nosso tomar posição no debate e muito menos adiantar juízos, não custa no entanto reconhecer que, sendo o medo de uns e outros semelhante, iguais não eram os meios e recursos de dar-lhe remédio.

No primeiro caso, o comum foi de gente de poucos haveres, que, ao ser obrigada pelas autoridades e pelos duros factos a mudar-se para outros lugares, esperava, quando muito, salvar a vida pelas vias tradicionais, milagre, sorte, acaso, sina, boa estrela, oração, fé no Espírito Santo, sino-saimão, figa e cornicho pendurados ao pescoço, medalha benzida, e o mais que por economia de espaço se omite, mas que pode ser resumido naquela outra fórmula, tão célebre como as que mais o forem, Ainda não tinha chegado a minha hora. No segundo caso, os fugitivos foram pessoas de recursos médios e altos, e disponibilidades rápidas, tinham-se deixado ficar a ver em que paravam as modas, mas agora não havia lugar para dúvidas, encheram-se os aviões da nova ponte aérea, levaram carga máxima os paquetes, cargueiros e outras embarcações de menor porte, sobre os episódios ocorridos, de nenhuma edificação moral, lancemos um piedoso véu, os subornos, as intrigas, as traições, até os crimes, houve gente assassinada só por causa de um bilhete de passagem, um quadro ignominioso, mas, sendo o mundo o que é, ingénuos seríamos se esperássemos dele outra coisa. Enfim, tudo visto e ponderado, o mais provável, de facto, é virem os livros da história a registar quatro êxodos e não três, não por excesso de rigor classificativo, mas para que não se vejam misturados os alhos com os bugalhos.

Ressalvemos, no entanto, o que, na sumária análise que aí fica, possa reflectir, ainda que involuntariamente, uma certa atitude mental infectada de maniqueísmo, isto é, a inclinação para uma visão idealizante das classes baixas e para a condenação liminar das altas classes, logo de modo acintoso marcadas pelo rótulo, nem sempre adequado, de ricos e poderosos, o que, naturalmente, suscita ódios e antipatias, a par desse mesquinho sentimento que é a inveja, fonte de todos os males. Sem dúvida os pobres existem, é uma evidência difícil de negar, mas não se deve sobrevalorizá-los. Tanto mais que eles não são, e não foram, como nesta conjuntura conviria, modelo de paciência, de resignação, de disciplina livremente consentida. Quem, por estar longe destes acontecimentos e lugares, imaginou que os retirantes ibéricos, amontoados em casas, asilos, hospitais, quartéis, armazéns, barracões, ou nas tendas e barracas de campanha que foi possível requisitar, mais as que foram cedidas e armadas pelos exércitos, e aquela outra gente, ainda mais numerosa, que não encontrou alojamento e vive por aí debaixo das pontes, ao abrigo das árvores, dentro de automóveis abandonados, quando não ao puro relento, quem imaginou que Deus veio viver com estes anjos, saberá muito de anjos e de Deus, mas de homens não conhece nem a primeira letra.

Pode-se dizer, sem nenhum exagero, que o inferno, nos mitológicos tempos distribuído uniformemente por toda a península, como foi recordado logo no começo deste relato, está agora concentrado numa faixa vertical de mais ou menos trinta quilómetros de largura, desde o norte da Galiza até ao Algarve, tendo a ocidente as terras desabitadas em cujo efeito de pára-choques poucas pessoas verdadeiramente acreditam. Por exemplo, se o governo espanhol não precisou de sair de Madrid, tão confortavelmente interior, já o governo português, quem o quiser encontrar terá de ir a Elvas, que é a cidade mais distante da costa, tirando uma linha recta, mais ou menos horizontal e meridiana, a partir de Lisboa. Entre os refugiados, mal alimentados, mal dormidos, com gente velha a morrer, crianças em gritos e choros, os homens sem trabalho, as mulheres carregando às costas a família toda, sucedem-se os conflitos, as más palavras, as desordens e agressões, os roubos de roupas e comida, as expulsões e os assaltos, e também, quem o imaginaria, instalou-se uma libertinagem de costumes que transformou estes acampamentos em alcouces colectivos, uma vergonha, um mau exemplo para os filhos crescidos, que se ainda vão sabendo quem são pai e mãe, não sabem que filhos andam eles próprios a fazer, e onde ou de quem. Claro que a importância deste aspecto da questão é menor do que à primeira vista parece, haja vista a pouca atenção que dão os historiadores de hoje a períodos que, por uma razão ou outra, tiveram pontos de semelhança, no particular, com este. No fim de contas, provavelmente, o livro exercício da carne, em momentos de crise, é o que mais convém aos interesses profundos da humanidade e do homem, ambos costumadamente aperreados de moral. Mas, sendo a hipótese controversa, passemos adiante, a simples alusão satisfaz o escrúpulo do observador imparcial.

Nesta balbúrdia e confusão existe, porém, um oásis de paz, estes sete seres que vivem na mais perfeita das harmonias, duas mulheres, três homens, um cão e um cavalo, embora este tenha de calar algumas razões de queixa no que toca à distribuição das tarefas, ter de puxar sozinho uma galera carregada, mas mesmo isto terá remédio um dia destes. As duas mulheres e dois dos homens fazem dois casais, e felizes, só o terceiro homem é que não tem par, acaso não lhe custará a privação, vista a idade que já leva, pelo menos até este momento não se notaram aqueles inconfundíveis sinais de nervosismo que denunciam a plétora das glândulas. Quanto ao cão, se nas ocasiões em que vai à procura de alimento, busca e encontra outras satisfações, não sabemos, o cão, sendo nesta área do comportamento o mais exibicionista dos animais, em certos indivíduos da espécie é discreto, oxalá que ninguém se lembre de ir atrás deste, há curiosidades malsãs que é dever de higiene frustrar. Talvez que estas considerações sobre relação e comportamento não estivessem tão marcadas pela sexualidade se os casais que se formaram, por efeito da intensidade da paixão ou da recenticidade dela, não se mostrassem tão exuberantes em demonstrações, o que, diga-se antes que mal se pense, não significa que por toda a parte andem aos beijos e abraços, sóbrios são-no até aí, o que eles não podem é esconder a aura que os envolve ou emitem, ainda há poucos dias viu Pedro Orce do alto de um monte o resplendor do braseiro. Aqui, na orla da floresta onde agora vivem, suficientemente afastados de povoações para se imaginarem sozinhos, perto delas o bastante para não se tornar o abastecimento de víveres em quebra-cabeças, poderiam acreditar na felicidade se não vivessem, por quantos dias ainda, sob a ameaça do cataclismo. Mas aproveitam, diriam, como aconselhou o poeta, Carpe diem, o mérito destas velhas citações latinas está em conterem um mundo de significações segundas e terceiras, sem contar com as latentes e indefinidas, que quando a gente vai a traduzir, Goza a vida, por exemplo, fica uma coisinha frouxa, insossa, que não merece sequer o esforço de a tentarmos. Por isso insistimos em dizer, Carpe diem, e sentimo-nos como deuses que tivessem decidido não ser eternos para poderem, no exacto sentido da expressão, aproveitar o tempo.

Que tempo haverá ainda, não se sabe. Os rádios e as televisões estão a funcionar nas vinte e quatro horas do dia, já não há noticiários a horas certas, interrompe-se o programa a cada momento para ler o último boletim, e as informações sucedem-se, estamos a trezentos e cinquenta quilómetros de distância, estamos a trezentos e vinte e sete, podemos informar que as ilhas de Santa Maria e São Miguel foram completamente evacuadas, prossegue em ritmo acelerado a evacuação das restantes, estamos a trezentos e doze quilómetros, na base das Lajes ficou um pequeno grupo de cientistas norte-americanos que apenas se retirarão, por via aérea, claro está, nos últimos minutos, para poderem assistir do ar à colisão, digamos apenas colisão, sem adjectivos, não foi atendido um pedido do governo de Portugal para que um cientista português integrasse o referido grupo a título de observador, faltam trezentos e quatro quilómetros, os responsáveis pelos programas recreativos e culturais da televisão e da rádio discutem o que devem transmitir, música clássica, dizem uns, atendendo à gravidade da situação, a música clássica é deprimente, argumentam outros, o melhor seria dar música ligeira, cançonetas francesas dos anos trinta, fados portugueses, malaguenhas espanholas e outras sevilhices, e muito rock, e muito folk, os vencedores da Eurovisão, mas músicas alegres vão chocar e ofender pessoas que vivem horas verdadeiramente cruciais, respondem os clássicos, pior seria tocar-lhes marchas fúnebres, alegam os modernos, e disto não se sai, era não era andava lavrando, faltam duzentos e oitenta e cinco quilómetros.

 O rádio de Joaquim Sassa tem sido utilizado com parcimónia, há umas pilhas de reserva, mas que convém poupar, ninguém sabe o que o dia de amanhã nos reservará, é uma frase popular, das que se dizem muito, aqui quase poderíamos apostar sobre o que esse dia vai ser, morte e destruição, milhões de cadáveres, o afundamento de metade da península. Mas os minutos em que o rádio está desligado depressa se tornam insuportáveis, o tempo vai ficando palpável, viscoso, aperta-lhes a garganta, a todo o momento parece que vai sentir-se o choque embora ainda estejamos longe, quem é que poderia aguentar uma tensão destas, Joaquim Sassa liga o rádio, É uma casa portuguesa com certeza é com certeza uma casa portuguesa, canta a voz deliciosa da vida, Donde vás de manton de Manila donde vás con el rojo clavel, a mesma delícia, a vida mesma, mas noutra língua, então todos respiram de alívio, estão mais próximos da morte vinte quilómetros, mas isso que importa, ainda a morte não foi anunciada, os Açores não estão à vista, Canta rapariga canta.

 Estão sentados à sombra duma árvore, acabaram de comer, e são como nómadas nos modos e no trajar, em tão pouco tempo tanta transformação, é o resultado da falta de comodidades, roupa amarrotada e suja, os homens com barba de dias, não os recriminemos, nem a elas, que nos lábios já só usam a cor natural, agora pálida por causa dos cuidados, talvez nas últimas horas se pintem e preparem para receber dignamente a morte, a vida, a acabar-se, não merece tanto. Maria Guavaira está apoiada ao ombro de Joaquim Sassa, agarrou-lhe a mão, por entre as pestanas assomam duas lágrimas, mas não é medo do que está para acontecer, foi o amor que assim lhe subiu aos olhos. E José Anaiço aconchega Joana Carda nos braços, beija-a na testa, depois as pálpebras que se fecham, se ao menos este momento pudesse ir comigo lá para onde eu vá, não peço mais, um momento só, este, não precisamente este de agora quando falo, o outro, o anterior, o que precedeu o anterior, aquele que já mal se distingue daqui, não o agarrei enquanto o vivia, agora é tarde. Pedro Orce levantou-se e afasta-se, os cabelos brancos brilham ao sol, também ele leva a sua aura de lume frio. O cão seguiu-o, de cabeça baixa. Mas não irão muito longe. Agora mantêm-se juntos tanto quanto podem, nenhum deles quer estar sozinho quando acontecer o desastre. O cavalo que, como afirmam os sábios, é o único animal que não sabe que vai morrer, sente-se feliz, apesar dos grandes trabalhos por que passou na longuíssima caminhada. Remói a palha, faz estremecer a pele para sacudir os moscardos, varre com as crinas compridas da cauda o lombo pigarço, e provavelmente nem sabe que esteve para acabar os dias na meia escuridão duma cavalariça arruinada, entre teias de aranha e bonicos, a arfar de pulmoeira, é bem certo que o mal de uns é o bem de outros, ainda que tenha de ser por tão pouco tempo.

O dia passou, outro veio e se foi, faltam cento e cinquenta quilómetros. Sente-se o medo a crescer como uma negra sombra, o pânico é uma inundação à procura dos pontos fracos do dique, roendo o enrocamento profundo, finalmente saltou, e as pessoas que até aí se tinham mantido mais ou menos aquietadas nos lugares onde haviam assentado arraiais, começaram a mover-se para leste, compreendendo agora que estavam perto de mais da costa, apenas a setenta, a oitenta quilómetros, representava-se-lhes na imaginação que as ilhas iriam rasgar a terra até ali, e o mar invadir tudo, o cone do Pico como um fantasma, e quem sabe se, com o choque, o vulcão não entraria em actividade, Mas não há nenhum vulcão na ilha do Pico, ninguém dava ouvidos a esta e outras explicações. As estradas, claro, entupiram-se, cada cruzamento era um nó impossível de desatar, às tantas deixou de ser possível avançar, recuar também, todos apanhados como ratos, mas foram raros os que renunciaram aos poucos bens que transportavam, para tentarem salvar a vida no desafogo dos campos. Para suster a onda com o bom exemplo, o governo português deixou a segurança de Elvas para ir instalar-se em Évora, e o de Espanha, mais comodamente, alojou-se em León, daí difundiram comunicados, que o presidente da República de cá e o rei da Monarquia deles também assinaram, cada qual o seu, lamentavelmente nos esquecemos de dizer que presidente e rei têm acompanhado em todos os transes os respectivos executivos, como explicaríamos agora, se não corrigíssemos a omissão, que um e outro se ofereceram para irem ao encontro das multidões desvairadas, e, de braços abertos, oferecendo a vida ao sacrifício por gesto violento ou atropelo, outra vez Friends, Romans, countrymen, and so, and so, não, majestade, não, senhor presidente, a massa em pânico, ainda por cima ignara, não compreenderia, é preciso ser muito culto e civilizado para ver um rei ou um presidente de braços abertos, no meio duma estrada, e parar para saber o que ele quer. Mas também houve quem, num assomo de cólera, se voltasse para trás e gritasse, Para pouca vida mais vale nenhuma, acabemos com isto, e esses ficaram à espera, olhando as serenas montanhas no horizonte, o róseo da manhã, o azul profundo da tarde quente, a noite estrelada, talvez a última, mas quando a hora chegar não desviarei dela os meus olhos.

Então, aconteceu. A uns setenta e cinco quilómetros de distância do extremo oriental da ilha de Santa Maria, sem que nada o fizesse anunciar, sem que se sentisse o mais ligeiro abalo, a península começou a navegar em direcção ao norte. Durante alguns minutos, enquanto em todos os institutos geográficos da Europa e da América do Norte os observadores analisavam, incrédulos, os dados recebidos dos satélites e hesitavam em torná-los públicos, milhões de aterrorizadas pessoas em Portugal e Espanha já estavam salvas da morte e não sabiam. Durante esses minutos, tragicamente, houve quem entrasse em brigas na esperança de ser morto e tivesse recebido satisfação, e quem, por não poder suportar mais o medo, se suicidasse. Houve quem pedisse perdão dos seus pecados, e quem, por achar que já não haveria tempo para o arrependimento, pedisse a Deus e ao Diabo que lhe dissessem que pecados novos poderia ainda cometer. Houve mulheres que deram à luz, desejando que os filhos nascessem mortos, e outras que souberam estar grávidas de filhos que, julgavam elas, nunca iriam ter. E quando um grito universal soou em todo o mundo, Estão salvos, estão salvos, houve quem não acreditasse e continuasse a chorar o próximo fim, até que não pôde haver mais dúvidas, juravam-no em todos os tons os governos, os sábios vinham dar explicações, falava-se que a salvação tinha como causa uma poderosa corrente marítima artificialmente produzida, a discussão era grande se teriam sido os norte-americanos ou os soviéticos.

A alegria foi um rastilho que encheu de risos e danças toda a península, em especial na grande faixa onde se juntavam os milhões de pessoas deslocadas. Felizmente que isto aconteceu em pleno dia, aí pela hora do almoço para aqueles que tinham que comer, senão a confusão e o caos teriam sido terríveis, diziam as autoridades responsáveis, mas cedo se arrependeram da opinião precipitada, porque, mal houve a certeza de que a notícia era verdadeira, milhares e milhares de pessoas iniciaram a caminhada de regresso a casa, foi preciso pôr a correr, com alguma crueldade, a hipótese de poder voltar a península à trajectória inicial, agora um pouco mais ao norte. Nem todos acreditaram, sobretudo porque uma nova inquietação se introduzia sorrateiramente no espírito das pessoas, viam no seu pensamento as cidades, as vilas e as aldeias abandonadas, a cidade, a vila ou a aldeia onde tinham vivido, a rua onde moravam, e a casa, a casa saqueada por gente expedita que não acreditava em histórias da carochinha ou aceitava o hipotético risco com a naturalidade de quem, por ofício, tivesse de dar todas as noites um triplo salto mortal, e não eram estas visões fantasias da imaginação doente, porque por todas essas desertas paragens já se iam insinuando, ainda acautelados mas levando na mente o desonesto fito, todos os ladrões, gatunos e meliantes antigos e modernos, entre os quais ia passando uma palavra de ordem corporativa, O primeiro a chegar serve-se, quem vier a seguir procura outra casa, não armem zaragatas, que para todos haverá. Que nenhum destes se deixe tentar, dizemos nós, pela casa de Maria Guavaira, é o melhor que lhes poderá acontecer, porque o homem que lá está dentro tem uma espingarda caçadeira carregada e só abrirá a porta à dona da casa para lhe dizer, Guardei os seus bens, agora a senhora case comigo, salvo se, tresnoitado das vigílias, de puro cansaço, se tiver deixado dormir em cima do monte de lã azul, e assim terá falido a sua vida de homem.

Usando de prudência, os açorianos ainda não regressaram às suas ilhas e casas, imaginemo-nos no lugar deles, é verdade que o perigo imediato se afastou, mas continua por aquelas paragens, a rondar, parece isto a versão nova da história da panela de ferro e da panela de barro, com a substancial diferença de que com o barro daqui apenas foi possível fazer os púcaros das ilhas, não deu para a panela de um continente, e esse, se chegou a existir, foi ao fundo, chamavam-lhe Atlântida, bem tolos seríamos se não tivéssemos aprendido, com a experiência, ou com a memória dela, ainda que falsas uma e outra. Mas o sentimento que retém debaixo daquela árvore as cinco pessoas que lá estão não é a prudência, agora que toda a gente se pôs em movimento na direcção das costas de Portugal e da Galiza, por assim dizer, em regresso triunfal, levam ramos, flores, bandas a tocar, e lançam-se foguetes, e os sinos tocam à passagem, as famílias reentram em casa, talvez faltem algumas coisas, mas a vida veio com eles, e isso é o mais importante, a vida, a mesa onde comemos, a cama onde dormimos e onde esta noite, de puro júbilo, se fará o mais alegre amor do mundo. Debaixo da árvore, com a galera à espera e o cavalo já refeito de forças, as cinco pessoas que se deixaram ficar para trás olham o cão como se dele é que devesse vir ordem ou conselho, Tu que vieste donde não sabemos, tu que me apareceste um dia vindo de longe tão cansado que chegando a mim te foste abaixo das mãos, tu que estando eu a mostrar a estes homens o lugar onde risquei o chão com uma vara passaste e olhaste, tu que estavas à espera de nós ao pé do carro que deixámos debaixo do alpendre, tu que tinhas um fio de lã azul na boca, tu que nos guiaste por tantas estradas e tantos caminhos, tu que foste comigo ao mar e encontraste a barca de pedra, diz-nos tu, por um movimento, um gesto, um sinal, já que nem ladrar sabes, diz-nos para onde deveremos ir, que nenhum de nós quer voltar à casa do vale, seria para todos o princípio do último regresso, a mim me diria o homem que quer casar comigo senhora case comigo, a mim me diria o chefe do escritório onde trabalho preciso dessa factura, a mim me diria o meu marido afinal sempre voltaste, a mim me diria o pai do pior aluno senhor professor dê-lhe umas palmatoadas, a mim me diria a mulher do notário que se queixa de dores de cabeça dê-me uns comprimidos para a dor de cabeça, diz-nos tu então para onde deveremos ir, levanta-te e caminha, esse será o nosso destino.

O cão, que estava deitado debaixo da galera, levantou a cabeça como se tivesse ouvido vozes, saltou bruscamente e correu para Pedro Orce que lhe segurou a cabeça com as duas mãos, Se quiseres levo-te comigo, disse, só as palavras é que foram ditas pelo homem. Maria Guavaira é a dona do cavalo e da galera, e ela ainda não decidiu, mas Joana Carda olhou para José Anaiço, que a entendeu, Resolvam o que resolverem, eu não volto, foi então que Maria Guavaira disse em voz alta e clara, Há um tempo para estar e um tempo para partir, ainda não chegou o tempo de voltar, e Joaquim Sassa perguntou, Para onde queremos ir, Por aí sem destino, Vamos ao outro lado da península, propôs Pedro Orce, nunca vi os Pirenéus, Também não os verás agora, metade deles ficou na Europa, lembrou José Anaiço, Não importa, pelo dedo se conhece o gigante. Festejavam a decisão, mas Maria Guavaira disse, O cavalo trouxe-nos até aqui sozinho, mas não aguentará sozinho o resto da viagem, está velho, e uma galera é feita para ser puxada por dois cavalos, com um cavalo só é uma galera maneta, Então, perguntou Joaquim Sassa, Precisamos de encontrar outro, Não deve ser fácil descobrir cavalos aqui, além disso um cavalo, penso eu, é um bicho caro, talvez nem tenhamos dinheiro que chegue.

A dificuldade parece não ter remédio, mas aqui veremos uma demonstração mais da ductilidade do espírito humano, ainda não há muitos dias Maria Guavaira rejeitou, sem ambages, a ideia de dormirem numa casa desocupada, a lição ainda ecoa nos ouvidos de quem teve a lembrança, e agora, tanto pode a necessidade, vai Maria Guavaira condenar uma vida inteira de limpidez moral, prouvera que ninguém lhe lance em rosto a relaxidão, Não o compraremos, roubamo-lo, estas foram as palavras, e agora é Joana Carda que tenta emendar, de modo indirecto, para não ferir os melindres, Nunca roubei nada na minha vida. Meteu-se ali um silêncio incómodo, as pessoas têm de se habituar aos novos códigos morais, neste caso o primeiro passo foi dado por Pedro Orce, contra o costume de serem os velhos endurecidos observadores da lei velha, Na nossa vida nunca roubamos nada, é sempre na vida dos outros, podia ser uma máxima de filósofo cínico, é apenas uma verificação de facto, Pedro Orce disfarçou com um sorriso, mas as palavras estavam ditas. Muito bem, está decidido, roubamos um cavalo, e como é que fazemos, tiramos à sorte para saber quem vai na expedição, Eu terei de ir, disse Maria Guavaira, vocês não percebem de cavalos, seriam incapazes de o trazer, Eu vou contigo, disse Joaquim Sassa, mas seria bom que o cão também quisesse ir connosco, podia defender-nos de qualquer mau encontro.

Nessa noite saíram os três do acampamento, dirigiram-se para leste, onde talvez, por ser região que se mantivera em relativa calma, houvesse mais probabilidades de encontrarem o que queriam. Antes de partirem disse Joaquim Sassa, Não sabemos quanto tempo iremos demorar-nos, esperam aqui por nós, Talvez, pensando bem, fosse preferível trazer um carro grande, onde pudéssemos caber todos, com as bagagens e o cão, disse José Anaiço, Não há carros desses, seria preciso um camião, além disso recorda-te que não encontrámos nenhum completo, capaz de andar, e temos o cavalo, não o podemos deixar por aí ao abandono, Um por todos e todos por um, gritaram no seu tempo os três mosqueteiros, que eram quatro, e agora são cinco, sem falar no cão. E no cavalo.

Meteram-se à estrada Maria Guavaira e Joaquim Sassa, o animal ia à frente a farejar os ventos e a investigar as sombras. A expedição tem o seu quê de absurdo, procurar um cavalo, Mula também serve, dissera Maria Guavaira, sem saber se existirá um animal desses cinco léguas em redor, porventura seria mais fácil encontrar um boi, mas não se atrelam juntos boi e cavalo a uma galera, ou um burro, neste caso, para tanta carga, seria o mesmo que juntar duas fraquezas para delas fazer uma força, coisa só acontecível nas parábolas, como a dos vimes, já citada. Andaram, andaram, saíam da estrada sempre que viam no claro dos campos habitações e casas de lavoura, se cavalos houvesse aí é que se encontrariam, pois é de bestas de tiro que precisamos, não de corcéis de parada ou trotadores de pista. Mal se aproximavam, os cães largavam a ladrar, mas daí a pouco calavam-se, nunca pôde saber-se que artes eram as do Cão, o mais ruidoso e frenético guarda ficava subitamente mudo, e não porque o matasse a fera vinda de além, ter-se-iam ouvido rumores de luta, ganidos de dor, o silêncio só não é sepulcral porque, de facto, não morre ninguém.

Ia a madrugada alta, Maria Guavaira e Joaquim Sassa já mal podiam mexer os pés de fadiga, ele dissera, Temos de encontrar um sítio para descansarmos, mas ela insistia, Procuremos, procuremos, e tanto procuraram que acharam, que achar foi e não descobrir, e aconteceu da mais simples maneira do mundo, já o céu aclarava, a negra noite a oriente tornara-se azul profundo, quando de um rebaixo do caminho ouviram um relincho abafado, um suave milagre, aqui estou, foram ver e era um cavalo peado, não fora Deus Nosso Senhor que ali o pusera para enriquecimento do catálogo dos seus milagres próprios, mas o legítimo dono da besta a quem o ferrador dissera, Ponha-lhe este unguento na matadura e deixe-o a apanhar o relento da noite, faça isto três noites seguidas começando a uma sexta-feira, e se o cavalo não ficar curado torno a dar-lhe o dinheiro e perco o nome que tenho. Um cavalo travado, se não há aí uma nava-lha rápida para lhe cortar a corda, não é animal que se possa transportar às costas, mas Maria Guavaira sabe como falar a estes bichos, e, apesar do nervosismo da besta, que não reconhece quem a conduz, pôde encaminhá-la para a sombra dumas árvores, e aí, arriscando-se a ser pisada ou a levar patada violenta, conseguiu desfazer o nó da corda áspera, em geral dá-se nestes casos um nó próprio, fácil de desatar, mas talvez seja ciência que aqui já não se pratique. Valeu também ter percebido o cavalo que o queriam libertar, é sempre boa a liberdade, mesmo quando vamos para o desconhecido.

Regressaram por caminhos muito desviados, mais do que nunca confiando-se ao mérito do cão para prevenir aproximações suspeitas e remediar vizinhanças inoportunas. Quando o dia se fez claro, já distantes do local do roubo, começaram a encontrar pessoas nos campos e nas estradas, mas nenhuma delas conhecia o cavalo, e mesmo que, conhecendo-o, o pudessem reconhecer, acaso não repararíam nele, tão admirável e inocente era o quadro, por assim dizer medievo, a donzela sentada à amazona na hacaneia, e à frente o andante cavaleiro, pedestremente caminhando, levando o cavalo pela arreata, que felizmente não se tinham esquecido de trazer. O dogue completava a visão encantadora, que a alguns pareceu sonho, a outros sinal de mudança de vida, não sabem uns e outros que vão ali apenas dois malvados ladrões de cavalos, é bem verdade que as aparências enganam, o que geralmente se ignora é que enganam duas vezes, razão por que talvez o melhor ainda será confiar nas primeiras impressões e não levar por diante a investigação. Por isso hoje não vai faltar quem diga, Esta manhã vi Amadis e Oriana, ela a cavalo, ele a pé, ia com eles um cão, Amadis e Oriana não podem ter sido, que nunca nenhum cão foi visto com eles, Vi-o, e basta, uma testemunha vale tanto como cem, Mas na vida, amores e aventuras desses dois não se fala de cão, Então torne-se a escrever a vida, e tantas vezes quantas forem precisas para que lá venha a caber tudo, Tudo, Enfim, o mais possível.

Ao princípio da tarde chegaram ao acampamento e foram recebidos com abraços e risos. O cavalo pigarço olhou de lado o alazão que resfolgava, Tem uma matadura no lombo, quase seca, com certeza puseram-lhe um unguento e deixaram-no ao sereno durante três noites, a contar de sexta-feira, é remédio infalível.

Enquanto as populações regressam aos seus lares e a vida retoma, aos poucos, como é costume dizer-se, o curso normal, vão de vento em popa os debates entre os cientistas sobre as causas do desvio in extremis da península, quando já nada parecia poder evitar a catástrofe. As teses são várias, quase todas antagónicas entre si, o que, matematicamente, contribui para a irredutibilidade dos sábios polemistas.

Uma primeira tese sustenta a fortuitidade absoluta do novo rumo, porquanto, fazendo ele um ângulo rigorosamente recto com o anterior, seria inaceitável uma qualquer explicação que pressupusesse, digamos assim, um acto de vontade, que ainda por cima não se saberia a quem atribuir, uma vez que ninguém ousará pretender que uma massa enorme de pedra e terra, sobre a qual se agitam algumas dezenas de milhões de pessoas, possa produzir, por simples adição ou multiplicação recíproca, uma inteligência e um poder capazes de conduzir-se com precisão, apetece dizê-lo, diabólica.

Uma outra tese defende que o avanço da península, ou, com mais rigor, a sua progressão, e logo veremos por que é esta a palavra usada, far-se-á, de cada vez, em novo ângulo recto, o que, ipso facto, permite admitir a espantosa probabilidade do regresso da península ao ponto de partida, após uma sucessão, ou, aqui está, progressão de lanços, que poderão ser, a partir de certa altura, menos que milimétricos, até ao ajustamento final, perfeito.

A terceira tese propõe a hipótese da existência de um campo magnético na península, ou força similar, que, à aproximação de um corpo estranho suficientemente volumoso, reaja e desencadeie um processo de repulsão de natureza muito particular, dado que essa repulsão, como se viu, não procede em sentido inverso do sentido do movimento inicial, ou último, mas sim, para usar uma comparação retirada da prática da condução de automóveis, derrapando, porquê para o norte ou porquê para o sul foi questão que a proposta se esqueceu de contemplar.

Finalmente, a quarta tese, mais heterodoxa, recorre às potências a que chama metapsíquicas, afirmando que a península foi desviada da colisão por um vector formado pela concentração, em uma décima de segundo, das ânsias de salvação e dos terrores das populações afligidas. Esta explicação ganhou grande popularidade, sobretudo quando, para a tornar acessível aos cérebros do vulgo sem preparação, o seu defensor usou um símile do domínio da física, mostrando como a incidência de raios solares numa lente biconvexa faz convergir esses raios num ponto ou foco real, com os conhecidos resultados, calor, queimadura, fogo, logo, portanto e por conseguinte o efeito intensificador da lente tem óbvio paralelo na força da mente colectiva, que seria o caótico sol, estimulada, concentrada e potenciada num momento de crise, até ao paroxismo. A incongruência da explicação não fez sombra a ninguém, pelo contrário, não faltou quem viesse propor que doravante todos os fenómenos da psique, do espírito, da alma, da vontade, da criação, passassem a ser explicados em termos físicos, ainda que por simples analogia ou indução imperfeita. A tese está a ser estudada e desenvolvida no sentido da aplicação dos seus princípios fundamentais à vida quotidiana, em particular no funcionamento dos partidos políticos e nas competições desportivas, para citar apenas dois exemplos comuns.

Argumentam, porém, alguns cépticos que a prova real de todas estas hipóteses, uma vez que disso mesmo não passam, ver-se-á daqui a algumas semanas, se a península prosseguir a rota que agora leva e que a fará entalar-se entre a Gronelândia e a Islândia, terras inóspitas para portugueses e espanhóis, geralmente habituados às suavidades e abandonos de um clima temperado, a tender para o quente na maior parte do ano. Se tal vier a acontecer, a única conclusão lógica a extrair de tudo quanto se viu até agora, é que, afinal, a viagem não valeu a pena. O que, por outro lado, seria, ou será, uma maneira demasiado simplificada de encarar a questão, pois nenhuma viagem é ela só, cada viagem contém uma pluralidade de viagens, e se, aparentemente, uma delas parece apresentar tão pouco sentido que nos sentimos autorizados a sentenciar, Não valeu a pena, mandaria o senso comum, se por preconceito e preguiça o não obliterássemos tantas vezes, que verificássemos se as viagens de que aquela foi conteúdo ou continente não serão valiosas bastante para terem, afinal, valido a pena e as penas. Todas estas considerações reunidas nos aconselham a suspendermos os juízos definitivos e outras presunções. As viagens sucedem-se e acumulam-se como as gerações, entre o neto que foste e o avô que serás, que pai terás sido, Ora, ainda que ruim, necessário.

    José Anaiço fez as contas à viagem que os espera, por caminhos que não irão ser a direito se quiserem evitar as grandes ladeiras dos montes Cantábricos, e comunicou os resultados, De Palas de Rei, onde mais ou menos agora estamos, até Valhadolid, serão uns quatrocentos quilómetros, e daí até à fronteira, desculpem, aqui neste mapa ainda tenho uma fronteira, são outros quatrocentos, ao todo oitocentos quilómetros, uma grande viagem a passo de cavalo, De cavalo, não, isso acabou, e não vai ser a passo, mas a trote, emendou Maria Guavaira. Disse então Joaquim Sassa, Com dois cavalos a puxar, interrompeu-se neste ponto da frase, com a expressão de quem vê uma luz no interior da sua própria cabeça, e largou a rir, O que são as coisas, tínhamos nós deixado um Dois Cavalos e agora vamos viajar noutro, proponho que a galera passe a chamar-se Dois Cavalos, de facto et de jure, como parece que em latim se diria, que eu latim não aprendi, é só de outiva, como dizia um avô meu que também não conhecia a língua desses seus antepassados. Dois Cavalos comem feno, na revessa da galera, a matadura do alazão sarou por completo, e o pigarço, se não rejuvenesceu, melhorou de aspecto e de forças, levanta menos a cabeça que o outro, mas não fará má figura na parelha. Retomou Joaquim Sassa a pergunta, depois do riso geral, Dizia eu, com dois cavalos a puxar, quantos quilómetros, em média, andaremos por hora, e Maria Guavaira, Aí umas três léguas, Portanto quinze quilómetros, pela medida moderna, Exactamente, Dez horas a quinze quilómetros faz cento e cinquenta, em menos de três dias estamos em Valhadolid, com outros três chegamos aos Pirenéus, é rápido. Maria Guavaira fez cara de consternação, respondeu, É um bom programa, sobretudo se quisermos rebentar os animais em pouco tempo, Mas tu disseste, Eu disse quinze quilómetros, mas era se fosse em terreno plano, e em qualquer caso nunca os cavalos andarão dez horas por dia, Com descanso, Ainda bem que não te esqueceste do descanso, pela ironia do tom via-se que Maria Guavaira estava quase a zangar-se.

Em ocasiões destas, mesmo que não entrem cavalos no caso, os homens ficam humildes, é uma verdade que as mulheres geralmente ignoram, reparam apenas no que lhes pareceu ser o despeito masculino, a reacção da autoridade contrariada, é assim que os equívocos e mal-entendidos se arranjam, provavelmente a causa de tudo isto estará na insuficiência do aparelho auditivo dos seres humanos, das mulheres em particular, ainda que se gabem de finíssimas ouvidoras, Realmente, eu de cavalos não sei nada, sou da infantaria, resmungou Joaquim Sassa. Os outros assistem ao duelo verbal, sorriem porque o caso não é sério, o fio azul é a mais forte atadura do mundo, como daqui a pouco se há-de ver. Maria Guavaira disse, Seis horas por dia será o máximo, podendo ser andaremos as três léguas por hora, não podendo será o que os cavalos derem, Partimos amanhã, perguntou José Anaiço, Se todos estiverem de acordo, respondeu Maria Guavaira, e com a sua voz de mulher, para Joaquim Sassa, Achas bem, e ele, subitamente desarmado, Acho, e sorriu.

Nessa noite fizeram balanço aos haveres em numerário, tantos escudos, tantas pesetas, algum dinheiro estrangeiro de Joaquim Sassa, que o conseguira quando saíram do Porto, há tão poucos dias e parece terem-se passado séculos, reflexão que nada tem de original, se alguma o tem, mas irresistível, como tantas outras vulgaridades. Os víveres que trouxeram de casa de Maria Guavaira estão a chegar ao fim, há que reforçar a despensa, e não vai ser fácil, com todo este desconcerto dos abastecimentos, essa multidão devoradora que por onde passava nem talos de couve deixava atrás de si, sem falar nas capoeiras saqueadas, consequência também da indignação dos necessitados, a quem se pedia uma fortuna por um frango magricela. Depois que a situação começou a normalizar-se, os preços baixaram um pouco, mas não voltaram ao que tinham sido antes, já se sabe, nunca voltam. E agora o problema é haver falta de tudo, até roubar seria difícil, se quisessem continuar por esse caminho perverso, o caso do cavalo foi especial, não sofresse ele da matadura e ainda adornaria a cavalariça e ajudaria aos trabalhos do seu antigo dono, que do destino da besta só sabe que a levaram dois meliantes e um cão, estavam lá os rastos. Diz-se e insiste-se que há males que vêm por bem, há tanta gente que o afirma, tanta o afirmou, que bem pode ser que se trate duma verdade universal, desde que nos dêmos ao trabalho de separar cuidadosamente a parte do mal e a parte do bem, e a quem uma e outra calharam em sorte. Disse pois Pedro Orce, Vamos ter de trabalhar para ganhar algum dinheiro, a ideia pareceu lógica, mas, após o inventário das profissões, chegou-se à desoladora conclusão esperada, assim, Joana Carda, apesar de ter um curso de letras, nunca exerceu o magistério, foi sempre, desde que casou, senhora da sua casa, e aqui em Espanha não é tão grande como isso o interesse pela literatura portuguesa, além de os espanhóis, nesta altura, terem mais em que pensar, Joaquim Sassa, já o declarou irritadamente, é da infantaria, o que, na sua boca, significava que pertence à arraia-miúda dos empregados de escritório, preciosa actividade, ninguém o porá em dúvida, mas em épocas de calma social e negócios correntes, Pedro Orce aviou remédios em toda a sua vida, quando o conhecemos estava a fazer hóstias de quinino, pena não se ter lembrado de trazer consigo a farmácia, podia agora dar consultas públicas e ganhar bom dinheiro, pois nestas paragens rurais quem diz boticário diz médico, José Anaiço é professor dos primeiros anos, e com isto se disse tudo, sem falar que está em terra doutra geografia e doutra história, como iria ele explicar aos meninos espanhóis que Aljubarrota foi uma vitória quando estão habituados a esquecer que foi uma derrota, só falta falar de Maria Guavaira, é a única que pode ir pedir trabalho nessas herdades e fazê-lo, à proporção das suas forças e sabedoria, que não chegam a tudo.

Olham uns para os outros, sem saberem que voltas darão à vida, e Joaquim Sassa, hesitando, diz, Se tivermos de parar constantemente para ganhar algum dinheiro, nunca chegaremos aos Pirenéus, dinheiro assim ganho é dinheiro que não dura, chapa ganha, chapa gasta, a solução seria fazermos como fazem os ciganos, refiro-me aos que vão de terra em terra, de alguma coisa eles hão-de viver, era uma pergunta, era uma dúvida, talvez caísse o maná do céu aos ciganos. Pedro Orce foi o que respondeu, por ser das terras do sul, onde a espécie mais abunda, Há os que fazem negócios de cavalos, os que vendem roupas nas feiras, outros vão comerciando de porta em porta, as mulheres lêem a sina, Histórias de cavalos não queremos mais, para vergonha bastou este, além disso é ofício de que não percebemos nada, e quanto a ler a sina oxalá não nos dê a nossa cuidado, E sem contar que para vender cavalos é preciso começar por comprá-los, a tanto não chegaria o dinheiro, se até o cavalo que aí está teve de ser roubado. Fez-se um silêncio, como conseguiu ele fazer-se não se sabe, e quando acabou de estar feito, disse Joaquim Sassa, que está a revelar-se espírito convenientemente prático, Só vejo uma saída para a situação, compramos roupas num desses armazéns de revenda, certamente os haverá na primeira cidade grande por onde passarmos, e depois vendemo-las pelas aldeias, com um lucro razoável, da contabilidade encarrego-me eu. Pareceu boa a ideia, à falta doutra melhor, fazia-se a experiência, já que não poderiam ser agricultores, nem boticários, nem professores, nem alquiladores, seriam bufarinheiros e fanqueiros ambulantes, venderiam roupas de homem, senhora e criança, que não é desonra nenhuma, e com uma boa administração dará para viver.

Traçado assim o plano de vida, foram-se deitar, sendo agora a altura de dizer como se arrumam os cinco na galera que agora se chama Dois Cavalos, pois é assim, Pedro Orce fica à frente, atravessado, num enxergão estreito que dá à justa para ele, depois Joana Carda e José Anaiço, ao comprido, no espaço lateral que sobra duma parte dos objectos com que viajam, o mesmo acontecendo com Maria Guavaira e Joaquim Sassa, mais recuadamente. Há panos pendurados a formar simbólicas divisórias, o respeito é grande, se Joana Carda e José Anaiço, que ocupam o meio da galera, precisam de sair para o ar livre durante a noite, passam pelo lado de Pedro Orce, que não se queixa, a incomodidade, aqui, divide-se como se divide o resto. E os beijos, e os abraços, os amplexos carnais, quando se praticam e exercitam, perguntarão aqueles espíritos curiosos a quem a natureza dotou de um particular gosto da malícia. Digamos que tem havido duas maneiras de satisfazerem os amantes os doces impulsos da natureza, ou vão por esses campos à procura de um lugar isolado e aprazível, ou aproveitam o afastamento temporário e propositado dos companheiros, para o que nem são precisas palavras, há sinais duma grande eloquência, só fazendo-nos desatentos, e aqui o dinheiro faltará, mas não o entendimento.

Não partiram ao romper da alvorada como o aconselharia a poética, para quê madrugar se agora têm o tempo todo por sua conta, mas esta razão não foi a única nem a mais forte, aconteceu demorarem-se nos arranjos corporais, barbeados os homens, polidas as mulheres, e as roupas escovadas, num recanto adequado do arvoredo, para onde transportaram, a balde, água da ribeira, lavaram-se, um por um, os casais, não se sabe se inteiramente nus, porque deles não houve testemunhas. Pedro Orce foi o último a tomar banho, levou consigo o cão, pareciam dois bichos tontos, apetece dizer que tanto ria um como ria o outro, o cão a empurrar Pedro Orce e Pedro Orce a atirar chapadas de água ao cão, um homem com esta idade não devia expor-se tanto à irrisão pública, alguém que passou foi logo dizer, devia dar-se mais ao respeito, já tem idade para isso. Do acampamento quase não ficaram sinais, apenas o chão calcado, a patinhação do banho debaixo das árvores, cinzas entre pedras enegrecidas, o primeiro vento varrerá tudo isto, a primeira chuvada forte alisará a terra levantada, diluirá as cinzas, apenas as pedras mostrarão que por ali passou gente, sendo preciso servirão a outra fogueira.

O dia está bonito para viajar. Da encosta do cabeço onde se tinham abrigado descem à estrada, de cocheira vai Maria Guavaira que não confia as rédeas a ninguém, é preciso saber falar aos cavalos, há pedras, barrocos, partir-se ali um eixo seria o fim dos trabalhos, longe vá o agoiro. O alazão e o pigarço ainda não se entendem bem, Al parece desconfiar da segurança dos jarretes de Pig, e Pig, depois de atrelado em parelha, tem tendência para puxar para o lado de fora, como se quisesse afastar-se do companheiro, obrigando Al a um esforço suplementar de compensação. Maria Guavaira observa os desentendimentos, em chegando à estrada começará a meter Pig na ordem, com doses equilibradas de bons modos, chicote e jogo de rédea há-de emendar-lhe o sestro. Os nomes de Pig e Al inventara-os Joaquim Sassa, tendo em conta que estes Dois Cavalos não são como os do automóvel, que esses, vivendo tão juntos, não se distinguiam, e ambos queriam o mesmo e ao mesmo tempo, ao passo que os de agora são diferentes em tudo, na cor, na idade, na força, no porte, no temperamento, então justifica-se e necessita-se que cada um leve o seu nome próprio, Mas Pig, em inglês, quer dizer porco, e Al é abreviatura de Alfred, por exemplo, protestou José Anaiço, ao que Joaquim Sassa respondeu, Não estamos em terra de ingleses, Pig é pigarço, Al é alazão, e eu sou o padrinho. Joana Carda e Maria Guavaira trocam sorrisos perante a infantilidade dos seus homens. E Pedro Orce, inesperadamente, Se fossem égua e cavalo e tivessem um filho, podíamos chamar-lhe Pigal, os mais informados de cultura europeia olharam para ele surpreendidos, por que bulas se teria lembrado Pedro Orce de Pigalle, mas o equívoco era seu, coincidências sempre as houve, e certos bem achados trocadilhos são involuntário fruto duma ocasião. Pedro Orce, de Pigalle, não sabe nada.

 Neste primeiro dia não andaram mais do que setenta quilómetros, em primeiro lugar porque não seria nada bom forçar os cavalos depois do longo descanso em que tinham vivido, um por motivo de maleita, o outro à espera de decisões que tardavam, e em segundo lugar porque foi preciso passar pela cidade de Lugo, que lhes ficava um pouco fora do caminho, a nordeste, onde foram abastecer-se da mercadoria para o negócio graças ao qual contavam poder viver. Compraram um jornal da cidade para saberem as últimas notícias, o que encontraram de mais eloquente nele foi uma fotografia da península, com atraso de um dia, era visível a deslocação para norte a partir do sentido da rota anterior, didacticamente assinalada pela redacção a tracejado. Não havia dúvidas, o ângulo era recto a mais não poder ser. Mas sobre as célebres teses em debate, já aqui resumidas, pouco se adiantava, e quanto à posição própria do jornal notava-se, fruto talvez de antigas desilusões, um certo cepticismo, porventura saudável, mas que também poderá ser atribuído à conhecida curteza de vistas dos pequenos centros urbanos de província.

Nos armazéns de pronto-a-vestir, as mulheres, que a elas coube, naturalmente, a escolha da colecção, com Joaquim Sassa ao lado a fazer cálculos, hesitaram muito quanto aos critérios a seguir, se roupas para o inverno que se aproximava, se, trabalhando no médio prazo, para a próxima primavera, Acho que não se diz no médio prazo, mas a médio prazo, emendou Joana Carda, ao que Joaquim Sassa respondeu, seco, Lá no escritório é assim que se diz, no curto, no médio e no longo. Para a decisão final foram determinantes as suas próprias necessidades, era evidente que estavam todos mal enroupados, com artigos de meia estação, a isto se acrescentando não ter sido possível evitar que Maria Guavaira e Joana Carda cedessem a algumas tentações pessoais. Harmonizando tudo, pôde concluir-se a aquisição das mercadorias em termos de boas perspectivas para o futuro, se a procura se mostrasse à altura da oferta. Joaquim Sassa mostrava-se um tanto inquieto, Empatámos mais de metade do dinheiro que tínhamos, se dentro duma semana não recuperarmos metade dessa metade, vamos ter problemas, em casos como o nosso, sem fundo de maneio nem possibilidade de recorrer ao crédito bancário, a boa gestão dos stocks é o fundamental, uma perfeita harmonia entre escoamentos e reposições, sem estrangulamentos, quer a montante, quer a jusante. Este discurso fê-lo Joaquim Sassa na primeira paragem depois de saírem de Lugo, com autoridade de administrador, benevolamente aceite pelos outros.

Que o negócio não iria vogar em mar de rosas compreenderam-no todos quando o talento regateador duma compradora os levou a baixar o preço de duas saias até ao arrastamento do lucro. Por acaso o vendedor foi Joana Carda, que depois pediu desculpa à sociedade e prometeu que seria, de futuro, a mais feroz das negociantes em actividade na península, É que se não nos acautelamos já, daremos com os burrinhos na água, ficamos sem o dinheiro e sem a mercadoria, lembrou uma vez mais Joaquim Sassa, não se trata apenas da nossa subsistência, temos ainda três bocas a sustentar, o cão e os cavalos, O cão governa-se, disse Pedro Orce, Até aqui tem-se governado, mas um dia corre-lhe mal a caçada, volta para nós de rabo caído, e se não tivermos comida para lhe dar, como é que vai ser, Metade do que me couber a mim é para ele, É muito bonita a tua atitude, mas a nossa preocupação não deverá ser dividir a pobreza, mas sim aumentar a riqueza, Riqueza e pobreza, neste caso, observou José Anaiço, são maneiras de dizer, mas neste momento da nossa vida estamos a ser mais pobres do que realmente somos, a situação é estranha, vivemos como se tivéssemos escolhido ser pobres, Se se tratasse duma escolha, creio que não seria de boa-fé, foram as circunstâncias, mas delas só aceitámos algumas, as que serviam os nossos fins pessoais, somos como actores, ou somos apenas personagens, se, por exemplo, eu voltasse para o meu marido, quem seria eu, o actor fora da sua personagem, ou uma personagem a fazer o papel de actor, e entre um e outro, eu estaria onde, isto disse e perguntou Joana Carda. Maria Guavaira estivera a ouvir, calada, agora dizia como quem começa do princípio uma nova conversa, talvez não tivesse compreendido bem o que os outros disseram, As pessoas nascem todos os dias, só delas é que depende continuarem a viver o dia de ontem ou começarem de raiz e de berço o dia novo, hoje, Mas há a experiência, tudo quanto viemos aprendendo, lembrou Pedro Orce, Sim, tens razão, disse José Anaiço, mas a vida fazemo-la geralmente como se não tivéssemos nenhuma experiência anterior, ou servimo-nos apenas daquela sua parte que nos permite insistir em erros, alegando explicações e lições da experiência, e agora ocorre-me uma ideia que talvez vos pareça absurda, um contra-senso, que talvez o efeito da experiência seja muito maior no conjunto da sociedade do que em cada um dos seus membros, a sociedade aproveita a experiência de todos, mas nenhuma pessoa quer, sabe ou pode aproveitar por inteiro a sua própria experiência.

Debatem-se estas interessantes questões à sombra duma árvore, na hora do almoço, frugal como convém a viajantes que ainda não terminaram a jornada, e se algumas pessoas considerarem o exame desajustado, quer ao local, quer à circunstância, teremos de recordar-lhes que, globalmente, a instrução e cultura dos peregrinos admitem, sem escandalosa impropriedade, uma conversação cujo teor, de um exclusivo ponto de vista de composição literária que buscasse uma também exclusiva verosimilhança, apresentaria, de facto, algumas deficiências. Porém, qualquer um, independentemente das habilitações que tenha, ao menos uma vez na sua vida fez ou disse coisas muito acima da sua natureza e condição, e se a essas pessoas pudéssemos retirar do quotidiano pardo em que vão perdendo os contornos, ou elas a si próprias por violência se retirassem de malhas e prisões, quantas mais maravilhas seriam capazes de obrar, que pedaços de conhecimento profundo poderiam comunicar, porque cada um de nós sabe infinitamente mais do que julga e cada um dos outros infinitamente mais do que neles aceitamos reconhecer. Cinco pessoas estão aqui por motivos extraordinários, de estranhar seria que não conseguissem dizer algumas coisas um pouco fora do comum.

Por estas paragens é raro encontrar-se um automóvel. Uma vez por outra passa um grande camião, leva abastecimentos às populações, principalmente munições de boca, com todos estes acidentes é natural que se tenha desorganizado o comércio local de víveres, há faltas, e de repente passa a haver excessos, mas tudo tem desculpa, lembremo-nos de que a humanidade nunca se viu numa situação destas, navegar sempre navegou, mas em barcos pequenos. Anda muita gente a pé, outros vão de burro, se não fosse tão acidentado o terreno veríamos mais bicicletas. No geral, as pessoas daqui são de boa índole, pacíficas, mas o sentimento da inveja é talvez o único que não escolhe classes sociais e o de mais assídua manifestação na alma humana, por isso não foi uma nem duas vezes que Dois Cavalos, passeando-se na paisagem em tempo de tanta dificuldade de transportes, despertou ávidas cobiças. Qualquer grupo decidido e violento daria rápida conta dos ocupantes, um daqueles homens é velho, os outros têm pouco de sansão e hércules, e, quanto às mulheres, uma vez os companheiros vencidos, seriam presa fácil, é verdade que Maria Guavaira é mulher para enfrentar um homem, mas precisa de um tição aceso. Bem podia ter acontecido, portanto, que não se livrassem os viajantes de um assalto celerado, ficando ali ao desbarato, na perdição última, míseras e violadas as mulheres, feridos e vexados os homens, mas estava lá o cão, que, vendo aproximar-se gente, saía de debaixo da galera e, à frente ou atrás, parado ou andando, com o focinho descaído como um lobo, fitava os seus olhos de fogo frio em viandantes quase sempre inocentes, mas tanto pavor estes sentiam como medo os facinorosos. Este cão, se considerarmos tudo quanto fez até hoje, mereceria o título de anjo-da-guarda, apesar das constantes insinuações que continuam a ser feitas sobre a sua pretensa origem infernal. Objectar-se-á, adiantando a autoridade da tradição cristã e não cristã, que os anjos sempre foram representados com asas, mas naqueles casos, que muitos são, em que o anjo necessário não precisasse de voar, que mal haveria que aparecesse, familiarmente, em figura de cão, sem ter obrigação de ladrar, o que, aliás, não assentaria bem à espiritual entidade. Admita-se, portanto, e ao menos, que os cães que não ladram são anjos em função.

Acamparam ao fim do dia nas margens do rio Minho, no arrabalde duma povoação chamada Portomarín. Enquanto José Anaiço e Joaquim Sassa ficavam a desatrelar e a cuidar dos cavalos, a preparar o lume, a descascar as batatas e a migar a hortaliça, as mulheres, acompanhadas por Pedro Orce e pelo seu anjo-da-guarda, aproveitaram a última luz do entardecer para ir bater a algumas portas da aldeia. Por causa da língua, Joana Carda não abria a boca, provavelmente as dificuldades de comunicação é que a tinham enganado antes, mas está a aprender para o futuro, que é o lugar único onde se podem emendar erros. Não lhes correu mal o negócio, o que venderam foi por justo preço. Quando regressaram, o acampamento parecia um lar, a fogueira confortava-se entre as pedras, o candeeiro pendurado da galera fazia para o espaço desafogado meia roda de luz, e o cheiro da fervedura era como a presença de Deus Nosso Senhor.

Quando depois da ceia conversavam ao redor do lume, Joaquim Sassa teve uma súbita inspiração e perguntou, Donde é que te veio esse nome de Guavaira, que é que significa, e Maria Guavaira respondeu, Guavaira, que eu saiba, é nome que ninguém mais tem, sonhou-o a minha mãe quando eu ainda estava dentro dela, queria que eu me chamasse Guavaira, só assim, mas o meu pai teimou que também havia de ser Maria, e fiquei como não devia, Maria Guavaira, Então não sabes o que quer dizer, O meu nome veio de um sonho, Os sonhos significam sempre alguma coisa, Mas não o nome que estiver no sonho, agora digam-me dos nomes que têm. Disseram-lho, cada qual o seu, um por um. Então Maria Guavaira, remexendo com um tição o lume, disse, Os nomes que temos são sonhos, com quem estarei eu a sonhar se sonhar com o teu nome.

Mudou o tempo, fórmula de uma concisão exemplar que, de modo suavizado ou neutralmente objectivo, nos informa que, tendo mudado, mudou para pior. Chove, e é uma chuva mansa, de outono começado, que enquanto não empapar as terras nos dará vontade de passear por esses campos, de botas e impermeável, recebendo no rosto a poalha dulcíssima da água e gozando a melancolia das distâncias brumosas, as primeiras árvores que deixam ir as folhas e aparecem despidas, friorentas, como se estivessem a pedir-nos afagos, alguma aí há que apetece apertar ao peito com terna piedade, chegamos o rosto à casca húmida e é o mesmo que uma face molhada de lágrimas.

Mas o toldo da galera vem dos primórdios dos toldos, a tecnologia, sólida na teia e na trama, cuidava pouco de impermeabilidades, era o século e o lugar das pessoas capazes de enxugarem a roupa no corpo tendo como única protecção, e não em todos os casos, um copo de aguardente. Acresceu-lhe o efeito das estações, o ressequimento das fibras, o esgarçamento das costuras, é fácil ver que a lona retirada do automóvel não pôde remediar todos os danos. Por isso vem pingando dentro de Dois Cavalos, e continua a pingar, em contrariedade da convicção de Joaquim Sassa, que defendia que o ensopamento e engrossamento dos fios, com a consequente redução dos espaços entre eles, teria o seu lado benéfico, desde que houvesse paciência para esperar. Teoricamente, nada mais exacto, mas a evidência prática é outra, se não tivessem tido o cuidado de enrolar e proteger os colchões, tão cedo ninguém poderia dormir neles.

Quando a chuva cai com mais força e a oportunidade surge, os viajantes recolhem-se debaixo dos viadutos, mas nesta estrada são raros, é apenas um caminho provincial, fora dos grandes eixos rodoviários, esses que, para evitar cruzamentos e permitir as grandes velocidades, fazem passar por cima de si as vias secundárias. Em um destes dias terá José Anaiço a ideia de comprar um verniz ou uma tinta impermeável, e assim fará, mas a única tinta apropriada que encontrou, um vermelhão estridente, não chegará sequer para uma quarta parte do toldo. Se Joana Carda não viesse a ter melhor e mais razoável ideia, coser folhas largas de plástico umas às outras até com elas formar uma cobertura completa, e de caminho segunda para os cavalos, e adivinhando-se que não seria provável encontrar trinta quilómetros adiante tinta impermeável da mesma cor e tonalidade, poderia vir a acontecer passear-se a galera pelo vasto mundo com um toldo de furta-cores, às riscas, círculos e quadrados, segundo a inspiração do artista, de verde e amarelo, de laranja e azul, de violeta, de branco sobre branco, de castanho, talvez de preto. Por enquanto chove.

Depois do breve e inconcluso diálogo sobre o sentido dos nomes e o significado dos sonhos, tem sido objecto de discussão que nome se deverá dar ao sonho que este cão é. Dividem-se as opiniões, as quais, como também deveríamos saber já, são simples questão de gosto, digamos mesmo que a opinião é a expressão aparentemente racionalizada do gosto. Pedro Orce propõe e justifica um nome rústico e tradicional, Fiel, ou Piloto, ambos muito pertinentes se considerarmos as características morais do animal, guia infalível e de uma lealdade sem mácula. Joana Carda hesita entre Fronteiro e Combatente, nomes de bélica ressonância que não parecem acertar com a personalidade de quem os sugere, mas a alma feminina tem profundidades insondáveis, Margarida ao tear vai lutar toda a vida para reprimir os ímpetos da Lady Macbeth que leva dentro, e até à sua última hora não terá a certeza de ganhar. Quanto a Maria Guavaira, embora não sabendo explicar porquê, facto que não lhe acontece pela primeira vez, propôs, meio envergonhada com a sua própria ideia, que se lhe chamasse Anjo-da-Guarda, e corou ao dizê-lo, tinha a percepção de quanto seria ridículo, sobretudo em público, apelar ao anjo-da-guarda, e em vez de um ente luminoso, vestido de alvinitente túnica, anunciando-se com um fru-fru de asas, aparecer, sujo de lama e do sangue do último coelho, um terror canino que só respeita os donos, se estes o são. Quis José Anaiço lançar água na fervura dos risos que a sugestão de Maria Guavaira levantara, e propôs que fosse dado ao cão o nome de Constante, tinha lembrança de haver lido esse nome num livro qualquer, Agora não me lembro, mas Constante, se entendo bem a palavra, contém todas as que foram sugeridas, Fiel, Piloto, Fronteiro, Combatente, e até Anjo-da-Guarda, porque se nenhum destes for constante perde-se a fidelidade, desorienta-se o piloto, o fronteiro abandona o posto, o combatente entrega as armas, e o anjo-da-guarda deixa-se seduzir pela menina a quem devia defender das tentações. Todos aplaudiram, embora Joaquim Sassa fosse de parecer que o melhor ainda seria chamar-lhe simplesmente Cão, porque, sendo o único que ali há, não pode haver possibilidade de confundirem-se os apelos e as respostas. Vão pois chamar Constante ao cão, mas realmente não tinha valido a pena tanto trabalho de baptismos, pois o animal responde a todos os nomes que lhe derem se tiver entendido que a palavra, qualquer que seja, é para ele, embora um certo outro nome lhe flutue às vezes na memória, Ardent, mas desse ninguém aqui se lembrou. Razão tinha quem uma vez disse, contra a opinião de Maria Guavaira, que um nome não é nada, sequer um sonho.

 Seguem, e não o sabem, o antigo caminho de Santiago, passam por terras que têm nomes de esperança ou lembrança má, consoante os episódios que nelas viveram os viajantes daquele primitivo tempo, Sarriá, Samos, ou a privilegiada Villafranca del Bierzo, onde o peregrino doente ou cansado que fosse tocar na porta da igreja do apóstolo ficava dispensado de chegar a Santiago de Compostela, ganhando as mesmas indulgências que se lá tivesse ido. Já a fé, então, tinha os seus acomodamentos, porém nada que se compare com os nossos dias de hoje, em que os acomodamentos são mais retributivos que a própria fé, esta ou outra qualquer. Ao menos, estes viajantes sabem que se quiserem ver os Pirenéus terão mesmo de lá chegar, pôr-lhes a mão em cima, que o pé não basta, por ser menos sensível, e os olhos, muito mais do que se julga, deixam-se enganar. A chuva, aos poucos, tem vindo a diminuir, cai em gotas espaçadas, até que pára de todo. O céu não se descobriu, a noite vem mais depressa. Acampam sob umas árvores para se protegerem doutras possíveis chuvadas, embora Pedro Orce cite o refrão ibérico, Quem a uma árvore se recolhe, duas vezes se molha, esta é a versão portuguesa, modificada. Não foi fácil acender o lume, mas as artes de Maria Guavaira acabaram por vencer a relutância da lenha molhada, que estalava e refervia nas extremidades como se vertesse a seiva. Comeram conforme puderam, o suficiente para que o estômago não viesse a ganir de fome durante a noite, porque, como ensina o outro refrão, Quem se deita sem ceia, toda a noite rabeia, versão autêntica. Comeram dentro da galera, à luz do candeeiro fumegante, numa atmosfera pesada, de roupas húmidas, com os colchões enrolados e sobrepostos, os restantes haveres em monte, para uma boa dona de casa seriam punhaladas um espectáculo assim. Mas como não há mal que sempre dure nem chuva que se não acabe, deixa aí vir uma réstia de bom tempo e logo se fará a grande barrela, os colchões abertos para que possam secar até ao mais fino fio de palha, e as roupas estendidas sobre os arbustos e as pedras, quando as formos recolher, terão aquele bom cheiro quente que o sol deixa por onde passa, e isto se fará enquanto as mulheres, compondo um formoso quadro familiar, ajustam e costuram as longas faixas de plástico que hão-de resolver todos os problemas aquáticos, bendito seja quem inventou o progresso.

Têm estado a conversar com a indolência e vaguidade de quem tem de passar o tempo enquanto a hora de dormir não chega, e então Pedro Orce interrompe o que ele próprio estava dizendo e vai começar a falar, Li uma vez não sei onde que a galáxia a que pertence o nosso sistema solar se dirige para uma constelação de que agora também não me lembra o nome, e essa constelação dirige-se, por sua vez, para um certo ponto do espaço, gostaria de ser mais exacto, mas a minha cabeça não reteve os pormenores, no entanto o que eu queria dizer era o seguinte, ora reparem, nós aqui vamos andando sobre a península, a península navega sobre o mar, o mar roda com a terra a que pertence, e a terra vai rodando sobre si mesma, e, enquanto roda sobre si mesma, roda também à volta do sol, e o sol também gira sobre si mesmo, e tudo isto junto vai na direcção da tal constelação, então o que eu pergunto, se não somos o extremo menor desta cadeia de movimentos dentro de movimentos, o que eu gostaria de saber é o que é que se move dentro de nós e para onde vai, não, não me refiro a lombrigas, micróbios e bactérias, esses vivos que habitam em nós, falo doutra coisa, duma coisa que se mova e que talvez nos mova, como se movem e nos movem constelação, galáxia, sistema solar, sol, terra, mar, península, Dois Cavalos, que nome finalmente tem o que a tudo move, de uma extremidade da cadeia à outra, ou cadeia não existirá e o universo talvez seja um anel, simultaneamente tão delgado que parece que só nós, e o que em nós cabe, cabemos nele, e tão grosso que possa conter a máxima dimensão do universo que ele próprio é, que nome tem o que a seguir a nós vem, Com o homem começa o que não é visível, foi a resposta surpreendida de José Anaiço, que a deu sem pensar.

Sobre o toldo caem, espaçadas, as grandes gotas de água

que vieram escorregando de folha em folha, ouvem-se lá fora os movimentos de Pig e Al sob os oleados que os não cobrem por completo, é para isto que o silêncio verdadeiramente serve, para que possamos ouvir o que se diz não ter importância. Cada uma das pessoas que aqui se encontram pensa que é obrigação sua contribuir com o saber que tenha para tão alto concílio, mas todos se temem de que, ao abrir a boca, lhes saiam, se não os sapinhos da lenda, umas sortidas banalidades sobre o ser, ontológicas, mesmo tendo dúvidas sobre a pertinência da palavra num contexto primário de galera, pingos de chuva e cavalos, sem esquecer o cão, que dorme. Maria Guavaira, por ser a menos instruída, foi a primeira a falar, Ao não visível daríamos o nome de Deus, mas é curioso como se introduziu na frase um certo tom interrogativo, Ou vontade, a proposta veio de Joaquim Sassa, Ou inteligência, acrescentou Joana Carda, Ou história, e este remate foi de José Anaiço, Pedro Orce não tinha qualquer sugestão a fazer, limitara-se a perguntar, quem julgue que isso é o mais fácil está muito enganado, não tem conta o número de respostas que só está à espera das perguntas.

Ensina a prudência que o exame de tão complexas matérias deva suspender-se antes que cada interveniente comece a dizer coisas diferentes das que antes sustentara, não porque seja necessariamente errado mudar de opinião, mas porque, variando essas diferenças tanto, pode acontecer, e geralmente acontece, que a discussão tenha voltado ao princípio sem que os disputantes se tivessem apercebido de tal. Neste caso, aquela inspirada primeira frase de José Anaiço, após ter feito a roda dos amigos, veio a concluir-se banalmente pela evidência mais do que óbvia da invisibilidade de Deus, ou da vontade, ou da inteligência, e, porventura menos banal e um pouco menos evidente, da história. Enquanto puxa para si Joana Carda, que se queixa de frio, José Anaiço tenta não adormecer, quer reflectir na sua ideia, se a história é realmente invisível, se os visíveis testemunhos da história lhe conferem visibilidade suficiente, se a visibilidade assim relativa da história não passará de uma mera cobertura, como as roupas que o homem invisível vestia, continuando invisível. Não aguentou muito tempo estes volteios cerebrais, e ainda bem, que nos últimos instantes antes de cair no sono, o seu pensamento tinha-se concentrado, absurdamente, na destrinça da diferença que há entre o invisível e o não visível, que, sendo patente a quem se demore um pouco a pensar, não tinha relevância particular para o caso. À luz do dia todos os enredos têm muito menos importância, Deus, o mais ilustre dos exemplos, criou o mundo porque era noite quando se lembrou disso, sentiu naquele supremo instante que não podia aguentar mais as trevas, fosse ele dia e Deus teria deixado ficar tudo como estava. E como este céu daqui amanheceu livre e descoberto, e o sol surgiu sem impedimento de nuvens, e assim se conservou, as filosofias nocturnas dissiparam-se, agora toda a atenção se concentra no bom andamento de Dois Cavalos sobre uma península, tanto faz que ela vogue como não vogue, mesmo que a rota da minha vida me leve a uma estrela, nem por isso fui dispensado de percorrer os caminhos do mundo.

Nessa tarde, quando estavam no seu negócio, souberam que a península, depois de alcançar um ponto logo ao norte da mais setentrional ilha dos Açores, o Corvo, em linha recta, devendo entender-se por esta descrição sumária que o extremo sul da península, a Ponta de Tarifa, se encontrava, noutro meridiano a leste, ao norte do extremo norte do Corvo, a Ponta dos Tarsais, ora bem, a península, depois do que tentámos explicar, retomara imediatamente a sua deslocação para ocidente, numa direcção paralela à da sua primeira rota, isto é, a ver se nos entendemos de vez, prosseguindo-a uns graus acima. Com este acontecimento triunfaram os autores e defensores da tese de deslocação em linha recta, quebrada em ângulos rectos, e se até agora não se verificou ainda qualquer movimento que fundamente a hipótese de um regresso ao ponto de partida, enunciada, aliás, mais como demonstração do sublime do que como confirmação previsível da tese geral, isto não significava a impossibilidade de recuos, sendo de admitir, até, que a península não venha a parar nunca mais, vagabundeando eternamente pelos mares do mundo, como o tantas vezes citado Holandês Voador, agora, a península, com outro nome, aqui por prudência não posto para se evitarem explosões nacionalistas e xenófobas, que seriam trágicas nas circunstâncias actuais.

À aldeia onde os viajantes se encontravam não chegaram notícias destes diferendos, apenas que os Estados Unidos da América tinham anunciado, pela boca do próprio presidente, que os países que aí vinham podiam contar com o apoio e a solidariedade moral e material da nação norte-americana, Se continuarem a navegar de lá para cá, serão recebidos de braços abertos. Mas esta declaração, de extraordinário alcance, tanto do ponto de vista humanitário como geoestratégico, veio a apagar-se um pouco com o súbito alvoroço das agências de turismo de todo o mundo, assediadas pelos clientes que queriam viajar para o Corvo o mais rapidamente possível, sem olhar a meios nem a despesas, e porquê, Porque, se não houver modificação do rumo, a península vai passar à vista da ilha do Corvo, espectáculo que não pode ser comparado ao insignificante desfilar da pedra gibraltina, quando a península se desligou do rochedo e o deixou para ali abandonado às vagas. Agora é uma massa imensa que passará diante dos olhos dos privilegiados que conseguirem um lugarzinho na metade norte da ilha, mas, apesar da vastidão da penísula, o sucesso poucas horas durará, dois dias quando muito, porque, tendo em conta a configuração peculiar desta jangada, só a parte extrema do sul poderá ser observada, e é se estiver descoberto o tempo. O resto, por causa da curvatura da terra, passará longe da vista, imagine-se o que seria se, em vez daquele seu feitio esquinado, a península tivesse ao sul uma costa toda cortada a direito, não sei se está a seguir o desenho, seriam dezasseis dias a ver passar o desfile, umas férias, se viesse a manter-se a velocidade de cinquenta quilómetros por dia. Seja como for, são grandes as probabilidades de um afluxo de dinheiro à ilha do Corvo como nunca se viu, o que já obrigou os habitantes a mandarem vir fechaduras para as portas e serralheiros para as instalarem, com trancas e sinais de alarme.

De vez em quando ainda caem chuviscos, no pior caso um aguaceiro rápido, mas o mais do dia é feito de sol, céu azul e nuvens altas. A grande cobertura de plástico foi armada, cosida e reforçada, e agora, se ameaça chuva, suspende-se a marcha, e, em três tempos, primeiro desdobra, segundo puxa, terceiro ata, está o toldo protegido. Dentro da galera vão os colchões mais secos que já se viu, o relento do bafio e da humidade foi-se, este interior, limpo e arrumado, é verdadeiramente um lar. Mas agora é que se vê bem como a chuva tem sido muita para estes lados. As terras estão ensopadas, há que ter cuidado com a galera, não a meter, sem prévia sondagem, nos terrenos moles à beira da estrada, depois seria o cabo dos trabalhos para a tirar de lá, dois cavalos, três homens e duas mulheres não valem um tractor. A paisagem tem-se modificado, ficaram para trás montanhas e montes, as últimas ondulações vão desmaiando, e o que começa a aparecer diante dos olhos é uma planície que parece não ter fim, tendo por cima um céu tão grande que de pasmo faz duvidar que o céu seja todo um, o mais certo é ter cada lugar, se não cada pessoa, o seu próprio céu, maior ou menor, mais alto ou mais baixo, e esta agora foi uma grande descoberta, sim senhor, o céu como uma infinitude de cúpulas sucessivas e embrechadas, a contradição dos termos é só aparente, basta olhar. Quando Dois Cavalos atinge o teso da última colina julga-se que nunca mais, até ao fim do mundo, a terra tornará a levantar-se, e, sendo tão comum terem diferentes causas o mesmo efeito, aqui se nos cortou a respiração, como se nos tivessem levado ao alto do monte Evereste, diga-o, quem lá esteve, se não lhe aconteceu o mesmo que a nós neste chão raso.

Boas contas deita Pedro, mas outras bem diferentes o patrão faz. Porém, diga-se já que este Pedro não é Orce, nem o narrador aliás sabe quem seja, embora admita que por trás do dito esteja aquele apóstolo com o mesmo nome que a Cristo negou três vezes, e estas são também as contas que Deus fez, provavelmente por ser trino e não ser forte em ciência aritmética. Costuma-se dizer que deita Pedro boas contas quando as contas que os Pedros fazem saem furadas, é um modo popular e irónico de significar que não deveriam uns decidir do que só a outros caberá cumprir, quer dizer, se errou Joaquim Sassa ao estipular cento e cinquenta quilómetros de marcha por dia, também Maria Guavaira não acertou quando emendou para noventa. Da tenda sabe o tendeiro, de puxar sabem os cavalos, e assim como se diz, ou dizia, que a má moeda elimina a moeda boa, também o andamento do cavalo velho moderou o andamento do cavalo novo, se não foi antes comiseração deste, bondade de coração, respeito humano, alardear forças o forte diante do fraco é sinal de perversão moral. Todas estas palavras foram consideradas necessárias para explicar que temos vindo mais vagarosamente do que estava previsto, mas a concisão não é uma virtude definitiva, às vezes perde-se por falar muito, de acordo, mas quanto não foi ganho por se ter dito mais do que o suficiente. Os cavalos vão pelo passo que querem, puseram-nos a trote e eles obedecem ao capricho ou necessidade do cocheiro, mas, aos poucos, tão subtilmente que nem se repara, Pig e Al vão reduzindo o andamento, como tão harmoniosamente o conseguem é um mistério, não se ouviu um deles dizer ao outro, Mais devagar, e o outro responder, Depois daquela árvore.

Felizmente os viajantes não têm pressa. Ao princípio, quando partiram das já distantes terras galegas, parecia-lhes que tinham datas a cumprir e itinerários a respeitar, havia mesmo um certo sentimento de urgência, como se cada um deles tivesse de ir salvar o pai da forca e chegar ao patíbulo antes de o carrasco fazer cair o alçapão. Aqui não se trata de pai nem mãe, que de uns e outros nada sabemos, excepto a mãe de Maria Guavaira, que é louca e já não está na Corunha, ou porventura para lá voltou, passado o perigo. Das outras mães e dos outros pais, antigos e modernos, nada foi revelado, quando os filhos se calam devem calar-se também as perguntas e recolher-se as indagações, afinal cada um de nós começa e acaba o mundo, se com esta declaração não ficaram mortalmente ofendidos o espírito de família, o interesse da herança e a limpeza do nome. A estrada, em poucos dias, tornou-se num mundo fora do mundo, como qualquer homem que, no mundo estando, se descobre ele próprio um mundo, e nem é difícil, basta fazer um pouco de solidão à sua volta, como estes viajantes que, indo juntos, vão sós. Por isso não têm pressa, por isso deixaram de deitar contas ao caminho andado, as pausas são para o negócio e para o repouso, e não é raro que apeteça parar sem outra razão que não seja esse mesmo apetite, para o qual, se há sempre razões, no geral não perdemos tempo a procurá-las. Todos acabamos por chegar aonde queremos, é tudo uma questão de tempo e paciência, a lebre vai mais depressa do que a tartaruga, chegará talvez primeiro, desde que não encontre no seu caminho o caçador e a espingarda.

Deixámos o páramo leonês, entrámos e estamos andando pela Tierra de Campos, onde nasceu e floresceu aquele famoso pregador frei Gerúndio de Campazas, cujos ditos e feitos miudamente relatou o não menos célebre padre Isla, para escarmento de oradores prolixos, citadores impenitentes, refranistas convulsos e escritores derramados, mal é que nos tenha aproveitado tão pouco a lição, sendo tão clara. Cortemos, porém, à nascença, o divagante exórdio, e digamos, com recta simplicidade, que os viajantes irão dormir esta noite a uma povoação chamada Villalar, não longe de Toro, Tordesilhas e Simancas, lugares todos eles que à história portuguesa de perto tocam, por batalha, tratado e arquivo. Sendo José Anaiço professor de ofício, são nomes que acordam nele fáceis evocações, aliás, sem grande desenvolvimento, pois a sua ciência histórica, sendo geral, é de rudimentos, pouco mais abastecida de pormenores que a dos seus ouvintes, espanhóis e portugueses, que alguma coisa hão-de ter aprendido, e de todo não esqueceram, a respeito de Simancas, Toro e Tordesilhas, consoante a prodigalidade informativa e o interesse nacional dos manuais de histórias pátrias de um lado e do outro. Mas de Villalar ninguém aqui sabe nada, salvo Pedro Orce que, apesar de oriundo de terras andaluzas, tem luzes de quem andou, em qualquer tempo, nas terras gerais da península, o facto de ter dito que não conhecia Lisboa, quando lá entrou há dois meses, não depõe contra a hipótese, pode simplesmente não a ter reconhecido, como não a reconheceriam hoje os fundadores fenícios, os povoadores romanos, os dominadores visigóticos, acaso com alguns vislumbres os muçulmanos, e cada vez mais confusamente os portugueses.

Estão sentados ao redor da fogueira, dispostos aos pares, Joaquim e Maria, José e Joana, Pedro e Constante, a noite esta um pouco fria, mas o céu sereno e limpo, quase não se vêem estrelas, porque a lua, que nasceu cedo, inunda de claro os campos rasos e, aqui perto, os telhados de Villalar, cujo alcaide, homem de bom feitio, não pôs objecções a instalarem-se tão de perto da povoação as gentes da caravana hispano-portuguesa, apesar do mester que praticam, de nómadas e fanqueiros de obra feita, concorrentes, nesta especialidade mercantil, do comércio local. A lua não vai alta, mas já tem o aspecto com que mais estimamos olhá-la, um disco luminoso inspirador de versos fáceis e sentimentos facílimos, peneira de seda que vai espoando uma alva farinha sobre a paisagem rendida. Dizemos então, Que lindo luar, e fazemos por esquecer o arrepio de medo que sentimos quando o astro aparece enorme, vermelho, ameaçador, sobre a curva da terra. Após tantos e tantos milénios, a lua nascente continua ainda hoje a surgir como uma ameaça, um sinal de fim, o que nos vale é durar a ansiedade poucos minutos, subiu o astro, tornou-se pequeno e branco, podemos respirar descansados. E os animais também se afligem, ainda há pouco, quando a lua nasceu, o cão ficou a olhar para ela, teso, hirto, teria talvez uivado se não lhe faltassem as cordas vocais, mas todo ele se ouriçava como se uma mão gelada lhe corresse o dorso ao contrário do pêlo. São momentos em que o mundo sai dos eixos, percebemos que nada está seguro, e se pudéssemos dar voz plena ao que sentimos diríamos, com expressiva ausência de retórica, Foi por um triz.

Que histórias de Villalar conhece Pedro Orce vamos agora sabê-lo, ao findar da ceia, enquanto a fogueira dança no ar parado, olham-na pensativamente os viajantes, estendem para ela as mãos como se as impusessem ou ao fogo se rendessem, há um velho mistério nesta relação entre nós e o lume, mesmo com o céu por cima, é como se estivéssemos, ele e nós, no interior da caverna original, gruta ou matriz. A lavagem da louça compete hoje a José Anaiço, mas não há pressa, a hora é pacífica, quase doce, o luzeiro das chamas perpassa nos rostos tisnados pelo ar livre, têm a cor que neles dá o sol quando nasce, o sol é doutra natureza e está vivo, não morto como a lua, essa é a diferença.

E diz Pedro Orce, Acaso não sabem, mas há muitos e muitos anos, em mil quinhentos e vinte e um, houve nestas paragens de Villalar uma grande batalha, maior pelas consequências do que pela gente morta, que se tem sido ganha por quem a perdeu, outro mundo teríamos herdado, os vivos de hoje. De grandes batalhas que ficaram na história tem José Anaiço suficiente informação, e se à queima-roupa lho pedissem, recitaria sem hesitar uma dezena de nomes, começando, classicamente, por Maratona e as Termópilas, e, sem preocupações de cronologia, Austerlitz e Borodino, Marne e Monte Cassino, Ardenas e Al-Alamein, Poitiers e Alcácer Quibir, e também Aljubarrota, que para o mundo é nada e para nós é tudo, aquelas vieram emparelhadas sem nenhuma razão particular, Mas batalha de Villalar nunca ouvi, concluiu José Anaiço. Ora essa batalha, explicou Pedro Orce, foi quando as comunidades de Espanha se levantaram contra o imperador Carlos Quinto, estrangeiro, mas não tanto por ser estrangeiro, que nos séculos de antigamente o mais comum da vida era verem os povos entrar-lhes pela porta dentro um rei a falar outra língua, o negócio era todo entre casas reais que jogavam os seus e outros países, não direi aos dados ou às cartas, mas por interesses de dinastia, com truques de alianças e triques de casamentos, por isto não se pode dizer que se levantaram as comunidades contra o rei intruso, e também não vá imaginar-se que foi a grande guerra dos pobres contra os ricos, quem dera que todas as coisas, estas e as outras, fossem tão simples como dizê-las, o caso é que os nobres espanhóis não gostaram nada, mesmo nada, que aos estrangeiros do imperador tivessem sido distribuídos tantos ofícios, e uma das primeiras resoluções dos novos senhores foi aumentar os impostos, é o infalível remédio para pagar os luxos e aventuras, ora a primeira cidade rebelde foi Toledo, e logo outras foram atrás do exemplo, Toro, Madrid, Ávila, Soria, Burgos, Salamanca, e mais, e mais, mas os motivos de umas não eram os motivos das outras, algumas vezes coincidiam, sim senhores, mas outras contradiziam-se, e se era assim com as cidades muito mais era com as pessoas que viviam nelas, havia cavaleiros que apenas defendiam os seus interesses e ambições, e por isso variavam de campo consoante lhes soprasse o vento e viesse o ganho, ora, como sempre acontece, o povo estava metido nisto, pelas suas razões próprias mas sobretudo pelas alheias, é assim desde que o mundo é mundo, ainda se o povo fosse todo um, bem estaria, porém o povo não é todo um, esta é uma ideia que custa muito a entrar na cabeça das pessoas, sem falar que os povos geralmente vivem enganados, tantas vezes levaram os seus procuradores um voto a cortes e chegados lá, por suborno ou ameaça, votaram os deputados ao contrário da vontade de quem os mandou, maravilha foi que apesar de tanto desencontro e contradição foram as comunidades capazes de organizar milícias e ir para a guerra contra o exército do rei, nem vale a pena dizer que houve batalhas ganhas e perdidas, aqui em Villalar foi que se perdeu a última, e porquê, o costume, erros, incompetências, traições, gente que se cansou de esperar pelo soldo e foi embora, deu-se a batalha, uns a ganharam, outros a perderam, nunca se chegou a saber exactamente quantos comuneros aqui morreram, pelas contas modernas não foram muitos, houve quem dissesse que foram dois mil, houve quem jurasse que não passaram do milheiro, e até que tinham sido apenas duzentos, não se sabe, não se virá a saber, salvo se alguém um dia tiver a lembrança de remover estas terras cemitérias e contar os crânios enterrados, que contar os outros ossos só aumentaria a confusão, três dos capitães das comunidades foram no dia seguinte julgados, condenados à morte e decapitados na praça de Villalar, chamavam-se eles Juan de Padilla, toledano, Juan Bravo, segoviano, e Francisco Maldonado, salmantino, esta foi a batalha de Villalar que se tivesse sido ganha por quem a perdeu faria mudar o destino de Espanha. com um luar como este de agora quem poderá imaginar o que terá sido a noite e o dia da batalha, chovia, os campos estavam alagados, combatia-se enterrado na lama, sem dúvida pelas contas modernas morreu pouca gente, mas dá vontade de dizer que a pouca gente morta nas guerras de antigamente pesou mais na história do que as centenas de milhares e milhões do século vinte, o luar é que não varia, tanto cobre Villalar como Austerlitz ou Maratona, ou, Ou Alcácer Quibir, disse José Anaiço, Que batalha foi essa, perguntou Maria Guavaira, Se também ela tivesse sido ganha em vez de perdida, não posso eu imaginar como seria hoje Portugal, respondeu José Anaiço, Uma vez li num livro que o vosso rei D. Manuel entrou nesta guerra, disse Pedro Orce, Nos compêndios por onde eu ensino não se fala de terem os portugueses andando em guerra com Espanha nessa época, Não vieram portugueses de carne e osso, vieram cinquenta mil cruzados que o vosso rei emprestou ao imperador, Ah bom, disse Joaquim Sassa, cinquenta mil cruzados para o exército real, as comunidades tinham de perder, os cruzados ganham sempre.

Nesta noite o cão Constante sonhou que andava a desenterrar ossos no campo de batalha. Já tinha reunido cento e vinte e quatro crânios quando a lua se pôs e a terra escureceu. Então o cão voltou a adormecer. Dois dias depois, uns garotos que andavam no campo a brincar às guerras foram dizer ao alcaide que tinham encontrado um montão de caveiras num campo de trigo, nunca se chegou a saber como lá apareceram, tão juntinhas. Mas daqueles portugueses e espanhóis que vieram na galera e já partiram, as mulheres de Villalar só dizem bem, Em preço e qualidade foi da gente mais honesta que por aqui tem passado.

Por bem fazer, mal haver, diziam os antigos, e tinham razão, pelo menos aproveitaram o seu tempo para julgar os factos então novos à luz dos então factos velhos, o nosso erro contemporâneo é a persistência duma atitude céptica em relação às lições da antiguidade. Disse o presidente dos Estados Unidos da América que a península seria bem-vinda, e o Canadá, vai-se a ver, não gostou. É que, observam os canadianos, se o rumo não se alterar, nós é que seremos os anfitriões, passará a haver aqui duas Terras Novas em vez de uma, e mal sabem os peninsulares, coitados, aquilo que os espera, frio de morrer, gelo, a única vantagem é ficarem os portugueses mais perto do bacalhau de que tanto gostam, perdem no verão, ganham na ração.

O porta-voz da Casa Branca acudiu logo a explicar que a declaração do presidente fora movida, fundamentalmente, por razões de humanidade, sem qualquer intenção de prevalência política, tanto mais que os países peninsulares não deixaram de ser soberanos e independentes pelo facto de andarem a flutuar sobre as águas, algum dia hão-de parar e ser iguais aos outros, e acrescentou, Por nossa parte, damos a solene garantia de que o tradicional espírito de boa vizinhança entre os Estados Unidos e o Canadá não será afectado por qualquer circunstância, e, como demonstração da vontade norte-americana de preservar a amizade com a grande nação canadiana, propomos a realização duma conferência bilateral para exame dos diversos aspectos que, no âmbito desta dramática transformação da fisionomia política e estratégica do mundo, constituirá o primeiro passo, certamente, para o alvorecer duma nova comunidade internacional, composta pelos Estados Unidos, pelo Canadá e pelos dois países ibéricos, que serão convidados a participar, a título de observadores, nesta reunião, uma vez que não se encontra ainda consumada a aproximação física a uma distância suficientemente próxima para, desde logo, se poder definir uma perspectiva de integração.

O Canadá, publicamente, deu-se por satisfeito com as explicações, mas mandou dizer que não considerava oportuna a realização imediata da conferência, que, nos termos em que havia sido proposta, poderia ofender os brios patrióticos de Portugal e de Espanha, sugerindo, em alternativa, uma conferência quadripartida para estudar as providências a tomar em caso de embate violento, quando a península arribasse às costas do Canadá. Os Estados Unidos concordaram logo, e em privado os seus dirigentes deram graças a Deus por ter criado os Açores. É que se a península não se tivesse desviado para norte, se o movimento seguisse sempre uma linha recta desde a separação da Europa, a cidade de Lisboa ficaria, positivamente, com as janelas viradas para Atlantic City, e de reflexão em reflexão concluíram que quanto mais para o norte se desviassem melhor, imagine-se o que seria ficarem Nova Iorque, Boston, Providence, Filadélfia, Baltimore, transformadas em cidades do interior, com o consequente abaixamento do nível de vida, não há dúvida de que o presidente se precipitou quando fez a primeira declaração. Numa subsequente troca de notas diplomáticas confidenciais, a que se seguiram encontros secretos entre autoridades dos dois governos, o Canadá e os Estados Unidos concordaram que a solução preferível seria, podendo ser, fixar a península num ponto da sua rota suficientemente próximo para ficar fora da área de influência europeia e suficientemente afastado para não causar danos imediatos ou mediatos aos interesses canadianos e norte-americanos, devendo desde já iniciar-se um estudo com vista a introduzir alterações convenientes nas respectivas leis de imigração, reforçando sobretudo as suas disposições cautelares, não julguem os espanhóis e os portugueses que podem entrar-nos pela casa dentro sem mais nem quê, a pretexto de passarmos a ser vizinhos de patamar.

Protestaram os governos de Portugal e de Espanha contra a displicência com que assim pretendiam dispor as potências dos seus, deles, interesses e destino, com mais veemência o governo português, por a isso estar obrigado, sendo de salvação nacional. Graças a uma iniciativa do governo espanhol, vão ser estabelecidos contactos entre os dois países peninsulares para a definição de uma política concertada tendente a tirar o melhor partido possível da nova situação, mas em Madrid desconfia-se que o governo português irá para essas negociações com uma reserva mental, qual seja a de pretender, futuramente, extrair benefícios particulares da maior proximidade em que se achará das costas canadianas ou norte-americanas, depende. E sabe-se, ou julga-se saber, que entre certos meios políticos portugueses circula um movimento tendente a um entendimento bilateral, embora de carácter não oficial, com a região da Galiza, o que, evidentemente, não irá agradar nada ao poder central espanhol, pouco disposto a tolerar irridências, por muito disfarçadas que se apresentem, havendo mesmo quem diga, com acerba ironia, e tenha posto a correr, que nada disto teria acontecido se Portugal fosse do lado dos Pirenéus, e, melhor ainda, se ficasse agarrado a eles ao dar-se a ruptura, seria a maneira de acabar, de uma vez para sempre, pela redução a um só país, com esta dificuldade de ser ibérico, mas aí enganam-se os espanhóis, que a dificuldade subsistiria, e mais não diremos. Deitam-se contas aos dias que faltam para chegar à vista das costas do Novo Mundo, estudam-se planos de acção para que a força negocial se exerça em pleno no momento mais adequado, nem cedo de mais, nem demasiado tarde, que é aliás a regra de ouro da arte diplomática.

Alheia a estes bastidores da intriga política, a península continua a navegar para ocidente, tanto e tão bem que da ilha do Corvo já se retiraram os observadores de vária casta, milionária ou científica, que lá se tinham instalado, por assim dizer na primeira fila, para assistirem à passagem. O espectáculo foi assombroso, basta dizer que a ponta extrema da península passou a pouco mais de quinhentos metros do Corvo, com um grande marulhar de águas, parecia aquilo um lance de ópera wagneriana, mas a melhor comparação ainda seria outra, estarmos no mar, num pequeno batel, e ver passar a poucos metros a enorme massa de um petroleiro sem carga, com a maior parte das obras vivas fora de água, enfim, uma vertigem, um pasmo, por pouco não caíamos de joelhos a clamar, mil vezes arrependidos das heresias e do mal feito, Deus existe, tanto podem no espírito dos homens, mesmo civilizados, os efeitos da bruta natureza.

Mas enquanto a península cumpre assim a sua parte nos movimentos do universo, já os viajantes vão além de Burgos, tão prósperos de comércio que decidiram meter Dois Cavalos pela auto-estrada, que sempre é melhor caminho. Lá para diante, passando Gasteiz, tornarão às carreteiras que servem as pequenas povoações, aí estará a galera no seu natural elemento, em caminho campestre um carro de cavalos, não esta insólita e chocante exibição de vagares numa estrada para altas velocidades, o trote ronceiro de quinze quilómetros por hora, se não é a subir e estão de maré propícia os animais. O mundo ibérico está tão mudado que a polícia de estrada, que a isto assiste, não manda parar, não multa, sentados nas suas potentes motos os polícias fazem sinaizinhos de boa viagem, quando muito perguntam o que quer dizer aquela pintura vermelha no toldo, se estão do lado em que o quadrado se vê. O tempo está bom, há dias que não chove, julgaríamos que tínhamos voltado ao verão se não fosse o vento às vezes frio, de legítimo outono, mormente estando tão perto das altas montanhas. José Anaiço, de uma vez que as mulheres se queixavam da aspereza do ar, aludiu, a modos como de passagem, às consequências duma excessiva aproximação das altas latitudes, disse mesmo, Se vamos parar à Terra Nova, acaba-se-nos a viagem, para viver ao ar livre naquele clima é preciso ser esquimó, mas elas não lhe deram atenção, talvez porque não estivessem a ver o mapa.

E talvez porque estivessem a falar não tanto do frio que sentissem, mas de um frio maior que outra pessoa, quem, pudesse sentir, não de si próprias, realmente, que todas as noites tinham o aconchego dos seus homens, ou também durante o dia se eram favoráveis as circunstâncias, quantas vezes fazia um casal companhia a Pedro Orce na boleia enquanto o outro, deitado, se deixava embalar pelo andamento de Dois Cavalos, depois de meio despidos, homem e mulher, terem satisfeito uma exigência súbita ou adiada do desejo. Quem soubesse que naquela galera viajavam cinco pessoas assim distribuídas por sexos, poderia, com alguma experiência de vida, saber o que se passava debaixo do toldo, de acordo com a composição do grupo à vista na boleia, exemplificando, se nela viajavam os três homens podia-se apostar que as mulheres iam entregues aos cuidados domésticos, sobretudo os de costura, ou se, como já foi dito, viajavam dois homens e uma mulher, a outra mulher e o outro homem estariam na sua intimidade, mesmo vestidos e apenas conversando. Não eram estas as únicas combinações possíveis, claro está, mas do que não há memória é de ir na boleia uma mulher com um homem que não fosse o seu, porque o mesmo teria de estar acontecendo debaixo do toldo, e isso se tinha de evitar, por causa do que digam. Estes arranjos dispuseram-se por si próprios, não foi preciso reunir o conselho de família para deliberar sobre os modos de proteger a moral dentro e fora do toldo, e deles resultou, por inelutável efeito matemático, que quase sempre viajasse Pedro Orce na boleia, salvo nas ocasiões, raras, em que os três homens repousavam ao mesmo tempo, conduzindo as mulheres, ou quando, pacificados todos os sentidos, podia ir à frente um casal enquanto o outro, debaixo do toldo, não cometia, na sua intimidade agora diminuída, actos que a Pedra Orce pudessem embaraçar, ofender ou alterar no seu estreito enxergão, posto de través, Coitado do Pedro Orce, dizia Maria Guavaira para Joana Carda quando José Anaiço falou dos frios da Terra Nova e da vantagem de ser esquimó, e Joana Carda concordou, Coitado do Pedro Orce.

Quase sempre acampavam antes que anoitecesse, gostavam de escolher um bom sítio, com água perto, se possível à vista de povoado, e se um lugar lhes agradava muito aí paravam, mesmo havendo ainda duas ou três horas de sol. A lição dos cavalos fora bem aprendida, com geral proveito, os animais porque folgavam agora mais, os humanos porque perderam o humano vezo da pressa e da impaciência. Mas desde que Maria Guavaira disse naquele dia, Coitado do Pedro Orce, uma atmosfera diferente envolve a galera na sua viagem e as pessoas que dentro dela vêm. Dá isto que pensar se nos lembrarmos de que só Joana Carda ouviu as palavras ditas e que, repetindo-as, as ouviu por sua vez apenas Maria Guavaira, e sabendo nós que ambas as guardaram para si, não era isto assunto para diálogo sentimental, então concluiremos que uma palavra, quando dita, dura mais que o som e os sons que a formaram, fica por aí, invisível e inaudível para poder guardar o seu próprio segredo, uma espécie de semente oculta debaixo da terra, que germina longe dos olhos, até que de repente afasta o torrão e aparece à luz, um talo enrolado, uma folha amarrotada que lentamente se desdobra. Acampavam, desatrelavam os cavalos, libertavam-nos dos arreios, acendiam o lume, actos e gestos quotidianos que todos já executavam com igual competência, consoante as tarefas a cada um diariamente distribuídas. Mas, contra o que desde o princípio era costume, não falavam muito, e decerto eles próprios ficariam surpreendidos se lhes fôssemos anunciar, Há mais de dez minutos que nenhum de vocês diz uma palavra, então tomariam consciência da natureza particular daquele silêncio, ou responderiam como quem não quer reconhecer um facto evidente e procura uma inútil justificação, Às vezes acontece, e na verdade não se pode estar sempre a falar. Mas se nesse momento olhassem uns para os outros, veriam no rosto de cada um, como num espelho, o seu próprio constrangimento, o embaraço de quem sabe que as explicações são palavras vazias. Ainda que deva ser notado que nos olhares trocados entre Maria Guavaira e Joana Carda há sentidos para elas explícitos, de tal maneira que não aguentam durante muito tempo a mirada e desviam os olhos.

Costumava Pedro Orce, depois de terminado o trabalho que lhe competia, afastar-se do acampamento com o cão Constante, dizia ele que para reconhecer os arredores. Demorava-se sempre muito, talvez porque andasse devagar, talvez porque fizesse grandes rodeios, talvez porque se deixasse ficar sentado numa pedra a ver o desmaiar da tarde, longe das vistas dos companheiros. Um dia destes, passados, Joaquim Sassa dissera, Quer estar sozinho, se calhar sente-se triste, e José Anaiço comentou, Se eu estivesse no lugar dele, faria provavelmente o mesmo. As mulheres tinham acabado de lavar alguma roupa e estendiam-na numa corda esticada entre o arco do toldo e um ramo de árvore, ouviram e calaram, que a conversa não era com elas. Foi poucos dias depois que Maria Guavaira, por causa dos frios da Terra Nova, disse para Joana Carda, Coitado do Pedro Orce.

Estão sozinhos, caso estranho, que quatro dêem a impressão de estarem sozinhos, esperam que a sopa acabe de apurar-se, ainda há muita luz de dia, e para aproveitar o tempo José Anaiço e Joaquim Sassa verificam o estado dos arreios, enquanto as mulheres repetem e registam as contas do comércio de hoje, que depois Joaquim Sassa, contabilista, passará aos livros. Pedro Orce afastou-se, desapareceu entre aquelas árvores, há uns dez minutos, o cão Constante foi com ele, como de costume. Agora não se sente frio, e a aragem que corre será talvez o último bafo morno do outono, ou sentimo-la assim por comparação com estes dias já agrestes. Maria Guavaira diz, Temos de comprar aventais, há poucos de reserva, e depois de o dizer ergueu a cabeça e olhou as árvores, o corpo sentado fez um movimento, como um impulso primeiro reprimido e logo solto, não se ouvia mais que o remoer áspero dos cavalos, então Maria Guavaira levantou-se e caminhou na direcção das árvores, por onde Pedro Orce fora. Não olhou para trás, nem mesmo quando Joaquim Sassa lhe perguntou, Aonde vais, mas também a pergunta, verdadeiramente, não chegou a ser concluída, suspendeu-se digamos que a meio, porque a resposta se antecipara e não admitia emenda. Passados alguns minutos o cão apareceu, foi deitar-se debaixo da galera. Joaquim Sassa afastara-se uns metros, parecia estudar com grande atenção uns cerros distantes. José Anaiço e Joana Carda não olhavam um para o outro.

Enfim, Maria Guavaira voltou, já era a primeira sombra da noite. Veio sozinha. Aproximou-se de Joaquim Sassa, mas ele virou-lhe violentamente as costas. O cão saiu de debaixo da galera e desapareceu. Joana Carda acendeu o candeeiro. Maria Guavaira tirou a sopa do lume, deitou azeite para uma frigideira, que pôs sobre a trempe, esperou que o azeite fervesse, entretanto partiu uns ovos, que mexeu, juntou-lhes rodelas de chouriço, daí a pouco espalhava-se no ar um cheiro que noutra ocasião faria crescer água na boca. Mas Joaquim Sassa não veio comer, Maria Guavaira chamou-o e ele não veio. Sobejou comida. Joana Carda e José Anaiço tinham pouco apetite, e quando Pedro Orce voltou já o acampamento estava às escuras, apenas a fogueira consumia os últimos tições. Joaquim Sassa deitara-se debaixo da galera, mas a noite arrefecia muito, do lado das montanhas vinha, sem vento, uma massa de ar frio. Então Joaquim Sassa pediu a Joana Carda que fosse deitar-se com Maria Guavaira, não disse o nome, disse,

Deita-te ao lado dela, eu fico com o José, e como lhe parecia que era boa altura para um sarcasmo, acrescentou, Não há perigo, isto é tudo gente séria, nada promíscua. Pedro Orce, ao regressar, subiu pela boleia, não se sabe porquê o cão Constante arranjou maneira de subir com ele, foi a primeira vez.

No dia seguinte Pedro Orce viajou sempre na boleia. A seu lado iam José Anaiço e Joana Carda, dentro da galera, sozinha, Maria Guavaira. Os cavalos foram levados a passo. Quando queriam, por seu gosto e vontade, romper num trote, José Anaiço moderava-lhes o despropositado ímpeto. Joaquim Sassa caminhava a pé, muito atrás da galera. Andaram poucos quilómetros neste dia. Ainda a tarde ia em meio quando José Anaiço parou Dois Cavalos num sítio que parecia gémeo do outro, era como se não tivessem chegado a partir de lá ou tivessem descrito um círculo completo, até as árvores pareciam as mesmas. Joaquim Sassa só apareceu muito mais tarde, quando o sol caía sobre o horizonte. Ao vê-lo aproximar-se, Pedro Orce afastou-se, as árvores esconderam-no logo, o cão foi atrás dele. A fogueira ardia alta, mas ainda era cedo para preparar a ceia, aliás a sopa estava feita e havia os ovos com chouriço que tinham sobejado. Joana Carda disse para Maria Guavaira, Não comprámos os aventais, já só temos dois. Joaquim Sassa disse para José Anaiço, Amanhã vou-me embora, tiro a minha parte do dinheiro, mostras-me no mapa onde estamos, há-de haver por aqui um caminho-de-ferro qualquer. Então Joana Carda levantou-se e caminhou na direcção das árvores, para onde Pedro Orce tinha ido com o cão. José Anaiço não perguntou, Aonde vais. O cão apareceu daí a poucos minutos e foi-se deitar debaixo da galera. Passou tempo, e Joana Carda voltou, vinha com ela Pedro Orce, que resistia, mas ela puxava-o mansamente, como se não precisasse de fazer muita força, ou era uma força diferente. Chegaram diante da fogueira, de cabeça baixa Pedro Orce, com os seus cabelos brancos despenteados, que por causa do luzeiro instável das chamas pareciam dançar-lhe sobre a cabeça, e Joana Carda, que tinha a camisola solta de um lado, por fora das calças, disse, e quando falava reparou no descomposto em que estava, falando o remediou, sem disfarce, naturalmente, A vara com que risquei o chão deixou de ter virtude, mas ainda pode servir para fazer outro risco aqui, então saberemos quem fica de um lado e quem fica do outro, se não pudermos ficar todos juntos do mesmo lado, Por mim, tanto se me dá, vou-me embora amanhã, disse Joaquim Sassa, Eu é que me irei embora, disse Pedro Orce, Assim como nos juntámos, assim poderemos separar-nos, disse Joana Carda, mas se para justificar a separação for preciso encontrar um culpado, não o procurem em Pedro Orce, culpadas, se o nome tem de ser esse, somos nós duas, eu e Maria Guavaira, e se entendem que o que fizemos terá de ser explicado, então andávamos equivocados desde o dia em que nos conhecemos, Eu parto amanhã, disse Pedro Orce, Não parte, disse Maria Guavaira, e, se partir, o mais certo é que nos separemos todos, porque eles não serão capazes de ficar connosco nem nós com eles, e não é porque não nos amemos, será por não sermos capazes de compreender. José Anaiço olhou para Joana Carda, estendeu de repente as mãos para o lume como se de repente elas tivessem arrefecido, e disse, Eu fico. Maria Guavaira perguntou, E tu, queres partir, ou ficas. Joaquim Sassa não respondeu logo, afagou a cabeça do cão que se aproximara, depois com as pontas dos dedos tacteou-lhe a coleira de lã azul, fez o mesmo à pulseira que tinha no braço, enfim disse, Ficarei, mas com uma condição. Não precisou de dizer qual, Pedro Orce estava a falar, Sou um homem velho, ou quase velho, estou naquela idade em que não se sabe bem, mas mais velho que novo, Pelos vistos, nem tanto assim, sorriu José Anaiço, e o sorriso era melancólico, Há coisas que acontecem na vida, e às vezes são tais que não podem repetir-se, parecia que ia continuar, mas percebeu que já tinha dito tudo, abanou a cabeça e afastou-se dali para poder chorar. Se muito foi, ou pouco, não se pôde saber, para chorar tinha de estar sozinho. Nessa noite já dormiram todos dentro da galera, mas as feridas ainda sangravam, ficaram juntas as duas mulheres, juntos os homens atraiçoados, e Pedro Orce, de cansado, levou a noite inteira de um sono, queria mortificar-se de insónia, mas teve mais força a natureza.

Acordaram cedo como as avezinhas, primeiro, ainda mal aclarava, saiu Pedro Orce, pela frente da galera, depois Joaquim Sassa e José Anaiço pela traseira, e finalmente as mulheres, como se tivessem vindo todos de mundos diferentes e aqui devessem encontrar-se pela primeira vez. Ao princípio mal se olharam, apenas a furto, dir-se-ia que a visão de um rosto completo seria insuportável, excessiva para as fracas forças com que tinham saído da crise destes dias. Depois do café matinal começaram a ouvir-se algumas palavras soltas, uma recomendação, um pedido, uma ordem cautelosamente formulada, mas o primeiro problema delicado ia surgir agora, como iriam arrumar-se os viajantes na galera, tendo em conta as complicadas variantes de organização dos grupos, como antes tivemos ocasião de explicar. Que fosse Pedro Orce na boleia, aí não estaria a dúvida, mas os homens e as mulheres em rescaldo de conflito não podiam continuar separados, repare-se na desagradável e equívoca situação, viajarem Joaquim Sassa e José Anaiço à frente com Pedro Orce, que conversa poderiam eles ter, ou, embaraço ainda pior, irem na boleia Joana Carda e Maria Guavaira, que conversa seria a delas com o cocheiro, que evocações, e entretanto, debaixo do toldo, que mordimentos de unhas haveria, os dois maridos a perguntarem um ao outro, Que estarão eles a dizer. São situações que causam riso quando as olhamos do lado de fora, mas perde-se logo a vontade de rir se nos imaginarmos a nós próprios no angustioso transe em que estes se encontram. Felizmente, tudo tem remédio, só a morte é que ainda não. Já Pedro Orce estava sentado no seu lugar, empunhando as rédeas, à espera do que decidissem os outros, quando José Anaiço disse, assim, como se se dirigisse aos espíritos invisíveis do ar, A galera que vá andando, eu e a Joana vamos a pé um bocado, Nós também, disse Joaquim Sassa. Pedro Orce sacudiu as rédeas, os cavalos deram o primeiro puxão, segundo mais convincente, mas nem que quisessem poderiam desta vez ir depressa, a estrada é toda a subir, entre montes que para o lado esquerdo vão crescendo, Estamos nos contrafortes dos Pirenéus, pensa Pedro Orce, porém é tão grande a serenidade destas alturas que nem parece ter sido este o lugar dos dramáticos rompimentos relatados. Lá atrás vêm dois casais, não juntos, claro está, o que têm para discutir é entre homem e mulher, sem testemunhas.

As montanhas não são boas para o negócio, e estas menos o seriam que quaisquer outras. Ao escasso povoamento que no geral afecta estas encrespadas orografias, junta-se, neste caso, o susto de populações que ainda não se habituaram à ideia de que aos Pirenéus do lado de cá falta o complemento e o apoio do lado de lá. Estas aldeias estão quase desertas, algumas de todo abandonadas, é lúgubre a impressão que causa o ruído das rodas de Dois Cavalos no empedrado das ruas, entre portas e janelas que não se abrem, Antes me queria ver na serra Nevada, pensa Pedro Orce, e estas mágicas e deslumbradas palavras encheram-lhe o peito de saudade, ou añoranza, para usar o vernáculo castelhano. Se de tal desolação alguma vantagem se puder tirar, será a de dormirem os viajantes, depois de tantas noites de desconforto e alguma promiscuidade, não nos referimos a uma sua recente e particular manifestação, sobre a qual se dividem os juízos e que justamente os principais interessados têm vindo a discutir, a vantagem será poderem dormir nestas casas deixadas pelos seus habitantes, bens e valores foram levados no êxodo, mas as camas, no geral, ficaram. Quão longe estamos daquele dia em que Maria Guavaira energicamente rejeitou a sugestão de dormir em casa alheia, oxalá esta fácil complacência de agora não seja indício de rebaixamento moral, mas o simples efeito das lições da dura experiência.

Pedro Orce ficará sozinho numa destas casas, à escolha, em companhia do cão, se lhe vier o apetite dum passeio nocturno está à vontade para sair e voltar quando quiser, e desta vez não dormirão separados os outros homens das suas mulheres, vão enfim deitar-se juntos Joaquim Sassa e Maria Guavaira, e José Anaiço e Joana Carda, talvez já tenham dito tudo quanto havia a dizer, talvez pela noite dentro continuem a conversar, porém, se a natureza humana continua a ser o que tem sido, é natural que por fadiga e desgosto, por compreensiva ternura e instante amor, mulher e homem se aproximem, troquem um primeiro beijo receoso, depois, bendito seja quem assim nos fez, o corpo acorda e pede o outro corpo, será uma loucura, será, as cicatrizes ainda latejam, mas a aura cresce, se a esta hora anda Pedro Orce por essas encostas verá resplandecerem duas casas da aldeia, acaso sentirá ciúme, acaso se lhe encherão outra vez de lágrimas os olhos, porém não saberá que nesse momento soluçam de mágoa feliz e paixão liberta os amantes reconciliados. Amanhã será realmente outro dia, já não terá importância decidir quem irá dentro da galera ou na boleia, todas as combinações são possíveis e nenhuma duvidosa.

Os cavalos estão cansados, as ladeiras não acabam e todas são a subir, José Anaiço e Joaquim Sassa foram falar a Pedro Orce, com muito tacto e cuidado para que não se confundissem umas razões com outras, queriam perguntar-lhe se ele considerava suficiente o que dos Pirenéus estava visto, ou se queria continuar mais para cima, para as alturas superiores, e Pedro Orce respondeu-lhes que não eram tanto as alturas que o atraíam, mas o fim das terras, embora não ignorasse que do fim das terras sempre se vê o mesmo mar, Por isso é que nós não fomos na direcção de Donostia, que graça tinha ver uma praia cortada, estar no bico da areia com água de um lado e do outro, Mas para vermos o mar assim tão de cima, não sei se os cavalos aguentam, disse José Anaiço, Não precisaremos de subir a dois mil ou três mil metros, supondo que haja estradas nos picos, mas realmente gostaria que fôssemos subindo, até ver. Abriram o mapa, Joaquim Sassa disse, Devemos estar por aqui, o dedo viajou entre Navascués e Burgui, depois moveu-se na direcção da fronteira, Não parece haver grandes alturas para este lado, a estrada segue ao longo dum rio, o Esca, depois larga-o para continuar a subir, aí é que deve complicar-se o caso, do outro lado há um pico com mais de mil e setecentos metros, Há, não, havia, disse José Anaiço, Pois claro, havia, concordou Joaquim Sassa, tenho de pedir à Maria uma tesoura para cortar o mapa pela fronteira, Poderemos tentar esse caminho, se se tornar muito custoso para os cavalos, voltamos para trás, disse Pedro Orce.

Levaram dois dias a chegar aonde queriam. À noite ouviam uivar os lobos nos cerros, e tiveram medo. Gente das terras baixas, compreenderam enfim o perigo em que estavam, se as feras viessem ao acampamento começariam por matar os cavalos, depois seria a vez das pessoas, sem ao menos uma arma de fogo com que pudessem defender-se. Pedro Orce disse, Por minha causa corremos riscos, voltamos para trás, mas Maria Guavaira respondeu, Continuamos, está aí o cão que nos defende, Um cão não pode fazer frente a uma alcateia, lembrou Joaquim Sassa, Este pode, e, por muito extraordinário que o caso pareça a quem destas matérias saiba mais do que o narrador, Maria Guavaira tinha razão, que uma noite vieram os lobos mais perto, os cavalos aterrorizados começaram a relinchar, uma aflição, e a dar esticões às cordas que os prendiam, os homens e as mulheres procuravam onde pudessem abrigar-se do assalto, só Maria Guavaira ainda dizia, embora trémula, Eles não vêm, e repetia, Eles não vêm, a fogueira ardia alta, que assim a mantinham na noite insone, e os lobos não se aproximaram mais, o cão parecia crescer no círculo de luz, por efeito das sombras movediças era como se se lhe multiplicassem as cabeças, as línguas e os dentes, tudo ilusões de óptica, e o corpo engrossava, inchava desmedido, os lobos continuavam a uivar, sim, mas do seu medo de lobos.

A estrada estava cortada, cortada mesmo, no sentido literal da palavra. À esquerda e à direita, os montes e os vales interrompiam-se subitamente, numa linha nítida, como um corte de navalha ou um recorte de céu. Os viajantes tinham deixado a galera lá atrás, guardada pelo cão, e avançavam com temor e prudência. A uns cem metros do corte havia um posto de alfândega. Entraram. Duas máquinas de escrever ainda ali estavam, uma delas com uma folha de papel metida no rolo, um formulário da Duana, com algumas palavras escritas. O vento frio entrava por uma janela aberta e remexia os papéis caídos no chão. Havia penas de aves. É o fim do mundo, disse Joana Carda, Vamos então ver como ele acabou, disse Pedro Orce. Saíram. Caminhavam com cuidado, preocupados com a possibilidade de aparecerem fendas no chão que prevenissem duma instabilidade dos terrenos, fora José Anaiço quem tivera esta lembrança, mas a estrada apresentava-se lisa e contínua, apenas com as irregularidades resultantes do uso. A dez metros do corte, Joaquim Sassa disse, É conveniente não nos aproximarmos de pé, por causa das tonturas, eu vou de gatas. Baixaram-se e avançaram, primeiro apoiando-se nas mãos e nos joelhos, depois arrastando-se, sentiam o coração a bater de susto e de ansiedade, o corpo cobria-se-lhes de suor apesar do frio intenso, de si para si duvidavam se seriam capazes de atrever-se até à borda do abismo, mas nenhum deles queria dar parte de fraco, e numa espécie de sonho acharam-se a olhar para o mar, a quase mil e oitocentos metros de altitude, a escarpa cortada a pique, na vertical, e o mar refulgindo, as ondas minúsculas ao largo, e a espuma branca, uma linha de espuma, das vagas oceânicas que batiam contra a montanha e pareciam querer empurrá-la. Pedro Orce gritou, exaltado, numa jubilosa dor, É o fim do mundo, repetia as palavras de Joana Carda, repetiam-nas todos, Meu Deus, a felicidade existe, disse a voz desconhecida, e pode não ser mais do que isto, mar, luz e vertigem.

O mundo está cheio de coincidências, e se uma certa coisa não coincide com outra que lhe esteja próxima, não neguemos por isso as coincidências, só quer dizer que a coisa coincidente não está à vista. No exacto instante em que os viajantes se debruçavam para o mar, a península parou. Ninguém ali deu pelo que sucedera, não houve qualquer sacão de travagem, nenhum súbito sinal de instabilidade do equilíbrio, nenhuma impressão de rigidez. Só passados dois dias, tendo descido das alturas magníficas, ao chegarem ao primeiro lugar habitado, tiveram informação da estupenda notícia. Mas Pedro Orce disse, Se afirmam que parou, será verdade, mas que a terra continua a tremer, essa verdade juro-a eu, por mim e por este cão. A mão de Pedro Orce descansava sobre o dorso do cão Constante.

Os jornais de todo o mundo publicaram, alguns a toda a largura da primeira página, a histórica fotografia que mostrava a península, se definitivamente não deveremos passar a chamar-lhe ilha, ali quieta no meio do oceano, mantendo, com milimétrica aproximação, a sua posição em relação aos pontos cardeais por que se rege e orienta o orbe, o Porto tão ao norte de Lisboa como sempre esteve, Granada ao sul de Madrid desde que Madrid nasceu, e o resto pela mesma conhecida conformidade. A potência imaginativa dos jornalistas encontrou vazão quase exclusiva na armação estentórea dos títulos, porquanto os segredos da deslocação geológica, melhor dizendo, o enigma tectónico, continuavam por desvendar, tão indecifráveis hoje como no primeiro dia. Felizmente, a pressão da chamada opinião pública baixara, o vulgo deixara de fazer perguntas, bastava-lhe o estímulo das sugestões directas e indirectas suscitadas pelas formidáveis parangonas, Nasceu A Nova Atlântida, No Xadrez Mundial Moveu-se Uma Pedra, Um Traço De União Entre A América E A Europa, Entre A Europa E A América Um Pomo De Discórdia, Um Campo De Batalha Para O Futuro, mas o título que maior impressão causou produziu-o um jornal português, foi assim, Precisa-se Novo Tratado De Tordesilhas, é realmente a simplicidade do génio, o autor da ideia olhou para o mapa e verificou que, mais milha menos milha, a península estaria posta sobre o que fora a linha que, naqueles tempos gloriosos, dividira o mundo em duas partes, pataca a mim, pataca a ti, a mim pataca.

Em editorial não assinado propunha-se a adopção, pelos dois países peninsulares, de uma estratégia conjunta e complementar que os tornasse no fiel de balança da política mundial, Portugal virado para ocidente, para os Estados Unidos, a Espanha voltada para oriente, para a Europa. Um jornal espanhol, só para não ficar atrás em originalidade, defendeu uma tese administrativa que fazia de Madrid o centro político de toda esta maquinaria, a pretexto de que a capital espanhola se encontra, por assim dizer, no centro geométrico da península, o que, aliás, nem é verdade, basta olhar, mas há pessoas que não olham aos meios para alcançar os fins. O coro de protestos não se limitou a Portugal, também as regiões autónomas espanholas se insurgiram contra a proposta, considerada como uma nova manifestação do centralismo castelhano. Do lado português deu-se o que seria de esperar, uma súbita revivescência dos estudos ocultistas e esotéricos, que só não foi a mais porque a situação se veio a alterar radicalmente, mas mesmo assim ainda deu tempo para se esgotarem todas as edições da História do Futuro do Padre António Vieira e das Profecias do Bandarra, além da Mensagem de Fernando Pessoa, mas isso nem era preciso dizer.

De um ponto de vista de política prática, o problema que se discutia nas chancelarias europeias e americanas era o das zonas de influência, isto é, se, apesar da distância, a península, ou ilha, deveria conservar os seus laços naturais com a Europa, ou se, não os cortando completamente, deveria orientar-se, de preferência, para os desígnios e destino da grande nação norte-americana. Ainda que sem esperanças de influir decisivamente na questão, a União Soviética lembrava e tornava a lembrar que nada poderia ser resolvido sem a sua participação nas discussões, e entretanto reforçou a esquadra que desde o princípio viera acompanhando a errante viagem, à vista, claro está, das esquadras das outras potências, a norte-americana, a britânica, a francesa.

Foi no âmbito destas negociações que os Estados Unidos fizeram saber a Portugal, numa audiência urgente pedida pelo embaixador Charles Dickens ao presidente da República, que deixara de fazer qualquer sentido a permanência de um governo de salvação nacional, uma vez que tinham cessado as razões que, Muito discutivelmente, senhor presidente, se me permite a opinião, tinham levado à sua constituição. Desta impolítica diligência houve conhecimento por portas travessas, não porque os serviços competentes da Presidência tivessem tornado público qualquer comunicado, ou por declarações prestadas pelo embaixador à saída de Belém, de facto limitou-se a declarar que tivera com o senhor presidente uma conversa muito franca e construtiva. Mas foi o suficiente para que os partidos que inevitavelmente teriam de sair do governo, havendo remodelação dele ou eleições gerais, viessem à estacada contra a ingerência intolerável consubstanciada na intervenção imperativa do embaixador. As questões internas dos portugueses, dizia-se, compete aos portugueses resolvê-las, e acrescentavam com desapiedada ironia, O facto de o senhor embaixador ter escrito David Copperfield não o autoriza a vir dar ordens na pátria de Camões e dos Lusíadas. Estava-se nisto, quando a península, sem dar aviso, se moveu outra vez.

Pedro Orce tivera razão, lá nas faldas dos Pirenéus, ao dizer, Terá parado, sim senhor, mas continua a tremer, e para não ser o único a afirmá-lo pôs a mão no dorso do cão Constante, tremia também o animal, como então mesmo puderam comprovar os dois homens e as duas mulheres, repetindo a experiência que nas áridas terras entre Orce e Venta Micena, debaixo da oliveira cordovil, única, tinham feito Joaquim Sassa e José Anaiço. Mas agora, e o espanto foi geral e mundial, o movimento não era para ocidente nem para oriente, para sul ou para norte. A península girava sobre si mesma, em sentido diabólico, isto é, contrário ao dos ponteiros do relógio, o que, ao divulgar-se, foi causa imediata de tonturas na população portuguesa e espanhola, embora a velocidade da rotação fosse tudo menos vertiginosa. Perante o fenómeno definitivamente insólito, que punha em causa, agora de modo absoluto, todas as leis físicas, sobretudo as mecânicas, por que a terra se tem regido, interromperam-se as negociações políticas, as combinações de gabinete e corredor, as manobras diplomáticas a gume vivo ou gota de água. Convenhamos, aliás, que não seria fácil manter a serenidade, o sangue-frio, quando se sabia, por exemplo, que a mesa do conselho de ministros, com o prédio, e a rua, e a cidade, e o país, e a península inteira, eram como um carrossel que lentamente fosse girando, como num sonho. As pessoas mais sensíveis juravam que sentiam a deslocação circular, ainda que reconhecessem que não davam pela da própria terra no espaço, porém, demonstrando, estendiam os braços para se agarrarem, às tantas não o conseguiam, caíam mesmo, e ficavam no chão de costas, a ver o céu rodando lentamente, à noite as estrelas e a lua, o sol também, durante o dia, com vidros fumados, na opinião de certos médicos tratava-se apenas de manifestações histéricas.

Claro que não faltaram cépticos mais radicais, podia lá ser, a península a girar sobre si mesma, completamente impossível, lá deslizar ainda vá, aceita-se, sabemos o que são escorregamentos de terras, o que acontece a um talude por chover muito pode acontecer a uma península mesmo não chovendo nada, mas a apregoada rotação significaria que a península estaria a torcer-se sobre o seu próprio eixo, e, além de isso ser objectivamente impossível, se subjectivamente o não fosse também, o resultado seria partir-se o núcleo central mais tarde ou mais cedo, e então, sim ficaríamos à deriva sem amarras, entregues aos baldões da sorte. Esqueciam esses que a rotação poderia estar a fazer-se simplesmente como uma placa pode rodar sobre outra placa, este xisto lameloso, repare-se, composto, como o seu nome está a dizer, de lamelas sobrepostas, se a adesão entre duas placas afrouxasse, uma poderia perfeitamente rodar sobre a outra, mantendo, é certo que teoricamente, um certo grau de união entre si que impedisse o total desligamento, É o que está a acontecer, afirmavam os defensores desta hipótese. E para poderem confirmá-la mandaram outra vez os mergulhadores ao fundo do mar, tão fundo quanto lhes fosse possível nesta região abissal do oceano, e foram também o Archimède, o Cyana e um engenho japonês de nome difícil, o resultado de todos estes esforços foi repetir o investigador italiano a frase célebre, saiu da água, abriu a escotilha e disse para os microfones das televisões do mundo inteiro, Não pode mover-se, e apesar disso move-se. Não havia nenhum eixo central torcido como uma corda, não havia placas, mas a península rodava majestosamente no meio do Atlântico, e à medida que ia rodando tornava-se cada vez menos reconhecível aos nossos olhos, É realmente aqui que temos vivido, perguntava-se, a costa portuguesa toda inclinada para sudoeste, o que fora o antigo extremo oriental dos Pirenéus apontando para a Irlanda. Tornara-se parte obrigatória dos voos comerciais transatlânticos uma observação da península, ainda que, verdade seja dita, o proveito não fosse grande, por faltar a indispensável referência fixa a que o movimento pudesse ser reportado. Na verdade, nada podia substituir a imagem recolhida e transmitida por satélite, a fotografia de grande altitude, então, sim, tinha-se uma adequada ideia da magnitude do fenómeno.

 Durou um mês este movimento. Visto da península, o universo transformava-se pouco a pouco. Todos os dias o sol nascia num ponto diferente do horizonte, e a lua, e as estrelas era preciso procurá-las no céu, não bastava já o seu movimento próprio, de translação em torno do centro do sistema da Via Láctea, agora havia este outro movimento que fazia do espaço um delírio de luzeiros instáveis, como se o universo estivesse a ser reorganizado duma ponta à outra, talvez por se achar que o primeiro não dera resultado. Um dia chegou em que o sol se pôs no mesmo lugar onde em tempos normais havia nascido, e não adiantava nada dizer que não era verdade, que se tratava duma mera aparência, que o sol fazia a trajectória do costume nem podia fazer outra, as pessoas simples argumentavam, Desculpe, meu caro senhor, dantes o sol entrava-me de manhã pela janela da frente e agora entra-me em casa pelas traseiras, faça-me o favor de explicar isto de maneira que eu entenda. Explicar, explicava o sábio, mostrava fotografias, fazia desenhos, desdobrava uma carta do céu, porém o instruendo a nada se movia, e a aula terminava rogando ele que fizesse o senhor doutor o favor de providenciar que o sol, ao nascer, voltasse a iluminar-lhe a frontaria do prédio. Em desespero de causa e de ciência dizia o professor, Deixe lá, se a península der uma volta completa, o senhor verá o sol como via dantes, mas o aluno, desconfiado, respondeu, Então o senhor professor acha que tudo isto está a acontecer para tudo ficar na mesma. E realmente não ficou.

Devia ser já inverno, mas o inverno, que parecera estar à porta, tinha recuado, não se encontra outra palavra. Não era inverno, outono não era, primavera nem pensar, verão também não podia ser. Era uma estação suspensa, sem data, como se estivéssemos no princípio do mundo e não tivessem sido ainda decididas as estações e os tempos para elas. Dois Cavalos seguia devagar, ao longo das faldas inferiores dos montes, agora os viajantes demoravam-se nos lugares, maravilhavam-se sobretudo com o espectáculo do sol, que deixara de aparecer por cima dos Pirenéus para surgir do mar, lançando os seus primeiros raios contra os contrafortes altíssimos da montanha até aos cumes nevados. Foi aqui, numa destas aldeias, que Maria Guavaira e Joana Carda perceberam que estavam grávidas. Ambas. O caso nada tinha de assombroso, pode-se mesmo dizer que estas mulheres bem fizeram por isso ao longo destes meses e semanas, entregando-se aos seus homens com saudável franqueza, sem a mínima precaução, tanto deles como delas. E a simultaneidade dos factos também não deveria surpreender ninguém, foi apenas mais uma dessas coincidências que fazem a vida organizada do mundo, bom é que algumas possam ser claramente identificadas, uma vez por outra, para ilustração dos cépticos. Mas a situação é embaraçosa, como salta aos olhos, e o embaraço resulta da dificuldade de deslindar duas duvidosas paternidades. É que, não fosse o mau passo dado por Joana Carda e Maria Guavaira, indo, movidas de piedade ou outro mais complexo sentimento, por esses bosques e matos, à procura do homem sozinho, a quem quase tiveram de rogar para que ele, trôpego de comoção e ansiedade, nelas entrasse e derramasse as suas penúltimas seivas, não fosse este lírico e tão pouco erótico episódio, e nenhuma dúvida se aceitaria de que o filho de Maria Guavaira fosse de Joaquim Sassa e de que o filho de Joana Carda tivesse como autor eficaz José Anaiço. Mas eis que sai Pedro Orce ao caminho, se não seria mais exacto dizer que ao caminho de Pedro Orce saltaram as tentadoras, e a normalidade ocultou, envergonhada, o rosto. Não sei quem é o pai, disse Maria Guavaira, que foi a do exemplo, Nem eu, disse Joana Carda, que a seguiu depois por duas razões, a primeira para não ficar de menos em heroicidade, a segunda para emendar o erro com o erro, tornando regra a excepção.

Mas este discorrer, ou outro ainda mais subtil, não ilude a questão agora principal de ser preciso informar José Anaiço e Joaquim Sassa, como irão eles reagir quando as respectivas mulheres lhes disserem, e com que cara, Estou grávida. Nas circunstâncias da harmonia, ficariam, segundo o costume ou o que de costume se diz, loucos de contentamento, e talvez que sob o primeiro choque o rosto e olhar revelem o súbito júbilo que lhes vai na alma, mas imediatamente o rosto se carregará, os olhos tornam-se trevas, uma terrível cena se anuncia. Propôs Joana Carda que nada se dissesse, passando o tempo e crescendo a barriga, a força do facto consumado encarregar-se-ia de amaciar as susceptibilidades, a honra ofendida, o despeito reacordado, mas dessa opinião não foi Maria Guavaira, parecia-lhe mal que os procedimentos primeiros, de coragem e generosidade de todas as partes, tivessem por conclusão a desmaiada cobardia do fingimento, a cobardia ainda pior que a complacência tácita, Tens razão, reconheceu Joana Carda, mais vale segurar o boi pelos cornos, disse-o sem reparar no que dizia, as frases feitas têm destes perigos, quando não damos suficiente atenção ao contexto.

Nesse mesmo dia as duas mulheres chamaram os seus homens de parte, foram com eles passear ao campo, lá onde os largos espaços reduzem a murmúrios os gritos mais coléricos ou dilacerados, por essa triste razão é que as vozes dos homens não chegam ao céu, e ali, sem rodeios, como tinham combinado, lhes disseram, Estou grávida, e não sei se é de ti, se de Pedro Orce. Reagiram Joaquim Sassa e José Anaiço como estávamos à espera, uma explosão de fúria, um esbracejar violento, uma pungente mágoa, não estavam à vista um do outro, mas os gestos repetiam-se, as palavras eram igualmente amargas, Não te basta o que se passou, ainda me vens dizer que estás grávida e não sabes quem é o autor, Como querias tu que eu soubesse, mas no dia em que a criança nascer deixará de haver dúvidas, Porquê, Há-de ter parecenças, Pois sim, mas imagina que se parece só contigo, Se se parecer só comigo, será porque é só meu filho e de mais ninguém, Ainda por cima troças de mim, Não estou a troçar, é uma coisa que não sei fazer, E agora, como é que vamos resolver esta situação, Se pudeste aceitar que eu me tivesse ido deitar uma vez com Pedro Orce, aceita esperar agora nove meses antes de tomares uma decisão, se a criança se parecer contigo é teu filho, se se parecer com Pedro Orce é filho dele e tu rejeitá-lo-ás, e a mim também, se for essa a tua vontade, e quanto a ser parecido só comigo, não acredites, há sempre uma linha no rosto que pertence a outro novelo, E Pedro Orce, que procedimento teremos, dizes-lhe, Não, durante os dois primeiros meses não se notará, e talvez mais, da maneira como nós andamos vestidas, estas camisolas grandes, estes casacos folgados, Acho melhor que não se fale no caso, confesso que me irritaria muito ver o Pedro Orce a olhar para ti, para vocês, com um ar de padreador emérito, esta frase foi de José Anaiço, que domina melhor a linguagem, Joaquim Sassa exprimiu-se terra a terra, Embirraria ver o senhor Pedro Orce com ares de galo na capoeira. Deste modo, enfim pacífico, aceitaram os homens o afrontoso facto, ajudados pela esperança de que talvez venha a deixar de o ser no dia em que o enigma, hoje ainda sem figura, se resolver pela via natural.

A Pedro Orce, que nunca soube o que era ter filhos, não lhe passa pela cabeça que no ventre das duas mulheres germinam talvez fecundações suas, é bem verdade que o homem jamais chega a conhecer todas as consequências dos seus actos, eis aqui um bom exemplo, vai-se apagando a lembrança dos felizes momentos gozados, e o possível efeito fecundante deles, ínfimo ainda, mas mais importante para si que todo o resto, se a termo chegar e houver confirmação, é invisível aos seus olhos, ocultado ao seu conhecimento, o mesmo Deus fez os homens e não os vê. Pedro Orce, em todo o caso, não é inteiramente cego, está-lhe parecendo que a harmonia dos casais sofreu um abalo, há neles uma certa distância, não diríamos uma frieza, antes uma espécie de reserva sem hostilidade, mas geradora de grandes silêncios, começou esta viagem tão bem e agora é como se se tivessem acabado as palavras ou não se ousasse dizer as únicas que teriam sentido, Acabou, o que viveu morreu, se é disso que se trata. Também pode ser que se tenha reacendido a fogueira dos primeiros zelos, talvez deixando passar o tempo, E talvez passando eu despercebido, por isto voltou Pedro Orce a dar grandes passeios pelos arredores sempre que acampavam, chega a parecer inacreditável que este homem possa andar tanto.

Um dia que Pedro Orce, era este um tempo em que já tinham deixado para trás as primeiras ondulações orográficas que de muito longe anunciavam os Pirenéus, um dia que Pedro Orce se adiantara por caminhos desviados, por pouco poderia até ceder à tentação de não voltar mais ao acampamento, são ideias que vêm à cabeça em horas de exaustão, encontrou sentado na berma da estrada, a descansar, um homem que deveria andar pela sua idade, se não mais velho, gasto e cansado parecia. Perto dele estava um burro, de albarda e ceirões, ratando com os dentes amarelos a erva ruça, que o tempo, como já foi dito, não vai propício a novas reverdescências, ou as faz surgir fora do lugar e da ocasião, a natureza perdeu-se do caminho, diria o amador de metáforas. O homem roía um bocado de pão duro, sem conduto, devia estar em apuros de necessidade, vagabundo sem mesa nem tecto, mas tinha um ar tranquilizador, não meliante, aliás Pedro Orce não é pessoa timorata, como bastamente tem demonstrado nestas grandes caminhadas pelos ermos, é certo que o cão não o abandona nem por um instante, quer dizer, deixou-o duas vezes, mas em melhor companhia e por pura discrição.

Deu Pedro Orce a salvação ao homem, Boas tardes, e o outro respondeu, Boas tardes, os ouvidos de ambos registaram a pronúncia familiar, o acento do sul, andaluz, para tudo dizer numa palavra. Mas ao homem do pão duro pareceu motivo de desconfiança ver nestes sítios, arredados de lugar habitado, um homem e um cão, com ar de terem sido largados ali por um disco voador, e, à cautela, mas sem disfarçar, puxou para si um pau ferrado que estava no chão. Pedro Orce deu pelo gesto e pela inquietação do outro, devia estar preocupado com a atitude do cão, de cabeça baixa, imóvel, a olhar, Não lhe dê o animal cuidado, é manso, quer dizer, manso não é, mas não ataca ninguém que não pense em fazer mal, Como é que ele sabe o que as pessoas pensam, Ora aí está uma boa pergunta, quem me dera saber responder-lhe, mas nem eu nem os meus companheiros conseguimos perceber que cão é este e donde veio, Julguei que andasse sozinho ou vivesse aqui por perto, Ando com uns amigos, temos uma galera, por causa destes casos que se deram metemo-nos à estrada e ainda não saímos dela, Vossemecê é andaluz, conheço-lhe a fala, Venho de Orce, que é na província de Granada, Eu sou de Zufre, que é na província de Huelva, Bons olhos o vejam, Bons olhos o vejam a vossemecê, Dá licença que me sente ao pé de si, Sente-se a seu gosto, não posso é oferecer-lhe mais do que tenho, pão seco, Agradeço como se aceitasse, comi com os meus companheiros, Quem são, São dois amigos e as mulheres deles, eles dois e uma das mulheres são portugueses, a outra mulher é galega, E como é que se juntaram, Ah, isso é uma história muito comprida para se poder contar agora.

    O outro não insistiu, percebeu que não devia, e disse, Há-de estar a pensar por que é que, sendo eu da província de Huelva, me veio encontrar aqui, Nestes tempos de agora é difícil encontrar alguém que esteja onde sempre esteve, Sou natural de Zufre e tenho lá a família, se é que ela ainda lá está, mas quando se começou a dizer que a Espanha se estava a separar da França resolvi ir ver com os meus olhos, A Espanha, não, a península ibérica, Ou isso, E não foi da França que a península se separou, foi da Europa, parece a mesma coisa, mas faz a sua diferença, Desses melindres não entendo, eu só quis ir ver, E que é que viu, Nada, cheguei aos Pirenéus e só vi o mar, Nós também não vimos mais que o mar, Não havia França, não havia Europa, ora, na minha opinião, uma coisa que não há é o mesmo que não ter havido, foram penas perdidas minhas ter andado tantas e tantas léguas à procura do que não existia, Bom, aí há um engano, Que engano, Antes de a península se separar da Europa, a Europa estava lá, havia uma fronteira, claro, ia-se de um lado para o outro, passavam os espanhóis, passavam os portugueses, vinham os estrangeiros, nunca viu turistas na sua terra, Às vezes, mas não havia nada que ver lá, Eram turistas que vinham da Europa, Mas se quando eu vivia em Zufre nunca vi a Europa, e agora saí de Zufre e também Europa não vi, onde é que está a diferença, Também nunca foi à lua, e ela existe, Mas vejo-a, anda agora desviada, mas vejo-a, Como é o seu nome, Chamam-me Roque Lozano, para o servir, Eu chamo-me Pedro Orce, Tem o nome da terra onde nasceu, Não nasci em Orce, nasci foi em Venta Micena, que é perto, Estou-me a lembrar de que no princípio da minha viagem encontrei dois portugueses que iam a Orce, Quem sabe se não serão os mesmos, Bem gostaria de saber, Venha comigo e sairá de dúvidas, Se me convida, vou, já ando sozinho há tanto tempo, Levante-se devagar, para o cão não julgar que me quer fazer mal, eu dou-lhe o pau. Roque Lozano pôs a trouxa às costas, puxou o burro e lá foram todos, o cão ao lado de Pedro Orce, talvez devesse ser sempre assim, onde estivesse um homem estar um animal com ele, um papagaio pousado no ombro, uma cobra enrolada no pulso, um escaravelho na lapela, um escorpião embolado, diríamos mesmo um piolho na cabeça se o anopluro não pertencesse à aborrecida espécie dos parasitas, que nem em insectos se atura, embora, coitados, não tenham culpa, foi a vontade divina.

No passo sem destino em que têm caminhado entraram profundamente na Catalunha. O negócio prosperou, foi realmente uma ideia brilhante terem-se lançado neste ramo do comércio. Vê-se menos gente agora nas estradas, o que significa que, apesar de a península continuar no seu movimento de rotação, as pessoas regressam aos hábitos e comportamentos normais, se é este o nome que devemos dar aos antigos hábitos e comportamentos. Já não se encontram povoações desertas, porém, o que não se pode é apostar que todas as casas receberam todos os ocupantes da primitiva, há homens com outras mulheres e mulheres com outros homens, os filhos estão misturados, sempre das grandes guerras e das grandes migrações resultaram tais efeitos. Foi hoje de manhã que José Anaiço, de modo súbito, disse que era necessário resolverem sobre o futuro do grupo, uma vez que parecia não haver mais perigo de abalroamentos e concussões. O mais certo, ou pelo menos plausível hipótese, em sua opinião, seria ficar a península a rodar sem sair do mesmo sítio, o que não traria quaisquer inconvenientes à vida quotidiana das pessoas, salvo nunca mais ser possível saber onde estão os diversos pontos cardeais, o que aliás pouca importância terá, não há nenhuma lei que diga que não se pode viver sem norte. Mas agora que estavam vistos os Pirenéus, e fora uma grande felicidade, o mar de tão grande altitude, É como estar num avião, dissera Maria Guavaira, e José Anaiço corrigiu, como pessoa com experiência, Não se pode comparar, basta dizer que à janela de um avião ninguém sente vertigens, e aqui, se não nos agarrássemos com todas as forças, de nossa própria vontade nos lançaríamos ao mar. Mais tarde ou mais cedo, concluiu José Anaiço o matinal aviso, teremos de decidir os nossos destinos, com certeza não tencionamos viver na estrada o resto da vida. Joaquim Sassa concordou, as mulheres não quiseram dar opinião, suspeitam que há motivo oculto nesta súbita pressa, só Pedro Orce, timidamente, lembrou que a terra continuava a tremer, e que se isto não era sinal de que a viagem não chegara ao fim, então ele gostaria que lhe explicassem por que razão a tinham começado. Em outra altura a sageza do argumento, ainda que por dubitação, teria impressionado os espíritos, mas há que contar que as feridas da alma são fundas, ou não seriam de alma, agora quanto Pedro Orce diga é suspeito de interesse escondido, este é o pensamento que se pode ler nos olhos de José Anaiço enquanto vai dizendo, Logo, depois da ceia, cada um dirá o que sobre o assunto pensou, se devemos voltar para casa ou se continuamos como até agora, e Joana Carda perguntou apenas, Qual casa.

Agora vem aí Pedro Orce e traz outro homem consigo, a esta distância parece velho, ainda bem, para problemas de coabitação já são de sobra os que temos. O homem puxa um burro arreado de albarda e ceirões, o que há de mais visto em burros ao modo antigo, mas este tem uma rara cor de prata, chamasse-se Platero e honraria o nome, como Rocinante, sendo antes rocim, não desmerecia o seu. Pedro Orce pára na linha invisível que delimita o território do acampamento, tem de cumprir as formalidades de apresentação e introdução do visitante, o que sempre há-de ser feito do lado de lá da barbacã, são regras que não precisamos aprender, cumpre-as dentro de nós o homem histórico, um dia quisemos entrar no castelo sem autorização e ficou-nos de emenda. Diz Pedro Orce enfático, Encontrei este conterrâneo meu e trouxe-o para comer um prato de sopa connosco, há evidente exagero na palavra conterrâneo, que se desculpa, a esta hora, na Europa, um português do Minho e outro do Alentejo têm saudades da mesma pátria, e contudo quinhentos quilómetros os separavam um do outro, agora são seis mil os que dela o separam.

Joaquim Sassa e José Anaiço não reconhecem o homem, mas já do burro não poderão dizer o mesmo, há qualquer coisa de reconhecível e familiar, salvo seja, nele, nem admira, um burro não muda em tão poucos meses, ao passo que um homem, se está sujo e despenteado, se deixou crescer a barba, se emagreceu ou engordou, se de cabeludo se fez calvo, a própria mulher teria que o despir para ver se o sinal particular está no mesmo sítio, às vezes tarde de mais, quando tudo se consumou e o arrependimento não colherá o fruto do perdão. Disse José Anaiço, cumprindo a regra da hospitalidade, Seja bem-vindo, sente-se aqui ao pé de nós, e se quiser desalbardar o burro, ponha-o à vontade, há aí palha que chegue para ele e para os cavalos. Sem os ceirões e a albarda o burro parecia mais novinho, agora via-se bem que era feito de duas qualidades de prata, uma escura, outra clara, ambas de quilate. O homem foi instalar o animal, os cavalos olharam de soslaio o recém-chegado e duvidaram que pudesse servir-lhes de ajuda, por deficiência de compleição e dificuldade de atrelagem. Voltou o homem para a fogueira, e antes de puxar a pedra que iria servir-lhe de assento, apresentou-se, Chamo-me Roque Lozano, o resto mandam as técnicas elementares da narrativa que tenha dispensa de repetição. Ia José Anaiço perguntar se o burro tinha nome, se, por exemplo, se chamava Platero, mas as últimas palavras ditas por Roque Lozano, que afinal sempre se repetem, Vim para ver a Europa, fizeram-no calar, uma súbita recordação levantou um dedo na sua memória e murmurou, Eu conheço este homem, ainda bem que foi a tempo, seria nada menos que ofensivo ser preciso um burro para se reconhecerem as pessoas. Movimentos semelhantes estariam também a dar-se na cabeça de Joaquim Sassa, que disse, hesitando, Tenho a impressão de que já nos vimos num dia qualquer, Também eu, respondeu Roque Lozano, lembram-me dois portugueses que encontrei ao princípio da viagem, mas esses iam de automóvel e não levavam senhoras, O mundo dá tantas voltas, senhor Roque Lozano, e nelas é tanto o que se ganha e perde, que pode bem acontecer perderem um automóvel Dois Cavalos e acharem uma galera com dois cavalos, duas mulheres e ainda outro homem, disse Maria Guavaira, Fora o que ainda estará para ver-se, esta frase foi de Joana Carda, nem Pedro Orce nem Roque Lozano sabiam do que ela estava a falar, mas sabiam-no José Anaiço e Joaquim Sassa, e não gostaram da alusão aos segredos do organismo humano, particularmente do feminino.

Estava o reconhecimento feito, desvanecidas as dúvidas, Roque Lozano era aquele viajante encontrado entre as serras Morena e Aracena, com o seu burro Platero a caminho da Europa, que afinal não vira, mas ficava a intenção, sempre salvadora. E agora, para onde vai, perguntou Joana Carda, Agora volto para casa, não será por tanto andar a terra às voltas que ela deixou de estar no mesmo sítio, A terra, Não, a casa, a casa está sempre onde estiver a terra. Maria Guavaira começou a encher as tigelas de sopa, um pouco acrescentada de água para poder chegar para todos, comeram em silêncio, excepto o cão, que triturava metodicamente um osso, e as bestas de tiro e carga que moíam e remoíam a palha, de vez em quando ouvia-se estalar uma fava seca, não se podem queixar estes animais de mau passadio, tendo em conta as dificuldades da hora presente.

Uma dessas dificuldades, mas particulares, vai tentar resolvê-la o conselho de família convocado para esta noite, não será impedimento a presença de um estranho, pelo contrário, foi aqui dito que Roque Lozano vai de regresso a casa, e nós, que faremos nós, ao acaso andando como ciganos, a comprar e vender roupas feitas, ou voltamos para casa, para o trabalho, para a regularidade da vida, pois que mesmo que a península nunca mais haja de parar, a gente toda acabará por habituar-se, como a humanidade se habituou a viver numa terra que está sempre em movimento, nós nem somos capazes de imaginar como há-de ter custado ao equilíbrio de cada um viver num pião zumbidor que gira em redor dum aquário com um peixe-sol lá dentro, Desculpe ter de corrigi-lo, disse a voz desconhecida, mas peixe-sol não existe, há peixe-lua, peixe-sol não, Pois olhe, eu não vou teimar consigo, mas se não há, faz falta, Infelizmente não se pode ter tudo, resumiu José Anaiço, conforto e liberdade são incompatíveis, esta vida vagabunda tem os seus encantos, mas quatro paredes sólidas, com um tecto por cima, protegem melhor que um toldo aos solavancos e com buracos. Disse Joaquim Sassa, Começamos por levar Pedro Orce a casa, e depois, suspendeu a frase, não sabia como completá-la, foi então que Maria Guavaira interveio, disse claramente o que era necessário que fosse dito, Muito bem, deixamos Pedro Orce na farmácia, depois seguimos para Portugal, ficará José Anaiço na sua escola, numa terra de que nem sei o nome, continuamos para o que tinha nome de norte, Joana Carda terá de escolher se quer ficar em Ereira, com os primos, ou voltar para os braços do marido em Coimbra, resolvido esse assunto rumamos para o Porto e vamos largar Joaquim Sassa à porta do escritório, os patrões já devem ter voltado de Penafiel, e enfim eu sozinha regressarei a minha casa, onde está um homem à espera para poder casar comigo, dirá que ficou de guarda aos meus bens enquanto estive ausente, Agora case comigo, senhora, e eu com um tição queimarei esta galera como quem queima um sonho, depois talvez consiga empurrar para o mar a barca de pedra e embarcar nela.

 Um discurso assim, contínuo, tira a respiração a quem fala e não deixa respirar quem ouve. Por um minuto ficaram todos calados, finalmente José Anaiço lembrou, Numa jangada de pedra já nós vamos, É grande de mais para que nos sintamos marinheiros, respondeu Maria Guavaira, e Joaquim Sassa observou, a sorrir, Bem dito, também não nos tornou astronautas viajarmos pelo espaço em cima do mundo. Outro silêncio, agora era a vez de Pedro Orce falar, Façamos uma coisa de cada vez, Roque Lozano pode juntar-se a nós, vamos levá-lo à família, que deve estar em Zufre à espera dele, e depois decidiremos a nossa própria vida, Mas dentro da galera não cabe outra pessoa a dormir, disse José Anaiço, Não seja essa a dúvida, se outra não tiverem de que eu vos acompanhe, estou habituado a ficar ao ar livre, basta que não chova, e agora com a galera, dormindo debaixo dela, é como se tivesse todas as noites um tecto, já me ia cansando a solidão, se querem que vos diga, confessou Roque Lozano.

 No dia seguinte recomeçaram a viagem. O Pig e o Al murmuram contra a sorte dos burros, este vem trotando atrás da galera, suavemente preso a ela e aliviado da carga, em pêlo como veio ao mundo, com o seu brilho de prata bonita, o dono dele, na boleia, fala da vida com Pedro Orce, os casais conversam debaixo do toldo, o cão vai adiante, em patrulha. De um momento para o outro, quase por milagre, voltou a harmonia à expedição. Ontem, depois da última deliberação, traçaram um itinerário, nada de muito rigoroso, só para não avançarem às cegas, primeiro descer a Tarragona, ir pela costa até Valência, meter para o interior por Albacete, até Córdova, baixar a Sevilha, e finalmente, a menos de oitenta quilómetros, Zufre, lá é que diremos,

Aqui vem Roque Lozano, são e salvo regressado da grande aventura sua, pobre foi, pobre voltou, não descobriu Europa nem Eldorado, nem todos os que buscaram encontraram, mas a culpa não é sempre de quem procura, quantas vezes não há riqueza nenhuma onde, por malícia ou ignorância, nos tinham dito que havia, depois ficaremos de parte a ver como o recebem, querido avô, querido pai, querido marido, que pena teres voltado, pensei que tivesses morrido num descampado, comido pelos lobos, nem tudo quanto aí fica é para ser dito em voz alta.

Então, em Zufre, se tornará a reunir o conselho de família, agora para onde vamos, e de nós que dirão quando chegarmos, onde, para quê, para quem, Nas perguntas que fazes é que mentes, se já sabias antes a resposta, em tão pouco tempo duas vezes falou a voz desconhecida.

Quando, girando e rodando, de oriente para ocidente, meia volta perfeita foi completada, a península começou a cair. Nesse preciso instante, e em sentido absolutamente rigoroso, se podem as metáforas, como transportadoras do literal sentido, ser rigorosas, Portugal e Espanha foram dois países de pernas para o ar. Deixemos lá para os espanhóis, que sempre desdenharam das nossas ajudas, o encargo e a responsabilidade de evocarem, o melhor que saibam e alcancem, as avataras configuracionais do espaço físico em que vivem, e digamos nós aqui, com a modesta simplicidade que sempre caracterizou os povos elementares, que o Algarve, país ao sul do mapa desde a noite dos tempos, foi, naquele sobrenatural minuto, a região mais ao norte de Portugal. Incrível, mas verdadeiro, como até hoje vem doutrinando um Padre da Igreja, não porque esteja vivo, os Padres da Igreja morreram todos, mas porque a toda a hora lhe pegam na lição e indiferentemente se servem dela, tanto para os interesses divinos como para as conveniências humanas. Se os fados tivessem querido que a península se imobilizasse de vez naquela posição, as consequências do facto, sociais e políticas, culturais e económicas, sem olvidar a vertente psicológica, a que nem sempre damos a devida atenção, as consequências, íamos dizendo, em sua multiplicidade e efeitos, teriam sido drásticas, radicais, numa única palavra, cósmicas. Baste lembrar, por exemplo, que a célebre cidade do Porto se veria despojada, sem qualquer possibilidade de recurso lógico e topográfico, do seu mais querido título de capital do norte, e se a referência, aos olhos de alguns cosmopolitas, pecar por provincianismo e vista curta, imaginem então esses o que seria achar-se de súbito Milão ao sul da Itália, na Calábria, e os calabreses prosperando no comércio e indústria do norte, transformações não de todo impossíveis, se tivermos em conta o que aconteceu à Península Ibérica.

Mas foi, como dissemos, um minuto só. Caía a península, mas a rotação não se interrompeu. Porém, antes de prosseguirmos, convirá explicar que significado é que devemos atribuir, neste contexto, ao verbo cair, certamente não o seu sentido imediato, o da queda dos graves, que, à letra, estaria dizendo-nos que a península começara a afundar-se. Ora, se durante tantos dias de navegação, não poucas vezes atribulada e com risco iminente de catástrofe, tal calamidade não se produziu nem outra de calibre semelhante, seria do infortúnio o cúmulo rematar-se agora a odisseia em submersão completa. Ainda que muito nos custe, já nos resignámos a que Ulisses não chegue à praia a tempo de encontrar a doce Nausicaa, mas ao menos permita-se que o cansado mareante dê à costa na ilha dos Feácios, e, não podendo ser essa, outra qualquer, basta que repouse a cabeça no seu próprio antebraço, se um colo feminino, oferecido, o não espera. Tranquilizemo-nos, pois. A península, juramo-lo, não está a afundar-se no mar cruel, onde, se tal cataclismo acontecesse, desapareceria toda, sem deixar à mostra, sequer, o mais alto pico dos Pirenéus, tão profundos são aqui os abissos. A península cai, sim, não há outra maneira de o dizer, mas para o sul, porque é assim que nós dividimos o planisfério, em alto e baixo, em superior e inferior, em branco e preto, figuradamente falando, ainda que devesse causar certo espanto não usarem os países abaixo do equador mapas ao contrário, que justiceiramente dessem do mundo a imagem complementar que falta. Mas as coisas são o que são, têm essa irresistível virtude, e até uma criança da escola entende a lição logo à primeira, sem mais explicações, o próprio dicionário de sinónimos, tão levianamente desprezado, no-lo confirmaria, para baixo desce-se, cai-se, e é grande fortuna nossa não ir esta jangada de pedra mergulhando a fundo, a gorgolejar por cem milhões de pulmões, misturando as doces águas do Tejo e do Guadalquivir na onda amarga do infinito mar.

Não falta por aí, nunca faltou, quem afirme que os poetas, verdadeiramente, não são indispensáveis, e eu pergunto o que seria de todos nós se não viesse a poesia ajudar-nos a compreender quão pouca claridade têm as coisas a que chamamos claras. Até esta altura, quando já vão escritas tantas páginas, a matéria narrativa tem-se resumido à descrição de uma viagem oceânica, ainda que não de todo banal, e mesmo neste dramático instante em que a península retoma o seu caminho, agora na direcção do sul, ao tempo que continua a rodar em torno do seu imaginário eixo, por certo não saberíamos ultrapassar e enriquecer o simples enunciado dos factos se não viesse ajudar-nos a inspiração daquele poeta português que comparou a revolução e descida da península à criança que no ventre de sua mãe dá a primeira trambolha da sua vida. O símile é magnífico, embora tenhamos de censurar nele a cedência às tentações do antropomorfismo, que tudo vê e tudo julga em relação obrigatória com o homem, como se, de facto, a natureza não tivesse mais que fazer que pensar em nós. Seria tudo mais fácil de entender se confessássemos, simplesmente, o nosso infinito medo, esse que nos leva a povoar o mundo de imagens à semelhança do que somos ou julgamos ser, salvo se tão obsessivo esforço é, pelo contrário, uma invenção da coragem, ou a mera teimosia de quem se recusa a não estar onde o vazio estiver, a não dar sentido ao que sentido não terá. Provavelmente, o vazio não pode ser preenchido por nós, e isso a que chamamos sentido não passará de um conjunto fugaz de imagens que num certo momento pareceram harmoniosas, ou onde a inteligência em pânico tentou introduzir razão, ordem, coerência.

No geral dos casos, a voz dos poetas é uma incompreendida voz, o que, sendo a regra, tem no entanto excepções, como se vê neste episódio lírico, quando a feliz metafora foi glosada de todas as maneiras e repetida por todas as bocas, não se incluindo, contudo, neste entusiasmo popular a maioria dos mais poetas, o que não devemos estranhar, tendo em atenção não estarem eles isentos dos muito humanos sentimentos do despeito e da inveja. Uma das mais interessantes consequências da inspirada comparação foi a ressurgência, se bem que mitigada pelas transformações que a modernidade transportou para a vida familiar, do espírito matricial, do influxo mátrio, de que, revendo os factos conhecidos, há muitas razões para pensarmos terem sido Joana Carda e Maria Guavaira precursoras, pelos modos da subtilidade natural, não de peito feito e caso pensado. As mulheres, decididamente, triunfavam. Os seus órgãos genitais, com perdão da crueza anatómica, eram afinal a expressão, simultaneamente reduzida e ampliada, da mecânica expulsória do universo, toda essa maquinaria que procede por extracção, esse nada que vai ser tudo, essa ininterrupta passagem do pequeno ao grande, do finito ao infinito. Neste ponto, é bom de ver, os glosadores e hermeneutas perdiam o pé, nem é para admirar, porque de mais nos tem ensinado a experiência quanto são insuficientes as palavras à medida que nos aproximamos da fronteira do inefável, queremos dizer amor e não nos chega a língua, queremos dizer quero e dizemos não posso, queremos pronunciar a palavra final e percebemos que já tínhamos voltado ao princípio.

Mas na acção recíproca das causas e dos efeitos, uma outra consequência, ao mesmo tempo facto e factor, veio aligeirar a gravidade das discussões e pôr, por assim dizer, toda a gente a sorrir e aos abraços. Foi o caso que, de uma hora para a outra, descontando o exagero que estas fórmulas expeditas sempre comportam, todas ou quase todas as mulheres férteis se declararam grávidas, apesar de não se ter verificado qualquer importante alteração nas práticas contraceptivas delas e deles, referimo-nos, claro está, aos homens com quem coabitavam, regular ou acidentalmente. No ponto em que as coisas estão, as pessoas já não se surpreendem. Passaram alguns meses desde que a península se separou da Europa, viajámos milhares de quilómetros por este mar violentamente aberto, por pouco não esbarrava o leviatão contra as espavoridas ilhas dos Açores, ou não tinha de esbarrar, como depois se viu, mas não o sabiam os homens e as mulheres que de um lado e do outro foram obrigados a fugir, aconteceram estas e tantas mais coisas, esperar o sol à mão esquerda e vê-lo aparecer à direita, e a lua, a que não bastava a inconstância em que anda desde que se desligou da terra, e também os ventos que de toda a parte sopram, e as nuvens que correm de todos os horizontes e giram sobre as nossas cabeças deslumbradas, sim, deslumbradas, porque há por cima de nós um lume vivo, assim como se o homem, afinal, não tivesse de sair com históricos vagares da animalidade e pudesse ser posto outra vez, inteiro e lúcido, num mundo novamente formado, limpo e de beleza intacta. Tendo tudo isto acontecido, dizendo o tal português poeta que a península é uma criança que viajando se formou e agora se revolve no mar para nascer, como se estivesse no interior de um útero aquático, que motivos haveria para espantar-nos de que os humanos úteros das mulheres ocupassem, acaso as fecundou a grande pedra que desce para o sul, sabemos nós lá se são realmente filhas dos homens estas novas crianças, ou se é seu pai o gigantesco talha-mar que vai empurrando as ondas à sua frente, penetrando-as, águas murmurantes, o sopro e o suspiro dos ventos.

Deste engravidamento colectivo tiveram informação os viajantes pela rádio, pelos jornais também, e a televisão não largava o assunto, mal apanhava uma mulher na rua metia-lhe o microfone à cara, salteava-a com perguntas, como foi e quando, e que nome vai dar ao bebé, a pobre coitada, com a câmara a devorá-la viva, corava, balbuciava, só não invocava a constituição por saber que a não tomariam a sério. Entre os viajantes da galera, notava-se o regresso de uma certa tensão, afinal, se todas as mulheres da península estavam grávidas, estas duas que aqui vão não abrem bico sobre os seus próprios acidentes, e compreende-se o silêncio, declararem elas a sua gravidez, inevitavelmente, faria com que Pedro Orce se incluísse nas listas de paternidade, e a harmonia tão dolorosamente restabelecida uma primeira vez não sobreviveria a um segundo golpe. Por isso é que Joana Carda e Maria Guavaira, uma noite, quando serviam a ceia aos homens, disseram com tom de sorridente despeito, Imagine-se, todas as mulheres grávidas em Espanha e Portugal, e nós aqui sem esperanças. Aceite-se este minuto de fingimento, aceite-se que finjam José Anaiço e Joaquim Sassa o seu próprio despeito, de quem vê posto em dúvida pela mulher o seu poder fecundativo, e o pior é que há algumas probabilidades de que o simulado remoque acerte, porque se é verdade que as duas mulheres estão grávidas, também verdade é que ninguém sabe de quem. Com tantos quês, não tornou esta representação mais leve a atmosfera, passando o tempo se verá que afinal estavam grávidas Maria Guavaira e Joana Carda quando negaram que estivessem, que explicações darão então, a verdade está sempre à nossa espera, chega o dia em que não podemos fugir-lhe.

Visivelmente embaraçados, apareceram os primeiros-ministros dos dois países na televisão, não que devesse ser motivo de constrangimento falar da explosão demográfica que se verificará na península daqui a nove meses, doze ou quinze milhões de crianças a nascer praticamente ao mesmo tempo, gritando em coro à luz, a península tornada em maternidade, as felizes mães, os sorridentes pais, nos casos em que pareçam suficientes as certezas. Deste lado da questão é possível, até, extrair alguns efeitos políticos, exibir a carta demagógica, apelar à austeridade em nome do futuro dos nossos filhos, dissertar sobre a coesão nacional, comparar esta fertilidade à esterilidade do resto do mundo ocidental, mas não se pode evitar que cada um de nós se compraza no pensamento de que para haver esta explosão demográfica houve de certeza uma explosão genesíaca, uma vez que ninguém acredita que a fecundação colectiva tenha sido de ordem sobrenatural. Está o primeiro-ministro falando das medidas sanitárias a tomar, do plano de assistência obstétrica nacional, do enquadramento e distribuição, na altura própria, de brigadas de médicos e parteiras, e percebe-se-lhe na cara uma contradição de sentimentos, a gravidade da expressão oficial luta contra o apetite do riso, a todo o momento parece que vai dizer, Portuguesas, portugueses, grande será o nosso proveito, espero que não tenha sido menor o gosto, que fazer filhos sem a boa alegria da carne é a pior das condenações. Os homens e mulheres ouvem, trocam sorrisos e olhares, todos sabem o que neste momento estão a recordar, aquela noite, aquele dia, aquela hora em que movidos por súbito impulso se chegaram e fizeram o que devia ser feito, debaixo de um céu que lentamente ia rodando, um louco sol, uma lua louca, as estrelas em turbilhão. À primeira vista dir-se-á que tudo vem sendo ilusão e sonho, mas quando as mulheres aparecerem aí de barrigas empinadas, então se verá que não dormíamos.

O presidente da América do Norte também falou ao mundo, disse que não obstante a mudança de rumo da península, em direcção a um ignoto lugar ao sul, nunca os Estados Unidos se demitiriam das suas responsabilidades para com a civilização, a liberdade e a paz, mas que os povos peninsulares não podiam contar, agora que penetravam em áreas conflituais de influência, Não podem contar, repito, com uma ajuda igual àquela que estava à sua espera quando parecia que o seu futuro se tornaria indissociável da nação americana. Estas foram, mais tropo menos tropo, as declarações para o auditório mundial. Porém, em privado, no segredo do gabinete oval, e enquanto chocalhava uma pedra de gelo no bourbon, o presidente teria dito aos seus conselheiros,

Se eles forem encalhar na Antárctida acabam-se as nossas preocupações, aonde é que nós iríamos parar com o mundo a vaguear de um lado para o outro, não havia estratégia que se aguentasse, por exemplo, as bases que ainda temos na península para que é nos servem agora, só se for para despejar uma carga de mísseis em cima dos pinguins. Um dos conselheiros observou então que o novo rumo, vistas bem as coisas, não era assim tão mau, Eles estão a descer entre a África e a América Latina, senhor presidente, Sim, o rumo pode trazer benefícios, mas também pode agravar as indisciplinas da região, e talvez por causa desta lembrança irritante, o presidente deu um soco na mesa que fez saltar o sorridente retrato da primeira dama. Um conselheiro velho deu um salto de susto, passou os olhos em redor, e disse, Cuidado, senhor presidente, um soco assim, sabe-se lá que consequências poderá ter.

Já não é a pele esfolada do touro, mas um calhau gigantesco, com a forma de um daqueles artefactos de sílex de que se serviam os homens pré-históricos, lascado em golpes pacientes, sucessivos, até se tornar num instrumento de trabalho, a parte superior cheia e compacta para receber o côncavo da mão, a inferior em ponta para as tarefas de rasgar, escavar, cortar, marcar, desenhar, e também, porque até hoje não aprendemos a fugir à tentação, ferir e matar. A península parou o seu movimento de rotação, desce agora a prumo, em direcção ao sul, entre a África e a América Central, como deveria ter dito o conselheiro do presidente, e a sua forma, inesperadamente para quem ainda tiver nos olhos e no mapa a antiga posição, parece gémea dos dois continentes que a ladeiam, vemos Portugal e Galiza ao norte, ocupando toda a largura, de ocidente para oriente, depois a grande massa vai-se estreitando, à esquerda ainda com a saliência de um bojo, Andaluzia e Valência, à direita a costa cantábrica e, na mesma linha, a muralha dos Pirenéus. O bico da pedra, a proa cortadora, é o cabo Creus, trazido das águas mediterrâneas para estes alterosos mares, tão longe do céu natal, ele que foi vizinho de Cerbère, aquela pequena cidade francesa de que tanto se falou no princípio deste relato.

Desce a península, mas desce devagar. Os sábios, ainda que com muita prudência, prevêem que o movimento está prestes a cessar, fiados da universal evidência de que se o todo, como tal, nunca pára, as partes que o compõem hão-de parar alguma vez, sendo demonstração deste axioma a vida humana, riquíssima, como se sabe, em possibilidades comparativas. Com tal anúncio da ciência, nasceu o jogo do século, uma ideia que terá surgido praticamente ao mesmo tempo em todo o mundo, e que consistiu no estabelecimento de um sistema de aposta dupla sobre o momento e o lugar em que se verificará a suspensão do movimento, uma hipótese para se compreender melhor, às dezassete horas, trinta e três minutos e quarenta e nove segundos, hora local do apostador, claro está, e o dia, mês e ano, e as coordenadas, limitadas à indicação do meridiano, em graus, minutos e segundos, servindo como referência o já mencionado cabo Creus. Estavam em causa triliões de dólares, e se alguém viesse a acertar em ambos os resultados, isto é, o preciso momento e o exacto lugar, o que, segundo o cálculo de probabilidades era pouco menos que impensável, essa pessoa de uma presciência quase divina ver-se-ia de posse da maior riqueza que alguma vez foi possível reunir sobre a face de uma terra que tem visto tantas. Compreende-se que nunca tenha havido jogo mais terrível do que este, porque em cada minuto que passa, em cada milha percorrida, vai-se reduzindo o número de apostadores com probabilidades de ganhar, devendo em todo o caso notar-se que muitos dos excluídos voltam a apostar, fazendo assim crescer o bolo a cifras que já são astronómicas. Claro que nem todas as pessoas conseguem reunir dinheiro para uma nova aposta, claro que muitas delas não encontram outra saída para o estado de ruína em que caíram que não seja o suicídio. A península desce para o sul deixando atrás de si um rasto de mortes de que está inocente, enquanto no ventre das suas mulheres vão crescendo aqueles milhões de crianças que inocentemente gerou.

    Pedro Orce anda inquieto, desassossegado. Fala pouco, passa horas fora do acampamento, regressa extenuado e não come, os companheiros perguntam-lhe se está doente, e ele responde, Não, não estou doente, sem mais explicações. As poucas falas reserva-as para Roque Lozano, são sempre conversas sobre a terra de cada um, é como se não soubessem outro assunto. O cão acompanha-o para todo o lado, sente-se que a agitação do homem contagiou o animal, antes tão plácido. José Anaiço já disse a Joana Carda, Se ele imagina que vai repetir a história, o pobre homem sozinho e abandonado, a caridosa mulher confortadora e aliviadora dos cúmulos glandulares, está muito enganado, e ela respondeu com um sorriso sem alegria, Tu é que deves estar enganado, o mal de Pedro Orce, se o tem, será outro, Qual, Não sei, mas o que te garanto é que não se trata de andar a cobiçar-nos outra vez, uma mulher não tem dúvidas, Então devemos falar com ele, obrigá-lo a dizer, talvez esteja mesmo doente, Talvez, mas nem isso é certo.

Caminham ao longo da serra de Alcaraz, hoje acamparão por alturas duma aldeia que se chama, segundo informação do mapa, Bienservida, pelo menos de nome já o é. Na boleia Pedro Orce diz para Roque Lozano, Daqui onde estamos não faltaria muito para entrarmos na província de Granada, se por lá fôssemos. A minha terra é que ainda está longe, Lá há-de chegar, Chegarei, mas gostaria de saber se vai valer a pena, Essas são as tais coisas que só sabemos depois, toque aí vossemecê o pigarço, que vai descompassado. Roque Lozano sacudiu as rédeas, tocou com a ponta do chicote os quartos traseiros do cavalo, quase um afago, e Pig, obediente, ajustou o trote. Dentro da galera vão os casais, falam em voz baixa, e diz Maria Guavaira, Talvez ele gostasse de ficar já em casa e lhe custe dizer, tem receio de que fiquemos ofendidos, Pode ser isso, concordou Joaquim Sassa, devemos falar com ele francamente, que compreendemos, e que não levaremos a mal, afinal não há jura nem contrato para o resto da vida, amigos somos, amigos ficamos, um dia voltamos cá a visitá-lo, Quem dera que não passe disso, murmurou Joana Carda, Tens outra ideia, Não, não tenho, é só um pressentimento, Que pressentimento, perguntou Maria Guavaira, Pedro Orce vai morrer, Todos estamos sempre para morrer, Mas ele será o primeiro.

Bienservida fica fora da estrada principal. Foram lá fazer o seu negócio, compraram alguns alimentos, renovaram as reservas de água, e, sendo ainda cedo, tornaram ao caminho. Porém, não se afastaram muito. Um pouco adiante havia uma ermida, de Turruchel chamada, lugar ameno para estanciar à noite, aí fizeram alto. Pedro Orce desceu da boleia, contra o costume foram ajudá-lo José Anaiço e Joaquim Sassa, que tinham saltado da galera mal ela parou, e disse, ao mesmo tempo que segurava as mãos que se lhe estendiam, Que é isso, amigos, eu ainda não estou inválido, não reparou que a palavra amigos subitamente encheu de lágrimas os olhos dos dois, estes homens que guardam dentro do peito a dor duma desconfiança, mas que recebem nos braços o corpo cansado que se lhes entrega, apesar da orgulhosa declaração, há sempre uma hora em que o orgulho não tem mais que palavras, não é mais que palavras. Pedro Orce põe o pé no chão, dá alguns passos, e pára, com uma expressão de espanto no rosto, no gesto todo, como se o imobilizasse e ofuscasse uma luz intensa, Que é, perguntou Maria Guavaira, que se aproximara, Nada, não é nada, Sente-se mal, perguntou Joana Carda, Não, é outra coisa. Baixou-se, espalmou no chão as duas mãos, depois chamou o cão Constante, pôs-lhe a mão na cabeça, correu-lhe os dedos ao longo do pescoço, da espinha, o dorso, a garupa, o cão não se mexia, pesava sobre a terra como se quisesse enterrar nela as patas. Agora Pedro Orce deitara-se ao comprido, a cabeça branca assente num tufo de ervas donde saíam umas hastes floridas, que fazem flores em tempo que devia ser de inverno, Joana Carda e Maria Guavaira ajoelharam-se ao lado dele, seguraram-lhe as mãos, Que tem, diga se tem alguma dor, e tinha, tinha uma dor muito grande se era essa a expressão do seu rosto, abria muito os olhos e fitava o céu, as nuvens que passavam, para vê-las não precisavam

Maria Guavaira e Joana Carda de olhar para cima, vogavam lentamente nos olhos de Pedro Orce como as luzes das ruas do Porto tinham deslizado nos olhos do cão, há tanto tempo, em que viver, e agora estão juntos, reunidos, mais Roque Lozano, que tem experiência de vida e de morte, o cão parece hipnotizado pelo olhar de Pedro Orce, fita-o, de cabeça baixa e com o pêlo encrespado como se fosse defrontar-se com todas as alcateias do mundo, e então Pedro Orce disse distintamente, palavra a palavra, Já não a sinto, a terra, já não a sinto, os olhos dele escureceram, uma nuvem cinzenta, cor de chumbo, passava no céu, devagar, muito devagar, Maria Guavaira com levíssimos dedos fez descer as pálpebras de Pedro Orce, disse, Está morto, foi então que o cão se aproximou e gritou, como se diz que uma pessoa uiva.

Morre um homem, e depois. Choram os quatro amigos que tem, até Roque Lozano, de tão recente data conhecido, esfrega furiosamente os punhos fechados contra os olhos, o cão gritou uma vez só, agora está de pé ao lado do corpo, daqui a pouco deitar-se-á e pousará a cabeçorra enorme sobre o peito de Pedro Orce, mas é preciso pensar e decidir o que faremos do cadáver, diz José Anaiço, Levamo-lo para Bienservida, comunicamos às autoridades, não podemos fazer mais por ele, e Joaquim Sassa lembrou, Disseste-me um dia que a sepultura do poeta Machado deveria ser debaixo duma azinheira, façamo-lo a Pedro Orce, mas Joana Carda teve a última palavra, Nem para Bienservida nem debaixo duma árvore, vamos levá-lo para Venta Micena, vamos enterrá-lo no lugar onde nasceu.

No seu enxergão atravessado vai Pedro Orce. Junto dele estão as duas mulheres, seguram-lhe as mãos frias, estas mesmas que, ansiosas, mal conheceram os seus corpos, e na boleia vão sentados os homens, Roque Lozano conduz os cavalos, julgavam eles que iam ter descanso, e afinal estão no caminho, pela noite dentro, nunca tal lhes acontecera antes, talvez o alazão se recorde duma outra noite, porventura dormia e sonhava então, que estava peado para curar com unguento e relento uma dolorosa matadura, que o vieram buscar uma mulher e um homem, e o cão, libertaram-no das peias, não sabia se aí começava o sonho ou acabava. O cão caminha debaixo da galera e por baixo de Pedro Orce, como se o transportasse, tal é o peso que sente carregar-lhe sobre o garrote. Levam um candeeiro aceso, fixado no arco de ferro que segura o toldo, à frente. Têm mais de cento e cinquenta quilómetros para andar.

Os cavalos sentem a morte atrás de si, não precisam doutro chicote. O silêncio da noite é tão denso que mal se ouve o rodado da galera sobre o chão áspero das velhas estradas, e o trote dos cavalos soa abafado como se levassem as patas envolvidas em trapos. Não haverá lua. Viajam entre trevas, é o apagón, o negrum, a primeira de todas as noites antes de ter sido dito, Faça-se o sol, não foi grande a maravilha, pois Deus sabia que o diurno astro teria forçosamente de nascer daí a duas horas. Desde que a viagem começou, Joana Carda e Maria Guavaira choram. A este homem que aqui vai morto deram elas o seu corpo misericordioso, com as suas próprias mãos o puxaram para si, o ajudaram, e talvez sejam filhos dele as crianças que se estão gerando dentro dos ventres que os soluços fazem tremer, meu Deus, meu Deus, como todas as coisas deste mundo estão entre si ligadas, e nós a julgarmos que cortamos ou atamos quando queremos, por nossa única vontade, esse é o maior dos erros, e tantas lições nos têm sido dadas em contrário, um risco no chão, um bando de estorninhos, uma pedra atirada ao mar, um pé-de-meia de lã azul, se a cegos mostramos, se a gente endurecida e surda pregoamos.

O céu ainda estava escuro quando chegaram a Venta Micena. Em todo o caminho, por quase trinta léguas, não tinham encontrado uma alma viva. E Orce, adormecido, era um fantasma, as casas como paredes de labirinto, janelas e portas fechadas, o Castelo das Sete Torres, por cima dos telhados, parecia uma aparição insubstancial. Os candeeiros da iluminação pública tremiam como estrelas prestes a apagar-se, as árvores da praça, reduzidas a tronco e ramos grossos, podiam ser o que restasse duma floresta petrificada. Passaram em frente da farmácia, desta vez não precisavam parar, as indicações do itinerário ainda estavam frescas na memória, Sigam em frente, na direcção de Maria, andem três quilómetros depois das últimas casas, há uma ponte pequena, perto uma oliveira, daqui a pouco lá vou ter. Já chegou. Depois da última curva viram o cemitério, os muros brancos, a enorme cruz. O portão estava fechado, tinham de arrombá-lo. José Anaiço foi buscar uma alavanca, introduziu a unha entre os batentes, mas Maria Guavaira segurou-lhe o braço, Não vamos enterrá-lo aqui. Apontou as colinas brancas para o lado da Cova dos Rosais, lá onde tinha sido encontrado o crânio do europeu mais antigo, aquele que viveu há mais de um milhão de anos, e disse, Ficará além, é o lugar que ele talvez escolhesse. Levaram a galera até onde lhes foi possível, os cavalos mal podiam andar, arrastavam patas na poeira solta. Em Venta Micena não vive ninguém que venha assistir ao funeral, todas as casas foram abandonadas, quase todas estão em ruínas. No horizonte mal se distingue o vulto das serranias, aquelas que o homem de Orce viu ao morrer, agora é noite ainda, Pedro Orce está morto, dentro dos seus olhos só ficou uma nuvem escura, nada mais.

Quando a galera deixou de poder andar, os três homens retiraram o corpo. Maria Guavaira ampara de um lado, Joana Carda tem na mão a vara de negrilho. Sobem a uma colina, rasa na parte superior, a terra ressequida esfarela-se-lhes debaixo dos pés, desliza pela vertente, o corpo de Pedro Orce oscila, quase resvala e arrasta os carregadores, mas conseguem içá-lo até lá cima, depõem-no no chão, estão alagados em suor, brancos de pó. É Roque Lozano quem vai abrir a cova, pediu que o deixassem fazer esse trabalho, a terra solta-se facilmente, a alavanca é a enxada, as mãos servem de pá. O céu, a oriente, está a aclarar, o vulto impreciso da serra tornou-se negro. Roque Lozano sai do buraco, sacode as mãos, ajoelha-se e mete-as por baixo de corpo, José Anaiço segura pelos braços Pedro Orce, levanta-o Joaquim Sassa pelos pés, e davagar baixam-no à terra, a cova não é funda, se um dia voltarem os antropólogos a estes sítios não será difícil encontrá-lo, dirá Maria Dolores, Está aqui um crânio, e o chefe da brigada de escavações deitará um olhar, Não interessa, desses temos muitos. Cobriram o corpo, alisaram o chão para que se confundisse com a terra em redor, mas tiveram de afastar o cão que queria raspar com as unhas a sepultura. Depois Joana Carda espetou a vara de negrilho à altura da cabeça de Pedro Orce. Não é cruz, como bem se vê, não é um sinal fúnebre, é só uma vara que perdeu a virtude que tinha, mas pode ainda ter esta simples serventia, ser relógio de sol num deserto calcinado, talvez árvore renascida, se um pau seco, espetando no chão, é capaz de milagres, criar raízes, libertar dos olhos de Pedro Orce a nuvem escura, amanhã choverá sobre estes campos.

A península parou. Os viajantes descansarão aqui este dia, a noite e a manhã seguinte. Chove quando vão partir. Chamaram o cão, que durante todas estas horas não se afastou da cova, mas ele não foi, É o costume, disse José Anaiço, os cães resistem a separar-se do dono, às vezes deixam-se morrer. Enganava-se. O cão Ardent olhou José Anaiço, depois afastou-se lentamente, de cabeça baixa. Não o tornaram a ver. A viagem continua. Roque Lozano ficará em Zufre, irá bater à porta de sua casa, Voltei, é a sua história, alguém há-de querer contá-la um dia. Os homens e as mulheres, estes, seguirão o seu caminho, que futuro, que tempo, que destino. A vara de negrilho está verde, talvez floresça no ano que vem.

1ª EDIÇÃO [1988] 16 reimpressões
2ª EDIÇÃO [2005] 3 reimpressões
3ª EDIÇÃO [2017] 3 reimpressões

ESTA OBRA FOI COMPOSTA EM TIMES E IMPRESSA PELA GRÁFICA BARTIRA
EM OFSETE SOBRE PAPEL PÓLEN NATURAL DA SUZANO S.A.
PARA A EDITORA SCHWARCZ EM JUNHO DE 2023.

A marca FSC® é a garantia de que a madeira utilizada na fabricação do papel deste livro provém de florestas que foram gerenciadas de maneira ambientalmente correta, socialmente justa e economicamente viável, além de outras fontes de origem controlada.